文春文庫

江戸の夢びらき

松井今朝子

文藝春秋

江戸の夢びらき

目次

江戸の夢びらき

風縁の輩《やから》

寒風が肌に痛い。この時季ならではの西ならいがびゅんびゅんと鼓膜を震わせる。それに増して耳を揺さぶるのはナーマンダーブ、ナーマンダーブの大合誦《だいがっしょう》だ。夥《おびただ》しい貴賤群集《くんじゅ》が一点に目を凝らして口々に「南無阿弥陀仏」と六字の名号《みょうごう》を唱えている。視線の先はこんもりと盛られた土の山に佇《たたず》む一介の僧侶である。

ただし僧侶とわからせるのは今やぼろに等しい墨染《すみぞめ》の衣のみ。頭は伸び放題の蓬髪《ほうはつ》で、顔は頬が削げて髭むじゃら。遠目にも骨格がわかるほどに痩せて、肌は木彫のように乾ききって見えた。

だが炯々爛々《けいけいらんらん》と光らせた眼はいまだ枯れきったようには見えず、悟りを得たふうに澄んでもいない。むしろ不羈《ふき》な野心を宿した剣呑《けんのん》さが秘められて、右手には錫杖《しゃくじょう》を握りながら、左手に文字通り太刀《たち》を引っ提げた姿は物々しくも異様だ。

盛り土の横には白い穂が風で吹雪のように舞っている。目黒もこの辺の高台はまだ一面の浅茅《あさじ》が原で、ところどころに灌木《かんぼく》が植わって、彼方に御堂の屋根がぽつんと見えるくらいだから視界を遮《さえぎ》るものがなく、澄みわたった青空を背景に薄く雪化粧をした富士の嶺が真正面に立ちはだかっていた。

この絶景を目あてに茶店の床几《しょうぎ》に腰かけた人びとも、今は件《くだん》の僧に近づいて、その一挙手一投足を注視している。僧が手にした刀を頭上高くに振りかざすと、名号を唱える人びとの口が一斉に閉じた。

「われこそは直指院《じきしいん》、場誉上人《じょうよしょうにん》の御弟子、如西《じょせい》と申す者なり」

朗々とした声が響き渡れば、待ちかねたといわんばかりのどよめきがあがった。

場誉上人は木食《もくじき》修行、すなわち五穀断ちをして木の実草の根で命をつなぐ聖僧として世に広く知られている。上人は断食で自らの命が尽きる日を早くに予言《かねごと》しており、今日はまるでその露払いをするかのように、ここで師に先んじて土中に入定《にゅうじょう》するという弟子僧の噂が広まって、大勢の見物人が詰めかけているのだった。

年が明ければ七歳となる恵以《えい》もまた、父親に連れられてここに来ていた。

「ニュウジョウってなあに?」

と先ほど娘がふしぎそうに尋ねたら、父はこともなげにこう答えた。

「坊主が死ぬことだ」

お坊さんが死ぬのを見るために、ここにこれだけ多くの人が集まっているのだと恵以は素直に受け取った。

いわば人間の死が見世物となる非情な現実を、幼い身で目の当たりにしているのだった。

「寛文丁未年《かんぶんひのとひつじ》、十月十八日の今日ただ今、十念を授かりし上は師に先立ちて入定つかまつる」

痩せ衰えた肉体から放たれた意外なほどに力強い声が響き渡って、周囲のざわめきを圧《お》し拉《ひし》いだ。さらに錫杖をパタリと地面に落とした僧は、ぎらぎら光る刀身の先を天上に向けて右脇に柄《つか》を抱え持つと、

「この先われら鍾馗《しょうき》大臣となりて衆生《しゅじょう》の疫病を払わん」

不遜なまでの大胆な宣言が人びとのどよめきを蘇らせた。

恵以は鍾馗様という唐土《もろこし》の厄除けの神様を画像《えすがた》で見た覚えがある。黒い衣と髭むじゃらの顔、刀を右脇に抱え持った僧の姿はたしかにその画と似ていたが、これから鍾馗大臣になるという宣言の意味はまるでつかめなかった。

群衆のどよめきはいつしかまた南無阿弥陀仏の大合誦に変わっている。その声はさっきよりも昂揚《こうよう》して熱を帯び、僧はそれに急《せ》かされるように、刀を小脇に抱え持ったまま盛り土の山からさっと飛び降りた。下には四角い穴が口を開けていて、僧はその斜面に沿って足を進め、躰《からだ》は徐々に穴の底へと沈んでゆく。それを取り巻く人びとの輪もじりじりと縮まって、遠目には穴を覆い隠さんばかりとなった。

それっ、とばかり盛り土の山に鍬《くわ》や鋤《すき》が差し込まれると、掬《すく》い取られた土塊《つちくれ》が次々と

穴に放り込まれて、穴の底にいるはずの僧侶に浴びせられるのを恵以はただただ茫然《ぼうぜん》と見ていた。山が消える頃には全身が土に埋まって、僧はもう息もできないのではなかろうか。それなのに人びとは相変わらず六字の名号を唱えながらわれがちに鍬や鋤を手に取り、僧が沈んだ穴の中へ土を放り込んでゆく。顔を紅潮させ、何かに取り憑《つ》かれたような目で、あるいは目から涙を噴きこぼしながら。

木食の修行僧が衆生済度《さいど》を願って即身成仏の土中入定を果たすのが生き仏と信仰されて、その周りに群がる人びとはみな随喜の感涙にむせぶのだった。だが純真な子供の目には、大勢がよってたかって一人の人間を生き埋めにするとしか見えない惨《むご》たらしい光景だ。にもかかわらず自分の目もまたなぜかそこに吸い寄せられてしまうのが余計に恐ろしかった。

恵以と父の周りで遠巻きにそれを眺めている人びとは、いずれも信心深いというより物見高い連中であろう。口々に勝手な憶測をしたり、いい加減な噂でざわめくばかりだ。あれはきっと穴がふさがる前にあの刀で自刃するのだとやら、元は喰い詰め牢人で斬取り強盗の前非を悔いて、にわか道心《どうしん》になったのだとやら。

無情な大人たちの声に囲まれて恵以は強い孤独を感じた。あんな恐ろしい光景を見ている子供なんて他にいるだろうか、と周りをそっと見まわしたら案外近くに一人の少年がいた。

恵以と同じく髪をすとんと切り揃えたがっそう頭で、歳も余り違わないように見える。

が、着物は黄支子《くちなし》色の広袖に緑がかった鉄色《かな》の帯という鮮やかな組み合わせであり、それよりも強く目を惹きつけるのはその横顔だった。

顔の輪郭は子供らしくふっくらしていても、鼻筋がみごとに通って大人びた顔立ちである。彼方の惨たらしい光景に片眉をきりりと持ち上げ、唇を真一文字に引き結んで、じいっと見入ったところがまた実に大人顔負けの表情なのだ。

恵以がしばし見とれていたら、刹那《せつな》、少年の首はぐるっとこちらを向いて、まともに目と目がぶつかった。

その目は別にこちらを咎《とが》め立てするでもなく、さりとて好意を寄せるふうでもなく、ただ強い眼差しがこちらを威圧し、黒眸《ひとみ》の燦《きら》めきが何だか怖いように感じられる。恵以はさっきの自分を棚に上げて相手の凝視をぶしつけに思い、こうなったらもう先に目を外したほうが負けだといわんばかりに視線を闘わせた。

その勝負がつかないうちに、少年の傍らに立つ大柄な男がこちらを向いて丁寧な会釈をした。

「旦那様……率爾《そつじ》ながら北条《ほうじよう》様のご家中、間宮十兵衛《まみやじゆうべえ》様ではござりませぬか」

恵以の見知らぬ大柄な男は耳障りなほどのしゃがれ声で、懐かしそうに父の名を呼んでいた。

声をかけられたほうは濃い眉を少しひそめて首をかしげている。そこそこの年輩で腰つきはどっしりしていたが、肩幅が広くて引き締まった上半身は若々しく見える。

「関宿《せきやど》でお世話に与《あずか》りました中間《ちゅうげん》の十右衛門めでごわりまするが、へい、お見忘れはごもっとも。掛川《かけがわ》へおいでになって、かれこれ二十年……いや、もっとになりましょうか。当時は十兵衛の下に十右衛門ありとおっしゃるほどに可愛がって戴きました。久方ぶりにまたここでお目にかかれましたのも、何かよほどのご縁でごわりまするなあ」

間宮十兵衛は元北条出羽守《でわのかみ》の家臣で、当時雇っていた中間との再会だったが、遅くに誕生した恵以は掛川という地名すら聞き覚えがなかった。

北条家が下総《しもうさ》の関宿藩から駿河田中藩、遠州掛川藩へと転封されたのを機に、間宮の元を辞した男はその後すぐ江戸に出たのだといい、

「こちらでもしばらくは武家奉公を致しておりましたが、十年前の大火で江戸はすっかり様変わりをして、へへへ、ついでにわっちも世渡りを変えました。今では通り名も唐犬十右衛門《けんのじゅうえもん》と申しまする」

と誇らしげに名乗りをあげた。

改めて見れば六尺ゆたかな大男で、月額《さかやき》を広く取って両鬢《りょうびん》に深い剃り込みを入れた奇抜な髪型をしている。鼻っ柱が太く、眼は三角というより四角張った怖面《こわもて》の人相だ。向かい合わせの狛犬《こまいぬ》を金銀で摺箔《すりはく》した贅沢な小袖を着し、つまりは見るからに堅気《かたぎ》でない風体《ふうてい》だった。

間宮もやっと想い出したように目を細めてやさしい表情をしているが、憲法染《けんぼうぞめ》の小袖が羊羹《ようかん》色に褪《あ》せたお定まりの牢人姿だから、相手は遠慮がちに尋ねた。

「旦那様は掛川へおいでになった後、いかがなされました？」

「殿が急にご逝去あって、御跡継ぎなきまま御家は断絶いたした」

淡々と告げられた事実は当節ありがちな仔細なだけに、相手もさほど驚いた表情は見せなかったが、

「こちらへお越しになったのはいつのことで？　わっちらは昨日たまたま近くのお不動様に参詣し、今日の噂を聞いて急な坂道をえっちらおっちら登ったら、そこでまさか昔のお旦那にバッタリ出くわそうとは想いも寄らず……」

「話せば長いが御家を退転した後しばし諸国を流浪した。縁あって中目黒に住まいを定めたのがもう七、八年も前になろうか」

ここで相手は父の袖をそっとつかんだ恵以に目を向ける。

「おお、こちらはお嬢様で？　して、奥様はどちらに？」

「三年前に身罷《みまか》った」

と恵以には哀しい事実が告げられたら、

「ああ、それは、それは……立ち話も何でごわりまする、どうぞあちらへ」

と相手は恵以に同情の眼差しをくれながら彼方の茶店を指さした。

唐犬十右衛門を名乗る男には連れが何人かいて、いずれも余りよろしくない人相の大人が多い中に先ほどの少年が混じっていた。その横にいる顔立ちが似た男は少年の父親らしい。茶店でめいめいが散らばって床几に腰かけたところで、十右衛門は改めてその

男を傍《そば》に呼んだ。

「これはわっちの兄弟分で、幡谷重蔵《はたやのじゅうぞう》と申しまする。下総は幡谷の在からこっちへ出て参りまして、またの名を薦《こも》の重蔵とも、面疵《つらきず》の重蔵とも申しまする」

と紹介された男の額にはひと目でそれとわかる刃疵があった。「薦の」と渾名《あだな》されるからには物乞い同然の虚無僧《こむそう》暮らしをした過去もありそうだ。額の向こう疵は往時の無頼を物語って、彫りが深く眼が大きいこちらも怖面だが、表情は意外に柔和で物腰も至って穏やかである。

伜《せがれ》もまた意外におとなしく床几に腰かけていたが、相変わらず威圧するような眼差しを向けられた娘は負けん気が強くて自分からは決して目を外そうとしなかった。十右衛門がとうとうそのことに気づいたらしく、

「おお、これは気丈夫なお嬢様だ。坊と睨《にら》みっくらをなさるそうな」

と笑いかけられて恵以はさすがに決まりが悪く目を伏せてしまい、間宮も呆《あき》れたような溜息をついた。

「男手一つで育つと娘が気強くなるのは困りものだ」

「そう伺えば、鼻筋が通って目もとの涼しげなお顔立ちもお嬢様というよりは、ハハハ、何やら若衆《わかしゅ》じみてらっしゃいまするなあ」

これを聞いて少年はぷっと噴きだすと顔が赤くなるほど笑っている。恵以は少しむっとしたが、赤い顔から白い歯が零《こぼ》れた少年には歳相応の無邪気さが窺《うかが》えて少し安心した。

間宮十兵衛は中目黒村にある浄土宗の草庵に身を寄せ、村役人の相談に与《あずか》ったり、村人の子に読み書きを教えるなどして世過ぎするため、恵以は日ごろ男子の遊び相手に事欠かなかった。だが目の前の少年は近所の子らとはまるで違って、余り好感は持てなくとも好奇心がかき立てられた。おまけに先ほどの恐ろしい光景を共に見ていたという親近の情が湧き、その話をしたい気持ちはあれども互いに黙ってじっと見つめ合うばかりだ。

片や大人は互いの身の上話に及んで、かなりの時を費やしていた。

かつて間宮の中間だった唐犬十右衛門は、今や中間を武家に斡旋《あっせん》する人入れ稼業をする一方で唐犬組と称する男達《おとこだて》仲間に与《くみ》し、奉公先が見つからない者は自分の手下にして面倒をみているのだという。いずれも主家の断絶や転封で職を失って江戸に出て来た連中だけに、

「己《おの》れの若え時分《わけ》のことを想い出すと、なまなか放ってはおけませんで」

「なるほど。おぬしと俺もいわば諸国から江戸に吹き寄せられた身の上だからなあ」

「違う風に乗ってたまたまここに吹き寄せられた旦那とわっちが出会えたのも、目黒のお不動様と今日ご入定なすった生き仏様が取り持つご縁でござりましょう。さればむざむざお別れするのは忍びませぬ。さっき話しましたる通り、こっちはそれなりのあてがありますんで、どうか旦那も家移《やうつ》りをまじめにお考え下さいまし」

と別れ際にいい放った十右衛門の声にはまんざら空世辞《からせじ》とも聞こえぬ真摯《しんし》な響きがあ

った。

恵以が転宅の話を聞かされたのは草庵の梅が見頃となった寛文八年（一六六八）の年明け早々。間宮十兵衛が思いのほか長く腰を落ち着けた目黒からの引っ越し先は、昨年再会した男と書状のやりとりで決めたとも知らず、幼心には辛い旅支度をしなくてはならなかった。母代わりに何かと世話を焼いてくれた村の女房や遊び相手に別れを告げるのがただただ切なく侘《わび》しくて、先で待つ新たな出会いに期する心の余裕はなかった。

村人の惜しむ声に見送られて草庵を離れたのは桜が咲き始めた二月末の早朝だ。めぼしい家財とてなく、身のまわりの品々も既に引っ越し先からの使いに引き取られた実に身軽な旅立ちで、まっすぐに行けばわずか二里ちょっとの道のりだが、間宮は幼い娘の脚を案じてそう先を急がなかった。若い頃はよく妻を置き去りにして気ままな独り旅をしたこの男も、今は忘れ形見を慈しむことで貧苦を共にした亡き女を偲《しの》ぼうとしていた。

道すがら芝のあたりで恵以が思わず立ち止まって「まあ、大きい」と見あげたのは高さ一丈もある巨大な石像で、帰命山《きみようざん》五體寺《ごたいじ》の扁額を掲げた山門の両脇に佇む仁王像であった。共に筋骨隆々として眼を怒らせた怖い顔で、片方は口をくわっと開き、片方はむっと口を結んでいるが、共に一方の掌を前に押し出してまるでこちらを通せんぼするようだから、恵以は却《かえ》ってその中に入ってみたくなった。

本堂には寺号通り五体の木像仏が安置され、いずれも三十年ほど前にこの寺を開山した但唱《たんしょう》という僧侶が自ら彫像したのだという。但唱は当時の名高い木食上人だったとの話を案内の僧から聞いて、恵以は去年の冬に目黒原で目撃した恐ろしい光景を想い出さずにはいられなかった。

　あれから何度も同じ怖い夢に魘《うな》された。夢では見渡す限り茶色い地面が広がっていて、突如そこの土がむくむくと持ちあがり、中から何やら真っ黒なかたまりが飛びだしてくる。見れば鋭い切先を天上に向けた剣を小脇に抱え、髭むじゃらで眼を金色に光らせた鍾馗の顔だ。怖くてキャアッと叫んだ途端に、あの僧侶が蘇ったのだという安堵感に包まれながら徐々に目が覚めるのだった。

　山門を出て再び石像を見あげたら、ふいにあの少年の顔が瞼《まぶた》に浮かんだ。あそこで同じ恐ろしい光景を目にした風変わりな少年も、帰り道にここを通ってこの石像を見あげたのかもしれない。そう思うと片方の掌をぱっと開いて力強く前に押し出した仁王像が少年の姿に重なった。

　急に開けた海を見ながら芝の金杉橋《かなすぎばし》を渡ると、そこからは道幅も広がって人通りが増し、時ならぬ雑踏に足がすくんだ。通りに並んだ店つきはしだいによくなり、板葺《いたぶ》きの屋根ばかりでも、その下の商い物は三方の棚と土間一面をふさいで街の殷賑《いんしん》ぶりを見せつける。升《ます》で量り売りする者や天秤《てんびん》にかける者らが恵以の目には珍しく、通りの左右から降り注ぐ売り声は静かな村で過ごした娘の耳をいたく刺激した。

　目指す日本橋が間近に迫る頃にはもう耳を覆わんばかりの大喧騒で、雑踏の塵埃《じんあい》にあたりが霞んで見える。橋の下に舫《もや》われ、あるいは行き交う舟の数にも増さる人波がどっと前から後ろから押し寄せて、娘は躰ごと心もどこかへ持って行かれそうだ。弧を描いた橋の真ん中に立つと彼方の海に浮かんだ船の白帆まで見え、その色づき方は水面《みなも》に落ちる船影と共に目黒を出てからもう相当な時が経つのを教えてくれた。

日本橋の大通りを二丁ほど先に進んで東に向きを変え、川幅がそこそこある堀にかかった小橋を二度ばかり渡ると、道幅のわりにさっきとそう変わらない喧騒の再開が娘をびっくりさせた。

「さあさ、入らっし、入らっし」の声がひっきりなしに耳に飛び込んでくる。それは通りの左右に並んだ見世物小屋の呼び込みで、その声に誘われてついふらふらと近づいてしまうが、莚張《むしろば》りした小屋の入口では仁王のような大男がまさしく通せんぼをしていた。

通りをまっすぐ進むと今度は板囲いした小屋が次々と現れる。中には間口が八間を上まわる大きな小屋があり、入口はそれぞれ戦場の砦《とりで》のような櫓《やぐら》を備えて毛槍《けやり》まで並べていた。櫓は公儀の許しを得た劇場の徴《しるし》で、この通りは即ち数々の芝居小屋《こや》が客取り合戦を繰り広げる戦場でもあったのだ。

藍染《あいぞめ》の幕で覆った櫓の下には大きな縦長の看板が並べてあるが、そこに書かれた文字を幼い娘が読むのは難しい。ただし「天下一」の文字だけは読めて、何かよほど面白いものが見られそうな気がしてくる。

看板の前では台に乗った男が扇で人を招いていた。時には扇を翻《ひるがえ》し「アーリャ、アリ

ャ、アリャ、コーリャ、コリャ、コリャ」と賑やかな声で煽って、朗々と一節を唸ったり、あるいは一差し舞ったりして客を呼び込んでおり、恵以はその様子を見ているだけでも面白くて満足した。

小屋の前を通る人びとの姿もまた見ものだった。鬢髪《まげ》を広く剃り過ぎて禿頭に近い男もいれば、女のように髪を伸ばして厚ぼったい鬢や髷を結うのもいる。ここをゆっくり通るわずか小半刻ばかりの間にも、緋《ひ》色に鶸《ひわ》色といった派手な片身替わりの小袖が恵以の目を惹いて、人の背丈ほどもある朱鞘《しゅざや》の太刀や、腕より長い大煙管《おおぎせる》が紫煙をたなびかせて通り過ぎるのを見送っていた。いずれも一風変わった身なりの男たちが文字通り大手を振って往来し、絵から抜け出たような鮮烈な色彩が氾濫《はんらん》する街の風景は見飽きることがなかった。

外の通りでさえこうなのだから、お代を取って中で見せるのはやはり何かよほど面白いものでなくてはならないが、芝居小屋でも見世物小屋と同様に入口は屈強な男たちが仁王のように立ちはだかって無銭《ただ》見を防いでいる。むりやり中へ潜り込もうとする者や、途中で外につまみ出された者たちの悪態もまた呼び込みの声に交じってわんわん聞こえた。

こうして恵以の耳目を刺激した通りがいよいよ終わりに近づくと、左手にまた一段と大きな櫓を備えた小屋が現れた。櫓の下の縦看板には「なかむら勘三郎《かんざぶろう》」と書いてあり、この人物が自分たち親子をこちらへ招き寄せた理由にからんでいたのを恵以はむろんまだ知らない。

元祖中村勘三郎が京の都から江戸に出て来たのは五十年近く前の昔話で、徳川幕府の許しを得て日本橋の近くに設けたのが江戸最初のかぶき芝居。それがここ堺町《さかいちょう》に移転させられたのはわずか十七年前の出来事であった。

その六年後に起きた明暦《めいれき》の大火で壊滅に瀕した江戸をいったん離れて京に逃れた勘三郎は年内に帰江し、ここで小屋を再建した矢先に他界している。それについて間宮は目黒の茶店で唐犬十右衛門から次のように耳打ちをされたのだった。

「今じゃ病死ということにしてありますが、実のところは殺されたんだそうで」

明暦の大火後は盛り場を占拠した地廻《じまわ》りが大勢いた。中で堺町辺を縄張りとしたどら庄九郎《しょうくろう》なる無頼漢《ならずもの》が、京から戻った勘三郎と敷地の縄張りを巡って揉み合いになり彼を斬殺《ざんさつ》。即刻南町《みなみまち》奉行所に召し捕られて打ち首になったという噂もあるが、大火直後のどさくさで仔細は不明なのだという。

「芝居は左様に地廻りとの揉め事が何かと絶えません。それに役者の奪《と》り合いにもなって、小屋の中では客同士のいざこざや刃傷沙汰《にんじょうざた》がしょっちゅうだ。そんなわけで跡を継いだ二代目は、浅草でちったあ名の売れたわっちに、いわば堺町の張り番を頼んだんですよ。それで界隈じゃ何かと融通が利きますから、旦那に決してご不自由はおかけ申しません」

と十右衛門は自らの羽振りの良さを訴えて、間宮に転宅を強く勧めたのである。

十七年前に起きた由井正雪《ゆいしょうせつ》の乱によって牢人者の取り締まりは一段と厳しさを増していた。よほど確かな者が地請人《じうけにん》にならないと居住もままならない当節だけに、転宅を敢《あ》えて勧めたのはそれなりのあてがあるはずだった。

そうした因縁のある中村勘三郎の芝居小屋を通り過ぎると、堺町はがぜん人通りが少なくなって、さらに一本の通りを横切れば途端にひっそりとして新和泉町《しんいずみちょう》の町並みに変わっている。この界隈は岡本玄冶《おかもとげんや》という将軍家侍医の拝領地を始めとして貸地が多く、そこに父娘が暮らすには十分すぎる広さの一軒家が用意されていた。

家事一切を担う老僕と媼《おうな》も既に十右衛門が雇っていて、白木の芳《かぐわ》しい新築の玄関で旅装束を解いた父娘は、青畳の匂う拭き清められた座敷でゆっくりと寛《くつろ》ぐことができたのだった。

間宮は当面これまでと同様の身過ぎを考え、十右衛門もそれに応じて近所の子らを呼び集めた。中にあの少年の姿もあったが、ここでは仲間が大勢いるせいか、もう恵以には目もくれようとしなかった。

恵以もまたここに来てさすがに男子の遊び相手を探すどころではなく、男手一つで育っただけに、誰か女の良き導き手を見つけなくてはならない年頃である。幸いそれを買って出てくれたのはあの少年の母親で、すなわち幡谷重蔵の女房お時《とき》であった。

かつての無頼を向こう疵に残す重蔵も、今は和泉町で地子《じし》総代人という借地人から地代をまとめる堅気の務めに勤《いそ》しみ、お時は人の出入りが多い家を取り仕切るかたわら借地人の娘に針仕事を教えるなどしてまめに面倒をみていた。幼い娘の行く末を案じる父に転宅を促したのは、案外その話が決め手だったのかもしれない。

恵以はお時との初対面できれいに化粧した女の顔というものにまず驚いた。村で見ていた女房らと同じ女とはとても思えず、艶《つや》やかな白い顔、光沢のある着物、きりっとした居ずまい、きびきびした挙措《きょそ》の一つ一つに見とれてしまい、怖いような切れ長の眼にじろっと見据えられて縮みあがった。紅を塗った唇から歯切れよくポンポン飛びだす言葉は速くてよく聞き取れず、ただぼうっとした表情で白い顔を見あげるばかりだ。

「お前さん、今まで一体どんなもんを見て来たんだい?」

と尋ねるのは何とか聞き取れたものの、相手は答える隙を与えなかった。

「何事も三歳児《みつご》であらかた分別がつくといってねえ。つまり人の一生は幼い頃にどんなもんを見たかで決まるといってもいいんだよ。田舎育ちのお前さんは遅蒔《おそま》きながら精出して見るんだね、町のいろんなもんをさ」

町もまたいろいろあって恵以が転居してきたのは相当に偏った界隈といえそうだが、精出しても見尽くせないくらい沢山の見世物があるのは確かだった。

当初は十右衛門が自ら付き添ってくれて、父娘は隣町に蝟集《いしゅう》するさまざまな小屋に案内された。真っ先に飛び込んだのは板囲いの大きな見世物小屋で、入口の看板には「かごぬけ」と書いてあった。

中には人ひとりの全身がすっぽり隠れるほどの円筒形の竹籠が横向きにぶら下がって

いて、するりと潜り込んだ芸人が逆から出て来る時はがらっと衣裳を変えていたりする。最初はそれを夢中で見ていた恵以だが、何度か繰り返すうちに見飽きてしまった。籠脱けや綱渡り、火の輪くぐりや刀剣のお手玉といった軽業《かるわざ》の芸はいくら最初ひやひやさせられても、目黒原で人が生き埋めになるのを見た時のように、後々まで夢に魘されるほどずしんと胸には響かないのだ。ここの見世物をあれと比べるのは間違いにしても、見物する気持ちのどこがどう違うのかはわからなかった。

軽業はもとより米俵を片手で軽々と持ちあげる大女だの、利口な犬や賢い鼠の芸だの、からくり人形の見世物だのは一度見ればもう十分だった。が、同じ人形でも操り人形浄瑠璃《じようるり》芝居となればまた話は別で、演目《だしもの》が替わるつど小屋を覗きたくなってしまうのは、恵以がそこで繰り広げられる物語に夢中になるせいだろう。

堺町とそれに続く葺屋町《ふきやちよう》の二丁町《にちようまち》には、繁華な通りに面して操り人形浄瑠璃芝居が三軒もある。「せつきやう　天満八太夫《てんまはちだゆう》」の看板を掲げた小屋では太夫が甲高《かんだか》い裏声で、親子や夫婦の別れといった哀切な物語を聞かせた。三歳で死に別れた母の想い出なぞ恵以には全くないはずなのに、八太夫の声を聞くとふしぎに母の面影が浮かんだ。それで泣き顔になるのは恥ずかしいから自ずと足が遠のいていった。

説経《せつきよう》浄瑠璃の向かい側に二軒並んだ芝居小屋は共に「天下一」の看板を掲げているが、恵以が興味をそそられたのは「天下一大薩摩《おおざつま》」ではなく「天下一桜井和泉太夫《さくらいいずみだゆう》」のほうである。

その中に入ってまず驚いたのは非常に大きな音だ。見れば太夫が二尺ほどもある鉄の棒をガンガンと床に打ちつけながら声を張りあげていた。見物人も負けてはおらず、尻に敷いた半畳《はんじょう》を丸めて舞台の手摺《てす》りや地面をバシバシと叩いて拍子を取り、太夫はさらに負けじと喉が裂けんばかりの大音声《だいおんじょう》を張りあげるのだった。

舞台は激しい戦闘を見せる修羅場で人形同士が激突し、額がひしゃげ、眼は潰れ、鼻がもげたりなんかもして、もう顔がどこにあるかもわからない木偶《でく》のかたまりと化している。顔面崩壊した首が幕切れでついに胴体から引っこ抜かれて宙を飛び交うありさまに、恵以は愕然《がくぜん》とするばかりだが、周りの若い男は皆やんやの大喝采。いずれもさんざん騒いで発散したせいか、実にすっきりとした表情で小屋を後にしていた。

こうして初めはただただ驚いていた恵以も二度目はさすがに馴れたせいか、『金平誕《きんぴらたん》生記《じょうき》』と題する物語に耳を貸せた。赤い表紙の絵本で坂田金時《さかたのきんとき》の話は知っていたが、その金時が万代池《ばんだいいけ》に棲《す》む竜女と結ばれて男子が誕生したという話は意外な初耳だった。その子は悪太郎《あくたろう》と名づけられて親譲りの並外れた腕力で名文字通りの悪さを尽くし、とうとう常陸国《ひたちのくに》に追放される。そこで無事に十五歳を迎えると朝廷に叛逆《はんぎゃく》する悪徒を滅ぼすという大手柄を立て、父と同じく源家《げんけ》の武将に取り立てられて坂田兵庫頭金平《さかたひょうごのかみ》を名乗るという波瀾万丈の物語だ。

悪太郎の人形は真っ赤な顔をして、髪が逆立ち口が耳まで裂けたまさに化け物である。とはいえ黒漆《くろうるし》で塗った円《つぶ》らな眼はきらきらと光って、妙な愛嬌があった。父に背き世間から孤立して乱暴狼藉の限りを尽くす悪太郎にも竜女の母と早く死に別れた過去があるのを知れば、恵以は何やら親近の情のようなものが湧いてしまう。敵の人形を次々と破砕粉砕する腕力もさることながら、立派な理屈をこねて相手をいい負かしたり、妙に超然としたことをいう悪太郎に恵以はだんだん惹かれていった。

しかしながら三度目の見物をせがむとさすがに父は閉口し、代わって付き添う話を振られたお時も呆れ顔だ。

「お前さんは変な子だねえ。あんな騒々しい芝居を見たがるのはバカな若い者か小倅《こせがれ》ばっかりで、女《あま》っ子《こ》はよほどの物好きでもまず見に行かないもんだがねえ。わたしも付き添いはご免こうむるが、そんなに見たけりゃうちの倅と一緒に行くがいいさ」

というわけで恵以は例の少年の後ろにくっついて『金平恋之山入《きんぴらこいのやまいり》』という看板を掲げた芝居小屋の木戸口を潜《くぐ》ったのである。

少年の付き添いは唐犬組の若い者で、堺葺屋の二丁町に何か事が起きればすぐに駆けつけて、事を円く収めるというよりも、余計に荒立てて騒ぎを大きくしそうな連中だ。それを自分の家来のように従えて「おい、熊次《くまじ》」「やい、虎三《とらぞう》」と呼び捨てにする少年に恵以は正直びっくりした。

片やその連中の口からは、恵以が聞き間違いかと思うくらいにおかしな少年の呼び名が繰り返された。少年は別におかしな人相でもなく、むしろ子供ながらに眉目《びもく》の整った凛々《りり》しい顔立ちだが、黒眸《くろめ》がちの円らな眼は舞台の悪太郎に似て、愛嬌があるのみならず滅法きかん気な性分をも窺わせた。

『金平恋之山入』では既に金平を名乗る悪太郎がそろそろ妻を迎える年頃だった。峨々《がが》たる山脈と屏風《びょうぶ》のごとき断崖絶壁に囲まれた隠れ里に金平は潜入し、そこで見つけたかつらぎ姫を妻に迎える。その姫もまた大長刀《おおなぎなた》を振りまわして群がる敵を落花微塵《らっかみじん》に斬り散らしてしまう怪力の持ち主で、孤軍奮闘の夫をみごとに手助けするという筋立ては娘心を大いに満足させた。

少年と取り巻きに受けるのは筋立てよりも人形同士のぶつかり合いで、それを盛りあげる太夫の大音声と、雷鳴に似たバリバリいう太棹《ふとざお》三味線の大音響だ。毎度似たような修羅場に沸き立ち、半畳を投げつけ、舞台の手摺りをゆさゆさ揺さぶる連中に混じって、顔を赤くした少年が握りこぶしを振りながら盛んに叫んでいるのを横目で見て、恵以は男子が何故こうも修羅場で夢中になれるのかを訝《いぶか》しんでいた。

もっとも舞台の修羅場で沸き立つのはまだ罪がないほうだろう。唐犬十右衛門が間宮に話した通り、芝居町《しばいまち》では日々何やかやと諍《いさか》いや揉め事があって時に本物の修羅場も出現するのだった。

いっぽう中村勘三郎の小屋で恵以が初めてかぶき芝居を見た時は、舞台で可憐に舞う美しい女人の姿から少しも目が離せなかった。鼓《つづみ》や笛の音に合わせて緩急自在な動きをする典雅な舞いは嫋々《じょうじょう》として心地よく、目鼻立ちが非常にはっきりした舞い手の顔にも惹きつけられた。額を紫帽子で覆って両鬢を長く垂らしたその女人が、看板に「玉川千《たまがわせん》之丞《のじょう》」と書かれた、実は男だと知って心底驚いたものだ。

なぜ本物の女が舞台に出ないのかを訝って恵以はお時に尋ねたところで、かぶき芝居には大昔から喧嘩が付きものだったのを教えられたのである。

「そもそもかぶき踊りを創《はじ》めたのは出雲《いずも》のお国という女だそうでねえ。わたしが生まれるちょっと前までは、まだ女が大勢舞台に出てたそうなんだ。そしたら女の奪り合いで喧嘩沙汰がしょっちゅう起きるから、とうとう御法度《ごはっと》になっちまったんだとさ」

女の舞台が禁制になった後は未成年の美しい男子を集めた若衆かぶきが人気を呼んで、もっぱら女役をする女方《おんながた》も生まれたが、これがまた衆道《しゅどう》と称する男色にからんでの喧嘩沙汰が絶えなかった。かくして月額を剃った成人男子の野郎のみに「物真似狂言尽くし」を謳《うた》ったかぶき芝居が許されるようになったのは承応《じょうおう》二年（一六五三）、すなわち恵以がこの町に引っ越して来るわずか十五年前の出来事だった。

とはいえ舞台に立つのが今や成人男子と限るのは建前に過ぎない。実のところはいまだ色香が売り物の若衆方や女方の人気が断然根強くて、衆道がらみの揉め事も相変わらずだ。

小屋での揉め事は席の奪り合いでも生じた。上客は舞台から左右に伸びた桟敷《さじき》の席に余裕をもって陣取れるが、大半の客は舞台から一段低い土間席で、一人ひとり薄っぺらな半畳を尻に敷いて座るしかない。小屋が立て込んでくると他人の半畳を膝で押し退《の》けて割り込む者も出て来るし、隣同士でやれ肘《ひじ》が当たったの、脛《すね》がぶつかったのというつまらない文句の応酬から喧嘩沙汰にもつれ込むことも珍しくはなかった。

芝居の最中に役者がセリフをちょっといい間違えただけでも「引っ込め！」と怒鳴る客、ふざけ半分に舞台へ半畳を打《ぶ》ち込む客も必ずいて、これに役者のひいきが怒りだす騒ぎが続いた。そこで入口の木戸を守る「木戸番」のように、舞台を守る「舞台番」が絶えず客席に目を光らせ、騒ぎを未然に防がなくてはならない。舞台番だけで鎮《しず》められない騒ぎには、半畳売りや木戸番らが加勢した。それでも収まらない場合は、いわば毒は毒を以て制すの口で、唐犬組の若い者が騒ぐ輩《やから》を手荒く小屋からつまみ出すのだ。

騒ぎは往々にして小屋の外でも起きる。芝居町の通りは役者も目を剝くような奇抜な装いで闊歩《かっぽ》するのが大勢いた。蔵の奥から取りだした緋縅《ひおどし》の鎧《よろい》を土用干しするかのように着て歩くのや、真夏でも頭からすっぽり口まで覆った黒頭巾をかぶって顔の疵を隠すのがいる。わざと他の通行人を邪魔するように、前後左右へ大きく手を振って歩くのもいた。

腰に差す刀の鞘がすれ違いざまにカチッとぶつかっただけでも喧嘩の口実となり、抜刀して血を見る騒ぎにしようという無頼の侍もいる。何しろ騒ぎを起こしたい連中は小さな火種の燻《くすぶ》りが大きく燃え広がるのを見て歓ぶのだから、そもそも付ける薬はないのである。

大坂の陣からもう五十年。島原の乱すら三十年前の昔話となった泰平の今日に、いまだ滾《たぎ》り立つ血を持てあまし、戦乱の世はかくやの夢を追って騒動を起こすのが生き甲斐という連中がまだまだ大勢いた。遊廓や芝居町といった大勢の人の集まる盛り場は、そうした無頼の徒が押し寄せるのを避けられない。

直参の旗本で酒色に耽《ふけ》るばかりか博奕《ばくち》を好んで無頼を働く輩は旗本奴《はたもとやっこ》と呼ばれ、大《だい》小神祇組《しょうじんぎぐみ》や吉屋組《よしやぐみ》、鶺鴒組《せきれいぐみ》といった徒党を組んで町を荒し回るし、町人のほうもまた町奴《まちやっこ》や男達と称する連中が同様の組を拵《こしら》えて対抗した。両者併せて主立った組は六つで六法組《ろっぽうぐみ》と呼ばれ、六法は「むほう」とも読めてすなわち「無法」に通じたのである。

唐犬組もその一つで、ひと昔前の名高い幡随院長兵衛《ばんずいいんちょうべえ》配下の唐犬権兵衛《ごんべえ》に十右衛門のほか猪首《いくび》の甚兵衛《じんべえ》や無声庄左衛門《むしょうしょうざえもん》といったところが組の働き盛りである。旗本奴の無法はさすがに公儀も放置せず、幡随院長兵衛を殺害した神祇組の水野十郎左衛門《みずのじゅうろうざえもん》が切腹に処せられたのは数年前のこと。次いで同組の小出左膳《こいでさぜん》や小笠原刑部《おがさわらぎょうぶ》ら五十七名が一斉に八丈島や三宅島《みやけじま》に配流されるなどの厳しい処置に遭って、今やほとんど姿を消している。だが旗本以外の侍となれば人数が多すぎて、公儀はまだとても手が回らないようだった。

ともあれ、うららかな春風と共にこの町にやって来た間宮十兵衛が、今日はとうとう凩《こがらし》の声を聞いて時の流れに感じ入る折しも、唐犬組の若い者がいきなり玄関に飛び込んで「旦那どうかお助けを」と呼び立てたのは、しばしあっけに取られるほどの意外な出来事だった。

「うちの頭《かしら》が今は浅草のほうでして。甚兵衛さんや庄左衛門さんもつかまらず、わっちらだけではとても」と懇願され、おっとり刀で芝居小屋に駆けつけたら、既に木戸番や半畳売りが土間の後ろのほうで固まっていた。

「あれをご覧に」と指された彼方には周りから上にぐんと飛びだした頭が見える。どうやら土間で床几か何かに腰かけた男がいるらしい。顰蹙《ひんしゅく》のざわめきが聞こえるのも当然だろう。

その男はさらに刀の鐺《こじり》を回してあたりを払うようにした。周りの客は喧嘩を売られたも同然だから、ついに立ち上がって袖まくりする者や、それを押さえにかかる姿が目に入った。

「あれは何者なんだ?」という間宮の問いに即答がはね返った。

「髭《ひげ》の十《じゅう》こと深見《ふかみ》十左衛門《じゅうざえもん》とかいう、ちと厄介な侍でして」

相手は大小を携えた武士とはいえ一人で来ているようだし、遠目にも小柄な男でさほど手強そうには見えない。周りの客もそう見たのだろう、横から猛然と喰ってかかる男がいたが、たちまち刀の鞘で叩き伏せられてしまった。

こうなるともう土間全体が騒然としてくる。舞台では三味線が鳴り止み、役者は踊りを中断したから、舞台番も声をあげないわけにはいかないようだ。「東西《とざい》、東西《とうざーい》」とはご静粛にという決まり文句。

「もうし、そこのお侍さまにお願いを申しあげます。どうかお平《たいら》になすって下さいまし」

精いっぱい丁寧な文句が黙殺されると、今度は唐犬組の若い者がきゃんきゃん吠え立てた。

「こうっ、てめえはご見物の皆々様を邪魔しやがるのかっ」

「戯《たわ》けた野郎めが。とっとここを去《う》せやがれっ」

口だけは威勢がいいが、深見が床几から立ち上がってこちらを振り向いた途端に、両人は間宮の躰を前方に押しだして背後に隠れてしまう。間宮は半ば呆れて両人の楯となり、改めて敵の姿をじっくりと眺めた。

立つとさらに小男なのがはっきりした。背丈のわりには顔がでかい。「髭の十」の渾名通り、顔の下半分は髭で覆われ、上は逆に坊主頭と見まごうほど広く剃った月額がてかてかしている。

一見では滑稽な人相といえるが、眼光がやけに鋭くて侮れない気分にさせた。向こうもこちらを見て笑ったようだが、口髭と顎髭の間が一瞬きらりと光って見えたのは何だか奇妙である。

間宮は相手に背を向けて速やかに表へ出た。木戸口から頭を出した途端にビュンと冷たい風が耳をかすめる。通りのあちこちで茶色い砂塵が渦を巻いて立ちあがり、晴れたはずの空は土煙に黄色く霞んで日輪のありかも見えづらかった。

後に続いて表に出て来た深見は小柄な身にそぐわない、ゆうに三尺はありそうな朱鞘の大太刀を見せびらかすように大きく翻して腰に差すと、素早く抜いて木戸前の台で呼び込みをする男たちに面と向かった。皆が慌てて台から飛び降りると、深見はその台へ近づいて大上段に振りかぶり、気合いもろとも振り下ろせば、ガツンという鈍い音で台が真っ二つにへし折れた。

木戸番らは怯《おび》えて遠巻きとなり、唐犬組の若い者もすっかり腰が引けて後ろに隠れっぱなしだが、間宮はわりあい冷静に、あの刀は刃こぼれでもう使いものになるまいと見ている。さっきのあれは寝刃《ねたば》を研がないただの鋼《はがね》の棒を力任せに振ったも同然で、ことさらに剣術の腕前を誇示されたようにも思えなかった。ただし刀身の幅は広くて目方が三貫目くらいありそうな重い鈍刀《どんとう》であることは間違いない。

静かに左足を引いて正眼《せいがん》に構えると、間宮は相手の喉元に切先をぴたりと据えてしばらくじっとしている。片や深見は三尺の大太刀を大上段に振りかぶったり、八双《はっそう》に構えたりを繰り返しつつ徐々に間合いを詰めて来た。

キエエッと裂帛《れっぱく》の気合いで打ち込んで来たのをひらりとかわし、間宮は敵の背後に回り込んだ。気を取り直してまた打ち込んで来る敵を二度三度とかわすも、ついにガチッと刀身がぶつかって、そのままぐいぐい押されている。

小男とは思えぬ凄まじい膂力《りょりょく》に間宮はいささかたじろいだ。せめてこっちの刀が折れなかっただけましとするしかない重い鈍刀を鎺元《はばきもと》で辛うじて組み止めたものの、文字通り切羽詰《せっぱつ》まった恰好《かっこう》である。しかしこれだけ近くに身を寄せながら、ふしぎと相手の殺気は微塵も感じられなかった。

何とか振り払って事無きを得たら、相手はますます面白いといったふうに笑って、刹那ぴかっとまた何かが光った。よく見れば深見の唇から零れた前歯のようで、どうやら黄楊《つげ》の入歯に金が冠《かぶ》せてあるらしい。くろぐろした髭面と金歯の取り合わせは、いつぞやどこかの古寺で見た天邪鬼《あまのじゃく》像に似て、不気味な愛嬌があった。

金歯を見せびらかすように大口を開けてじりじりと迫ってくる相手が余りにもおかしくて、間宮はつい噴きだしそうになるも、まさしく真剣をやみくもに打ち込んでこられたら撃退に苦慮しなくてはならない。多少とも陰流《かげりゅう》を嗜《たしな》んだ目で見れば、深見の打ち込みはただ力任せの隙だらけだから、間宮が本気で打ちかかれば容易《たやす》く勝ちを制すはずだった。それなのに自他ともども血を流すのは避けたい気分が仇《あだ》となって、受け身一方で相手が疲れ倦《う》むのを待つ構えを取り、これまた小兵《こひょう》に似合わぬ大変な精力の持ち主にえらく手こずっている。

「勝つべきところを勝ち得ぬのは、そなたの臆病が根元なり」

と喝破した亡師の声がふいに蘇って耳に痛棒となりながらも、間宮はあくまで自分から仕掛けようとせずに潮目が変わるきっかけをひたすら辛抱強く窺っていた。

するとと意外にも相手のほうが先にあっさりと刀を収め、金歯を剝きだして笑いながら、

「愉快、愉快。まず今日のところは引き分けとしておいてやろう。後日また機会《おり》があれば、手合わせをしてやってもよいぞ」

余裕で勝てたようないいぐさで、くるりと踵《きびす》を返して傲然《ごうぜん》と立ち去るのが間宮は腹立たしくもばかばかしいが、その様子を見た唐犬組のだらしない連中が快哉《かいさい》をあげ、

「さすがに髭の十も間宮の旦那に睨まれたら手も足も出ねえや」

なぞと口々に誉めそやすのはもっとばかばかしい気がした。

この夜は唐犬十右衛門から新吉原の茶屋に招かれて、

「正直を申しますると、わっちは旦那の腕を見込んでこちらへお移り願ったようなところもございまして」

今さらに底意を打ち明けられると、さらにばかばかしさが募るばかりだった。ただし、

「向後《こうご》また時々こうしたことがござんしょうが、どうかお手助けをしてやって下さりませ」

と十右衛門に頼まれても、まさか三日後に相手が再来しようとは夢にも想わなかった間宮である。

相変わらず力任せな深見の打ち込みは間宮もさすがにかわし方を心得て、今度は攻勢に打って出た。ところがこっちから本気で打ちかかったら、防戦一方の相手は二度ばかり刃を合わせただけで早々に刀を収め、そそくさと引き揚げて行った。それでもうさすがに来ないかと思ったら、またすぐ三日後に現れて間宮を閉口させた。こうなれば二度と顔を見せられないよう完膚《かんぷ》なきまでに打ちのめそうとしても、三日前と同様ちょっと劣勢になるとたちまち引き揚げてしまうのである。

髭の十こと深見十左衛門は三日にあげず堺葺屋の二丁町を訪れては間宮との立ち合いを望んだ。それは払っても払ってもしつこくたかる蝿の煩《わずら》わしさに似て、間宮はほとほとうんざりさせられている。いつしか二人の立ち合いは路上の見世物と化したように、

身内は元よりお代を払わない見物人がどんどん増えているのも不愉快だった。「あれは一体どういう素性の侍なんだ？」と周囲に訊けば、「何でも親父の代までは福島《ふくしま》様のご家来衆だったとか」「ご当人も伊勢の藤堂大学頭《とうどうだいがくのかみ》様にお仕えしたとかいう話でして」とのことだ。

そう聞けば間宮もまんざら他人事《ひとごと》のような気はせず、主家を喪《うしな》い当《あ》て処《ど》なく諸国をさすらった苦い日々が蘇った。以来、相手と刃を合わせるたびに、間宮自身もこうした剣の腕を求められるのが、今やこの町だけだということをつくづく思い知らされるのだった。

向こうは同類を見つけたつもりでたびたびここにやって来るのではないか。もはや今の世に不要人《いらぬ》とされた悔しさや寂寞《せきばく》としたやるせなさを抱えながら、それでもまだ少しは構ってくれそうな相手を見つけたつもりで、ここにやって来るに違いなかった。

そうしたいわば人恋しさのような気持ちが間宮自身は鬱陶しく煩わしいのだが、共に勤め先を失った浪々の身として、残りの半生を暇つぶしする相手くらいには見てやれそうだった。

思えば堺葺屋の二丁町そのものが人様の暇つぶしで成り立つ町である。寄辺《よるべ》なき風の縁に縋《すが》って江戸という新興の都に吹き寄せられたのは、深見十左衛門も、唐犬十右衛門も、己れも同様だ。いずれもふしぎに十の字を名に持つ男たちがたまたまここに集ったことで、間宮十兵衛も遅蒔きながら界隈の名物住人となりつつあった。

間宮がこの界隈に住まいする際の地請人は幡谷重蔵で、これもまた下総から江戸に吹き寄せられた口のようだが、今や和泉町の地子総代人としてそれなりの知恵と識見は備わっているはずながら、

「わしは若い頃に無茶をして勘当も同然に家を離れましたんで、一丁字《いっていじ》も知らず、堅気の務めをするには随分と骨が折れました」

と当人は慎ましやかに述べて倅を間宮の元に通わせている。

倅のほうも腕白そうな見かけによらず熱心に通って日々手習いに励んでおり、将来は能書《のうしょ》ともなり得るほど筋がいい上に、文を声に出す素読《そどく》がまた大の得意と来ている。

「身体髪膚《しんたいはっぷ》、これを父母に受く。敢えて毀傷《きしょう》せざるは、孝の始めなり」

と今日もまた『小学』を朗々と素読する声が恵以の耳に飛び込んだ。

その『小学』の「七年にして男女席を同じうせず」という教えに従って恵以は男子の学《まな》び舎《や》にもう入らないようにしていたが、襖越《ふすまご》しにでも、中庭を隔てても、例の少年の声は聞き分けられた。歯切れのいい巻き舌の口調で、子供《し》らしい甲高い声とはいえ、きんきん響いて耳障りなわけでなく、むしろじんわりと沁み通るような余韻を感じさせた。

わが家に出入りする際には例の横顔もちらついて、凜々しげに整った佇まいと見えるのに、どうもこちらから話しかける気がしないのは最初の出会い方が尾を引くせいだろう。相手は中目黒村の悪童連と全く違うのは当然ながら、この町でも一風変わった子であるのは間違いなかった。

金平浄瑠璃芝居にはいつも唐犬組の若い者を引き連れて、まるで家来のように呼び捨てにしているくせに、わが家に通って来る同年輩の男子の間ではさほど偉そうに振る舞う様子は見えない。それでいて別に大柄な子というわけでもないのに、皆から一目を置かれているのは明らかで、ふだんは無口なくらいだが、ここぞの時には大変な理屈をこねて周りを承服させてしまうのだ。

何かにつけて理屈をいう癖《へき》は仲間内ばかりでなく大人相手にも発揮されて、師匠の間宮にも時にひと理屈こねようとする。

「孔子曰く、忠告してこれを善く導く。不可なれば則ち止む。自ら辱《はずか》しむるなかれ」という『小学』の訓戒に異を唱え、

「お師匠様、たとえ自分が嫌な思いをしても、相手が友だちなら忠告を止めねえのが本当じゃねえのかなあ」

そういい返した声を障子越しに聞いた恵以はそれが意外に鋭い反論に聞こえて、素直に感心せざるを得なかった。

時には子供らしい屁理屈でも周りを説得してしまうのは、少年の声に拠《よ》るところも多分にあろう。甲高くても丸みを帯びて耳に染《し》みやすい声の調子と爽やかな弁舌は少年の天性でもあった。

ただ理屈はあくまで理屈に過ぎず、学びも実践に程遠いのは致し方がない。敢えて毀傷せずと教えられた身体髪膚を傷つけるのは男子の本領であり、よほどの大けがでもし

ない限り周囲もそれを黙認する。

和泉町の空き地で、少年は仲間とよく木刀の太刀打ち事《ごっこ》をして遊んでいた。深見との立ち合いを見物してからは間宮にせがんで木刀の扱い方を熱心に習い、実戦に要するものではないから、間宮は足捌《あしさば》きのみを入念に教えた。刀を打ち込む際は右足を迅速に前へ繰りだすが、そのためには左蹠《あしうら》の力が肝要とした上で、

「親指の付け根に力を込めよ。さすれば総身に力がこもって動きやすくなるぞ」

という声は縁側で見ていた恵以の耳にも届いた。

真っ黒に日灼《ひや》けした顔で眼をきらきらさせて独り打ち込みを続ける少年は、足捌きの敏捷《びんしょう》さで師に勝るとも劣らなくなった。空き地ではよく木刀を左右に持ち替えながら前にするすると足を運んで、続けざまに小手打ちを見舞う。かと見ればひらりと横ざまに跳び、背後に回り込んで袈裟《けさ》懸《が》けに一刀両断する。こうした一連の動きはまるで舞台の所作のように段取りと形がしだいに極《き》まっていったので、いつしかこちらのほうも見物人を集めるようになった。

しつっこく理屈を述べる時とは裏腹の俊敏な動きに恵以はすっかり見とれてしまい、一人の少年の裡《うち》にある両面がおよそ結びつかないのに戸惑いを覚えた。それはこの町の何事にも思いがけない両面が潜んでいることの証《あかし》のようだった。

とにもかくにも文武両道というのは大げさながら、弁舌と太刀打ち事に長《た》け、自ずと周りの子から一目置かれた少年は、将来きっと立派に親の跡を継ぎそうに見えた。

恵以はその少年の名を初めて耳にした時いくらか奇妙に思えて、聞き馴れたらそう変な感じはしなくなったが、それでも名づけの由来が気になって尋ねてみたら、

「名づけ親は唐犬組の頭なんだよ」

母親のお時が案外あっさりと打ち明けて、

「頭はあの子が腹から出て来た日にうちへ駆けつけて下すってねえ。顔を見るなり『赤子とはよくいったもんだ。本当に赤《あけ》えや』なんて妙に感心なすったのさ。それでお七夜《しちや》のお祝いには『赤くてぴちぴちするこいつに肖《あやか》るがいい』ってんで、これを頂戴したんだよ」

と掛地《かけじ》の絵を見せられた。

かくして海老蔵《えびぞう》を名乗った少年は長じて衆望ある和泉町の地子総代人になるのかと思いきや、十二の歳を過ぎたあたりで想わぬ脇道にそれ、周囲をあっといわせたのである。

寵児の果て

「毒を盛るとは……また穏やかでない話だのう」

と間宮十兵衛はあきれたような声で唐犬十右衛門の顔をうろんげに見た。ふてぶてしい人相だが、まんざら嘘はない眼をしている。

それにしても初代は縄張り争いで斬殺され、二代目が毒殺されかかったと聞けば剣呑すぎて、眉に唾を塗りたくもなる中村勘三郎の噂話だ。既に燗鍋《かんなべ》が空になるほど酒が入っている話とはいえ、そんな怖い噂が囁《ささや》かれるほどに、かぶき芝居はまだまだ危うい戦乱の巷《ちまた》から抜けだしていないようで、間宮が今宵その話を聞かされるのも何か理由がありそうだった。

深見十左衛門との件で間宮は唐犬組にめっぽう頼りにされて、いつしか「遅蒔き十兵衛の旦那」と呼ばれだしている。それはかつて同じ名乗りをした男達《おとこだて》の娘が「間宮の旦那はお父つぁんと似ている」といいだしたからで、その娘が今は幡谷重蔵の女房となり、間宮の娘を世話するうちに並ならぬ縁を感じたらしい。

遅蒔き十兵衛の二代目にされた間宮は、十右衛門にここ新吉原の遊廓でたびたびねぎらわれているが、今宵は妓楼《ぎろう》の前に立ち寄った茶屋での四方山話《よもやまばなし》が思わぬ転がり方をした。

「毒を盛った張本人が、あの滝井山三郎《たきいさんざぶろう》だと聞いた時は、わっちもびっくり致しまして」

「舞台でしか知らぬが、あの役者がさほどに大胆な悪事を働くとは思えんがなあ」

と間宮はつい口を挟んでしまい、たしか声がいい役者で、小唄も得意だったのを想い出す。

「顔はそう大したもんじゃねえが、そのくせちょっと素っ気ないところが却って御奉行《おぶぎよう》をころっと参らせちまったんでしょうなあ」

「御奉行を参らせた、とはどういうことだ？　毒を盛った話に関わることか？」

と問わずにはいられなかった。

「北町《きたまち》奉行の島田出雲守《しまだいずものかみ》様が滝井のやつにぞっこん惚れて、やつはそれをいいことに自ら一座を興《おこ》す気になったというんですがね。今さらそうした願いが叶うわけもねえんですが」

と十右衛門は噂話の経緯《ゆくたて》をつぶさに物語った。

江戸で今、公儀の興行御免《ごめん》を得たかぶき芝居は堺町の中村座とお隣り葺屋町の市村座《いちむら》、少し離れた木挽町《こびきちよう》の森田《もりた》座と山村《やまむら》座を併せて都合四座もある。ところが島田出雲守の寵《ちよう》愛《あい》を受けた滝井山三郎は、望みを何でも叶えてやるといわれて自らも一座を持ちたいと願い出た。

ちなみに「座」は今日の劇場と芸能プロダクション双方を兼ねた意味合いがあって、いかに町奉行でも一存でそれを新たに増やす権限はなかったため、どこか一座をなくして後がまになろうと考えた滝井が勘三郎に毒を盛ろうとしたらしい。話の転がり方がいささか乱暴すぎるようだが、そうした噂の立つ何らかの怪事があったのかもしれず、おまけに噂の火種が町奉行と聞いては間宮も開いた口がふさがらなかった。

若衆かぶきの御法度は建前に過ぎず、若い役者はまだまだ男色に染まりがちで、滝井山三郎が島田出雲守の寵愛を受けたのはおかしくないにしても、近年やたらと役者の舞台衣裳にまで口を出し、細則を設けて厳しい取り締まりをする町奉行所の長官が衆道狂いで役者に血道をあげると噂が立つのは大変な不祥事といえよう。

「そんなわけで御白州《おしらす》へ訴え出るわけにもいかず、勘三郎の一家はもう凄まじい憤《いきどお》りようで滝井に毒を盛り返してやると息巻いてましてねえ。もっとも二代目が寝込んじまったのは何も毒にあたったせいではなく、逆に芝居が不当たり続きだからだと申すのもおります」

と十右衛門の話は全く別の方向に転がった。

初代の中村勘三郎は天性の美声で知られ小唄を得意とする一方、若い頃に習い覚えた能狂言を下敷きに「猿若《さるわか》」という滑稽な寸劇を自作自演して大評判になり、京では内裏《だいり》に召されて天皇《みかど》の前でも披露した。江戸では三代将軍家光《いえみつ》公の御代《みよ》に一座を率いて御城に上がったばかりか、巨大な御用船安宅丸《あたけまる》が伊豆沖から霊岸島《れいがんじま》に入津《にゅうしん》する際、美声で船歌の音頭を取った功労によって将軍家から金の采配を賜《たまわ》った話も知られている。

　その跡を継いだ二代目は最も由緒あるかぶき芝居の座元であり、太夫元《たゆうもと》ともいわれた。太夫とはそもそも五位の官位を指し、そこから上級の遊女や芸能者の呼称となったので、太夫元はさしずめ芸能プロの社主といった意味合いが強いだろうか。

　芝居の興行には役者の給金はもとより衣裳代や道具代等々で相当な費用がかかるので、それなりに見物人が集まる舞台を制作しなくてはならないが、江戸という東国の新たな都ではとかく目新しいものが歓迎されるため、昨今の中村座は苦戦の様相を呈して来た。それが心の負担になったのか、二代目勘三郎はまだ三十路《みそじ》前の働き盛りなのに近頃は臥《ふ》せってばかりいるのだという。

「唄と踊りに、ばからしい物真似狂言の組み合わせだけでは、もう芝居が保《も》ちません。お客はもっと何か目新しいもんが見たいんですよ。それが証拠に葺屋町のほうは今もそこそこ繁盛しておりますんでねえ」

　と十右衛門は空になった燗鍋のツルを取っていじましげに揺すぶっている。

　葺屋町にある市村座の太夫元、市村竹之丞《たけのじょう》は二代目勘三郎の七つ年下でいまだ若盛りの端麗《たんれい》な容姿を武器に、自らが舞台の中心に立って大勢の見物人を集めていた。この男は容姿のみならず芸にも秀でており、しかも今までの役者のように唄や舞い踊りを得意とするだけではなかった。

元来かぶき踊りに始まるかぶき芝居は、能の合間に狂言が挟まるのと同じく舞踊の合間に滑稽な寸劇を差し挟んで上演する形式で、舞台も当初は能舞台をほぼ踏襲する形だったが、

「初めてそこに幕を吊したのが市村座で、それよりかぶき芝居はがらりと一変いたしました」

幕が閉じている間に場面を変えられるので、市村座は「続き狂言」と称する多幕劇を上演するようになった。勢い長編の物語が展開され、セリフを聞かせる場面が多くなり、そこに竹之丞の優れた「口跡《こうせき》」すなわち巧みなセリフ術が大いに活かされたのである。

続き狂言は場面が変化するから後に大道具と呼ばれる舞台装置も次々と考案されて、見るほうも丸一日がかりになるので今や世間は市村座を「大芝居」と呼ぶようになり、旧態依然とした中村座は「踊り芝居」と呼ばれて軽く見られがちだ。江戸一番の由緒を誇る太夫元としては相当な焦りがあるに違いない、と十右衛門はいう。

「竹之丞は幼い子方《こかた》の時分から踊りも達者でしたが、十二やそこらで長ゼリフを上手にいえた時は江戸中が舌を巻きました。早くに上方《かみがた》へ行って、向こうでも大評判だったとか」

市村座の太夫元が天才子役だった時分を知る十右衛門は、次いで中村座の太夫元の過去にも触れた。

「二代目がお父つぁんと一緒に上京したのはまだ十一の歳で、自分も立派に『新発意《しんぼち》太鼓《だいこ》』という狂言を披露して天皇様のお目にかけたんだそうですよ。見舞いに行くと、その話ばっかり聞かされましてねえ」

つまるところ叡覧《えいらん》に浴した過去の栄光にしがみつくしかない男を十右衛門は何とか元気づけたいようだが、続けて間宮が聞かされたのは実に思いがけない話である。

「わっちは二代目に、重蔵の倅を舞台に出したらどうかと勧めてみたんですよ。海老坊をちゃんと仕込んだら、昔の竹之丞にも劣らぬ人気が出るんじゃないかと思いましてね」

この界隈で見た目のいい子は必ず舞台に誘われるという話を間宮も聞いてはいたが、

「あの子の親は承知をすまい」

と、ここはあっさりいうしかなかった。

無頼の過去を持つ身でも今や幡谷重蔵は真っ当な堅気暮らしで、わが子にもそれを望んでいる様子だ。その子におかしな幼名を与えたばかりか、おかしな世渡りまで勧められては堪《たま》るまいと思う。

堺町、葺屋町と続く二丁町にはどこからともなく集められて来た子供が大勢いる。いずれも来た時はぼろ同然の貧しい身なりで、親に売られたり拐《かどわ》かされて来るのが多いのだという。その中には見世物小屋で常人ができないようなさまざまな曲芸を仕込まれる子もいれば、顔立ちのよさを買われて歌舞音曲を仕込んだ上でかぶき芝居の舞台に立つ子もいた。いずれも躰に叩き込むような厳しい修練を経て、顔を除いた肌は痣《あざ》だらけの子ばかりだという話もあり、また早く芸を習い覚えて上達したらきれいな衣裳を着て舞台にも出られるけれど、芸がなかなか上達せずにいつまでたっても舞台に出られない子は、「陰子《かげこ》」や「陰間《かげま》」と呼ばれてもっぱら男色を販《ひさ》がされる過酷な運命が待ち受けていた。

芝居小屋と見世物小屋に挟まれてずらずら並んだ「子供屋」が売色を斡旋する様は、ここ新吉原の眺めと少しも変わらず、違いはひとえに女色か男色かに過ぎない。吉原の遊女を太夫と呼ぶように、かぶきの女方も太夫というのだ。吉原の遊廓は明暦の大火後に浅草へ移転したが、それまでは今まさに間宮が住む界隈にあって、つまり当時の芝居町は吉原遊廓と隣接していたくらいなのだから、役者を遊女と同様の境遇とみなすのはあながち間宮の偏見でもなかった。

戦国の世には女のいない戦場で修羅をかいくぐった者同士が情を通わせ肌を交えることもままあったろうし、今でも主君の寵愛を受けた小姓あがりの武士が余人にまして忠義が篤《あつ》いといわれるのは間宮もよく承知している。若い男の引き締まった肉体《ししむら》を女の柔肌よりも好む男も珍しくはなく、共に高い志を口にしながら相手の熱い息吹に気分が昂揚し、閨《ねや》まで共にするようなことも決して稀《まれ》とはいえない。しかし髭も満足に生《う》えそろわぬ若者が金銭を得るため誰彼なしに男と交わるのは、遊女の勤めにも勝る憂《う》さ辛さがあるように思えた。

役者稼業にそうした淫靡《いんび》な暗い一面があるのを熟知しているはずの十右衛門が、可愛

い名づけ子でもある幡谷重蔵の倅にそれを勧めるのが間宮はふしぎでならないが、

「旦那もご承知の通り、わっちは根っからの関東者《もん》でござんしょう」

と相手はいわずもがなの念を押した。北条家が下総から駿遠に国替えをした際に、間宮の元を去って江戸に出たのもそのせいではなかったのか。

「なんで、生粋の関東者からいい役者が出てほしくってねえ」

江戸にかぶき芝居をもたらした初代中村勘三郎は京下りの人物だったし、今に人気の竹之丞は市村宇左衛門《うざえもん》という上州出身の興行元の甥とされているが、実は京から沢山呼び寄せた子供の一人を養子にしたという噂もあるくらいで、

「人気の女方は玉川千之丞にしろ玉川主膳《しゅぜん》にしろ、いずれも京下り。江戸でまともに飲めるのは伏見《ふしみ》や灘《なだ》、伊丹《いたみ》の下り酒ばかりといった塩梅《あんばい》でしてねえ」

と十右衛門はいかにも残念そうな口ぶりだ。

「上方の男は顔立ちがのっぺりとして肌理《きめ》も細かいから、白粉《おしろい》の映《は》えがいいんだと申します。関東者は上方に比べると頬骨が出っ張ってたり、目鼻の彫りが深い人相のようでして。白粉を塗ると影が出て、きれいに見えないんだとか」

「道理で、あの子が白粉を塗った顔は目に浮かばんはずだ」

「たしかに海老坊も目鼻の彫りが深い顔立ちだからねえ……ただ赤ん坊の時から髪の生え際がきれいなんで、きっと化粧が似合いますよ」

間宮は芝居町の近所に住み馴れたせいで、役者には十右衛門のこだわる化粧映《うつ》りより

もっと大切《だいじ》な資質があるように思えた。

あの少年はうちの手習い子の中でもとりわけ目立つのは確かだ。それは凛々しい顔立ちやすっきりした佇まいといった、わかりやすい取り柄《とりえ》のせいだけではなかった。大勢の中にいても、そこだけ陽が当たったようにあの子の姿はぽっかりと浮かびあがって見える。それはあたかも光の羅綾《らりょう》を身にまとうがごとくで、周りの子も自ずとそれを感じ取って一目を置いているようだった。が、果たしてそれだけで役者になれるとは思いにくい。

堺葺屋の二丁町を通りすがりに見かける役者はいくらもいた。間宮自身が界隈に知られたせいで、近頃は向こうから近づいて挨拶するのも多いし、しつこく付け文をされて閉口することも一度ならずあった。彼らはたいてい衣服に焚きしめた白檀《びゃくだん》や何かの香り、あるいは肌にこびりついた脂粉《しふん》の匂いですれ違いざまにそれと気づかせる。さらに揺蕩《たゆた》げな目つきや媚《こ》びた眼差しで気を惹こうとする。つまりは何がなんでも人にこちらを振り向かせたい、人の注目を集めたいというのが役者の本性であろうし、両親《ふたおや》と周囲の慈愛に恵まれたあの少年にはそうした渇望《かつぼう》があるようには見えないのだ。ゆえに間宮は本人の意思を確かめる気もせず、所詮は酒の肴《さかな》と消える座興話として聞き流したのである。

「小さい子は小さいなりに年をちゃんと取るんだねえ。あんなに金平びいきだったお前さんがやっと役者好きの娘になってくれたようで、わたしもひと安心だよ」

と、おかしそうに笑われて恵以は恥ずかしげに顔を伏せながら、上目づかいでお時の着物を見ている。前身頃《まえみごろ》に川が大きく描かれて、支流に小橋がいくつも架かる図柄は近ごろ流行《はや》りの蜘蛛手《くもで》模様だが、それを見ているとてんでんばらばらな橋の向きが変に落ち着かない気分にさせた。

「竹之丞の芝居なら歓んで付き合いますさ。何年か前に流行った続き狂言をまた演《や》ってるそうだから、明日にでも見に行こうじゃないか。あれは一日がかりでも見飽きなかったなかなか面白い狂言でねえ」

お時はさっそく近所の女房たちにも声をかけて市村座に誘った。芝居小屋はどこも厠《かわや》がなく、女は近所の茶屋で借りるために誰しも表に出やすい桟敷に席を取る。そこには桟敷番という親切な世話係もいて、何かと用足しをしてくれた。

舞台の客席側にある柱を大臣柱と呼び、そこには毎度上演する続き狂言の名題《なだい》を記した看板が掛かっているが、この日の看板には『今川忍び車《いまがわしのびぐるま》』とある。主役の今川年秀《としひで》に扮《ふん》した竹之丞が舞台に登場した途端、場内はさざめきが広がって恵以の胸もざわざわした。

幼い頃の面影を残した小作りな細面《ほそおもて》は眉目秀麗にして、すらりと伸びた躰には淡藍色《はなだ》の裃《かみしも》がよく似合い、水際だった美男子ぶりに恵以はすっかり見とれて胸中で大喝采だ。年秀が熱涙溢れる口調で主君に諌言《かんげん》したり、爽やかな弁舌で悪臣らをやり込める場面では場内もしんと静まり返って一言一句が耳の底に沁み通るようだった。

二幕目は国を逐《お》われた年秀が妻と共に放浪する場面だったから、牢人の父を持つ娘は身につまされた。刀折れ矢尽き満身創痍《まんしんそうい》となった年秀が披露する舞いは哀切に充ちた三味線曲の〽次第しだいに弱り果て……という歌詞通りなのに、なぜかそれがとても優美に見える。破《や》れ綻《ほころ》びた鎧具足や髷の潰れた乱れ髪、そうした無惨に窶《やつ》れた姿が逆に美しく見えるという舞台の詐術にひっかかって、恵以は幕が引かれるまで少しも目が離せなかった。

幕が引かれると場内は再びざわざわし、「火《ひ》縄《なわ》、火縄は要らんかねえ」の売り声がこだまするなかで、おもむろに懐中から煙草入れを取りだす姿があちこちに見受けられた。屋根のない土間の席でも今や紫煙がはっきりそれとわかるくらいに濛々《もうもう》と立ちこめている。

「幡谷のお内儀《ないぎ》、お情けにどうか一本でも買ってやっておくんなさい」

ふいに桟敷の下で声がして、土間から手を伸ばす火縄売りの姿が目に入った。

「ああ、菊壱《きくいち》かい、お前さんは何をやってもご精が出るねえ」

「一本一文じゃ精出して売ったところで塵《ちり》も積もりゃしませんが、もう他に売りもんがないんだから仕様がありませんよ」

「そんな哀しいことをいって、また泣かせておくれでないよ。さっきの舞台でもう十分泣いたんだからねえ。まあ今そこで手にした分だけは、まとめて戴くとしましょうか」

気前よく銀の小粒をはたいて、お時が一人では使いきれないほどの火縄を受け取ったから恵以はすっかりたまげてしまい、菊壱と呼ばれた火縄売りの姿を改めてしげしげと眺めてみた。ひび割れた汚い手のわりに顔はそこそこ整っていて肌つやも悪くない。目もとには何ともいえない愛嬌が滲《にじ》んでいた。

ふかぶかとお辞儀をして相手が立ち去ると、

「思えばあれも気の毒な身の上でねえ」

お時は訊かれるともなく話しだした。

「一時は舞台でも人気が出たんだが、陰間の時分に馴染んだ男と縁が切れず、そいつの妬《や》っかみがひどくなって、ひいきがみんな手を引いたらしいのさ。人気は落ちる一方で、勢い役もつかなくなってとうとうお払い箱。年を喰っちまってもう昔の陰間の暮らしには戻れないし、行き場をなくして今はあのありさまだ。まあ若い頃はいくら売れても、年を取ったらたいがい行方《ゆきがた》知れずになるのが役者の身の上なんだがねえ」

十歳になったばかりの恵以は話の意味が半分もわからなかったが、あのしおたれた火縄売りが昔は華やかな舞台に立っていたこともあるらしいのはわかって、役者稼業がいかにあてにならない渡世なのかを考えないわけにはいかなかった。今たいそう熱をあげている竹之丞も年を取ったらあんな惨めな姿になってしまうのかと想ったら、芝居という世界の何もかもが急に空恐ろしくなった。それだから芝居の世界を知り尽くしたはずのお時の子が役者になるらしいと聞いた時は、しばし開いた口がふさがらなくて喉がいがらっぽくなってしまったほどである。

寛文から延宝《えんぽう》元年（一六七三）に変わった年も中村座は客が入らず閑古《かんこ》鳥《どり》の鳴く日が多かったが、この日は珍しく早朝から木戸前に行列ができている。唐犬十右衛門は近隣のみならず浅草からも大勢の若い者を呼び寄せており、家を出る時はまだきれいな星月夜だったと話す者もいた。

「今日はみんなご苦労だが、樽酒《たるざけ》と弁当を用意したから遠慮なしにやってくんなよ」

と十右衛門に声をかけられた若い者は開場と同時に中へぞろぞろ入ってゆく。芝居小屋は開場時に鼠木戸《ねずみきど》と称する小さな潜り戸を設けており、それを一人ずつ通って中に入るのだった。

中で土間の中央に席を占めた唐犬十右衛門と幡谷重蔵の一行に対して、お時を先頭にした近隣の女房連は束になって桟敷の席に陣取った。恵以はお時の横で小さく畏《かしこ》まって、女たちのおしゃべりを邪魔しないように聞き耳を立てている。お時の倅が今日から舞台に出るという話はいずれも初耳だったようで、一体どんな役に扮するのかといった矢継ぎ早の問いかけに「まあ、見てのお楽しみだよ」と母親は繰り返していた。

一昨年の暮れあたりから、恵以はあの少年がうちに来て手習いや素読をする姿も、近所で太刀打ち事《ごっこ》をする姿も見かけなくなっていた。裁縫《たちぬい》を習いに自分のほうが相手の家を訪ねても姿を見せないので気になって、恐る恐る尋ねたところ、

「唐犬の頭に頼まれたら、うちの夫《ひと》は断れなくてねえ。頭の気が済むんだったら一度く

らいはと承知しなすったんだが、舞台に立つにはそれなりの修業もしなくちゃならないそうで、朝早くから楽屋へお稽古《けいこ》に通ってるんだよ」

と聞かされて、役者の修業は唄や舞い踊りのほかにも何か習い事があるのだろうかと恵以はますます気になったものの、それ以上のことは訊けなかった。

今度の初舞台の話もまるで聞かされていないが、お時自身がこうぶつぶつぼやいていたのである。

「あの夫はああ見えて子煩悩だから、ときどき楽屋の稽古も覗きに行ってたんだけどねえ。女は楽屋に入っちゃいけないそうだし、話をしてもくれないんだから、あの子が一体どんなことをするんだか、わたしも知らないくらいなんだよ」

母親がわが子の初舞台を心配するのは当然だろうに、お時はすっかり蚊帳《かや》の外に置かれて気の毒だった。それでいて昨夜は遅くまで大勢の弁当を用意させられたせいで、席に腰を落ち着けたら急に眠そうな顔になって口数が減り、幕が開いてもうつらうつらしている。

舞台の大臣柱には『四天王稚立《してんのうおさなだち》』と書いた名題看板が見え、金平浄瑠璃好きだった恵以にはお馴染みの坂田金時や渡辺綱《わたなべのつな》ら源頼光《みなもとのよりみつ》に仕える四人の武将たちの物語と知れた。幕が開くとまず裃姿の男が舞台に現れ、役者の某《なにがし》が頼光で、某が渡辺綱といった役人替《やくにんかえ》名《な》の口上書を読みあげる。そこにはまだ海老蔵の名が出てこなかったので、恵以はわりあい落ち着いた気分で見始めた。

序幕は無名の役者が多くて、さほど面白くもないから自ずと睡気《ねむけ》を誘われる。土間のほうを見たら早朝の呼び出しがかかった唐犬組の若い連中は、居眠りどころか足を投げ出して寝転ぶありさまだ。が、幕が閉まると一斉にむくむくと起きあがり、車座になって酒を飲みだしている。いくら芝居小屋は飲食が当たり前でも車座になっての酒盛りはあんまりだと思い、恵以はつい冷たい目を向けてしまう。以前からあの少年の取り巻きはろくでもない連中だという気がしていたのだった。

二幕目はまず舞台の右手《かみて》に三味線弾きと浄瑠璃の太夫が現れた。

〽扨《さて》もその後《のち》……と太夫がおもむろに決まり文句を語りだして、〽峨々と聳《そび》えし足柄《あしがら》山《やま》の……と続けるなかで、舞台の背景には山の絵を大きく描いた道具幕が吊されている。舞台の中央には鼠色の幕を張り巡らした大きな箱形の作り物が据えられて、その周りには岩石を模した鼠色の紙張子《かみはりこ》や生木の枝を縄で括《くく》った薪《たきぎ》の束がいくつか置いてある。

〽岩巌石を住みかとなし、悠々と暮らしける……

と太夫が大声を張りあげたらすかさずドン、ドン、ドドンと太鼓が打たれて何やら物々しい雰囲気を醸《かも》しだした。

「われこそは山姥《やまんば》が一子《いっし》、怪童丸《かいどうまる》なり」

その甲高い声を聞いた途端に恵以は胸がだくだくしはじめた。あの少年の声に間違いなかった。

ピィーという鋭い笛の音と同時に作り物を覆った鼠色の幕がハラリと下に落ち、パッと中から真っ赤なかたまりが飛びだしたので仰天する。それはあの目黒原の大地から黒い鍾馗が飛びだす夢にも似た衝撃だ。

あれ、まあ、と桟敷の女たちから口々に驚きの声が洩《も》れ、土間の男たちは唸り声をあげて場内はしばしどよめきが収まらない。りんりんと響き渡る声がそれをみごとにかき消した。

「われ山中を駆けめぐり、熊狼《くまおおかめ》を家来となさん」

怪童丸に扮したあの少年が大勢の見物人を前に堂々と舞台に立ち、少しも臆することなく明朗な声を張りあげたのは至極当たり前のように見えた。当たり前でないのは全身を丹塗《にぬ》りした化粧である。ふつうなら白粉を塗って出てくるはずが、黒いがっそう髪に縁取られた顔は真っ赤で、その中に黒眸がちの眼《まなこ》がきらきら光って見える。格子縞《こうしじま》の衣裳から突きだした二の腕も手足も真っ赤に塗られ、少年はまさに絵本から抜け出した金時の姿だ。大きな鉞《まさかり》の作り物を頭上に持ちあげた姿は絵とそっくり。だが、そこから先は恵以が後でいちいち想い出せないくらいおかしな出来事の連続だった。

〽春は梢《こずえ》に咲く花を待ち、夏は木立《こだち》の陰に沿い……

太夫の語る浄瑠璃に合わせて、少年は鉞を肩に担いでゆっくりと舞台の前方に出て来た。そこで少し舞いはじめたら、土間の中央に陣取った唐犬組の若い者が破《わ》れんばかりの大歓声をあげて三味線の音をかき消してしまう。それで少年は棒立ちになり、むっとしたように鉞を下に置くと、黙れ、鎮まれといわんばかりに指を開いた片手は前に突きだして、もう一方の手は拳を握って殴《なぐ》りかからんばかりに振りあげている。その姿が恵以の目には五體寺の山門で見た仁王像と重なったが、それをますます面白がった唐犬組は却って「海老坊、海老坊」と連呼し始めたので、少年は癇癪《かんしゃく》を起こしたように薪の枝を一本引っこ抜いて土間に投げつけた。それがまた受けて騒ぎはさらに大きくなった。

少年が手当たり次第に土間へ投げ込む枝を、唐犬組が舞台に投げ返すというやりとりがしばし続いたあげく、少年は岩石を模した紙張子をビリビリと破り始めた。文字通り岩をちぎっては投げ、ちぎっては投げするうちに、宙高く舞った紙屑が天井の簀《す》の子《こ》にぶつかって土間に落下し、途端にまた唐犬組が大喝采だ。少年はそれが自分でもよほどおかしかったのか、げらげら笑いながら鼠色の紙屑を次々と天井に向けて放り投げた。

舞台と客席が渾然《こんぜん》一体となった騒々しさに恵以はぼうっとなりつつ、幼い頃に好きで見ていた金平浄瑠璃の舞台が想い出された。けれど人形ならともかく人間が演るかぶき芝居でこんな幼稚なバカバカしいことが起きるだなんて想いも寄らず、まるで悪い夢を見ているようだった。確かな現実は少年のろくでもない取り巻きが彼の初舞台を台なしにしたということである。

隣に座ったお時を見ればやはり茫然とした表情で、時に眉をひそめて周りを窺っていた。お時が誘った近隣の女房連も何といっていいやらの顔つきを互いに見合わせるしかなさそうで、桟敷は他の客も概ねあっけに取られているが、土間に座った多くの男客は皆ポンポン膝を打って少年の動きを面白がっている様子だ。

岩石を模した紙張子がきれいになくなると、少年は作り物の竹枠《たけわく》まで壊しはじめた。バラバラにした竹の棒をまとめて上に放り投げたら、一本が太夫の見台に当たったので、舞台番が慌てて太夫と三味線弾きを舞台から引きずり降ろしている。これでまた場内がどおっと沸いてもう収拾がつかない騒ぎとなり、ついには大急ぎで幕が引かれたのである。

近隣の女房連を見送ったお時は大きな嘆息をし、

「腹にいる時分からよく騒いでた子だけど、まさかあんな突拍子もない真似をしてくれるだなんてねえ……」

とぼやきつつ、気を取り直したふうに恵以の顔を顧《かえり》みた。

「まあ、ちらっと楽屋を覗いて帰るとしようかねえ」

楽屋で役者が化粧したり衣裳を着けるのはどんな様子かと恵以は常づね気になってはいても、今日はさすがに可哀想であの少年の顔が見られそうになかった。が、お時に手をつながれていったん外に出てから舞台の裏側に回り込んで、楽屋の敷居をまたいだ途端に、まず何ともいえない臭気に閉口し、戦場さながらの慌ただしい気配や、目の前のだだ広い板の間をほぼ全裸で歩きまわる男たちの姿に驚いた。しばし少年のことをころっと忘れて、思わずお時の袖をぎゅっと堅くつかんでいる。

何とか勇気を振り絞ってそろっと周囲を見まわしたら、赤い化粧をした少年の顔が意外と間近にあった。だが既に例のろくでもない連中が取り巻いてわいわい騒いでいるか

ら、少年はちっともこちらに気づかない様子だ。お時が手招きしながら近づこうとしたら、

「ここは女人禁制だぞ。てめえは茶屋に行って待ってろっ」

けんもほろろに退《しりぞ》けたのはお時の亭主、幡谷重蔵である。横の唐犬十右衛門も目顔で退去を促していた。

「そんなら、あそこでまた」と少年の母親が殊勝《しゅしょう》な顔ですんなり引き下がって外に出たのを、恵以はふしぎそうに見ている。少年は男たちの輪の中にいるというのに、実母でさえその輪の中には入れないのが何だかとても理不尽に思えた。この日のために夜徹《よどお》しで大勢の弁当まで拵えたのに、文句もいわずにしおしおと楽屋を引き揚げる女の姿は後々まで恵以の瞼に焼きついて離れなかった。

楽屋を出るとお時は中村座からどんどん遠ざかって表通りをまっすぐ西に向かった。葺屋町まで歩くと市村座の隣に建つそこそこ立派な構えの二階屋で足を止めて、「和泉《いずみ》屋《や》」と染め抜かれた茶色い暖簾《のれん》を潜ったものだ。

和泉屋は初代中村勘三郎と共に江戸へ下ったという、界隈で一番の由緒を誇る芝居茶屋だが、「それにしても、ちょっと前までは葦簀《よしず》囲《かこ》いの小さな茶店だったのにねえ……」という感慨深いお時の声で、恵以は出された茶碗に口をつけたまま二階座敷をきょろきょろと見まわしている。

元は遠方から芝居を見に来る客の休処《やすみどころ》だったのが、見物中に手荷物を預かったり、食

事も出すなどして劇場《こや》の傍に欠かせなくなったのが芝居茶屋で、近頃は客が桟敷の席を取るにもここを頼るようになっていた。ひいきが役者を呼びだす場所に使うことは一昨年に町奉行所が堅く禁じたものの、母親が出番を終えた倅とここで会うのに遠慮のあろうはずもなかった。

数寄屋《すきや》風に設えた座敷は床の間の一行軸や小さな籠に活けた竜胆《りんどう》もすっきりと見え、芝居町ならではの華やいだ騒音や猥雑な空気をも厚めの襖戸がしっかりと遮断している。今その襖がすうっと開いて、白髪交じりの女が現れた。

「お時さん、ようこそお越し」

と福々しい笑顔を見せられて、

「ああ、和泉屋のお内儀《かみ》さん、大《いか》いお世話になりまする」

「今日は何しろ初舞台の初日ですからねえ。で、海老坊はいかがでした?」

「いやもう、話にも何も……」

落胆ぶりが如実にわかる声で言葉の接ぎ穂《つほ》をなくしたせいか、和泉屋の内儀はお時から目をそらすようにして恵以の顔をちらっと見た。

「はて、こちらは海老坊の妹御で?」

「いやいや、これは間宮十兵衛様の娘御でして」

「間宮……ああ、あの遅蒔き十兵衛さんの。それは、それは……」

と親しみを込めた目で見直して、

「お父上のおかげで、この町は大助かりでございますよ」

内儀は恵以の面映《おもは》ゆさを募らせた。そこからはもっぱらお時の愚痴の聞き役となり、

「若い男が馬鹿なのは何も唐犬組に限った話じゃないけど、あんな連中がくっついてたら、そりゃ海老坊の将来《さきざき》が気遣われるのはもっともですよ」

「男子が十歳を過ぎたら母親でも女は口出し無用なんだと、うちの夫《ひと》は何かで読んだとかいうんですがねえ。あのまま放っておいたら一体どんな悪さを始めることやらと案じられまして……」

「お袋様のご心配はごもっともだが、男は老いも若きも女にあれこれいわれるのを嫌がりますんでねえ」

「わたしは根っからのおしゃべりだもんで、死んだお父つぁんにもよく叱られたし、今は亭主がしょっちゅう叱ります。男にすれば、この娘《こ》のように女子《おなご》は無口なほうがいいんでしょうが」

ふいに顔を見られて恵以がびくっとしたら、内儀はおかしそうに笑いだした。

「この子はまだ幼いからしゃべらないだけで、ちゃんと話せるような歳になったらそれこそ男に負けてやしないでしょうよ。フフフ、そういう顔をしてますよ」

温顔のうちにきらりと光った眼差しが恵以をどぎまぎさせている。お時にまでまじまじと見られて、もう居たたまれない気分だ。身内でもないくせに、ここまでのこのこついて来てしまったのが後悔された。

「うちの夫にあの子を芝居に出すといわれた時も、寝耳に水でしてねえ。わたしも一度はあの子が舞台できれいに化粧した顔を見るのもいいような気がしたんですが。いざ幕が開いたら、まあ、どうでしょう、あの子は腹から出て来た時のような真っ赤な顔で……」

そう聞いて恵以は少年の名前の由来と名づけ親である唐犬十右衛門の四角い眼を想い出した。少年は今度もあの男にいわれて舞台に出ることになったらしい。父がこちらに越して来たのもあの男のせいだったし、少年と自分は共にまるであの男の操り人形のようだった。

急に階下《した》がざわざわとして、どうやら待ち人が到着したようだが、恵以はやはり身内でもない自分がここにいるのは場違いな気がした。襖がからりと開いてどやどや男たちが中に入って来ると、居たたまれない気分はさらに強まる。十右衛門と一緒に舞台を見ていたはずの父がここには姿を現さないので、心細さもひとしおだ。

入れ替わりに和泉屋の内儀が階下に降りて行くと十右衛門はこちらに目もくれず、

「さあ、今日は海老坊がここに座るがいい」

と少年を床の間の前に座らせた。化粧をすっかり落としても舞台と同じく堂々とした少年が床柱を背負って睥睨《へいげい》するように座敷を見まわしたが、「あっ、おっかさん、どうだった？」の声は意外なほど子供っぽい。

「お時さん、どうした？　初舞台を賞《ほ》めてやらねえのかい」

と十右衛門に催促されて、母親は堰《せき》を切ったように溢れる涙声を震わせた。

「賞めるも何も、舞台をあんなに無茶苦茶にして、わたしはもうこの町で他人《ひと》様に顔向けがなりませんよ」

これには一同が白けた表情でざわめいて、

「顔向けがならねえとは何ていいぐさだ。倅の気持ちも考えてみろっ」

と父親が厳しく叱りつけるのはもっともなように思えた。

あれは決して少年が悪いわけではない、と恵以は胸のうちで弁解してやる。ろくでもない唐犬組の連中がやらかした馬鹿騒ぎに巻き込まれたのだと思い、黙って少年の顔を見守っていたら、相手がにやっと不敵な笑みを浮かべて、見つめ返すのにはびっくりした。悪気はなさそうでも相変わらずこちらを威圧するような眼差しだから、少年は自分のしでかしたことを一体どう思っているのかさっぱりわからない。

「お時さん、おめえさんが案ずるほどのことでもねえよ。後で木戸番に訊いたら、あんな愉快な舞台は初めて見たと歓んで帰《けえ》ってった客が大勢いたらしい。ハハハ、そりゃそうだろうさ。滅多に動じない俺でも泡を喰っちまったんだからねえ」

と十右衛門は至ってご満悦の表情で、

「あの場は弓矢を持った狩人が何人か出て怪童丸とからむ荒場《あれば》のはずだったんだが、たった独りで舞台を荒らしちまったんだから畏《おそ》れ入るよ。あれだけ大勢の見物人を向こうにまわしてちっとも退《ひ》けを取らねえあたりは、さすがに面疵の重蔵が産ませた倅だけのことはあるさ。お時さんもそう思って機嫌を直したがいい」

倅ともども亭主を持ちあげたいい方には、お時も素直に頭を下げるしかなさそうで、

「親方には何かとお世話に与りまして、お礼の申しあげようもござんせん。あれだけのことをしでかしたらこの先の舞台はもうないかと存じますが、倅には今後とも目をかけてやってくださりませ」

恵以は黙ってそのやりとりを聞き、あの少年は十右衛門によって初舞台ばかりか一生を台なしにされそうな気がするくらいだった。それにしても自分がなぜあの少年のことをここまで気にするのだろうかと考えて、十右衛門もたぶん少年のことが気になって放っておけないのだろうと思い直した。果たして唐犬組の若い連中も同様の気持ちであんな馬鹿騒ぎを起こしたのだろうか。こうして赤の他人が大勢あの少年を気にするのが、まさしく人気を集めるということなのかもしれなかった。

「幕開きの口上で聞いた役人替名には海老蔵の名がなかったもんで、急に飛びだして来た時は本当にびっくりしましたよ」

今は落ち着いた声でお時がいうと、十右衛門がにやっと笑った。

「いくら一度きりにしろ舞台に立つにはそれなりの名乗りをしなくちゃならねえ。そこで重蔵と相談して市川段十郎と名乗らせましたのさ」

「イチカワダンジュウロウ……そりゃまたどういった由来で？」

「俺も重蔵も下総から江戸に出て来た時は、市川の渡し場で舟に乗ったのを想い出して

ねえ。それと俺の十の字を入れて、段々いい役者になってくれるよう願ってみたんだが……」

と十右衛門が口ごもるのも、さすがに初日の失敗《しくじり》を認めないわけにはいかないからだろう。一同が気まずい表情でしんとなったところへ、ふいに段梯子《だんばしご》のほうで慌ただしい足音が聞こえた。襖が開いて再びさっきの内儀が顔を出すと、

「皆様おめでとうございます。誠にありがとう存じまする」

このふしぎな挨拶で一同がぽかんとしていると、内儀は嬉しそうに付け加えた。

「海老坊の初舞台が大評判のようでしてねえ。和泉屋《うち》にも木戸札の注文がひっきりなしに舞い込みまして」

それを聞いて恵以はまたまた開いた口がふさがらなくなっている。

『四天王稚立』の評判は瞬《また》く間に広がって日ましに見物人が増え、一番の見どころは「山中の荒場」だと噂された。「荒場」とは斬り合いや殴り合いといった闘争の場面で、鉞を担いだ怪童丸こと後の坂田金時が、弓矢を携えた狩人との立ち回りを見せるはずだったのが、初日の騒ぎを聞いて駆けつけた見物人はそれだけでは満足せず、市川段十郎こと海老蔵が即興で演じたさまざまな所作が追加された。つまりは怪我の功名のような舞台が斬新に見えて人びとの心を惹きつけているのだった。

当初の気ままな動作もそれを繰り返すうちに段取りが生まれ、一定の拍子に乗りだし、

元服前の少年でもそれなりに見映えよく動こうとするため、一つの立派な芸として成り立ったようである。市川段十郎を名乗る子方の役者はこうして物珍しさで世間の知るところとなったが、その評判がついに大名の耳にまで達したと聞いては、間宮十兵衛も唸らざるを得ない。

「松平大和守《まつだいらやまとのかみ》様という姫路のお殿様で、浅草の中屋敷がわっちのお出入り先なんですが」

と唐犬十右衛門は予《あらかじ》め断って話を始めたものだ。

「そのお殿様が大の役者びいきで、折々にどこかの一座をお屋敷に召《よ》んで芸を披露させなさるそうでして。いつぞやは二座をまとめて召んで、夜の四つ（十時）から夜明け前の八つ半（三時）までぶっ通しでご覧になったとか」

と聞いた間宮は相手がよほどの物好きか、衆道狂いの殿様と思うしかなかった。

昼間は明るい舞台に立っても夜はごひいきの暗い座敷に伺候《しこう》して、舞台で得られる給金よりも高い心付けを頂戴する役者が沢山いるのは間宮も承知していた。だが手習いや剣術の教え子でもあるあの少年が、そうした役者になるのは承知できない。

少年の父親は倅を舞台に出すのがしぶしぶだったように聞いたが、肝腎《かんじん》の当人は周囲におだてられて存外まじめに踊りや唄の稽古に取り組んでいたらしかった。にもかかわらず初舞台の初日があんな騒ぎになったのも予想外なら、横で共に舞台を見ていた父親が傍目《はため》にも気の毒なくらいに狼狽《うろた》えていたのも実に意外だったのだ。

幡谷重蔵は怖面で無愛想な見かけによらず、小心なくらい生まじめな男のようである。

片やすましていても愛嬌が噴きこぼれんばかりで、存外に肝が据わって見える女房とは好一対だが、二人共に倅には人一倍の思い入れがあるらしく、「何しろお互い年取って出来た一人子《ひとりご》でございますんで」と間宮は何度となく聞かされていた。それなら初日の失敗をもっけの幸いに役者を辞めさせたらよかろうに、そうしなかったのがまた親心のふしぎさでもあろうか。

もっとふしぎなのは、あの初日の馬鹿騒ぎが却って見物人を集めてしまったことである。当初は物珍しさが手伝ったにもせよ、児戯も同然の芸が多くの人を惹きつけるのは並大抵のことではないからして、間宮も今では少年が持って生まれた才気というより、人の心を集める器の大きさといったものを感じないわけにはいかなかった。

ただこうなると少年もすぐに役者を辞めるわけにはいかなかったし、役者でいればそれなりの過酷な運命が待ち受けていてもおかしくはないのだ。

「大和守様はもちろん若衆好きの殿様なんでしょうが、芸事のほうも本当にお好きなようでして。お屋敷に召んだ役者の名ばかりか、披露した舞いや狂言の名題までいちいち日記に付けてらっしゃるという話だから驚きます。今では相当な芸の目利きなんだとか」

と十右衛門はまじめな調子で話を続けた。

「そのお殿様が市川段十郎の評判をお耳に入れて一度ご覧になりたいとおっしゃったそうで。海老坊は親の借金の形《かた》に売られて来たような子と違いますから、この話は断ったって別にどこからも文句が出る筋合いはねえんですが」

しばし無言のうちに十右衛門は間宮に酌をして、再び口を開くとさっきより熱い声が迸《ほとばし》った。

「今はただ目新しいのが受けただけで、あの子の芸はまだ海のものとも山のものともつきません。そこでこの話を幸いに、大和守様に目利きをお願いできればと存じましてねえ。大和守様の折紙付きとなれば、それこそ末代までの誉《ほま》れだし、将来《さきざき》の出世も違って参りましょうし」

と十右衛門は酌を重ねてにやっと笑った。間宮はその杯《さかずき》を口へ運ぶよりも先に単刀直入な疑問を吐きだした。

「それで俺に一体どうしろというんだ？」

相手は再び真顔に戻って神妙な声を出す。

「へい。重蔵には断じて変な扱いはさせねえと約束したが、相手はお大名ですからご所望されたらお断りするのは難しい。お酒のお相手くらいはともかくも、寝間のお相手にされて菊の座を汚されでもしたら重蔵に申し訳が立ちません。それでわっちが一緒について行きたいとこなんですが」

と首の後ろに手をやりながら、

「わっちなんざ中間部屋では顔が利いても、殿様の前に出たら気後《きおく》れしちまって役立たずが目に見えております。そこへ行くと旦那は北条様のご家中でも歴々のお侍でござんしたから、海老坊をしっかりお守り戴けるかと存じまして」

十右衛門はもはや間宮が承知するものと決め込んで、にっこりと笑いかけたのだった。

松平大和守直矩《なおのり》の下屋敷は芝の二本榎《にほんえのき》にあるが、もっぱら役者を召ぶのは浅草にある中屋敷のほうで、その名も三味線堀の近くであった。四十年ほど前に鳥越川《とりごえがわ》を開鑿《かいさく》し三味線の形状に仕上がった堀には船着き場もちゃんと備わっている。そのためいつもは総勢二十余名の役者たちが堀留川《ほりどめがわ》で幾艘かの舟に分乗してそこに向かうのだが、今宵は一艘で事足りる人数だった。巷で評判の子方役者、市川段十郎を一目ご覧になりたいだけなら、唄うたいと三味線弾き一人ずつの演奏で軽く一差し舞って見せれば済むものと思われた。

桟橋に降りてからは座元の手代《てだい》が先導して長屋門を潜ると、すぐに当家の中間が勝手口に案内し、そこから先は若党に連れられて延々と長廊下を歩かされた。間宮は大小を携えたままで、いくら中屋敷とはいえ姫路十五万石の大名家とは思えない気軽な案内に驚いている。武家屋敷が初めての段十郎もむろん臆することなくすたすた足を運んでいた。

柱のところどころに金網行灯《かなあみあんどん》を掛けてはあるが廊下はひどく薄暗いせいか、奥に立ちふさがった大きな襖障子が開けられた途端、一行はあまりの眩しさで立っていられなくなり、その場に額突《ぬかづ》いたものである。

ゆうに二十畳はありそうな書院造りの座敷は数知れぬ百匁蠟燭《ひゃくめろうそく》で真昼のように明るかった。正面は上段の間で、右手の明かり障子と左の襖障子の前に近習《きんじゅ》とおぼしき家来が

居流れているが、酔声が混じってかなり紊乱《びんらん》する雰囲気だ。一同おずおず敷居を越えてひとまず平伏していたら、

「これは無礼講じゃ。楽にせよ」

気さくな声をかけられて、間宮はそっと顔を持ちあげる。上目遣いで正面を見直すと御簾《みす》は下がっておらず、意外に簡素な白壁の床の間と違い棚を背にして、これまた質素な短袖の羽織姿で端然と座しているのが当主の大和守に違いなかった。遠目にもわかる面長のそれらしいおっとりとした人相である。

横に色鮮やかな振袖袴《ふりそではかま》着の小姓が侍《はべ》っているが、よく見れば髷をふっくらと結いあげて、前髪に紫帽子を載せた役者のようだ。が、間宮には全く馴染みのない顔だった。

左右に居並んだ家臣も改めて見直すと、明らかに役者が混じっている。いずれも顔馴染みでないから堺葺屋の二丁町とは縁が薄い一座なのだろう。今宵は段十郎独りが召ばれたわけではないとすれば、当初の手筈《てはず》通りには行かない恐れもあった。

「評判の市川段十郎とやら、遠慮は要らぬ、近《ちこ》う寄れ」

と声をかけられた少年は間宮が教え込んだ手筈の通り、その場で立ち上がらずに膝を前方へ躙《にじ》り寄せる恰好で平伏した。

「ご挨拶代わりに、一番舞ってご覧に入れまする」

甲高い子供の声でも落ち着いた口調で、これに応じて三味線弾きが演奏の支度に取りかかったら、

「殿は舞いよりも評判の荒場をご覧になりたいのではござりませぬか」

口を挟んだのは殿様の横に侍る小姓風の役者で、しなだれかかるような姿勢で酌をしており、顔をよく見れば白粉を塗り、唇に紅をさしていても、顎のあたりが黒ずんで見えるのは夜も更けて髭が伸びたせいだろう。歳はもう二十歳に近いのではなかろうか。それでも他の役者を尻目に上段の間で傍に侍るのは大和守の寵児とおぼしく、その言はすぐに聞き容れられた。

「それもそうじゃ。折角ここへ来たのなら、評判の芸を披露するがよい」

たちまち手筈がくるって少年は立ち往生だ。見かねて間宮が後方から声で加勢する。

「大和守様に申し上げまする。評判の荒場は舞台でこその芸でござれば、ここでご披露申すことは叶いませぬ。何とぞご容赦くださりませ」

低いが通りのいい声は大和守の耳にもしっかり届いていた。ところが、

「このお座敷は舞台と広さが変わりませぬ。やって出来ぬということはござりますまい」

さっきの役者がまたしても余計な口を挟んで、これにも大和守は「なるほど、さもありなん」と相づちし、

「余はやはり評判の芸が見たいのう」

のっぴきならぬ事態に段十郎が真っ赤な顔で振り向いた。間宮は腋《わき》の下をじっとりと濡らして正面を見つめている。

大和守の横に座った役者は紅い唇を意地悪そうに歪《ゆが》めていた。長幼にかかわらず、役

者の敵はやはり役者というべきなのか。無邪気な少年とて役者になれば仲間の妬っかみとも無縁ではいられないようである。それは今後も続くはずだし、もし続かないとしたらそれは物にならない証拠といえる。

役者に限らず、人はこうして幾多の荒波を乗り越えながら独り立ちする習いだとはいえ、出帆したばかりの大波は何とか防いでやりたい一心で、間宮はなおも抗弁を試みる。

「荒場ではさまざまな小道具を用いまするが、ここには刀一つ見当たりませぬ」

といいながらわざとらしくあたりを見まわした。間宮は先ほどこの座敷へ入る寸前に大小を奪い取られるようにして預けたが、案の定ここでは家臣もみな丸腰だった。にもかかわらず、

「刀はこれにある。そちならこの脇差《わきざし》でよかろう」

と大和守が差し出したのは意外な成りゆきで、即座に立ち上がった少年の少し肩を震わせた後ろ姿を見て、間宮は何やら嫌な胸騒ぎがした。顔は見えないが、ひょっとしたら例の初日のように頗《すこぶ》る力んだ表情ではなかろうか、と気が気でなかった。

そうした間宮の心配をよそに少年は怖《お》めず臆せず堂々と御前に向かって座し、殿様の脇差を押し戴いた。

「されば、これから荒場をご覧に入れまする」

やけに朗らかな声は手筈になかった即興のセリフだけに、あの時の騒ぎが瞼をよぎって間宮は胸がだくだくと波打つも、もはや止める時機は逸したようである。

に押し戴いた脇差を手に少年は莞爾《にっこり》としていた。金拵えの柄頭《つかがしら》から鐺までを大切そうに眺めて、鯉口《こいぐち》をつかみ刀身を静かに引き抜くと、刹那またすっと立ち上がり、やおら縁側の明かり障子に歩み寄って、拝み打ちにザーッ、ザーッと斬り下げた。

皆があっけに取られるうちに今度は左手の襖障子に歩み寄って、袈裟懸けにズバッ、ズバッと斬り裂いてゆく。銀箔の紋様を施した厚手の唐紙《からかみ》が無惨に破れ、骨組みが露わになった襖をポンと足蹴《あしげ》にすると、それはそのまま向こうへパタンと倒れた。

余りのことに誰もが茫然として止められないまま、少年は次なる襖に取りかかってい る。しんと静まり返った座敷にビリッ、バリッと大きく響いた音に、間宮はもはやお手討ちを覚悟しなくてはならなかった。

「無礼者っ」

家臣ひとりの一喝で、皆がやっと夢から醒《さ》めたようにわらわらと立ちあがる。こうなれば斬り死に覚悟で少年の身を守るのが役目でも、今の間宮には肝腎の腰の物がないのだ。ここで刃物を所持するのは少年のみ。かと思いきや、大和守がついに自ら御座所の太刀を持ちあげて、いよいよお手討ちかと観念したが、

「その脇差では捗《はか》が行くまい。これも使うがよいぞ」

と少年に渡そうとしたから周囲はさすがに慌てて止めている。

豪勢な箔押しの襖障子を無惨にぶち壊されても大和守は思いのほかに上機嫌で、

「左様に舞台を荒らさば、さぞ面白かろう。されば時々ここも荒らしに来るがよい。襖

の張り替えが進んでよかろうぞ」

と鷹揚《おうよう》に声をあげて笑っている。

子供のしたことに腹を立てるのは大人げないと諭《さと》す笑いで、家臣一同が静かに腰を下ろして、間宮もひとまずほうっと安堵の吐息をついた。

なるほど、張り替えが進むとは実にいい得て妙であった。古びたものを新たに張り替える時機が来るのは襖障子に限らない。人の世も時に荒々しいぶち壊しが起きて、新たな世に張り替えられるのは、幾多の戦乱を経て徳川の御代と治まる今日に瞭然《りょうぜん》としていた。

芸の目利きといわれる殿様は、もしかしたらあの少年の芸が、江戸のかぶき芝居を新たに張り替えるように見たのだろうか。もしそうであるなら、唐犬十右衛門が少年をここによこした甲斐もあったといえる。ただし大和守はここでご覧になった少年の芸をどう名づけていいかわからないので、日記に書き留めはなさるまい。

それにしても今夜といい、『四天王稚立』の初日といい、あの少年がしでかしたことの突拍子のなさに間宮は畏れ入った。とにかく負けん気が人一倍強いというだけでは片づかない。まさに蛇《じゃ》は一寸にして人を呑むほどの気概があるというべきだろう。本人もその旺盛な気概に突き動かされてわれ知らずする即座の振る舞いを、周りは誰も止めようがないのである。

この夜の椿事《ちんじ》も今は武勇談となりそうなくらい、世間で持てはやされる寵児の行く末は果たしてどうなることやらで、あのまま成人したら命がいくつあっても足りないように思われて、間宮は他人の子ながら強く案じないわけにはいかなかった。

仕組まれた縁

ひと晩泣き明かした顔で、恵以はお時の叱言《こごと》を聞かされている。切れ長に整った瞼も今は腫れぼったいが、濡れ光りした眼はきれいに輝いて見える。すっきりと鼻筋が通った顔は相変わらず凜々しい若衆のようでも、笄髷《こうがいわげ》にふっくらと結いあげた髪の生え際は艶めいて、円みを帯びた頬に薄くはたいた白粉と口紅も似合うようになった。淡藍《はなだ》色の立波《たつなみ》に汐汲《しおく》み桶を散らした袷帷子《あわせかたびら》も実に女らしい柄行《がらゆ》きだ。にもかかわらず、

「お前さん一体いくつになったんだい」

と今日もお時は頭から決めつけた。

「ここに来てかれこれ十年……いや、もっとになるんじゃないのかねえ。それなのに役者のことくらいでまだそんなにくよくよするなんて、本当にどうかしてますよ」

相手はただの役者じゃない、と恵以は胸のうちで喚《わめ》いた。江戸中の娘どころか稲荷《いなり》の女狐までがぞっこん惚れて男狐との夫婦《めおと》仲が悪くなった、といわれる市村竹之丞なので

ある。

それがまあなんと二十五歳の若さで一世一代の舞納めをしたばかりか、舞台を降りたらすぐに剃髪《ていはつ》して出家してしまったのだから、嘆かないほうがどうかしていると思う。

子方の時分から芸達者を謳われ、誰からも好かれる上品な風貌と爽やかな口跡で一世を風靡《ふうび》した人気役者は、以前より出家の願望止み難く、本所《ほんじょ》の自性院《じしょういん》に通って既に法名を得ていたのだという。そしてこの四月に市村座で幕を開けた続き狂言に北面《ほくめん》の武士、佐藤憲清《さとうのりきよ》に扮して彼が西行《さいぎょう》法師になる幕切れで、自らも出家する意向を明らかにした。いわば舞台と現実を重ね合わせた引退表明だったのだ。

恵以はその舞台を初日から毎日のように見続けて、昨日がとうとう千秋楽だったのだから、これが泣かずにいられるものかといいたいが、先ほど本町《ほんちょう》の呉服店《だな》から戻ったばかりのお時は豪気《ごうぎ》に買い揃えた反物《たんもの》を畳の上に並べながら、ぽそりと呟いた。

「竹之丞は女嫌いなんだよ」

流水に橋、柳に青鷺《あおさぎ》といった涼しげな絵模様に目を奪われつつ、恵以は訝しそうに首をかしげた。

「そうでなくちゃ何が哀しくて坊主なんかになるもんかね。女嫌いの役者をいくら追っかけたって無駄な話さ」

恵以はまた胸のうちで叫んだ。世間には女を汚らわしいと嫌う男もたしかにいるだろう。だが竹之丞は舞台であれだけ女にやさしく振る舞っていたではないか。舞台の女は男が扮した女方でも、恵以は客席にいて何度となく彼と目が合い、そのつどこちらを包み込むように見てくれたあのやさしい眼差しが忘れられないのである。

「まあ、竹之丞の出家が胸に応えたのは、お前さんばかりじゃないようだけどねえ。昨夕《ゆうべ》はうちの倅までが妙なことを……」

といい止《さ》して、お時は急に改まった表情でこちらを見た。恵以は「妙なことを」の続きも聞きたいが、今は断然お時の目つきのほうが気になる。

「お前さんなら、どの柄も似合いそうなのにねえ……」とお時は反物を一本ずつ手に取って見ながら、

「ああ、どうしていいご縁が見つからないんだろう。もうすっかり薹《とう》が立っちまって……女嫌いの役者に現《うつつ》を抜かしてるようじゃ、まあ無理もないがねえ」

今さらの嘆息はわざとらしく聞こえたが、それでも恵以は慚愧《ざんき》の面もちを隠せなかった。思えばこの界隈は見るもの聞くもの盛り沢山で、毎日がお祭りのように面白おかしく過ぎるから、一年なんかあっという間なのだ。まともな縁談を探すのはもう手遅れかもしれない、という気が自分でもした。ここで一緒に裁縫《たちぬい》を習っていた仲間は既にみんな嫁いでしまって、今や周りは年下の子ばかりだった。

読み書きは父の下でしっかりと身につけ、琴を弾ずる代わりに三味線を習い、歌の代わりに俳諧を詠み、茶の湯や立花《りっか》を嗜むにも、何しろ師匠には事欠かない界隈だった。役者に諸芸の手ほどきをする師匠らが、界隈で名の知れた遅蒔き十兵衛の娘には束脩《そくしゅう》も

取らずに教えてくれたし、教わる恵以も習い事は何であれ筋がいいと賞められる。今は師匠らもただただご縁がないことを案じていたが、それは当人だけが責められるべき筋合いではないのかもしれなかった。

牢人といえど間宮家の一人娘は婿を取るものと決めつけられて、十六、七の娘盛りには縁続きになりたい手合いがどっと押し寄せた。だが肝腎の父十兵衛が養子縁組に乗り気でなかったため、どの話も立ち消えになってしまった。さりとて亡妻の忘れ形見である一人娘を易々《やすやす》と手放しそうにもないので、周りが自ずと縁談の持ち込みを遠慮するようになったのである。

なまじ武家の娘と見られたから、気軽に声をかける相手に恵まれなかったところもある。とはいえ繁華な巷で人並み以上の容貌《きりよう》に恵まれた娘に声のかからないほうがふしぎで、そうしたことも何度かあったが、そのつどそこにとんだ邪魔者が現れた。それで助かった場合もないとはいえないけれど、いつぞや近所の女房に誘われて市村座に出向いた折は、邪魔をされてあきらかに迷惑だった。

市村座の桟敷では裕福そうな品のいい商人の一家に紹介された。どこかしら竹之丞と似たようなやさしい顔をした息子がいて、お互いに話が弾んで気をよくし、帰りは共に芝居茶屋の暖簾を潜ろうとした途端に、

「おう、これは、これは、遅蒔き十兵衛様のお嬢様、ご機嫌よろしうござりまする」

いきなり声をかけてきた男の、まずは人相にあの一家は慄《ふる》えあがったに違いない。月

額を広く両鬢も薄く剃りあげ、眉まで剃り落としたその怖い顔を恵以は忘れもしなかった。乱ぐい歯の覗いた口から熊次という呼び名通りの獣臭い息を吐きだしながら、その男は竹之丞似の息子に向かって、

「にやけたしゃっ面《つら》で、大切《だいじ》な旦那のお嬢様を拐かす気だろうが、唐犬組がそうはさせねえぜ」

と罵《ののし》るや否や同様に人相の悪い男たちがばらばらっと周りを取り囲んだから堪らない。一家はほうほうの態《てい》で逃げだして、恵以はそれをただ茫然と見送るしかなかったのだ。

堺葺屋の二丁町では表通りや裏通り、芝居小屋や見世物小屋の中にも唐犬組の若い者が絶えずうろついている。町を見張るつもりのようでも、恵以は自分まで見張られているる気がして実に不愉快だったし、それがだんだん度を越して、今やつけ狙われているように感じるのが怖かった。そこで父にその話をしたところ、唐犬十右衛門にそれとなく訊いてみてくれたらしい。十右衛門は全くの知らぬ存ぜぬだったそうなので、どうやら熊次らの一存と判断され、恵以は心底憤慨したのであった。

唐犬組が見張っている娘には、手を出すどころか声もかけられないのが当然だろう。恵以はとうとう自分もあの馬鹿な連中に取り憑かれたのかと思えば恐ろしかった。それこそ何もかも台なしにされてしまうのではないか、あのお時の倅、海老蔵のように……。

海老蔵が市川段十郎を名乗って初舞台を踏んだ日の騒ぎは昨日のことのように想い出せる。あれからもう五、六年は経って、立派に成人したあかつきもあの子がまだ役者を

続けているのは少しふしぎな気がするくらいだった。

初舞台から一年ほどしたら声変わりでしばらく舞台に出なくなったし、勘三郎の二代目も他界して、芝居との縁はきれいさっぱり切れたかに見えた。ところが当人が一念発起して本気で役者になるつもりだと聞いて恵以は当初びっくりし、にわかには信じられなかった。

初舞台が評判になったのはいわば怪我の功名で、ああした人気は決して長続きしないだろうし、そもそもかぶき役者で長続きするほうが珍しいのは、この界隈なら誰でも知っているはずのことではないか。しかしただの一度でも喝采を浴びたら味を占めて、舞台の誘惑に抗しがたくなるのだろうか。それは舞台に立てない女の恵以には全くわからない気持ちだ。

何より親がよくぞ許したものだと思うが、自分も若い頃は無茶をして面疵《つらきず》の重蔵とも呼ばれた父親だけに、わが子も年を取ればきっと落ち着くはずだとみて、悪い取り巻きにおかしな真似をさせられないうちに、役者の修業をさせたほうがいっそましだと判断したのだろうか。

ともあれ今度は父親が、役者の頃から親交のあった太夫元の山村長太夫《ちょうだゆう》に倅の身柄を託した話も聞いている。山村座があるのは堺葺屋の二丁町からだいぶ離れた木挽町で、敢えてわが子を遠くに送り出して早く独り立ちさせたかったというのもあるだろうし、二丁町の芝居に出たら、自分が界隈の住人として余計な気遣いをさせられるのが嫌だったのかもしれない。この際に「海老坊」を連呼する馬鹿な取り巻きとも縁を切らせたかった、ということもありそうだ。

木挽町は三十間堀《さんじっけんぼり》に沿って七丁目まで細く長く延びた舟運《しゅううん》の盛んな土地で、町家の数は堺葺屋の二丁町より少なくとも人の往来では負けておらず、五丁目に森田勘弥《かんや》座が、六丁目には山村長太夫座が共に堂々と公許の櫓を掲げていた。

「地道に修業を積んだようで評判もそこそこいいらしいから、一ぺん覗いてみないかい」

と前に誘われた時は恵以がそっけなく断ったというよりも一笑に付したように思われたせいか、以来お時は二度と誘いはしなかった。当時はまだ箸《はし》が転んでもおかしい年頃だっただけに、初舞台であんな破天荒な真似をした少年が地道な修業を積んだと聞いただけで、恵以は思わず笑ってしまったのである。

それでもそこそこの役者になれたらしいのだから歳月は侮れないとはいえ、そこそこの役者でしかない現実もまた侮れない気がした。

何しろ当時は竹之丞に夢中で、恵以はそこそこの役者に構っている暇なぞなかった。そこそこの役者なら堺葺屋の二丁町にも山のようにいて、そのほとんどがそこそこで消えてゆく運命なのだ。そこそこにもなれない役者や、せめて一度でも舞台に立ちたいと願う陰子がいるにしても、恵以はそこそこの役者を見に木挽町までわざわざ足を延ばす気にはなれなかった。

いくら幼馴染みでも、まともに口をきいた覚えすらない相手に義理立てすることはないし、それにお時もこちらを誘ってからすぐ「決して義理で見なくてもいいからね」と断ったではないか。

しかし今日はいつもと少々勝手が違うようで、

「竹之丞がいなくなったから、これでやっとお前さんもうちの倅に目を向けてくれそうだねえ」

妙に嬉しそうに呟くと、選り分けた反物の一本を差し出して、

「さあ、この夏はこれを仕立てて着るがいいさ。もう帷子の一枚くらいはすぐにも縫える腕をお持ちなんだから、後はいいご縁が見つかるのを待つだけだねえ」

と今さらのように笑っていう気持ちが恵以には さっぱり解《げ》せなかった。

例年、秋が深まるにつれて和泉屋の二階が賑わうのは、一座の役者の入れ替えや給金直しの談合《だんこう》が始まるからだといわれている。一座の顔ぶれはおよそ一年毎に定まり、立て続けで同じ一座に出るのは「重年《ちょうねん》」の出勤といって、それでも契約は新たにし直す建前だ。翌年の一座の顔ぶれが固まって、冬至の頃にその顔ぶれを初めて披露する興行は「顔見世《かおみせ》」と呼ばれている。

役者の移籍は当人のみならず周囲の利益も左右するため、談合は必ず秘密裡で行われるのに、噂が常に先行して界隈を飛びまわるのはなぜだろうか。今宵は間宮十兵衛までなぜかここに呼ばれて、嬉しそうな笑顔の唐犬十右衛門からのっけにこう打ち明けられ

たのである。

「来年は海老坊がとうとうこっちへ戻って来るそうでして」

一時は間宮もどうなることかと行く末を案じたあの少年は、幸い親元を離れても無事な世渡りができた様子で、一昨年の春は十右衛門と共に木挽町へ乗り込んで山村座の舞台を覗き、颯爽《さっそう》とした若武者に扮するあの少年を見たのだった。

子方から若手の立役《たちやく》に成長した市川段十郎は相変わらず潑剌《はつらつ》とした所作とさっぱりした口跡でそこそこ人気を呼んでいるようだが、初舞台であれほど世間を騒がせた少年にしては随分と凡庸《ぼんよう》な納まり方に見えたのも確かだし、十右衛門は不満げな表情も露わにこう呟いたのである。

「ああ、このままここに置いといたら海老坊は埋もれちまうなあ……」

雲霞《うんか》のごとき役者の群れで頭角を現すのは並大抵でなく、いくら囊中《のうちゅう》の錐《きり》でも突き破る何らかのきっかけや、後ろ盾は要るに違いなかった。それもまた案外と凡庸な地元の後押しといったようなものなのかもしれない。段十郎の地元帰参が決まった今は十右衛門も思わず笑みがこぼれるようで、

「来年は葺屋町の市村座だそうで、あそこは竹之丞が抜けた大きな穴をふさぎたくて海老坊に目をつけたんじゃねえでしょうか」

「さあ、駆出《かけだし》同然の役者を、さほどあてにするとは思えんがなあ」

「いずれにしろこっちに戻ってくれば両親《ふたおや》が揃っておりますし、唐犬組も肩入れがしや

すくなるというもんで」

唐犬組の肩入れがまたぞろ変な騒ぎを起こさぬよう間宮は願うばかりだから、

「旦那もまたお忙しくなりましょうが」

と十右衛門が付け加えたのはちょっと余計なように聞こえた。

あの少年に付き添って松平大和守邸に伺候した折の出来事は今想い出しても冷や汗が出る。まさかもうあんなことは起きるまいが、十右衛門はまた何かを頼むつもりなのか愛想良く笑いかけながら酒を注ぎ、

「前に旦那から熊次のことでお尋ねがありましたんで、こないだやつをとっ捕まえて訊いてみたんですが……」

と全く思いがけない話をするではないか。

「クマジ……とは誰だ？　いったい何の話だ？」

間宮が首をかしげたところで、

「まあ大した話でもなかったんでお忘れはごもっともだが、成り行き次第で、もしかすると瓢簞《ひょうたん》から駒が飛びだすような話に化けねえとも限りません。それなんで、今からちいとお耳に入れておこうかと存じまして」

十右衛門はますますわけがわからない言い方をして、この夜の間宮をめっぽう戸惑《とまど》わせたのである。

延宝八年（一六八〇）三月。上野忍岡《しのぶがおか》の桜が満開の見頃に幕を開けた市村座の続き狂言は土佐浄瑠璃の『名古屋山三郎《なごやさんざぶろう》』をそっくりかぶき芝居の舞台に移し替えたといわれている。

「大薩摩」と呼ばれた薩摩浄雲《じょううん》門下の土佐少掾《とさのしょうじょう》は、虎之助《とらのすけ》を名乗った若い時分から江戸で大いに持てはやされて、今や金平浄瑠璃の和泉太夫を凌《しの》ぐ一番人気の太夫であった。和泉太夫の荒っぽい武骨一辺倒の芸風とは違い、和《やわ》らかな曲調を交えた土佐少掾の浄瑠璃には男女の色恋を描いた物語も多いのだ。

名古屋山三郎は豊臣時代の武士で、お国のかぶきの劇中人物にもなったほどの伊達男《だておとこ》として知られていた。片や名古屋の友人として登場する不破伴左衛門《ふわばんざえもん》は豊臣秀次《ひでつぐ》に殉死した美男小姓の不破万作《ばんさく》に擬した役で、この二人が葛城《かつらぎ》という遊女をめぐって熾烈《しれつ》な恋争いをする物語だから、市村座の狂言名題はずばり『遊女論《ゆうじょろん》』であった。

土佐浄瑠璃に登場する不破伴左衛門は葛城に思いを寄せても手酷くふられ、さらに刀の勝負でも名古屋に敗北して腹いせに彼の父を斬殺するという明らかな敵役だったので、

「こっちへ帰って来た早々にあんな悪者の役を演《や》らされちゃ堪らないよ」

と、ぼやきながらもお時は例のごとく初日の見物に恵以と近隣の女房連を誘った。久々に地元へ戻った市川段十郎に悪人役を振るのは恵以もいささか気の毒に思ったが、何のひっかかりも与えない善人役をするよりはましなようにも思えた。

能舞台と同様に主立った役者は左手《しもて》の奥にある橋懸かりから登場するが、初めに出て

来たのは葛城に扮する伊藤小太夫《いとうこだゆう》で、裲襠《うちかけ》を肩から少しずり下げて両褄《りょうづま》を搔取《かいど》りし、三味線の音に合わせてしゃなりしゃなりと本舞台に向かう道中姿は新吉原の太夫も顔負けだろう。男を惑わす色気がたっぷり滲んで見えて、娘の恵以が見ても惚れ惚れする。

次いで名古屋山三郎に扮した村山四郎次《むらやましろうじ》が登場。着流し羽織に編笠《あみがさ》を目深《まぶか》にかぶった遊所通いの姿でお得意の小唄を口ずさみながら橋懸かりを通り過ぎ、本舞台に出て笠を脱ぐときれいに白塗りをした顔がパッと現れて場内を明るくする。葛城に出会って色っぽく戯《たわむ》れる振りはやや滑稽味を帯びて見物人を大いに沸かせ、竹之丞とはまたひと味違った美男役者と見えた。

葛城はいったん奥に退場して、名古屋が本舞台に独り残ったところで橋懸かりからまた深編笠の侍が登場。刹那、恵以はウッと深く息を呑み込んだ。その姿は先ほど登場した名古屋のひとまわり、いや、もっと、もっと大きく見えて、「でっけえ……」と土間で呟いた男の声に思わずうんうんと肯《うなず》いてしまう。

橋懸かりでその侍が両手を左右に広げ、肩を交互に大きく振って歩きだすと土間の見物人は一斉にがやがやし、「あれが不破か」「不破が六法《ろっぽう》を振るぞ」という呟きは桟敷に座った恵以の耳にもしっかり聞き取れた。

本舞台の正面で名古屋とばったり向かい合わせになった不破はしばし通せんぼするような恰好で、すれ違いざまに刀の鞘を相手の鐺にカチッとぶつけ、瞬時に立ち止まってその鐺を摑んだ。

「まず待たれい。侍に鞘当《さやあて》をして、挨拶なしに通るのは許さぬ」

陰にこもって凄味のある声に恵以はぞくっとする。声の調子は違っても、歯切れのいい、巻き舌ぎみの口調は相変わらずだ。

不破が編笠を持ちあげてぬっと顔を出したところでさっきと同じ「でっけえ」の声があがり、恵以もまた声をあげそうになる。少年の面影はたしかにあるけれど、別人といわれても気づかないくらいの立派な大人の顔だ。輪郭が締まって面瘦せたようでいながら異様に大きく見える顔でもあった。

土間に陣取った唐犬組の連中も今やさすがに「海老坊」の連呼はしない代わりに、各自「でっけえ」と呟く声を揃えて次第に一つの大きな歓声に変えてゆく。「でっけえ」と皆を唸らせる姿や顔があの少年だと思うと、恵以はふしぎと自分も誇らしい気がした。ただ同じ町内にいた幼馴染みというだけなのに、口もとがほころんで逆に眼はうるうるする。自分でもおかしなくらい気が昂《たか》ぶっており、お時や周りの女たちにはそれを悟られまいとした。

不破伴左衛門に扮する段十郎は悪人らしく太眉を吊りあげ、眼光鋭く名古屋を睨みつけると、次いで舞台から客席を睥睨するようにゆっくりと見渡した。一瞬、目が合ったような気がして、恵以はまたぞくっとする。

それはもう以前のような威圧の眼差しではなかった。竹之丞のようにやさしく包み込むとまではいかないが、こちらを自ずと吸い寄せてしまう眼の輝きは紛れもない役者のものだ。あの少年が本当に役者になったのだと恵以は今はっきりと了解した。竹之丞とはひと味もふた味も違うが、あの少年が今や一廉《ひとかど》の役者として舞台に登場しているのだった。そしてそのことは意外にも少し淋しい気持ちをもたらした。

あんなに夢中だった竹之丞も、今にして思えばこの眼でこちらを吸い寄せたのであった。所詮は舞台から大勢の見物人に向けられる役者の眼に過ぎなかったのだろう。それを信じて現実《うつつ》を忘れていた短くもない歳月が、今さらのように惜しまれる。

恵以は今やっと自分が大人の女に仲間入りしたのを知った。あの少年も立派な大人になり、もう決して信じてはいけない役者の眼をしているのが切なかった。

眼を潤ませてふと横を見れば、少年の母親も涙ぐんでいる。それぞれの思いは別でも互いに潤んだ眼を見合わせると、そこに何やら通じ合うものがあるのもまた長い歳月のおかげかもしれなかった。

『遊女論』の舞台は評判に評判を呼んで、連日大勢の見物人が市村座に押し寄せている。そのお目当ては名古屋山三郎と葛城の色模様ではなく、序幕の「鞘当」の場だと聞かされて、間宮十兵衛は頗る意外の念に打たれた。ただそれが証拠に、新たな演目《だしもの》に替わっても「鞘当」の場だけを残して上演しているくらいだから、今日ここで唐犬十右衛門には、

「あれの一体どこが面白いのだ？」

と問わざるを得ない。

「わざと鞘を当てて喧嘩をふっかける侍は、昔よく町で見かけたもんだぞ」

「旦那がそうおっしゃるのもごもっともだが、近頃は侍もすっかりおとなしくなり、町で刀を抜くような騒ぎが起きなくなったからこそ皆あれを見て懐かしい気がするんじゃねえでしょうか」

と相手は穿《うが》ったいい方をする。

不破が橋懸かりで見せた「六法」と呼ばれる奇妙な歩き方も、旗本奴の全盛期に六法組が闊歩していた姿を写したものだという。山村座の太夫元は役者の時分に六法が得意だったので、段十郎が教わったのではないかと十右衛門は話した。それを聞けば間宮もいささか懐旧の情にそそられて、

「なるほど、そういえば、あの深見十左衛門とやらのおかしな髭面も見なくなったのう」

と呟いたものだ。

「左様。ひと頃はこの町でも手荒な騒ぎがしょっちゅう起きて旦那もわっちも大忙しでしたなあ。つい二、三年前でもまだ両国橋に千人ほどが群れて、一晩じゅう伊勢踊りをするような馬鹿騒ぎがありましたが、今やもうあんな騒ぎはできそうにねえ。お江戸は随分な様変わりでして」

「ああ、将軍家《おかみ》のお代替わりがあったからなあ」

「この秋には御本丸でお代替わりをお祝いするお能が催されるとかで、重蔵も随分と張

り切っておりますよ」

「ほう。幡谷重蔵が……」

将軍宣下《せんげ》に伴う式能《しきのう》で彼が何をするのか、間宮には見当もつかなかったが、

「町内の主立った連中にはそのお能の拝見をお許しになるとかで、和泉町からは重蔵も行けることになったそうです。麻裃を新調しなくちゃならねえとかいって、ハハハ、あの男が珍しくはしゃいでおりましたよ」

徳川家の行事に際した式能に町人の陪観を許すいわゆる町入能《まちいりのう》が、五代将軍綱吉《つなよし》公の将軍宣下で今年の九月十八日に催されることになっていた。

「役者連中も拝見したいと願いながらちっとも叶いませんので、代わりに重蔵がしっかり見て来てやると勢い込んでましてねえ」

十右衛門はそう付け加えた上で、

「三代目の上様は勘三郎の一座を大層お引き立てなされましたし、先代の上様はお亡くなりになるひと月前にもあの土佐少掾を御殿に召されて操り人形までご覧になったそうですからねえ。芝居で多少まずいことがあっても、これまでは何かとご公儀のお目こぼしに与っておりましたが、この先は果たしてどうなりますことやら」

と急に顔を曇らせ、声をひそめた。

「神田のお屋敷から洩れ聞いた話だと、五代目の上様はどうやらお能が好きなのはともかく、いささかお堅い方のようですなあ」

「ああ。ご幼少から学問をいたくお好みで、自ら聖人君子たらんとお心がけなさるとかいう話も聞いたのう」

「何とぞかぶき芝居のほうもお気に召されて、これまで通りのご寛容なお計らいを願いたいもんでございますよ」

五代将軍綱吉の治世はまだ始まったばかりとはいえ、三代家光や四代家綱《いえつな》とはまた違った世の中になるのは目に見えている。ただし政治の実権を一手に握って下馬将軍と称された大老酒井《さかい》忠清《ただきよ》がこの年末に罷免《ひめん》となり、綱吉が自ら采配を揮《ふる》って前代と打って変わった厳格果断な政事《まつりごと》を推し進めようとすることは、むろんまだ誰も知らない。

「何はさておき、あの『鞘当』が大当たりだったのはひとえに海老坊のお手柄でして」

と十右衛門は去年二十歳を超した若者を、いまだに坊呼ばわりしていた。

「橋懸かりに現れた姿がびっくりするほど大きく見えました。ふだんはさほどの大兵《たいひょう》とも見えんのに、舞台であれだけ立派に見えたのは、やっぱり持って生まれた器が大きいというわけなんでしょうなあ。新進の市川段十郎がどれほどの大物かを皆わが目で確めようとするんですよ」

改めていわれるまでもなく、この名づけ親が昔から誰よりも海老蔵びいきであるのを間宮は百も承知だが、

「本当はまだまだこれからひと山もふた山も登らねえと、高嶺《たかね》の花には手が届かねえんでしょうが、そこは旦那とわっちの仲に免じて、もうそろそろお許しを願えねえもんか

と存じまして」

と聞いては、首を捻《ひね》らないわけにはいかない。

「許しを願うとは何のことだ？　さっぱり合点が行かぬ」

やや憤然とした調子に慌てて十右衛門は弁解する。

「いつぞやはお話ししかけて止めましたんで、旦那のご不審はごもっともだが、何とぞ海老坊にお嬢様を頂戴できねえかと存じまして」

「……あの男に、娘を嫁がせろというのか」

余りにも唐突な申し出に間宮の顔には困惑の色が広がっていた。当人の親でもない相手の話を本気で取り合うのもばかばかしいように思うが、相手はあながち笑い飛ばしもできない真顔であった。

「旦那に遠慮して、当人も親も口に出せねえもんだから、こうしてわっちが口利きを致します。どうぞこの願いを叶えてやって下さいまし」

両手をついて平伏されるとむげに席を蹴立てるのも大人げないが、またしても十右衛門のいいように振りまわされているような気がしないでもなかった。

「今はご牢人でも、旦那が北条ご家中のお歴々だったのを重蔵もよく承知しておりまして、無礼な申し入れとお怒りになるんじゃねえかとひやひやしておりました。とはいえ重蔵も根っからの土百姓ではござりませぬ」

と十右衛門はわざとらしく仰々しい言い方をした。

「遠い先祖は甲州の産で、武田信玄《たけだしんげん》公とご縁があったとか。北条様にお仕えして小田原城に立て籠もったご先祖もあったそうで、敢えなく下総の幡谷村に落ち延びて郷侍《ごうざむらい》となるも、先祖は旦那とまんざらご縁がないわけでもなさそうですし……」

「先祖の話は、どうでもいい」

十右衛門の言い繕《つくろ》いを間宮はぴしゃりと封じた。戦国の世には自らの力自慢だったものが、泰平の世には要らざる先祖自慢となるのが片腹痛かった。出自を少しでもよく見せたいがために、先祖の系図まで拵える手合いが今やあとを絶たないようだが、

「肝腎なのは当人だ」

と間宮はきっぱりいう。

先方もこうした十右衛門の口車に乗せられて、薹が立った娘をむりやり押しつけられたのでは堪るまいと思われた。

「旦那のご心配はごもっとも。たしかに海老坊も今はかぶき役者という将来《さき》の見えねえ世渡りをしておりますが、いずれは親を見習って堅気の勤めを致しましょう。ただ役者でもうひと花咲かせて、江戸の市川段十郎ここにありという一旗を立派に揚げた上でのほうが……」

見当違いな十右衛門のいい分に間宮の苛立《いらだ》ちは募った。

「当人の将来よりも、今の気持ちのほうが大切ではないのか」

「海老坊の気持ちは訊かずとも知れております」

驚くほど自信たっぷりに、十右衛門はいい返した。

「何しろ旦那のお嬢様を、あの熊次にずっと見張らせてたくらいですから」

これにはさすがに間宮も唖然《あぜん》として返す言葉がなかった。


薄くてやわやわした杉原紙《すぎはらがみ》にくるまれているのは表裏ともに真っ白な小袖と、表地が紅い小袖の二着だった。これに酒の角樽《つのだる》一荷、昆布と鯣《するめ》と塩鯛を載せた足付き折敷《おしき》が添えられたものを前にして、恵以は途方にくれた顔をしている。

「何て浮かない顔なんだい。めでたいことなんだから嘘でも嬉しい顔を見せてごらんよ」といってくれそうなお時も今ここにはいなかった。まして亡き母が声をかけてくれるはずもないのだ。

これまでは何だか狐につままれたような気分だったが、こうして先方から結納《たのみ》が遣わされると、もう逃れようのない差し迫った話として胸がどきどきしてくる。とはいえ自身いまだ腑に落ちないことが多すぎるのだった。

『遊女論』の不破で当てた市川段十郎は今や新進有望な若手役者として各所からひっぱりだこ。ひいきは江戸中にいて、ことにこの界隈では一時たりとも放っておかれない人気者である。それが何もわざわざ薹が立った娘を嫁に迎えなくてもよさそうなものだと思い、恵以はどう落ち着いて考えてもふしぎでならなかった。ただ正直にそんなことを話せる相手はいないので、いっそ直《じか》に本人の気持ちを確かめようかと思ってしまうくらいである。

ひょっとしたら、この縁談はまた例の誰かさんが仕組んだもので、先方も断れずに困っているのではなかろうか。そう思うと居たたまれない気分だが、娘は親の定めた縁談に逆らえなくても、男はよほど嫌なら断れるのではないか、とも思うのだ。

ときどき町ですれ違う市川段十郎こと海老蔵には相変わらず大勢の取り巻きがくっついており、顔ぶれはさすがに変わったようだが、きっと今の連中も同類だと思うのは、道に広がって大声でしゃべりながら通るからだ。段十郎はその連中を引き連れてよく新吉原にまで足を延ばし、そこの名だたる太夫と馴染みになったらしいというような噂を耳にすると、恵以は相手のことがますます不可解で悶々《もんもん》とさせられる。謎は一向に解けないまま不安は増すばかりなのに、一日一日が容赦なく過ぎていった。

相変わらず針仕事や何かを教わるお時もまた、これを以前から望んでいた縁組みのように話すのが解せなかった。ただ幼い頃の母代わりから、近年はさまざまな愚痴を聞かされてもいるので、お互い気心の知れた女同士で家にいるのは楽だと思うのかもしれない。恵以のほうも今までずっと毎日のように通っている家だけに、そう改まって婚家とは見られないふしがあった。

しかし毎日のように通っていても、肝腎の夫となる相手にまず会うことはないのがまたふしぎで、いくら方々からひっぱりだこだとしても、やはりわざと顔を合わせないようにしているとしか思えない。お互い会えばそのことに触れないわけにいかず、向こうは触れたくないのだとしたら一体なぜ……という当初の疑問が膨らむばかりだった。

にもかかわらず年号も延宝から天和《てんな》と替わった秋の吉日には、一対の挟箱《はさみばこ》を先立てた形で恵以を乗せた輿《こし》ならぬ駕籠《かご》乗物が幡谷重蔵宅に向かった。既に衣類や手回り道具を入れた漆塗りの長持《ながもち》や白木の小袖櫃《こそでびつ》、葛籠《つづら》の類《たぐい》は前日に運び込まれ、雇い人に与える祝儀の庭銭《にわせん》も青い麻縄を通して縁側に置かれていた。

世間にはもっと贅沢な嫁入り道具があるにせよ、牢人の娘には十分すぎるこれらの支度はもっぱら唐犬十右衛門が整えてくれたらしいと知って、恵以は案の定この縁談が彼の手で仕組まれたように感じたが、だから嫌だとはいいださなかった。父も承知の上で悪い縁組みとは思わずに話を進めたのだろうし、もしかしたら父のほうが十右衛門に行き遅れた娘の片づけ先を頼んだのかもしれないので、今さら余計な波風は立てないでおこうとしたのである。

かくしておとなしく祝言の杯事《さかずきごと》に臨んだものの、こんなにもややこしい作法なのかとうんざりする思いで最初の我慢が始まった。土器《かわらけ》の杯を三つ重ねた三方が目の前に置かれると、介添人の助けを借りて杯に口をつけ、それを婿が受け取って飲み干すというやりとりを三度続けて、今度は逆に婿のほうが先に口をつけてからこちらが飲み干すやりとりが三度、最後にまたこちらが口をつけて婿が飲み干すのが三度で、ようやく三三九度が終了。そこから先がさらにややこしかった。

腸《わた》の吸物、鯛の刺身、切り餅入りの雑煮、鯛の鰭《ひれ》の吸物、鶏皮の吸物等が続々と目の前に運ばれてきても断じて本当に食べてはならず、ただしご飯を二、三箸すくう真似だけはして見せるのだ。次に汁の椀を取って汁を吸わずに中の実をまた二、三箸すくって、それを二度繰り返して三度目でやっと汁を啜《すす》るという真似も順序を間違えずにきちんとして見せなくてはならなかった。

恵以はこうした面倒な作法を亡き母はもとより父にも教わらなかったし、肝腎のお時が全く頼りにならず、

「わたしら夫婦は親の許しのないどれあいの仲だったから、塗りの杯一つとカマスのむしり魚で済ました口さ」

と案外ないいようだったのである。それなのに、

「何せお武家からお輿入れを願うんですから、祝言の式はちゃんと致しませんとねえ」

と嬉しそうにいって、その手の作法に詳しい夫婦を紹介した。舞台にはあらゆる場面があって、役者は常にそれらしい真似をして見せなくてはならないから、思えばあらゆる作法の師匠に事欠かない界隈なのであった。

お時はこうして祝言の式にこだわるようでいながら、

「うちに来たら義母上《ははうえ》様なんて呼んじゃ嫌だよ。お姑《しゅうとめ》様はどうも堅いし、お袋様でいいじゃないか」

と妙な釘を刺したりもした。

武家とは名ばかりのしがない牢人の娘で、しかもすっかり薹が立った娘はまさか自分

がこんな立派な祝言を挙げられるとは夢にも思わなかったので、却って無邪気に歓べないまま杯事に臨んでいた。

三三九度の杯事が済めば今度はお色直しというわけで、恵以はいったん次の間に退《さが》って、結納にもらった紅地の小袖に着替えている。着替えや何かの手伝いをする介添人は、昔からよく一緒に芝居見物をしていた近所の女房連だから心安いのが何よりだし、髪を整え直す最中にも耳もとで戯《ざ》れ言《ごと》の一つもいって気をほぐそうとしてくれた。

この間に花婿もこちらが贈った黒羽《くろは》二重《ぶたえ》の小袖に着替えて着座したら、またそこに鮒《ふな》の吸物が運ばれて杯事が再開する。恵以はこんなややこしいやりとりを何度もさせられるのは、本当に大切《だいじ》なことを考えさせないようにしているのだとしか思えなかった。自分と同じく窮屈そうな顔で横に座った裃姿の男と、今宵はついに姻褥《しとね》を共にするのかと思えばたいそう気詰まりだし、それ以上に怖くもあった。

何しろ舞台でひときわ目立つ顔の男を間近で見たら、造作の一つ一つが立派すぎて恐ろしいほどだ。猛禽の嘴《くちばし》のような鋭い鼻梁。深い眼窩《がんか》に収まる黒眸がちの大きな眼は百獣を従えてこちらを威嚇《いかく》するようで、頬骨が高く顎の先が割れているのも荒男《あらしお》の徴と見えて怖さを募らせた。

今宵から姑となるお時は、長年の母親代わりのこれが最後の務めだとばかりに、昨日わが家へ押しかけてこういったものだ。

「お前さんは何も考えないで、すべてあの子に任せておけばいいんだよ」

妙にやさしい声でいったのが、恵以を却って不安にさせている。

間仕切りの襖を取り払った広間には今まで見たこともないような本数の燭台が置かれて、祝言に集った客人をあかあかと照らしだしていた。恵以は綿帽子が邪魔になって少しも見えなかったが、江戸四座の太夫元かその名代《みょうだい》は来ているはずで、親しい役者たちが顔を揃えた宴は何ともいえない華やぎが座を充たし、人数をはるかに上まわる賑やかな雰囲気だった。誰かが得意の唄を披露すれば誰かが唱和し、誰かが立って舞い始めると誰かが連れ舞いをして、これがすべて高い木戸銭が取れる芸なのだから面白くないはずがない。だが恵以は何も見えず、何も聞こえず、ただ無明《むみょう》の闇と真空に鎖《とざ》された虚しい時をひたすらやり過ごすのみだった。

宴が果てたのはもう夜更けというよりも、夜明けのほうに近かったのかもしれない。恵以は先に退って寝間に入り、介添人の手で帯がゆるめられると、張りつめていた心はいっきにゆるんで躰もほぐれた。介添人が襖の外へ出たあと畳で少し横になろうとしたが最後、三三九度の酒が今になって効きだしたように自ずと瞼がふさがれてしまう。

揺さぶられてハッと目を開けたら、行灯の火影《ほかげ》に照らされた男の顔が大きく浮かびあがった。

「待たせたな」という声は思いのほかやさしい。顔も意外なほど神妙な表情で、考えてみればこの男の顔や声はほとんど舞台でしか知らないことに、恵以は今さらながら気づいた。そして舞台ならこんな場面で女はどう答えるのだろうか、というふうに気が回るのは自分でもおかしかった。

「疲れたなら寝てるがいいや」

この声で慌てて起き直ると相手のほうが先に笑いだす。これでやっと少しは打ち解けた。

が、そこから先は何もかもが杉原紙をかぶせたように薄ぼんやりとして、ふわふわと宙を踏むような心地でお時の言葉を想い出す。酒臭い息が頬に触れ、真上に大きな重石《おもし》が乗っかったようで身動きができない。肩が強く押さえつけられ、荒い吐息が耳を刺す。生温《なまぬく》い風が首にまとわりついて、熱いものが胸や腹を這いまわって肌身をくわっと火照《ほて》らせる。あられもない姿にされて、顔は熱を持ったように疼《うず》きだす。嵐の中で揉みくちゃになる小舟のように五官が揺さぶられ、何度も悲鳴をあげそうになるのを堪え、それも叶わなくなるような耐え難い苦痛にだんだんと気が遠のいていった。

ようやくわれに返ったところで、にやっと笑いかけた男の顔が癪《しゃく》に障《さわ》った。

「どうして……」

思わず出た声で相手は虚を衝《つ》かれたように、眼を大きく見開いてじいっとこちらを見ている。

恵以は自分でも何がいいたいのかよくわからなかった。あなたはなぜ笑うのか。いや、そうではない。ずっと抱え持った疑問がついに堰を切って口から溢れだそうとしているのだ。

今を時めく若手の人気役者がどうしてわざわざ薹が立った娘を嫁にしたりするのか。その理由が聞けるのは今しかないようだった。ところが、

「何を怒ってんだ。怖い顔して」

先手を取られて、たちまち調子がくるってしまう。

「別に、怒ってやしませんよ」

ぶっきらぼうな返事で、また相手が笑った。

「ああ、何も喰えなかったからきっと腹が減ったんだろう。俺も腹が減ると、ふしぎに腹が立つんだ」

この頓珍漢《とんちんかん》なやりとりで、恵以も思わず頬がゆるんだ。

「ほおら、やっぱり笑った顔は可愛らしいじゃねえか。俺は人相見じゃねえが、人の顔は常によく見るようにしてんだ。哀しい時、嬉しい時、怖い時、驚いた時、腹が立つ時、賞められた時、人はどんな顔をするかじっと見てて、舞台でそれを想い出すんだ」

いかにも役者らしい言い条はたしかにそれとして聞けたが、恵以はこちらのいいかけた話が蹴散らされてほしくなかった。

「わたしは笑った顔のほうがようござんすか？」

「ああ、昔っからなあ」

といわれたのは実にいいきっかけで、

「昔のことを憶えていて、嫁になされましたのか？」

「ああ、そうだ」

拍子抜けするほどあっさりとした答えに、恵以はもはやそれ以上のことを訊く手だてが喪われたような気がした。だが、しかし、

「昔って、一体いつのこと？」

幼馴染みといえなくはないにしろ、まともに口を利いた覚えはほとんどない。町ではときどきすれ違ったが、振り向いてもくれなかったではないか。

「和泉屋で会ったじゃねえか」

「和泉屋で……」

恵以はさかんに首をかしげている。

「初舞台の時さ。あの時も怖い顔で俺を睨んでたぜ」

「ああ、あの時は……」

会ったことさえ忘れるくらい舞台の騒ぎのほうが鮮烈だったし、まさか相手のほうが自分のことを憶えていたとは意外に過ぎる。和泉屋には両親を始め大勢来ていたはずで、本人は初舞台の初日というただでさえ大変な時に、たまたまその場に紛れ込んでいた小娘を目に留めたばかりか、心に留めていたのは実にふしぎなくらいである。

「おめえはいつも怖い顔で俺を睨んでんだよ。俺はおめえに悪いことをした覚えがちっともねえのになあ」

相手はおかしそうに笑いながらも、真剣な眼がじいっとこちらを見ていた。恵以はそ

の強い眼差しを思わず見返しそうになって、遠い昔に見たふしぎな光景を瞼に蘇らせる。それはどこまでが現実で、どこからが夢なのかも判然としなかった。

地面に開いた大きな穴に次々と土塊が投げ込まれている。穴のふさがった地面が突如むくむく持ちあがって、中から真っ黒なかたまりが飛びだしてくる。それは黒い衣を着て片手に鋭い剣を持ち、髭むじゃらの顔で眼を金色《こんじき》に輝かせた僧侶、いや、唐土から来た厄除けの神様なのである。

「あの目黒原のことを、まだ憶えてなさるのか？」

「ああ、忘れもしねえ。今でも夢に見るさ」

深い呻吟《しんぎん》にも似た声で、恵以はあの時の子が自分と同じように心の重石を背負ったのだと了解した。もしかしたら、それが自分を娶《めと》った一番の理由のようにも思えた。

「おめえがあれを見てたんで、幼心にも世間には肝の太い女子《おなご》がいるもんだと思い、俺も負けちゃいられねえという気になったのさ」

人がよってたかって一人の人間を生き埋めにしていたあの恐ろしい場所に、同じ年頃の子がいてくれて本当に助かったという気持ちを、当時はお互い激しい睨みっくらで伝えるしかなかったのだろう。

恵以はそう考えると、この縁組みが誰かの手ではなく、いわば天に仕組まれたのだと思えた。

片や男の気持ちは女とはまた別なようで、

「あの坊主になった夢をよく見るんだ」

と今や夫になった男がいう。

「同じ死ぬなら、俺はあんなふうに大勢から拝まれて死にてえ気がして、坊主になろうと思ったこともあったんだぜ」

「あなたが、お坊様に……」

「ああ、そうだ。竹之丞に先を越されちまったがなあ」

相手が急におかしそうに笑いだしたから、どこまで本気でいっているのかはわからなかったが、竹之丞の出家が胸に響いたらしいことは、恵以も以前お時から聞かされた覚えがある。

「お坊様になるには、大変な修行が要りましょうに」

「役者になるにも、それなりに大変な修業が要るんだぜ」

「あのお坊様は命がけの修行……いえ、あれは命を捨てる修行でございました……」

今想い出しても恐ろしい光景が女の声を震わせて、負けん気が男の声を大きくした。

「俺も芸に命を捨ててやるんだ」

野放図なまでにあっけらかんとした声が続いた。

「命を捨てても、また生き返りゃいいじゃねえか」

恵以は啞然とした表情で相手の目を見つめている。思えば役者はたとえ舞台で死ぬ役に扮しても、明日また同じ役で蘇るのだった。一日に何度死んでも、別の役でまた何度も蘇るのが役者だからこそ、容易くそんなふうにいってしまえるのかもしれない。

「俺は夢の中で土に埋まって息が苦しくなるたんびに、エイヤッとばかり腹の底から力を振り絞って、鍾馗や仁王になってやるんだ。そしたら急に呼吸《いき》がしやすくなって楽に目が覚めるのさ」

無邪気な笑顔を見ていると、恵以はこの相手なら自分の悪夢も吉夢に変えてくれそうな気がした。

「ほおら、また笑った。おめえはやっぱりその顔のほうがいいぜ」

と男が妙に偉そうないい方をするのも今は許せた。

「俺も坊主になりてえんだが、ちくしょう、なれねえんだなあ、これが」

冗談としか聞こえない声で、恵以は軽くいなすように笑った。

「やっぱり、お坊様になる修行は辛くて嫌なんですね」

「ああ、俺はやっぱり欲があるからなあ」

今度は急に神妙にいったのがまたおかしい。

「人は欲のねえほうがきっと楽に生きられるんだろうよ。俺のように欲が深《ふけ》えと、生きづらくって厄介なもんだぜ」

それを聞いて恵以は実に正直な男《ひと》だと思った。そしてその正直さがむしろ厄介なのではないかという気もしている。

「欲を戒《いまし》めるのにも在家は五戒で済むが、坊主になるには十戒を守らなくちゃならねえ」

五戒とは殺生を禁じ、偸盗《ぬすみ》を禁じ、妄語や飲酒や邪淫《じゃいん》すなわち節度がない男女の交わりを禁じた教えだが、修行する僧侶の十戒には邪淫どころか男女の交わり自体を禁じた不淫まで入るから、

「俺が女を断つのは無理だ。とても我慢できねえ」

ふいにまた熱い重石のようなものが胸にのしかかって、恵以は狼狽えている。生温い風が肌にまとわりついて熱い湿り気に覆われた。わが身に再び五官の嵐が訪れるのを今はただ甘受するしかなかった。

夢の扉

天和四年（一六八四）正月。堺町の中村座が表の看板に掲げた狂言名題はこの時季にふさわしい『門松四天王《かどまつしてんのう》』であった。

目立たないように恵以は桟敷の裏に回って初日の舞台を覗いている。「四天王」と銘打っても、夫が演じるのは頼光四天王の坂田金時や渡辺綱ではなかった。「鳴神上人様《なるかみしようにん》」と弟子の小坊主に呼ばれる位の高い僧侶の役で登場した夫を見て、恵以はゆくりなくも三年前の夜話が想い出された。二人が結ばれたあの夜に、夫は坊主になりたい気持ちを打ち明けた。しかし「俺が女を断つのは無理だ。とても我慢できねえ」と急に男の口から迸った熱っぽい声が蘇って恵以の耳を火照らせる。

鳴神上人は大変な修行を積んだ高僧のはずなのに、目の前に現れた絶世の美女に心を奪われ、我慢できずにとうとう不淫の戒めを破って女色の闇に堕ちてしまう。夫はこの役がどうしても演《や》りたくて自ら台本《ほん》まで書いたのだった。

夫がときどき夜遅くまで文机《ふづくえ》の前にいる姿を見て、恵以はわが実家《さと》で熱心に読み書きを習っていた少年を想い出したものだ。机の周りには浄瑠璃正本《しょうほん》や謡本《うたいぼん》、幸若舞《こうわかまい》の本はもとより数々の軍記物語や仮名草子の類が散乱し、夫はそれらを熱心に読んだり、硯《すずり》を取りだしてよく書き写したりしている。

役者には書き物どころか字が読めないのすらいて、ひと昔前は芝居のセリフも概ね主立った役者が即興し、口頭で打ち合わせするので事足りた。多幕で長い続き狂言にはさすがに台本を書く作者が要るようになり、さしずめ市川段十郎は役者が作者を兼ねた恰好だ。

修行一途で世間知らずの初心《うぶ》な男だからこそまんまと美女に誑《たぶら》かされて破戒堕落する鳴神上人は、いかにもあの夫が作りだした役のように恵以は思ったが、

「今度の狂言は俺があいつに教えてやったようなもんだ」

と舅《しゅうと》の重蔵は得意げだった。

「もう四年前になるかなあ、上様の代替わりのお祝いに、俺は麻裃で御本丸に上がってお庭でお能を何番か拝見したのさ。そのうちの『一角仙人《いっかくせんにん》』というお能が妙に面白くてあいつに話した覚えがある。鳴神上人は一角仙人と同じだよ」

一角仙人が神通力で龍神を岩窟《いわや》に封じ込めると雨がいっさい降らなくなって庶人《しょにん》が困窮。そこで時の帝《みかど》は仙人の元へ絶世の美女を送り込んで、その美女に惑わされた仙人が神通力を喪い龍神が解き放たれるという能の物語と鳴神上人の筋立てはたしかにそっく

りだった。ただし文字通り頭に一本の角を生やした不気味な能面で現れたという一角仙人とは違って、鳴神上人は修行中の白衣《びゃくえ》姿で、髪を後ろに撫でつけ顔も白く塗った穏やかな徳のある高僧として登場する。

　ところが帝の策謀に陥れられたと知った途端に、がぜんその顔色が変わった。文字通りみるみる赤くなって、お終《しま》いには頭から朱を浴びたようになる。さらに凄まじいのは目つきの変わりようで、眼窩の奥にぎらぎらする眼は白目が血走り、黒眸《ひとみ》が目頭へ寄って凝着する恐ろしさに見る者は慄えあがった。

　むろん最後は丹塗りの化粧によるものとはいえ、みるみる赤くなるのは息を詰めたのか、とにかく上人が内心に熾《いこ》った忿怒《ふんぬ》の情をいっきに放出したようだった。それは女に騙された怒りにまして、敢えなく破戒堕落した己れの不甲斐なさに対する憤りが強いようにも見えた。

　恵以はそれを見て、こんなにも荒々しい感情をふだん夫はどこにしまっているのかと訝しんだ。つまりは役者という人間の最たる謎に向き合っていたのである。

　段十郎は鳴神上人の怒りを顔面ばかりか全身で表した。岩窟の斎場を滅茶苦茶に破壊したあげく大きな岩石を下に突き落とす。大木を根こそぎ引き倒したかと見るや、止めに入った小坊主の襟首《えりくび》を取って投げつけ、あるいは掻いつかんで絞め殺すなどして、さんざん暴れまくった末に橋懸かりを悠々と退場していった。

　疾風迅雷《しっぷうじんらい》のごときその幕切れに恵以はまたあっけに取られてしまったが、土間をぎっしり埋めた男の客は皆やんやの喝采で、鳴神が派手な動きをするつど「でっけえ」の声を張りあげた。すると段十郎はしばし石像のごとくじっと動かずにいて、己が姿態を人びとの目に刻みつけるのだった。

「どうだ今日の見えは良かったか」

と夫はよく訊いた。役者は舞台でどんな姿をしているか自分では見えないから周りに訊くのだろうが、恵以はたびたびそう訊かれるうちに、舞台の途中で動きを止めるのもきっと「見え」のせいだろうと考えた。

他人の姿や動きに注目して、それを舞台の上で活かすことは多くの役者がしているが、夫は人ばかりか神仏の像にも目を留めた。坊主になりたいといったくらいだから社寺の参詣も好んで、ご開帳があると聞けばどこへでもすっ飛んで行ってご本尊に掌を合わせ、その姿をわが目に写し取るようにまじまじと見ている。

二人の出会いのきっかけとなった目黒瀧泉寺《りゅうせんじ》不動堂の縁日にはよく夫婦そろって参詣し、慈覚大師《じかくだいし》御作の不動明王像を拝観した。夫は混雑をものともせず御堂前にしばらく佇んで、ノウマクサンマンダー……の真言《しんごん》を唱えつつ薄暗い奥のほうを凝視した。火焔《かえん》を背負って右手に利剣《りけん》を抱え持ち、左手に羂索《けんじゃく》を握ったご本尊の姿を、舞台の鳴神に写し取っているのは間違いなかった。

夫は坊主どころか自らが仏神となって人びとに崇《あが》められたいのではないか。恵以がそんなことまで思ってしまうのは、やはり目黒原の土に埋もれた木食の修行僧のことが今でも忘れられないせいだろう。自らが厄除けの神になると宣言したあの不遜な企てを、夫は舞台の上で成し遂げるつもりなのかもしれなかった。

　仏神を模した姿態を取る一方で鳴神上人は舞台を所狭しと暴れまくるが、そこにはちゃんとした段取りもあって手足の動き一つ一つが笛や太鼓の音にぴたりと合致した。足の裏もぴたりと舞台の板に吸いついたように、どんな姿態を取ろうが総身の揺らぐことはなかった。

　はち切れんばかりの太腿《ふともも》とふくらはぎで支えられた足腰は微動だにせず、足の指先はぴんとそっくり返って力感に満ち溢れている。肩の肉は千山と盛りあがり、腕は万波が波打つように大きくしなって前方に突き出され、掌の指先にまで気が漲《みなぎ》った姿はどこを取っても一幅の画像《えすがた》と見えた。

　かくして『門松四天王』の鳴神上人は評判が日ましに高まって、中村座の木戸前には連日押すな押すなの大行列ができた。小屋の近所の者は何度も見ているが、近所にいながら姑はなぜかふしぎと初日に見たきりだった。

「こういうとお前さんにゃ悪いけど、あの子の芝居は相変わらず騒々しくて頭が痛くなるんだよ」

　と一番の身内はいって、恵以もそれに肯けるところがなくはないのだ。何せ鳴神とは雷のことだから、上人が荒れ狂う場面は雷鳴を模した太鼓と鉦《かね》が鳴りっぱなしで耳をふさぎたくなるとはいえ、

「ああ、結句あの子は竹之丞みたような役者にはなってくれなかったねえ」
と残念がられたら、当人は気落ちするよりも大いに憤慨するに違いない。

「竹之丞の後がまは中村七三郎《しちさぶろう》だという評判だよ。太夫元の親戚だそうだからいい役をするし、何しろ美男だし、まだ若いのに色気はもう十分だから、あれは江戸中の女が放っておかないねえ。竹之丞びいきだったお前さんも、そう思わないかい？」

恵以は笑って自分にもそんな過去があったのを懐かしく想い出す。ただ母親がそんなふうにいうくらいだから段十郎のひいきは概ね男で占められており、それも土間を埋める若い連中には絶大な人気があった。

人気の理由はあの夫《ひと》が正直なところではないか、と妻は見ている。三年前のあの夜に夫がしみじみとこういうのを恵以はよく憶えていた。

「人は欲のねえほうがきっと楽に生きられるんだろうよ。俺のように欲が深えと、生きづらくって厄介なもんだぜ」

人は欲があるからこそ常に悶々とし、時には荒れ狂うはめにもなる。夫の舞台はまるでそのことを正直に告白するかのようだ。不破伴左衛門も鳴神上人も己れの愛欲に負けて自らを滅ぼした。そのことが愛欲の満たせぬ若い男の心をつかんだのではないか。二人が舞台で荒れ狂う姿に自らの思いを重ねて、段十郎びいきは大いに発散するに違いなかった。

ただし段十郎びいきの筆頭は今でも父親の重蔵に変わりなく、

「あいつは舞台の見えをよくしようといろいろ工夫するのがいいやね。じっと不動の構えを取るとこなんざ、さすがにお不動様の申し子だけのことはあるさ」

と今日も手放しの賞めようだが、恵以は初耳の話がちょっとひっかかった。

「ああ、それで……うちの人は目黒のお不動様の申し子だったんですね」

だから最初の出会いも目黒だったのかと思いきや、

「いえ、そうじゃなくてねえ。下総は成田山《なりたさん》のお不動様に夫婦でお詣りして授かった子なんだよ」

と舅に代わって姑が意外な答えを聞かせてくれた。

「わたしらはお互い若い頃に余計な苦労をしたせいで、一緒になってもなかなか子宝に恵まれなくてねえ」

「わざわざ下総までお詣りに？」

「ここに落ち着いて暮らし向きも整った時分に夫婦揃ってめでたく里帰りをしたのさ。そこで亭主が昔よく願掛けしたという近所のお寺にお詣りしたら御利益は覿面《てきめん》で、たちまちあの子を身ごもったというわけなんだよ」

お時は明るい声で話していたが、「だからねえ」と少し調子を変えて、

「お前さん方も、一度あそこに詣ってみたらどうなんだろう。聞いた通り、わたしらも偉そうなことをいえた義理じゃないんだけど……お前さんがうちに来てもう三年はとっくに過ぎたし、夫婦仲も悪くはなさそうなのに……この人が、そろそろ還暦《ほんけがえり》を迎えるよ

うになってもまだ初孫の顔が見られないのは残念だ、といいなすってねえ」

これには恵以も二の句が継げなくて自ずと顔が下を向いてしまう。幼い頃から世話になった姑は実の娘のように可愛がってくれるし、それでいて武家との縁組みにまだこだわりがあるのか意外なほどこちらに遠慮したりするのに、随分と控えた話し方でも、今はっきりといわれたことに恵以は面目なさと心苦しさが募った。聞けば夫は舅が三十二歳で誕生したそうだから、まだ二十五の夫は気にすることがなくても、薹が立って嫁いだ恵以は焦らずにいられなかった。

しかしながら今はこの話を夫にしても一笑に付されて終わるに違いない。夫はわが子の誕生よりも、今はまだ新たなかぶき芝居を誕生させるのに夢中なのだから。

舞台の出番を終えたらすぐに楽屋で人を集めて、その日のうちに何やかやと注文を出すのだという。明日はもっと面白い舞台が見せられるように、楽屋で酒を酌《く》み交わしながら他の役者や裏方と夜更けまで話し込んで、帰宅したらすぐに蒲団《ふとん》へ潜り込み朝までぐっすり眠ってしまうことも多いのだった。今は気が張っているから舞台に立てば前日の疲れは吹っ飛ぶというが、若さにまかせた無理が後に祟《たた》りはしないかと妻はいたく案じられた。

舞台がない日でも自宅《うち》には入れ替わり立ち替わり芝居仲間が訪ねて来た。役者はむろん太夫元の手代もよく来る。唄うたいや三味線弾き、笛や太鼓を鳴らす囃子方《はやしがた》もしょっちゅう顔を出した。時には衣裳方や鬘師《かずらし》、舞台の背景や道具を作る職人といった裏方の連中も来た。

恵以がもてなしに出て話を洩れ聞いたら、夫は何だか無理な相談や無茶な注文ばかりしているように思えた。

「さあ、ここで雷がごろごろ鳴って、にわか雨がざあっと降ってくるんだ。その音を出してみてくれ」

といわれた囃子方が神楽《かぐら》太鼓のような大きな音を響かせると、恵以は隣近所を慮《おもんぱか》ってひやひやするが、芝居小屋に近い住人は案外と平気なようだった。

「怒髪《どはつ》天を衝くという言葉通りの頭にしてくれねえか」

といわれても鬘師はぽかんとして首をかしげるばかりだから、恵以は夫が癇癪を起こす前にお酌をしながら口を出すこともある。

「お前さんは絵がお上手なんだから、それを描いて差しあげたら」

時にはそんなふうに夫をなだめて場の空気を和ませるのが、恵以は自分の役目だとしていた。相談事はたいてい夜まで続くから酒肴《しゅこう》でもてなすのも馬鹿にならないが、酒が入ると興に乗って持参した三味線を即興で弾く者が現れるし、時には夫が「おお、その曲は使えるじゃねえか」といいだしたりもし、また自分の思いついた場面を即席でさっと描いて道具方に見せたりするのが確実に次の芝居に役立っているようだった。

「ここでがらっと人柄が変わるんだ。むろん顔も化粧で変えなくちゃならねえが、総身が変わるような工夫はねえもんかなあ」

と衣裳方にまたまた無理な相談をしている時に、恵以の胸にパッと閃《ひらめ》いたのは子供の頃に見た光景で、

「籠脱けの見世物のようにですか？」

と思わず発した言葉に夫は大きく肯いた。

「そうだ、籠脱けの芸人を捕まえて工夫を訊いてみりゃいいんだ」

堺葺屋の二丁町に芝居小屋と見世物小屋がまだ均等に並んでいた昔を知る幼馴染みの夫婦だからこそ、思いがすぐに通じたのであろう。

こうしてわが家での相談事が舞台で目に見える形になると、恵以は新たなかぶき芝居の誕生に自分もひと役買ったような嬉しさが込みあげた。

夫が自ら台本を書いて見せるかぶき芝居は、今まで誰も見たことがないような斬新な舞台であった。夫もそれを始めは夢のようにぼんやりとしか見ていなかったに違いない。夫の心の中に仕舞われていた夢が大勢の手で扉を開けられて、舞台という一つの形を取ると、万人がそれを目にできるというふしぎな仕組みの渦中に恵以はいた。こうして一人の夢が江戸という新たな都を拓く万人の目に届くのだとすれば、夜徹しの宴の世話も苦にはならなかった。

一つの芝居が当たれば次から次へと求められるのが作者を兼ねた役者の宿命というべきか、市川段十郎には今や各座から新作の注文が相次いでいる。新作の思案に尽きると夫は傍にいる妻にも意見を求め、妻が調子を合わせられないと妙にがっかりした表情で

こう呟くのだった。

「ああ、やっぱり先生じゃねえとダメか。仕方ねえ、明日は揃って里帰りをしようや」

嫁入りの日は実家《さと》を出る際に門前で焚木《たきぎ》に火が点けられた。それは葬いで死者を送り出すのと同様に、家を出れば二度と戻れないことを意味するはずだった。

にもかかわらず恵以は夫と一緒にたびたび里帰りをさせられるので、ひょっとして自分を娶ったのは父をあてにしていたからかと僻《ひが》みたくなるほどだが、父のほうもかつての教え子に頼られるのはまんざらでもなさそうで、

「先生、土佐浄瑠璃に『一心二河白道《いっしんにがびゃくどう》』という曲がござんすが、二河白道とは全体どういう意味なんで？」

急に訊かれたら困りそうな質問にも速やかに答えてくれた。

「二河とは水の河と火の河。水は貪欲な心を表し、火は瞋恚《しんに》すなわち怒りを表して、この二本の河に挟まれた狭くて白い一本道だけが極楽に続くという仏の教えだ。人は貪欲にならず、怒りを鎮めてこそ極楽往生が叶うんだ」

「ああ、俺は二本の河にどっぷり浸かりっぱなしだから極楽往生は叶いませんねえ」

と正直に情けないことをいう教え子の顔を、かつての師匠は頼もしげに見守るのだった。

目黒の草庵で多少は仏道も齧《かじ》った間宮十兵衛だが、この界隈では剣の達人ばかりか博識の人で通っており、時には太夫元の相談にも与っている。

新たな演目《だしもの》の想を練るにもそれなりの知識が欠かせないけれど、太夫元が知恵を絞るのは興行の資金繰りで、ひと頃は大名や旗本が役者びいきで貢ぎもしたが、今はもっぱら富裕な商家からの借金で調達していた。幸いこの間の江戸は人口が急増して諸式《しょしき》の値も高騰し、繁盛する商家が本業で得た儲けの余剰を芝居に出資することも珍しくはなかった。

しばしば火事が起きて丸裸になる人が多い江戸とはいえ、一方でその不幸を金儲けに変える材木商もあれば、新たな普請で懐を潤す大工や左官職人もいる。彼らが好んで履く雪駄《せった》は年の暮れに一足銀七、八分もの高値をつけて、翌朝にはその三倍の二匁《もんめ》五分にも跳ね上がった、という話の類にも事欠かない町であった。

それゆえ材木商や呉服屋を始め芝居好きで羽振りがよさそうな家に出資の話を持ちかけ、太夫元が先方に乗り込んで金銀の調達に当たる際も間宮はよく付き添いを頼まれた。腰に差した大小で交渉にも睨みをきかせつつ、双方の折り合いのつく決着を案出するようなことがしばしばあった。

「大坂の塩屋《しおや》九郎右衛門《くろうえもん》座には知略牢人と渾名される大変な知恵者がいるそうで、何かと上手に芝居を切り盛りするんだとか。旦那はさしずめ江戸の知略牢人といったところでござんすねえ」

と相変わらず間宮をおだててその気にさせる唐犬十右衛門も、近頃は頭に白いものが目立つようになり、ひと頃ほどの勢いはなさそうである。

人入れ稼業のほうはそこそこ順調でも、近年また改易で断絶する大名家が多くなり、勢い奉公先にあぶれた若い連中の面倒をみるのも大変になって来たようだった。

「ちゃんとした野郎はすぐに奉公先が見つかるし、何か修業をすりゃ立派に職人で通るんだが、結句どうにもならん連中はわっちが引き受けるしかねえんですよ」

十右衛門がいつぞや父にそうこぼすのを聞いた恵以は、この男を少し見直してもいた。結句どうにもならん連中が江戸の町に溢れて悪さをする。本町通りでは店の打ち水がかかったといいがかりをつけて金品を巻きあげる。道行く若い女の後をつけまわして震えあがらせる。つまらぬ仲間同士の諍いが時に流血の騒ぎをみた。職にあぶれ、ろくな稼ぎもできない連中だからこそ、ここに自分がいるのを認めてくれといわんばかりの悪さをするのであろう。

そうした連中に悪さをさせないために、堺葺屋の二丁町は唐犬組が見張っているが、余計に騒ぎを大きくしたり、増やすきらいがないとはいえなかった。違う組の者が小屋に入れば決まって喧嘩騒ぎが起きた。節句や何かの折に小屋から出る祝儀が期待外れだと、たちまち看板が壊されて幔幕《まんまく》が引きちぎられた。舞台に出ている役者に「引っ込め、引っ込め」の野次はもっと困るので、楽屋に祝儀をねだりに来られるとそう簡単に追い払うわけにもいかなかった。

幸か不幸か市川段十郎は唐犬組と昔からよしみがあるので、まず嫌がらせはしない代わりに絶えず周囲に群がった。

主立った役者にはそれぞれ「金剛《こんごう》」と呼ばれるお供が付いており、金剛とは金剛草履《ぞうり》の略で、要は役者の草履取りなのだが、段十郎は唐犬組の若い者をまるで金剛代わりに連れ歩くような恰好だ。

組の者が自宅に押しかけて来てもお時はもうすっかり馴れた調子で「ああ、よく来たねえ」と酒や肴を馳走して速やかに引き取らせるが、恵以がそれをするにはまだまだ年季が足りないようだった。

唐犬組の若い者といっても、かなり年を喰った古参格の熊次がある日まじめくさった顔で現れ、獣臭い息を吐きながら、

「わっちらも、いろいろと考えてみたんですがね」

いきなり恵以に話しかけてびっくりさせた。

次いで月額がどんどん後退して禿頭と見まごう虎三が、

「大きなお屋敷では奥様と申すそうなんですが」

と妙な断り方をした。

その日から恵以は唐犬組の一党に「ご新造《しんぞ》さん」と呼ばれるようになった。怖面の連中が声を揃えて「ご新造さん」と呼びかけたら、恵以はもう穴にでも入りたい気分でそそくさとそこを通り過ぎなくてはならない。

その連中も今やさすがに夫を「海老坊」とは呼ばなくなったが、「ご新造さん、若旦那は今おいでかね？」と門口で尋ねられたら恵以は咄嗟《とっさ》に返事を渋ってしまいがちだ。

「ああ見えて、やつらも芝居のことを気にかけてくれる。不当たりだと気を揉んで、何とか客が入るような知恵を出そうとするんだよ」

と弁護した夫にそれは一体どんな知恵なのか訊いてみたら、

「そりゃ舞台で宙を飛んだらどうかとか、火の輪をくぐってみたらとかさあ」

軽業の見世物じゃあるまいしと恵以は呆れたが、そういえば昔に比べて今は見世物小屋が界隈でほとんど姿を消したことに気づかないわけにはいかなかった。

夫は存外それを補いたい気持ちがないともいえなかったが、「鞘当」の不破と鳴神上人という当たり役が二つも出た役者には、見物人にそれが飽きられるまで続けさせたいのが太夫元の本音であろう。二つの役は繰り返し何度も上演されて、貞享《じょうきょう》元年（一六八四）五月の中村座ではついに双方をつき交ぜたその名も『不破《ふわ》即身雷《そくしんのいかずち》』という続き狂言が幕を開けたのである。

段十郎の不破が舞台の橋懸かりにのっしり現れると、この役はもうさんざん見て来たはずの見物人が大いにどよめいた。不破の衣裳に描かれた黒い雷雲に金色の稲妻が走る絵羽《えば》模様は実におどろおどろしくも目に鮮やかで、幕開きから今度の不破は只者でないことを印象づけた。

遊女の葛城をめぐって名古屋山三郎と恋争いをした不破が、身も心も敗れ去って命を果たすのは前作と同様。だが死んだ不破を葬った塚が舞台に作られたのは見物人の意表を衝いたようである。

「俗名　不破伴左衛門」と記した卒塔婆《そとば》が舞台の真ん中に立てられ、その卒塔婆が突如パタンと倒れたのを合図に笛や太鼓が仰々しく鳴らされて、舞台の下から徐々に真っ赤な人の姿が現れたので見物席は再び激しくどよめいた。

恵以はいつぞや夫がわが家の宴でこういいだしたのを想い出す。

「岩窟とかじゃなく地面の下から人が出てくるように見せられんかなあ」

「さあ、それは舞台に穴でも開けませんと無理でしょうなあ」

「なら板を切って舞台に穴を開けりゃいい。後は切り取った板で穴をふさげばいいだけの話さ」

といわれた道具方はその場で目を白黒させても、結句そうしたのであろう。

埋もれた地面の下から出現したのはもはや不破の亡魂ではなかった。扮したのは同じ段十郎でも、裸形《らぎょう》に近い姿で顔ごと全身丹塗りで赤く染まり、筋骨の形状が明瞭に浮かびあがって見える。眉は墨で太く塗られ、眼も鼻も唇も大きく縁取られて逆立つ髪に角を生やした、紛れもない雷神の姿であった。全身真っ赤な段十郎が舞台の下からぬうっと現れた刹那、初舞台の時と同様の衝撃が走って、恵以はまさに夫の真骨頂を見る思いがした。

不破が実は別雷神《わけいかずちのかみ》の化身であり、その正体を顕現《けんげん》して蘇ったという唐突な幕切れには見物人もしばしあっけに取られた様子だが、「不破が蘇ったぞ」という誰かの声でたちまち大喝采が湧き起こる。

誰かに蘇ってほしいという切なる願いは、人知れず誰しもの胸にあるのだろう。ああ、母親が何とか生き返ってくれないものかと、恵以は幼い頃に何度念じたかしれない。素朴にそれを念じたい相手が人には必ずいて、なろうことならわが身にもそれを願いたいのではなかろうか。

遊女の葛城に好かれぬと知って、しつこくつきまとう不破。敵わぬ相手と知って、名古屋との闘いが止められない不破。愛欲と修羅の狭間《はざま》で一生を使い果たした男に己れを重ねる見物人が、まるでわがことのように大騒ぎするのを見て、恵以も胸を熱くしないわけにいかなかった。

また目黒原の恐ろしい出来事が目に浮かんで、あそこの土に埋もれた修行僧が蘇りを遂げた話は聞かないけれど、夫はたとえ舞台という夢の中でも、人びとの切なる願いを叶えて見せたのだと思えた。

恵以はこれでようやくあの日の悪夢を吉夢に変えられそうだった。誰も知らない、夫と自分をつなぐ暗い過去の絆。今それがやっと解けて、新たに結び直せる歓びに包まれていた。

もっとも、同じ日に見物した父がこの唐突な幕切れを「仏の理《ことわり》に適《かな》っておる」とまで賞めたのはいささか意外だったかもしれない。

「不破は仏敵の提婆達多《だいばだった》さながらだのう」

と父は段十郎に話して聞かせたものだ。

提婆達多は釈迦《しゃか》のいとこでありながら前世の因縁で敵同士の間柄。何度も釈迦を殺そうとして、ついには生きながら地獄に堕ちる。その提婆でさえ未来は天王如来《てんのうにょらい》に生まれ変わって成仏するというのが法華経の教えだから、

「不破は名古屋と未来永劫《えいごう》の敵同士といえど、雷神となって蘇るのは仏の理に適っておるのだ」

恵以は父のように難しい理屈はつけられなくても、夫が坊主になりたいくらい仏道に帰依《きえ》するのはよく承知している。深く帰依すればこそ自らが舞台で神仏に扮しても、それを見た者が納得するのであろう。もしそれで救われる人があったなら、役者冥利《みょうり》どころではないと当人は思うに違いなかった。

ともあれ『不破即身雷』の趣向はみごとに当たって中村座は連日の大入りに恵まれた。段十郎が小屋に出入りする際は楽屋口にどっとひいきが押し寄せて、そうすると何かご利益でもあるかのように躰を触りたがった。強く腕を引っ張られ、あるいは着物の袖を引きちぎられるようなこともしばしばだ。

そこで唐犬組の若い者が周りを固めようとするが、段十郎びいきがまたその芸に見合った荒っぽい男たちばかりなので、両者はしょっちゅう揉み合い却って危うくなる始末だから、近頃は古参格の熊次や虎三が段十郎の脇にぴったりとくっついて送り迎えしている。二人は役者の金剛ならぬまるで金剛力士にでもなったごとく、朝な夕なにご本尊の段十郎を守護していた。

「虎さん、熊さん、どうぞ、よしなに」

と朝は送り出せても、夕べは恵以も二人をただ帰すわけにはいかない。毎晩のように酒を出し、多少は話し相手もしなくてはならなかった。以前はけんもほろろにあしらっていたが、今は段十郎の女房として、二人の声にもなるだけ耳を貸そうとしている。

二人は夫が幼い頃にも世話していた記憶があるから、

「熊さんはいくつにおなりだい？」

ある晩さりげなく問うたら相手はきょとんとした顔で「さあ……」と首をかしげるばかりだ。

「お二人はずっと一緒のようだけど、お故郷《くに》もご一緒かい？」

と訊いたら両人そろって首を振り、

「わっちらは物心がついた時分にゃもう両親《ふたおや》がいなかったもんで」

「いつどこで生まれたのかもさっぱり」

申し訳なさそうにいわれて、恵以はつい余計なことを訊いてしまった自分のほうが申し訳ない気持ちになった。

片親育ちでも恵以は臍緒書《ほぞのおがき》に生国と生年月日と母親の名をしっかり記してあるから、臍緒書すら持たない孤児《みなしご》にされた二人の気持ちは知りようがなかった。ただ二人が幼い海老坊を本当に可愛がっていたことや、今でも心底大切にしている様子は手に取るように知れた。

段十郎びいきの二人は何も宙を飛べとか火の輪をくぐれとかいった注文を出すばかりでなく、言葉足らずでもそれなりの正直な感想を述べたりする。

「若旦那の太刀打ちは見ててさっぱりしますが、セリフは聞いてもチンプンカンだから、どうも気分がもやもやするんで」

と熊次がおずおずいえば、

「そりゃおめえ、お経の文句と同じで、チンプンカンだからこそ有り難くも聞こえるんじゃねえか」

虎三がなるほどと思うような理屈で応じたのを、恵以は傍で面白く聞いていた。夫は二人の素朴な意見にも耳を傾けて自作に取り入れ、また新たな見物人が呼び込めるかぶき芝居を生み出すのだろう。二人もまた夫の夢の扉を開くのにひと役買う仲間だと見れば、決しておろそかにはできなかった。

二人と毎日のように顔を合わせることで恵以は自ずと気持ちも打ち解けて、この春には二人お揃いの袷帷子を自らの手で仕立ててやった。二人の歓びようは大変なものだったから、気をよくして秋にはお揃いの小袖を仕立てようと約束した。

ところが、その約束はついに果たされることがなかったのである。

「おや、今日は二人の姿が見えませんねえ」

と恵以が門口で夫の送り出しをためらったのは野分《のわき》の夜風が吹き止んだ朝のことだ。ほどなく二人は泡を喰った様子で家の中に駆け込んで来た。ものもいわずに身をすくめ、

ぜいぜい肩で息するばかりだから、

「おい、どうした、何があったんだ？」

夫が問うても言葉足らずの二人は「何が何やらさっぱり」と一向に埒《らち》が明かない。そうこうするうちに大勢の男がどやどやと家の前に現れた。

いずれも虎や熊に負けない怖面なので、恵以もさすがに顔が引き攣《つ》った。てっきり違う組の連中と喧嘩した二人がうちへ逃げ込んだのだと思い、時にこういうことが起きるから唐犬組との付き合いも考えもので、今はとにかく夫が巻き込まれないようにしたかった。だが得てして妻の気持ちを裏切りやすい夫は、

「なんだ、なんだ、どうしようってんだ」

大声で怒鳴りつけると、奥に走って押入から刀を引っ張り出した。それを提げて表に立ち、大勢の男と相対峙《あいたいじ》する。構えるのはふだん太刀打ち事《ごと》の稽古に使用する刃引きした鈍刀《なまくら》ながら、人をぶちのめすには十分だった。

日頃の稽古の賜物《たまもの》というべきか、正眼の構えもみごとに極《き》まって取り囲んだ連中一人一人にぴたりと剣先を据え、夫が大きな眼でじろっと睨みつけたら、いずれも腰が引けたようにずるずると後退している。舞台で息詰まる太刀打ちを披露する役者にかかると気の張りつめようも尋常でなく、それに堪えかねてワッと飛びだした男はたちまち鈍刀の餌食《えじき》となった。

即座に前へ足を運んで鋭く払った抜き胴に、男はその場でひっくり返って肋《あばら》の骨が折

れたように悲痛な呻《うめ》き声をあげている。これで敵がいっそうたじろいだ様子を見て、夫が今度は八双の構えで脅すように近づいて行くため、すぐにも尻尾を巻いて引き揚げるかと思いきや、

「お上《かみ》の御用だ。神妙にしろ」

後ろのほうから声をあげて前に出て来たのは意外と小柄な、そこそこ年輩の男である。派手な彩絵《いろえ》入りの革羽織を着ているわりには貧相な顔立ちで、卑しげにすぼませた口から出たのはこれまた意外な猫撫で声だった。

「人気役者のお前さんに傷をつけちゃ江戸者の名折れになりますから、どうぞ引っ込んでておくんなさいな。こっちはお上の御用で、そいつら二人を召し捕りゃいいんでして」

「召し捕る？……」

という文句は恵以の耳にも意外に過ぎた。敵はいずれも召し捕られるほうが似合いそうな風体なのだ。

「俺の大切《だいじ》な身内に手出しはさせねえ」

刀を握ったまま夫が両手を大きく広げて戸口に立ちはだかると、

「ああ、こうなりゃ仕方ねえ。嫌でも手荒な真似をしなくちゃならん」

という敵の合図で包囲の輪がじりじり縮まりだした。ついに家の中に隠れていた二人も表へ飛び出し、

「若旦那やご新造さんにこれ以上の迷惑はかけられねえ」

「さあ、どこへでも連れて行くがいいや」

即座に高手小手《たかてこて》に縛《いまし》められた二人が連れて行かれるのを夫はあくまで阻止しようと抗《あらが》うも、恵以と二人がなだめすかしてこの場は何とか収めたものだ。

夫の気持ちが治まるはずはなかったが、ひとまず舅の重蔵が付き添うかたちで小屋に行き、帰りは小屋の者に付き添われて家に戻ると、

「大変なことになったらしい。うちも用心しなくちゃならねえ」

深刻な声に脅されて、これを限りと集《すだ》く虫の声を聞きながら、恵以はこの夜まんじりともせずに夫の言葉を反芻《はんすう》するはめになった。それからしばらくは生きた心地もなく家に閉じこもる毎日が続いた。

「ここへ来たやつらは唐犬組と似たり寄ったりの連中のくせに、早々とお上の手先になりやがったらしい。ああいう抜け目のねえ小狡《こずる》い連中が幅をきかすようになっちゃ、江戸もお終《しめ》えだ。俺はもう芝居なんざしたくねえや」

と涙まじりに義憤の声を聞かせた夫は、まさか芝居をしたくてもできなくなる日が来るとは思わなかっただろう。が、江戸四座はしばし休座を余儀なくされて、太夫元は茶屋で鳩首《きゅうしゅ》談合し、役者たちは楽屋に集っていっそ上方の芝居に鞍替えしようかという相談を始めたほどだ。

「将軍の代替わりで、いよいよ唐犬十右衛門が話した通りになって来たというわけか……」

「お上《かみ》

と悟ったように呟いた父の間宮十兵衛は婿と恐ろしい話をしていた。

「三年前にはあの髭の十こと深見十左衛門が捕まって隠岐《おき》の島へ流されたというから、遅蒔き十兵衛の俺も覚悟しておかねばのう」

「薦の重蔵と呼ばれたお父つぁんのこともえらく案じられます」

女の身でも父に漢字《からもじ》をひと通り教わった恵以は自身番に張ってある御触書《おふれがき》を目にすることで、事の経緯《ゆくたて》を少しは呑み込んでいた。

「町中にて男だて仕《つかまつ》り、理不尽者見聞に及び次第、早々番所へ可申出候《もうしいずるべくそうろう》」

こうした趣意の文面をそれまでにもちょくちょく見かけたが、九月半ばを過ぎると、堺葺屋の二丁町に留まらず江戸市中で大がかりな捕物が繰り広げられた噂も耳に入ってきた。

事を起こしたのは先手組頭《さきてくみがしら》として火付改《ひっけあらため》を加役された中山《なかやま》勘解由《かげゆ》で、貞享三年九月二十七日に大小神祇組の旗本奴を一斉に追捕《ついぶ》するなどして、この期に召し捕った人数は二百数十にも達したといわれる。これで江戸市中の旗本奴や町奴の類はほぼ根絶やしにされる恰好だった。

この摘発は苛烈《かれつ》に過ぎて、恵以はもはや虎の禿頭も熊の乱ぐい歯も、十右衛門の四角い眼も二度と見られなくなるように思えた。昔ならそのことを歓迎したのかもしれないが、朝晩の冷え込みが強まる今日には、牢舎する虎や熊にせめて布子《ぬのこ》の一つでも差し入れてやりたかった。

唐犬組では猪首の甚兵衛が日本橋で三日間晒《さら》されて磔刑《たっけい》に処せられたものの、無声庄左衛門と唐犬十右衛門の二人は重い罪科を免れて江戸御構《おかまい》すなわち追放刑で済まされた。薦の重蔵と遅蒔き十兵衛は全く見逃されたのがまだしも救いだったろうか。

「旅装束をしておれば、江戸にいても見逃してもらえるという話だそうで、虎や熊も近いうちに牢を出られましょうからそう案ずるにゃ及びません」

と十右衛門が思いのほか屈託のない口ぶりで皆に別辞を述べ、四十二間もの長い日本橋をゆっくりと渡って徐々に遠ざかる姿を、恵以は夫と父や舅姑ともども最後まで見送っていた。

しかしそこから夫が橋の袂《たもと》に向かうのを見たら、自ずと足が止まってしまい、

「肝が太いはずのおめえが、どうした」

と急かされて後ろからそろそろついて歩く恰好だ。

日本橋の袂には猪首の甚兵衛はじめ四人の男達《おとこだて》がまだ晒されていた。四人はいずれも白無垢《しろむく》に黒羽二重の定紋付《じょうもんつき》を重ねた礼装で処刑されて、今はその首だけが晒し場に残っている。十右衛門も先ほど橋を渡る前に甚兵衛の首にしっかりと掌を合わせていた。

獄門台の周りには大きな人垣ができていたが、夫は手でかき分けながらずんずん先に進んでゆく。傍へ近づくにつれ不快な異臭も漂うから、恵以はついに立ち止まって夫の後ろ影を見送った。

人垣の隙間からちらちら覗く胴から離れた首は完全に生気を喪った土気色《つちけいろ》をしている。

遠目には奇妙な形の置物としか見えず、さほどの恐怖心は起きない。

夫はあの眼を大きく見開いて、じっくり見ようとするのだろう。「俺は人相見じゃねえが、人の顔は常によく見るようにしてんだ」と話した男は死人にもそれをするに違いなかった。

「首の切り口は真っ黒だ。膚《はだ》は灰をまぶしたようでかさかさしてた。眼は閉じたまんまで、見てそう面白いもんでもねえ。それで、あんな大勢の人を呼ぶんだからなあ。やっぱり本物には勝てねえってことか……」

夫が帰宅してそうぼやいた時に、恵以はまたしてもあの目黒原の光景を想い出した。

人の死が見世物になる非情な現実はいまだ江戸の随所にあった。そうした現実に負けない夢を人に見せるのが夫の役目であることを、妻が忘れるわけにはいかなかった。

字義の弁

人の死を見るのは舞台だけでもう沢山だという思いが恵以にはある。お能は死人の霊がよく登場するようだが、かぶき芝居でも人の死ぬ場面が急に増えだしていた。恵以が見始めた頃はまだ主役が死ぬ見せ場はなかったはずが、夫の扮する鳴神上人や不破伴左衛門は無念のうちに死ぬ場面が見物人に歓迎されたのである。

しかし日々の暮らしで歓迎されるのはむろん人の死よりも誕生であり、恵以は女としての大役をまだ果たせないことに強い負い目を感じている。もう二十五にもなって……という焦りが当人のみならず周囲にもあるのは仕方がなかった。

それゆえ木枯らしが吹き荒れたこの日は夫が小屋から戻って来るなり、

「俺もとうとう都からお呼びがかかったぜ」

と顔をほころばせても、素直に同調できなかったのだ。

江戸に京下りの役者は大勢いても、江戸の役者が上京を求められるのは大変な栄誉であった。だが京まではおよそ百二十里、ゆうに半月の長旅を要する彼方の土地だけに、道中の無事を願うのも容易ではない。倅がまだ跡継ぎも作らずに上京するのは、舅も姑も頗る難色を示した。

夫も当初は乗り気だったが、年が明けると急に躰の疲れを訴えて、上京どころか舞台をしばらく控えて休養したいくらいだといいだした。それが姑にその話をさせるいいきっかけを生んだようである。

「ずっと舞台続きで精も根も尽きたんだろうから、久々にゆっくりしたがいいよ。江戸にいたら気が休まらないだろうし、いっそこれをいい機会《しお》に、この人の故郷《さと》を訪ねてみたらどうかねえ。幡谷の実家《さと》はこの人の弟が跡を継いでて、わたしらが訪ねた時は歓んで迎えてもらったしねえ」

といって姑は舅の顔を窺いつつ、

「そのついでにといっては罰が当たるが、成田山のお不動様にお詣りをしたらいいよ。わたしら夫婦はあそこへ一緒にお詣りして、すぐにお前を授かったんだから」

夫がしばし沈黙したので、姑は気まずそうな顔で舅を促して離れに去った。恵以もその話には触れないつもりでいたら、

「春まではまだ舞台があるが、夏になったら今年は行けそうかなあ。初めて俺の叔父貴や従兄弟の顔を見るのも悪くねえさ」

と夫が笑いかけたのは妻に何よりの救いだった。

下総の成田まではおよそ十五里。いくらせいても一日ではとても辿り着けない。もとより急ぎの旅ではなかったが、二人は梅雨入《ついり》を待たずに出立し、まずは小岩の渡し場に向かった。

関とは名ばかりの杉丸太を門にした出入り口をくぐって渡し船に乗り込むと、幅およそ八十間ほどの江戸川が波も立てずに心地よく躰を揺らした。薄雲に隠れた陽射しが川風をほどよく温《ぬく》めて川面を穏やかに照らしており、水鳥の飛び立つさま、対岸に舫《もや》う釣り舟が一幅の墨画《すみえ》と化して目をなごませてくれる。

先の渡し場に勇んで降り立った夫は開口一番、

「ここはどうでも俺が来なくちゃならねえ場所だ」

と市川関の標札を指さして笑った。

船橋宿で一泊し、早朝に出立して佐倉道をまっすぐ東に進んだ。蒼々とした田畑や夏木立の新緑が目に染みて、耳に触れる練雲雀《ねりひばり》の地鳴きは足取りの良き伴奏《あいかた》ともなった。

舞台では緑青《ろくしょう》の顔料一色で塗られる山里の風景も、日輪の下では草の色、青竹の色、松葉の色、苔《こけ》の色とそれぞれに異なって陽当たり具合でも微妙に色味を変えている。時にガサゴソと草葉を揺らす小獣の気配にも心がなごんで、二人の影法師が前に立ち始めた頃にはようやく酒々井《しすい》宿に辿り着いた。

そこから北に向かうとしだいに道幅が狭くなり、沿道の樹木がだんだんと間近に迫って、夏草の茂みと共に木下闇《このしたやみ》が深まれば自ずと足が急がれた。

にもかかわらず夫は「帰りに寄ったらついでに来たように思われて、ご利益も薄かろう」と成田山の参拝を先にしたがった。

「子は授かり物だから、もっと先の話かと思ったんだが……ああ、人の一生は短えや。俺は欲が深えから、己れ一代じゃとても願い事は叶わぬ気がしてなあ」

とは夫らしい正直ないい分ながら、恵以はやはりこの歳でまだ妊《みごも》らない躯が恨めしく、自らの不徳を責めるしかなかった。

成田山新勝寺《しんしょうじ》という扁額の文字を見て山門を潜れば途端に起伏の激しい小径《こみち》が続き、足場を探して進むうちにいつしか本参道を逸《そ》れたらしく、急にあたりが深山幽谷《しんざんゆうこく》にでも迷い込んだような薄暗い景色となった。

ふいにせせらぎが聞こえて、二人の足がひとりでにそちらへ吸い寄せられる。すると今度はエイッエイッという鋭い気合いと共に、土砂降りの雨音のような響きが耳についた。

そこに近づくと緑に苔むした岩組の隙間から水が噴きだして、激しく流れ落ちる幅半間ほどの滝が現れた。滝の真下には白装束の修行者とおぼしき姿が見える。夫はその様子にじっと目を凝らしており、うかつに声がかけられない雰囲気だ。見ているだけでも息苦しくなりそうな水簾《すいれん》に鎖された修行者はもとより一心不乱で、道を尋ねられるわけもなかった。

ただ水しぶきや滝壺の水面がきらきらと金色に輝いて、その上が開けているのを教えたから、二人は急な足場を踏んで何とか無事境内に辿り着いたのである。

「おお、あそこだ。あそこに間違いねえ」

と夫が指した先には瓦屋根の四面三間ほどある堂宇《どうう》が見えた。その前で合掌し、あるいは地面に額突いた人の姿もあった。

「ノウマクサンマンダーバザラダンカン……」と夫は真言を唱えつつ速やかにお堂に近づいていった。合掌して例のごとく、じっと堂宇の前に佇んでいる。恵以も後ろから掌を合わせて格子扉の目からそっと中を窺えば、幽闇《ゆうあん》に丈四尺ほどの座像がぼんやりと見て取れた。

こうした鄙《ひな》びた里の山寺に鎮座ましますには立派すぎる大きさの仏像だが、そのお姿はまだよく見えない。また仏神の像はそんなにしげしげと眺めるものではないという気もするけれど、夫は今や真言を唱えながら格子扉の内側を喰い入るように見つめており、霊験あらたかな不動尊像の姿形を己が眼に刻みつけるというよりも、あたかも霊力を授からんとするがごとくである。それは果たして強い信心から来るものか、はたまた役者気質のなせるわざか、恐らくは双方が渾然一体となった魂に身を委ねるのだろうと妻には思えた。

恵以がまた自分でもふしぎなくらい本気になって、わが子の誕生を願っている。正直ここに来るまでは半信半疑で、懐胎を望まれるのがただ重荷でしかなかった。しかしここまで歩き通しに歩いたせいか、心のわだかまりが自ずと解けたようで、短い道中にもこれほど見馴れぬ風景があるのを知れば、夫が己れ一代限りでは果たせぬ願いがあるというのもしみじみ胸に迫り来た。

ここで真剣に祈れば、わが子の誕生はきっと叶えられるような気がした。ここはたしかにそうした奇瑞《きずい》を招来しそうな、何やらふしぎな気配が充ちているように感じられたのである。

ところが残念なことに、恵以はこの年もまた実りなき秋を迎えたように懐妊の兆《きざ》しを見ないままだった。

成田不動尊の御利益を今か今かと待ちかねていた姑の口からも、近頃はさすがにその話はいっさい出なくなっている。それでも年を取って出来た一人子を持つ母親が孫の誕生をあっさり諦めるはずはなく、子宝に縁が薄いのはあながち嫁だけを責められないという気持ちで口をつぐんでいるのがわかるため、恵以は申し訳なさが募る一方だ。

姑はそれでも根が陽気で多弁だからして、ほかのことでは相変わらず恵以にしょっちゅう話しかけるし、共に町歩きをしても口を閉じている間のほうが少ないくらいである。

自身番の前を通ると必ずそこに張りだされた御触書の前で立ち止まって、「ねえ、これは何て書いてあるんだい？」と尋ねるのも癖のようで、武家から輿入れした嫁は漢字《からもじ》までちゃんと読めるのをどこかで自慢したいようなところが、このお時という女の面白さかもしれない。

穏やかな春頃も恵以は新たな御触書を見せられて、

「自今以後、食物のため生け魚生け鳥堅く売買仕るまじく候……」

と読み聞かせをしながら、これはいよいよ大変なことになって来たと思わずにはいられなかった。

「これからは活きのいい魚も口にできなくなるのかい」

と姑は呆れたように笑ったが、ここから近い魚河岸では生け簀《いす》の禁令を笑い事にはできないだろうという気がした。

この種の御触書が恵以の目につきだしたのは、去る貞享三年のお盆頃だったかもしれない。最初はたしか大八車で犬を轢《ひ》いたりしないようにとか、飼い主のいない野良犬にも食事を与えるようにとかいう、実にお上のお慈悲に富んだやさしいお触れのように思えた。

「何事に付而《つけて》も生類《しょうるい》あわれみの志を肝要仕《つかまつり》」との文言が恵以にはいたく新鮮に見え、

「お上が犬の世話までお焼きあそばすとは、まあ、天下泰平なわけだよ」

と姑はその時もおかしそうに笑っていた。

ところが今年から急に増えだしたので、さすがに恵以もびっくりしている。正月早々のお触れで、牛馬がまだ死なないうちに遺棄するのは御法度とされ、町内に野良犬が迷い込んでも追い出せなくなってしまった。

飼い犬は毛色などを記帳して役人に届け出なくてはならず、もしいなくなったら見つかるまで飼い主が捜さなくてはいけないため、野良犬をへたに餌付けしたら困るという話にもなり、町内はその件で話し合いが相次いでいた。
魚介の生け簀も駄目なら、鶏を絞めるのも駄目。これがただ口頭のお咎めだけで済むならともかく、四月には武州の寺尾《てらお》村と代場《だいば》村で病馬を捨てた村人がついに流罪《るざい》に処せられたという町触れを見るに及んで、恵以のみならず町内中が震撼《しんかん》とさせられた。「生類あわれみの志」がないと厳罰に遭うとなれば、もはや誰も笑ってなんぞいられなかった。

今や町内では野良犬の死骸を見つけても放置ができずに手厚く埋葬している。もちろん棒で打つのはもってのほかだから野良犬が増長し始め、餌を求めて家中を荒らしまわるようになった。

近頃は皆が寄ると触るとそのことで文句をいい、こんな無茶なお触れが出るのは結句、将軍家の跡継ぎが誕生しないためらしいという話になる。

「何とか早くお世継ぎがほしいもんだよ」

「ご誕生はまだなのかねえ」

そう人が話すのを聞いても恵以はぎくっとするほど、懐胎しないわが身に困り果てていた。

また虚しいままに年が明けて、来年はとうとう還暦《ほんけがえり》を迎える舅や、成田詣でを勧めた姑に合わせる顔もなかった。

年始は家事のみならず近所づきあいや芝居の行事に忙殺されて、しばしそのことを忘れており、梅の盛りから花見の前あたりに体調を崩すのは例年のことである。

この日も朝目覚めた時にどうも気分がすぐれず、無理して起きあがった途端に吐き気がした。お腹は空っぽなのに嘔吐《えずき》が止まず、恵以は切なく苦しくて堪らないのに、姑はその様子を見て実に嬉しそうにけらけらと笑った。

九月の末に元禄《げんろく》元年（一六八八）と改元されたこの年の十月十一日に、恵以は障子紙がビリビリ震えるほどの悲鳴をあげて陣痛に耐え、めでたく男子を誕生させた。

「この子の父親を産んだ時は、唐犬のお頭からお七夜のお祝いに活きのいい海老の絵を頂戴してねえ。今はもうどこを探しても活きのいい海老なんか見つからないが、うちはここにぴちぴちしてるよ」

と姑は初孫の誕生を心から歓んでくれた。

この年はたまたま芝居町にめでたい誕生が相次ぎ、堺町には後に六代中村勘三郎となる男児が、木挽町には後に五代山村長太夫となる男児が生まれている。三人はいずれ成長したあかつきには互いの人生に関わりを持つのが必至でも、生まれたては共にただ赤くて泣くよりほかに用がないふわふわした肉のかたまりに過ぎなかった。

「あなたもこれで名実ともに江戸随市川でござりまする。だから来年もどうぞうちにいて下さいな」

と戯《ざ》れ言《ごと》めかして夫を口説くのは坂東又九郎《ばんどうまたくろう》だ。舞台でもおかしな戯れ言で客を笑わせる道外方《どうけがた》の役者だが、この男にはもう一つ森田座の経営に辣腕《らつわん》を揮う太夫元の顔もある。その顔は深い皺《しわ》に刻まれて鬢髪が目の粗い簾《すだれ》のように薄くなった年寄りとはいえ、森田勘弥の名で太夫元を務めた倅に先立たれてからは、こうして自ら役者集めに奔走しているのだ。

今日はまだ二月の半ばだというのに市川段十郎宅を訪ねて来年度の契約を求め、給金もいきなり五十両上積みして、年に三百両という破格の金額を提示していた。

それなのにちっとも煮え切らない返事で相手を早々に帰してしまった後も客間に座り込んだまま、じっと腕組みする夫を見て、恵以はためらいがちに声をかけた。

「いかがなされました？　気が進みませぬか……」

「ああ、ちょっと思いがけない話だったもんでなあ……それだけの稼ぎに見合った働きができるかどうか……却って荷が重いような気がしてなあ」

「お前様に似合わぬ気弱なことを。江戸随一の役者となった証ではござんせんか」

わざと朗らかに妻がいうと、夫はおかしそうに笑った。

「ハハハ、おめえも随分と欲張りになったもんだ」

女は子を産めば欲張りにならざるを得ないのだ、と恵以はいいたかった。わが子にできるだけのことをしてやりたい一心で、夫に多くを求めるのだった。

待ちかねた長男の誕生はもう四年前のことになる。それがふさがった産道を開いたように、一昨年は次男が誕生している。産後の肥立《ひだ》ちはまずまずながら共に乳の出が悪かったので双方に乳母を雇わなくてはならなかった。

見るからに小さな躰で生まれた長男には、魔除けとなる九字の真言にちなんで夫が九《く》蔵《ぞう》と名づけたが、今でも医者を呼ばない月はないくらいに病がちだ。いずれは病抜けして丈夫になるといわれても日々心配の種が尽きないし、養生の薬代も馬鹿にならない。

相変わらず来客はひっきりなしでそちらの世話も焼けるため、恵以は乳母のほかにも雇いの女中を増やさねばならなかったし、夫には送り迎えをするお供のほかに住み込みで手伝う弟子も常に何人かいた。昔からの家人もいて、隠居した舅夫婦と同居に至った恵以の父親も併せたら十数人の大所帯で、皆が満足に食べるだけでも夫の収入《みいり》が多いに越したことはないのである。

舅の隠居を機に新和泉町の借家は払って、葺屋町河岸の一角に大人数で住める家を求め、舅夫婦や恵以の父親が住む離れも増築した。ここだと市村座はもとより中村座にも近いし、舟の便がいいので木挽町の森田座や山村座にも楽に通える。出勤の誘いは今や江戸各座から来ており、相変わらず上方の依頼状も舞い込んでいた。

出版が盛んな京の町では役者の評判記まで刊行され、依頼状と共に送ってきた評判記では夫が「江戸の三幅対《さんぷくつい》」とされている。三幅対のあとの二人は美男役者の中村七三郎と手堅い芸で知られた宮崎伝吉《みやざきでんきち》で、宮崎はもともと上方出身だし、七三郎も既に来たから、残すは夫一人だけという催促の文言も添えられていた。

ただし江戸から遠く離れた京の評判記では「市川」が「市河」になったり、「段十郎」が「團十郎」と書かれていたりするのが、夫はわが名だけにやはり気になるらしい。

漢籍に通じた恵以の父、かつての手習いの師匠である間宮十兵衛から「團は団子の団の本字で、丸めるという意味の『摶《せん》』の字に由来する」と字源を聞かされたら、

「どうせ俺の姿を見たこともねえやつが書いたんでしょうが、団子のように丸い躰つきかと思われたんじゃいい迷惑ですよ」

と子供のようにむずかった。

「いや、一概にそうともいえん」と間宮は静かにいい添えてこう諭している。

「丸いというより『摶』は丸めるという意味だから、『團』は人がまとまることも指すのだ。されば漢籍には『團結』や『團欒《だんらん》』といった華語がある。芝居も人が大勢まとまることで成り立つのだから、存外そなたにふさわしいのではないかなあ」

「なるほど、そう聞いたら、ハハハ、団子も立派に見えてきますよ。俺もいっそ名文字を取っ替えましょうかねえ」

夫が呵々《かか》と笑うのを聞いて、恵以はたしかにこの家の住人は夫の下に集まった「團」にほかならない気がした。むろん夫はわが家のみならず芝居でも「團」を率いる役者であるに違いなかった。

わが子の誕生で恵以が気の持ちようを変えた以上に、近年は役者がこれまでのやり方を変えなくてはならなくなった。かつては大名や旗本のお座敷に召ばれて稼ぐ役者も多かったが、将軍家《おかみ》の代替わりに伴って風紀が粛清され、かぶき役者は武家屋敷の出入り

が堅く禁じられてしまったのである。

さらに当代将軍は能狂いと噂され、各流の能役者が御家人《ごけにん》に取り立てられたほどだから武家では能が盛んになる一方で、かぶき芝居は顧みられなくなった。元祖勘三郎が三代将軍から金の采配を褒美に賜った因《もと》である巨大御用船安宅丸も当代将軍の命で既に破却されて、中村座は権威の拠《よ》り所《どころ》まで喪ってしまった恰好だ。

したがって太夫元も役者も今は芝居小屋の稼ぎだけをあてにするしかなく、勢い見物人を沢山呼べそうな演目《だしもの》が求められるし、自作自演の役者は太夫元からも他の役者からも大いに頼りにされた。それが三百両の高給に化けたところで、夫の心に重荷となってもふしぎはなかった。

幸い今年は森田座で幕を開けた初春狂言の『大福帳朝比奈《だいふくちょうあさいな》百物語』が大当たりし、興行中に早くも来年度の契約を求められたわけだが、次の演目がまた当たるかどうかはわからなかった。

そもそも何が当たるかわからないのは夫の初舞台がいい例で、そこがかぶき芝居の面白さであり怖さでもあるが、今度の演目では剛力無双の勇士朝比奈三郎が今どこの商家にでもある「大福帳」の由来をとうとう弁ずる件《くだり》が意外なほど受けたのだった。釈迦の教えは仏法僧《ぶっぽうそう》の三宝で、武士には知仁勇の三徳が備わるように、商家は大福帳の三文字が大切なのだと朝比奈がもっともらしくいえば、「へええ、なるほどねえ」と素直に感心した声が土間のあちこちであがった。

栈敷よりも安価な土間席を占める見物人は今やかつて「海老坊」を連呼したような無頼の連中ではなかった。日本橋界隈に蝟集した商家の手代や堅気の職人が大半だから、日ごろ馴染んだ大福帳が舞台に出てきたらもうそれだけで嬉しいのだろう。

「されば大福帳の大は、一という文字に人を加えてこれ大なり。福は示す偏にしてこれ神の心を示すの意、旁《つくり》は一口の田と書いて、ただ一口に田を呑み納めんとの心なり」

とのセリフを聞いて恵以は夫が父とよくする字義問答を想い出したが、これが巷に大流行して今や近所の子まで口にするのは望外の成りゆきだった。

さて段十郎は次にどんな芸で当てるのだろうかと太夫元はどこも虎視眈々《こしたんたん》で、森田座は給金を上げて惜しまなかったし、引く手あまたの身も稼ぐのに怯《ひる》んでなぞいられなかった。

とはいえ千秋楽まで舞台を無事に務めあげ、且《か》つその間に次の演目を思案するのは大変なことで、夫が夜中にときどき魘《うな》されて洩らす呻き声は恵以の耳にも辛そうに響いた。それはまだ誰も見たことのない芝居の夢が、夫の心から外へ飛びだそうともがく悲鳴のようだった。

九蔵が誕生したことで夫はますます不動尊の信心を深め、家にいながらの修行も始めている。毎朝目覚めると真っ先に井戸端で水垢離《みずごり》を取り、ノウマクサンマンダー……と不動の真言を唱えつつ頭からざんぶりと水を浴びること七度。これが真冬のどんな寒い時期でも一日と欠かさずに続いた。軒下に氷柱《つらら》がぶら下がるような極寒の朝は息もつけない速さで矢継ぎ早に水をかぶって、まさに滝行を見るがごとくだ。そうして自らを極限に追い込めば何か新たな思案が浮かぶとでもいったように熱中している。

それは土に埋もれた恐ろしい夢を見るたびにエイヤッとばかり腹の底から力を振り絞るのだと話してくれた、夫らしいやり方のようにも見えた。夜徹《よどお》し机の前にいた翌朝でも「これさえすりゃ、すっきりとした心持ちで舞台に立てるんだ」といい張る当人の言葉を恵以はただ素直に信じて見守るしかなかった。

こうして森田座と新たな契約を結んだ元禄五年(一六九二)の十一月には『日本大弓《にほんだいきゅう》鎮西八郎《ちんぜいはちろう》』と題した顔見世狂言を披露。これが思いのほか評判が悪く客足は落ちる一方で、自作自演の役者を腐らせたばかりか、太夫元の又九郎が演目の変改を求めたから段十郎は急遽《きゅうきょ》またしても不破と名古屋の旧作を蒸し返すはめになった。

その精彩を欠いた舞台からは夫の気落ちがありありと伝わって、恵以まで気持ちがめげるのを隠せなかった。不破は他の役者が追随できない当たり役だから久々の再演とあって見物人は増えたものの、旧作の二番煎じで文字通りお茶を濁した恰好は妻ですら心苦しい限りだ。三百両の高給が却って仇となったように、夫は心労で躰の不調を訴える日がしだいに多くなっていた。医者に診せても疲労が高じたとして養生薬を呑まされるばかりだし、それでも早朝の水垢離だけは欠かさず続けているのがまだしもの救いのように思えた。

ところが師走《しわす》も半ばを過ぎたこの日の早朝、夫は水桶を頭上に翳《かざ》そうとした刹那ぐらっと躰が傾くと桶を取り落として、前に両手をばったり突いた。恵以は慌てて縁側から飛び降り、夫の背中に手をやると全身が熾ったような高熱だった。

蒲団に横たわった夫は翌朝まで昏々と眠り続けた。次の日も薬を呑んだ以外は蒲団の中でずっとうつらうつらし、三日目もまだ頭がほとんど枕から離れず、よくぞこれだけ眠れるものだと感心するくらいだ。恵以は寝汗を拭きながら、夫も今や三十路を過ぎて、もう以前ほど肉の締まった水を弾くような肌ではなくなったことに気づかないわけにはいかなかった。

思えば恵以が若い頃に見た役者の多くは三十路の声を聞く前に舞納めで引退をしている。今でも容色が売り物の女方や若衆方は早くに舞納めて、引退後は香具店や白粉店を開いて活路を見いだしており、いかな人気役者でも三十路を過ぎれば自ずとひいきが減るといわれている。夫もここに来て何かよほど目新しい芸を見せないと、役者稼業を続けるのが難しい年齢になったのを認めるしかなかった。

恵以は自ら森田座に出向いて太夫元の又九郎と面談し、夫の病状を仔細に話した上で、

「年越しがきっと厄落としとなり、年が改まればまた身も心も改まりましょう。さればどうか年内の休座をお願い申し上げます」

きっぱりとそういい切って、薄い鬢を掻く相手にしぶしぶ承知させたのだった。

折しも次の日は思わぬ珍客が到来した。

「申し、市川様のお宅はここでござりまするか」

という門口の声がまず気になったのは、耳馴れない上方訛《なま》りのせいだったかもしれない。

色浅黒く平べったい顔で、小さな眼をしたその男は「村山座《むらやま》の使い左次兵衛《さじべえ》」を自称して、

「谷島《たにしま》の太夫もどうぞよろしゅうにと申しておりました」

と小さな眼をさらに細めて愛想を振りまいた。

谷島の太夫とは去年の冬に京から江戸に来た谷島主水《もんど》という女方で、今年はずっと中村座の舞台に出ていた。左次兵衛は東下《あずまくだ》りに随伴して、江戸の見聞を上方に報せる役目も請け負ってはいるが、

「一番大切《だいじ》なお役目は何がなんでも市川様を京へ引っ張って帰ることでござりまするがな」

ずばりといって、けたたましく笑った。

「江戸に着いて早々にお訪ねするつもりでしたが、行っても無駄やと止められましてなあ。市川様はそうやすやすと江戸から離れようとはなさらんやろし、また離れられても困るという話でした。年が明けたら朝比奈の大当たりでますます難しうなったと存じ、誰か市川様に代わる役者を探すつもりで芝居を見歩いておったら、アッという間に一年が経ってしまい、まずはご挨拶が遅うなりましたのをお詫び申しあげまする」

薄い唇がぺらぺら動いて長い言い訳をしたところで恵以はやっと夫が病臥するのを訴

えられて、この日は速やかに引き取らせたのだった。だが相手は二日後に病気見舞いの品を持参して訪れた。年末には餅つきの手伝いと称して、もち米と臼《うす》まで荷車に積んで現れた。年始は年玉の進物に京の扇子を山ほど持って来られて恵以はとうとう根負けした。この間に十分な休養を取れた夫も相手のいい分に少しは耳が貸せそうだった。

「大船に乗った気ィで何もかも任せとおくれやす。もっとも船旅は危ないから陸路《くがじ》に限りますけどなあ。東海道の宿場もひと頃よりずんどええ旅籠《はたご》が揃うて賑わいまするし、近頃は木曽路のほうもだいぶ整うて参りました」

いかにも旅慣れた様子の左次兵衛は、これまでも大勢の役者の往来を世話して来たが、

「京の町で市川様ほどのお待ちかねはござりませぬぞ」

と夫をここぞとばかりに持ちあげる。

中山道《なかせんどう》はおろか東海道もまだ整わない時分から役者や諸芸人の往来は盛んで、左次兵衛のように手配を引き受ける案内人もいて道中の無事はまず信じられたにしても、肝腎なのは向こうでの待遇であろう。それはさすがに当人の口からいいだしにくい話なので、恵以が勇を鼓《こ》して口を挟んだ。

「ご当地では年に三百両を下らぬ役者でござりまするが、そちらはそれだけのご用意があってのお話でござりまするか」

この単刀直入な切りだし方で夫は大きく目を剝いている。恵以はいったあとで自分も驚いたくらいだが、一家の暮らしのためにはなりふりを構ってなぞいられなかった。

「そうはっきりとおっしゃって下されば話が早うございます。千金万金積んでもこっちへ来てほしいと頼んだところで、口約束だけでは埒が明かん。きっちりした証文と、差し当たっての支度金を用意せんことには話になりますまい。わたしが持参した分で足りませなんだら、すぐにもまた為替《かわせ》を送らせますんで、何とぞ今年中に上京をなされて下さりませ」

と左次兵衛は相当な意気込みでこちらを説得にかかった。だがいくら早くとも、これはすぐに埒が明くような話ではなかった。既に今年いっぱい森田座との契約がある以上、夫の気持ち次第ですぐにも江戸を離れるというわけにはいかないのである。

「なるほど、そしたら中村座の太夫元とようご相談をした上でまたお願いに参上いたしまする」

森田座でなく中村座の太夫元と相談するというのはちょっとふしぎなようだが、市川段十郎という役者の去就は今や江戸かぶきに関わる一大事となってしまったのか、

「どうか上方の連中の鼻を明かしてやりなせえよ」

と、わざわざ家を訪れて上京を勧めたのは中村伝九郎《でんくろう》である。

円顔《まるがお》で恰幅のいいこの人物は初代勘三郎の孫に当たり、中村座の太夫元を七年務めた上で養子に譲って、今は役者稼業に専念している。近年では『曽我物語《そがものがたり》』に登場する朝比奈三郎が当たり役で、同じ朝比奈でも段十郎の役作りとは全く違い、大名行列でよく見かける奴《やっこ》のような糸鬢《いとびん》に釣り髭という扮装と、関東訛りを巧みに取り入れたべいべい

言葉のセリフが大評判になった。同じ舞台で曽我五郎に扮した段十郎とは二つ違いで日頃は兄貴分と慕っており、

「江戸の役者が京へ上るのは初めてじゃねえが、兄イの芸は上方の借りもんでなくこのお江戸の町が生んだ芸だからこそ、向こうの連中に見せつけてやりてえんだよ」

　まるでわがことのように力んで上京を勧めるが、夫は却って不安そうな表情を浮かべた。

「果たして俺の芸が向こうで通用するのかなあ……」

「何を気の弱《よえ》えことを。兄イらしくもねえ」

　と相手が即座にいい返したのを聞いて、恵以は自分もいつぞや似たようなことを感じたのが想い出された。舞台では傍若無人な振る舞いをするようでいて、見かけによらず生まじめで妙に気の弱いところがあるのも夫の隠れた一面であろう。気が弱いというより、直情径行、迅速果断で人を驚かす反面、あれやこれやと思案を巡らせて慎重になり過ぎるきらいがあるというべきか。またそうした一面があるからこそ、役者ながらに台《ほ》本《ん》が書けるのかもしれなかった。

「俺が又九郎に話をつけて、どうでも今年中には兄イが上京できるようにするさ」

　と伝九郎がいくら請け合っても恵以はその話を真に受けなかったが、夫はとにかく十一月には中村座の顔見世に出ることが決まり、つまるところ翌元禄七年は森田座でなく中村座の出勤が約束されていたのであった。

顔見世では役者名を記した看板が毎度新たに書き替えられるが、夫がこれを機に名文字を改めたいといいだしたのは前年の不調を脱して心機一転したい決意の現れらしく、「段十郎」が「團十郎」に変わっても父に字源を聞いた恵以には余り抵抗がなかった。

中村座の顔見世狂言『新撰殺生石《しんせんせっしょうせき》』は鳥羽《とば》上皇の寵姫玉藻《たまも》の前《まえ》が金毛九尾の妖狐という正体を現し、那須野《なすの》で退治されて殺生石と化す物語であった。市川段十郎改め團十郎は妖狐を討つ武将の上総之介広常《かずさのすけひろつね》に扮したが、相役の三浦之介《みうらのすけ》に扮した伝九郎には、

「おいらの引き立て役みたようで申し訳ねえんだが、これも付き合いだと思って我慢してくんさらねえか」

と予め断られている。

三浦之介は妖狐に取り憑かれて一時おかしくなるという趣向が盛り込まれ、そこが伝九郎の大きな見せ場で、狂言の『釣狐《つりぎつね》』さながらに肥《ふと》った躰を縫いぐるみにして飛んだり跳ねたりする愛嬌たっぷりの芸が初日から満場を沸かせていた。しかしながら興行の中日《なかび》となる十五日に満場をかっさらったのは伝九郎ではなく、やはり江戸随市川の團十郎だったのである。

折り目正しい武将役の裃姿で舞台中央に端座した團十郎は朗々として落ち着いた声で、

「一座高《たこ》うはござりまするが、口上をもって申し上げまする」

そう話しだした途端に場内は水を打ったように静まった。この口上はきっと改名の仔細を語るのだろう。何せ朝比奈では文字を一つ一つ分解して「大福帳」の字義を弁じた

のだから、自らの名文字を「團」に改めた理由も述べないわけがない、と見物人の多くは思ったかもしれない。ところが当の團十郎は、

「私儀、久々にこちらの舞台へ出勤できまして誠に嬉しく有り難くも存じおりましたが、こちらにいらっしゃる伝九郎さんのお勧めによりまして」

と横にひれ伏す小太りの男を顧みて、

「明年《みょうねん》は京大坂の舞台にていささかの修業を積んで、見聞も広めたく存じ候《そうら》えば、しばしご当地を離れますことのお許しを願いあげまする」

立て板に水の早口で見物人はしばしぽかんとしていたが、しだいにざわざわしだして、皆が事の重大さに気づいた時の騒ぎはもはや尋常ではなかった。

土間から轟然《ごうぜん》たる非難と共に半畳がびゅんびゅん飛んで、團十郎とその横に座った伝九郎の姿を襲う。共に顔を伏せ身をかわしつつ巧く直撃は避けているが、口上を続けるのはとても無理な様子だから、恵以は桟敷の裏でひやひやしていた。その話を初めて聞かされた時も奇策に過ぎて無理があるように思えたが、顔見世に出た役者が翌年の舞台に全く出ないという話は前代未聞なだけに、見物人の憤りは当然ともいえた。

この場は太夫元に代わる男が何とか場内を鎮めるしかない。宙を舞う半畳の数もようやく尽きたかに見えたところで、伝九郎はおずおずと顔を持ちあげる。

「皆様におかれましては、團十郎兄イのごひいき様なればこそのお怒り、お憤りはごもっともでござりまする。兄イはこのお江戸にいなくちゃならねえお人だ。市川團十郎の

姿なくして江戸の初芝居は幕が開かねえはずだ。したが兄イはそれだけの値打ちがある役者だとご存じのねえ連中が、上方にはまだごまんといなさるそうで、それも何だか悔しい話でござんすねえ」

諄々《じゅんじゅん》と見物人をなだめすかすかのようにして、

「されば、ごひいき様方のお力添えを持ちまして、今こそわれらが兄イを京へ送り出して下さりませ。上方の連中に江戸随一の役者を見せつけて鼻を明かしてやろうじゃござんせんか」

力強くいい切ると、伝九郎は再び両手をバッタリ突いてひれ伏した。これにはさすがに見物人も気を呑まれたように一瞬しんと静まったが、

「そうだ、鼻を明かしてやれ」

「江戸の芝居がちっとも負けてねえとこを見せてやろうじゃねえか」

土間で誰かが叫んだ途端にまた凄まじい喧騒が再開する。だが今度はさっきのように剣呑ではなく、むしろ好意に溢れた歓声が支配した。それがだんだんと狂瀾《きょうらん》の高まりを見せるにつれて、恵以はじわっと胸が熱くなり、目頭が潤んだ。海老坊の昔から、夫はかくも江戸の見物人に愛され、支えられていることを断じて妻が忘れてはならなかった。

妻の大切な務めはむろんそれだけではないけれど、この芝居の稽古が始まる前日に、

「行けば一年は向こうで暮らすことになるだろうから、おめえも一緒について来てくんな。弟子はもちろん舞台の仕掛けを知った裏方の連中も引き連れて行きてえから、向こ

うでも連中の世話をしてやってほしいんだ」

といわれたのはさすがに驚いて思わずいい返してしまった。

「いくら何でもそれは無理と申すもの。うちには九蔵もおりますし、千弥《せんや》はまだ今年やっと四つになったばっかりなんですよ」

「九蔵は一緒に連れて行けばいいさ。千弥には乳母がいるし、祖父《じい》さん祖母《ばあ》さんもしっかり見ててくれるだろうよ」

夫は頗る呑気《のんき》ないい方で妻を呆れさせたが、妻が呆れたのは夫にだけではなかった。

「ああ、わたしも死ぬ前に一度は都の空を拝みたかったねえ」

と姑が羨ましそうにいったのはともかくも、続く舅の言葉には絶句した。

「なら一緒に行くがいいさ。俺はそうする気だ」

舅は隠居して古稀《こき》に、姑は還暦に近づきつつある年齢でもいまだ矍鑠《かくしゃく》として町歩きを欠かさぬばかりか、夫婦してちょくちょく社寺参詣や湯治で遠方に足を延ばすのも恵以は承知している。

とはいえ京は江戸から百二十里以上も離れ、若い男でもふつうに歩けば十日では辿り着けない遠方なのだ。水が変われば喰い物も変わるというし、旅先や道中で患うばかりか命を落とした例も数知れないと聞いている。それなのに舅は断固ついて行くといい張るのだ。

「どうせ死ぬなら、男と生まれてこの世の見残しはしたくねえもんだぜ。都の空も見ずに逝くのは残念でならねえ」

「お互い命を捨てる時は夫婦一緒でいたいもんだねえ」

と姑も同調するので、こうなったらいっそ家を畳んでの引っ越しも一度は覚悟した。だが若い頃に諸国を放浪して既に都の空も見た覚えのある恵以の父親が、快く留守番を承知してくれたのはまだしも幸いだったというべきだろう。

恵以や姑が江戸を遠く離れる際は女手形というものが要るから町奉行所に申請《もうしうけ》をせねばならず、その手続きの面倒さだけでもうんざりさせられた。

おまけに行李《こうり》を整えて荷造りするにも一カ年の旅支度となれば引っ越しも同然で、家財道具一式運べるものは何でも詰め込んだし、向こうに持参する手土産一つでも江戸随一の役者となれば並ならぬ吟味が要った。

かくして一同の支度が整い、一家が文字通りの一團となって出立できたのは霜月下旬の空《から》っ風《かぜ》が身に染む明け方のことだ。

日本橋の上から御城の向こうに舞台道具の絵のような富士の嶺がくっきりと浮かびあがって、かくも美しい眺めから遠ざかる淋しさに恵以の胸はふさがれた。年寄りと幼児を連れて旅立つ心もとなさにも押しひしがれつつ、皆にせいぜい明るい声をかけて自ら気丈に振る舞うことで、何とかこの試練は乗り切れると信じたかった。

京の水　江戸の風

橋から眺めた川上の山々は斑雪《まだらゆき》を添えていかにも寒々しい色をしている。橋の袂には どんよりした曇り空の下に緑の深みを増した山の尾が迫り来て、行き止まりかと見えた。海の注ぎ口から遠く離れた川は中洲が広がって水を湛《たた》えぬ浅瀬ばかりだ。川と同様、往来の人もまた周囲の山々に行く手をふさがれたようでいながら、案外はっきりと目当てがありそうな面もちで、ただし急がず慌てずゆったりと歩みを進めるのが都風なのだろう。

何もかも日本橋とかけ離れた、盆石のごとくちんまりと整った三条大橋の風景に見とれつつ、恵以はまだあれやこれやと気を取られ心の旅路を彷徨《さまよ》うばかりだ。

まず京は往来する女人の数が江戸よりはるかに多いのに驚かされた。いずれも胡粉《ごふん》塗りした人形のような小顔で、躰つきも華奢《きゃしゃ》なのが風景に見合っていた。光沢《つや》のある絹の小袖が多いのもさすがに都で、その小袖がまた百色《ももいろ》の御所染めといわれるほどに色とりどりであった。江戸ではまだ珍しい友禅の小紋散らしや洗い鹿子を実にさりげなく着こなしており、二つ折にした幅広帯を器用に後ろ結びにしているのはご当地の流行りらしいが、いずれは江戸も諸国もそれに倣《なら》うのだろう。

男は地味な郡内縞《ぐんないじま》の羽織姿が大半ながら、中には白繻子《しろじゅす》の長羽織に風雅な墨画《すみえ》を描いた洒落者が混じっており、どのような稼業かは知らず、

「ありゃ頭に烏帽子《えぼし》をかぶって歌の一首も詠みそうな野郎だが、俺もここでちょいと一句ひねってみようか。烏帽子着て遠くは行かじ冬の土手……いやはや、われながら拙《まず》い句だなあ」

と苦笑いする夫は世間の流行りに染まって俳諧に凝りだし、道中でもやたらと一句ひねりたがった。さまざまな風景を句にしておくと、舞台の台本《ほん》を書く時にそれが目に浮かんで役立つのだという。都では山川の景のみならず人の風俗も句に仕立てやすいらしい。

鴨川の土手を行く男女に着物の裾の乱れがないのもさすがに都人《みやこびと》だと感じ入るが、それは川風がさほどに強くない証拠でもあった。風はないのに一体どうしてこんなに寒いのか、足下からしんしんと冷え込んでくるのは格別で、恵以はわが子や舅夫婦の身を気遣わないわけにはいかなかった。

それにもまして気遣わしいのは当地における夫の舞台だ。こんなにも寒い町で、隙間風に冷え込んだ芝居小屋へ足を運ぶ人などいるのだろうか、と案じられてならない。

なだらかな山々に囲まれ静けさに包まれた人びとが整然と暮らすこの都で、荒々しくも騒々しい夫の舞台が果たして受け容れてもらえるのだろうか、という不安もまた強く押し寄せて初日の幕が開くまで恵以の胸を去らなかった。

元禄七年（一六九四）、正月五日。四条河原《しじょうがわら》の南側に建つ村山座は初狂言『源氏誉勢力《げんじほまれのせいりき》』で新年の初日を開けた。幸い案ずるより産むが易しというべきか、江戸の市川團十郎上京の噂は既に京の都はおろか大坂までも伝わっており、初日はなんと小屋に入りきれない客が騒ぐ大混乱の中で舞台の幕が開けられず、團十郎は幕前で初お目見得《めみえ》の口上をするだけで済ませた。これがさらなる客を呼び込むために太夫元が仕組んだ騒ぎであるのは、恵以もよく承知している。

『源氏誉勢力』で團十郎は江戸でお馴染みの朝比奈三郎の役に扮し、和田《わだ》合戦に従軍する甲冑《かっちゅう》姿でとてつもない長さの大太刀を差して本舞台に登場。鎌倉御所の大門を打ち破る場面で京の見物人の度肝を抜いた。

舞台の真ん中にずっしりと据えられた大きな長屋門の作り物を片手で交互に押したあと、両手をかけてゆさゆさと揺さぶり、ついには門を持ちあげんばかりにして向こうへ押し倒すまでの間に團十郎の顔はみるみる真っ赤になった。鎧を脱いで袖まくりした腕の肉ははちきれんばかりに盛りあがって、長屋門の作り物がとうとう向こうへドシンと倒れたら、見物人の悲鳴と歓声もまた大きく盛りあがったのである。

この幕が閉まると次に登場した團十郎の姿で見物人はさらに目を丸くした。さっきまで真っ赤な顔でうんうん唸っていた荒男《あらしお》が、今度は打って変わってきれいに白塗りの化粧をした美丈夫となって現れたからだ。

『巡逢恋七夕《めぐりあうこいのたなばた》』と題した付幕《つけまく》に、團十郎は彦星《ひこぼし》すなわち牽牛《けんぎゅう》の役で登場し、恋人の織姫《おりひめ》と共に唐めいたきらびやかな装束で優雅な舞いを披露したから、この大変身には口さがない京の見物人もさすがに開いた口がふさがらない様子だった。

こぢんまりした町では評判が瞬く間に伝わって、翌日から引きも切らずに大勢の見物人が押し寄せている。噂は都の外へと広がって、大坂から足を運ぶ者も少なくなかった。

当節に名高い俳人の椎本才麿《しいのもとさいまろ》もその一人といえる。

井原西鶴《いはらさいかく》門下の才麿は自身はるか以前に江戸へ下って談林《だんりん》俳諧の仲間となり、若き段十郎の舞台を目にしていた。片や團十郎のほうも俳諧を少しは嗜《たしな》む身で才麿の句を知っていた。

この日は当人が小屋の近くにある團十郎の仮住まいを訪れて、恵以は夫と共にほぼ同年輩の至って穏やかな風貌の相手をもてなした。

「初芝居に七夕の逢瀬という取り合わせは少しおかしいようにも存じましたが、あなたの舞台を見れば左様なことはとんと気にならず、ただただうっとりと見とれておりました。ああ、去年《こぞ》に身罷《みまか》られたわが師の西鶴翁にも、ひと目あなたの姿を見せたかった」

といわれて夫はこう応じている。

「お賞めに与った上にお願いまでするのは恐れ入りますが、わっちも江戸では其角《きかく》先生に少々手ほどきを受けながら、まだ号を戴いておりません。才麿先生のお作は江戸でも評判でして、『鶯《うぐいす》の声や竹よりこぼれ出る』という名句が今に忘れられず、今日わざわざお訪ね下さったのも何かのご縁かと存じまする。どうかこれを機《しお》に、わっちに俳号を授けてやっちゃくれませんか」

「いやいや、江戸随市川ともいわれるあなたに、俳号を授けるなど勿体ない」と相手は固辞したものの、達《たっ》ての望みといわれて仕方なく、

「されば憚《はばか》りながらわたしの『才』と此度《こたび》の当たり役、牽牛を合わせて『才牛《さいぎゅう》』と名乗られたらいかがかな」

と俳号を進呈した上で帰り際にこう話していた。

「それにしても今年はこちらへ江戸の風が次々と吹いてくるようでしてなあ。この夏は芭蕉翁《ばしょうおう》が西国に下向する途中でお立ち寄りになるような話も伺っております」

それが松尾《まつお》芭蕉の最後の旅となり、冬には大坂で客死することなぞ團十郎はもちろん才麿も知る由がなかったのである。

ともあれ見物人は大坂より遠方からもどんどん押し寄せており、小屋に多い日は二千人も入るらしいと恵以に聞かされた姑は、京の誰よりも鼻高々だった。

「歩き通しで脚に痛い思いをさせた甲斐があったというもんだよ。これで江戸随市川どころか、日本《ひのもと》市川と名乗ったってよさそうじゃないか」

片や舅が「都のご見物衆は妙におとなしくご覧になるもんだぜ。江戸のあの馬鹿騒ぎ

が懐かしいやね」と話すのはもっともで、村山座はいくら満杯になろうとも、残念ながら江戸のあの沸き返るような熱気はなかった。そこにあるのはただ物珍しい気分といったようなものでしかないのを、恵以は客のおしゃべりに感じている。「ああ、本物はたいしたもんじゃなあ」と客が話すのは何も團十郎の芸をいうのではなく「本物の鎧兜を舞台で使うのんはやっぱり江戸の役者ならではじゃのう」と続くのであった。

武家屋敷の多い江戸では御用済みで下げ渡された武具をごく当たり前に舞台で使用し、衣裳と共にそれらをこちらへ運んで来たのが思わぬ功を奏した恰好だが、物珍しさで足を運んだ客は所詮、早くに見飽きる恐れがあった。

恵以はその日が来るのを恐れたが、ひと月たっても客足はさほど衰える様子がなくむしろ続々と新たな見物人が訪れるのは、流行りに乗り遅れまいとする都人士《とじんし》の気質によるのかもしれない。かくして江戸の市川團十郎は京に一大旋風を巻き起こし、お目見得の初狂言は興行がひと月半も続く大入りを記録した。

当人はこの間に早くも次の演目《だしもの》を用意しなくてはならないから、小屋に近い石垣町《いしがきまち》の仮住まいでも毎朝水垢離を取ろうとした。「井戸水は温《ぬく》いから、かぶる時はいいんだが」と京の酷寒をこぼしながら、「俺の修行をあの坊さんたちに見せてやりたいもんだぜ」と笑っている。

都では名だたる寺社の参詣を皆が楽しみにして来たが、寺社の数は無尽蔵のようで毎日参っても一年ではとても巡りきれない気がしたし、町なかでは異様なくらい僧侶の姿が目についた。ことに芝居小屋と子供屋がひしめく界隈は男色を求める僧侶がよく見られるせいで、夫はその演目を思いついたのかもしれない。

「鳴神はどうだ？」

と訊かれて恵以は戸惑った。

「あれは、どうも……」

この静かな町にはふさわしくないような気がする。

「そうか、坊主の芝居だからいいように思ったんだが……」

「お坊さんの話なら、ここから近い清水寺《きよみずでら》の物語が、たしか土佐浄瑠璃にあったような……」

「ああ、『一心二河白道』か、なるほどなあ。おめえはやっぱりいいことを聞かせてくれるぜ」

と夫に礼をいわれて恵以は面映ゆい気分にさせられた。

清水寺の清玄法師《せいげんほうし》は信心堅固な高徳の僧でありながら、ふとしたことで美しい桜姫《さくらひめ》を思い初《そ》め、しだいに恋慕執着《しゅうじゃく》して追いかけまわすようになり、ついに殺されても魂魄《こんぱく》が姫に付きまとうという土佐浄瑠璃の物語は、都でも角太夫節《かくだゆうぶし》で知られていたので太夫元にも話の通りがよかった。

京の村山座は江戸の中村座と同様に由緒を誇って顔見世興行もここから始まったとい

われるくらいだが、今の太夫元の村山平右衛門《へいえもん》は先代の養子で自らも舞台に立つし、女方から立役に転じた役者だけに色白の華奢な顔立ちをした男であった。ふしぎに夫とはうまが合ったようで、舞台のことはもちろん暮らし向きにまで何かと気を配ってくれるが、しかしながら今度の狂言で死んだ清玄が墓の穴から蘇って出てくるという場面だけはすぐに退けられている。

「舞台を切って穴を開けろやなんて、そんな無茶なこというてもろたらかないませんわ」

都人らしいやんわりした口調で断固として撥《は》ねつけたものの、團十郎のほうも引き下がらなかった。

「穴は切った板でまたふさげばいいだけの話だ。江戸じゃそうしてますぜ」

不破が雷神として墓から蘇った時の衝撃と見物人の熱狂ぶりを、夫は当地でも再現したいのだろうと妻には思えた。

「お能の舞台は音の響きがいいように下に大きな瓶《かめ》が置いてあるというが、舞台の下は上と同じだけの広さがあるから、色んな仕掛けの道具も隠しておけて何かと使い勝手がいいんですよ」

とさんざん説得した末に、切ったあとは自費で舞台の板を丸ごと張り替える約束までして意志を通したのである。

三月三日に初日を迎えた村山座の舞台は折しも満開となった桜の枝で美しく飾られて、清水寺の舞台に見立てられた。そこで音羽《おとわ》の滝に詣でる桜姫を見初めた清玄は「よしない恋とは知りながら思いは断たれぬ、是非もなし」と追いかけまわした末に、姫の家来の手にかかって敢えなく命を落とし墓に埋められる。團十郎ならではの見せ場はその後だった。

舞台の下から突如ひょっこり上半身を現した清玄に、都の見物人は日頃のすました顔を引きつらせて狼狽えた。さらに始め火のように赤かった清玄の顔が、徐々に水の流れのごとく青ざめていくのを見たら悲鳴をあげて騒ぎだす。

舞台の板を切り取るとは全くの想像外で、まして下にさまざまな化粧道具が隠してあるとはつゆほども知らぬ見物人が、

「ありゃきっと伴天連《バテレン》の魔術じゃぞ」

「いや、坊主の芝居に伴天連は出られまい」

などと滑稽にやり合うのを聞けば、恵以の顔はしてやったりとほころんだ。

村山座にはまた引きも切らない人波が押し寄せて、座元は舞台を幾度張り替えても十分なほどの儲けを得た。江戸の團十郎は今まで誰も見たことがない芝居を見せるとあって、とかく新物好きの都人士が次から次へと駆けつけるのだから、もう笑いが止まらないはずである。

「見巧者《みごうしゃ》の評判もよろしいで。お内儀《ないぎ》もどうぞこれをご覧なされ」

と上機嫌の太夫元に見せられたのは芝居の評判師が書いたという草稿で「りりしくて太刀打ちがよく、いかにしても身軽な立ち居振る舞い也」と一応は賞めてあったが、そ

ここには夫ならではの芸を認めて、都人士を驚かせた斬新さを伝えようとする意思は窺えなかった。

四条河原にはこの手の評判記を置いた店がいくらもあるので、恵以はそれを買い求めて舞台と見比べることで、芸評にもさまざまないいまわしや用語があるのを知った。舞いや踊りは「所作事」や「拍子事」と記されて、女方が得意なのは「所作事」のほか「狂女事」「遊女事」などなど。男役は善人の立役と悪人の敵役、滑稽なことをして笑わせる道外方《どうけがた》とに分かれ、立役には太刀打ちなど派手な「武道事」をよくする者もあれば、地味でも本当らしい「実事《じつごと》」が得意な役者もいる。身分の高い者が落ちぶれた姿を現す「やつし事」や戦闘で傷ついた役の「手負い事」、哀切な場面の「愁嘆事《しゅうたんごと》」なども役者の見せ場で、中でも立役と女方のからんだ「濡れ事」が都の見物人には甚《はなは》だ歓迎されているようだった。

夫は武道事を得意とする一方で実事や愁嘆事もよくこなす器用な役者とされていたが、長屋門をぶち壊して都の見物人を大いに驚かせた朝比奈の芸は、この時まだ何とも名づけられていなかった。恵以は帰江後に京から取り寄せられた評判記を読んで、その芸が「荒事《あらごと》」と記されたのを見て妙に納得したものである。

四条河原には村山座のほかにも大きな芝居小屋が二軒あったから、恵以は演目の替わり目ごとに一度は覗いてみたが、見物席はどこも閑散としている。やつし事や濡れ事を見ればいずれも和《やわ》らかなしぐさやセリフまわしなど、江戸にはなかったおかしみや姿かたちのきれいさがあるとはいっても、またもう一度この人を見たいと思うほどの魅力がある役者はおらず、果たして都の役者は皆この程度なのかと意外な気がして、少々がっかりもしていたら、

「山下半左衛門《やましたはんざえもん》さんも竹島幸左衛門《たけしまこうざえもん》さんも、今年は大坂へござりましたでなあ」

と案内人の左次兵衛が本当のところを話してくれた。つまりは京の人気役者が今年はみな大坂の芝居に行ってしまったので、團十郎の一人勝ちになったということらしい。

寺社の参詣はもとより都の芝居見物も楽しみにしていた恵以は彼らの不在が残念だったし、夫はそれ以上に失意の表情を露わにしていた。

「市川様とご当地の役者衆とは芸風が違い過ぎて、同じ舞台に立つのも難しいし、張り合《お》うて負けるのもかなわんと思て大坂へ逃げて行きましたんやろ」

と左次兵衛は夫をなだめた上で、

「したが京で一番人気の役者が、たまたま今年は病で休座いたしますのが残念でなりませぬ。あの役者なら市川様との勝負を受けて立ちましたでしょうに」

そう聞いては夫も身を乗りだすしかなかった。

「ほう、そりゃ誰なんだい？」

「坂田藤十郎《さかたとうじゆうろう》という役者をご存じござりませぬか？」

「ああ、その名は江戸にも聞こえたが、一体どういう役者なんだい？」

「それがちょっとふしぎなお方で、ふだん会《お》うたらまず役者には見えませぬ。着るもん

が公道《こうと》でしてなあ……つまり生地や仕立ては立派でも、見かけが地味なもんを好まれます。役者らしい目鼻立ちが立派な顔のわりに、けばけばしいとこはちっとも無《の》うて、どこぞのご大家《たいけ》の品のええ若旦那様としか見えませんのや」

と左次兵衛がすっかり相手に感心したように話すので、夫は少し皮肉な調子になった。

「役者だれしも平生《へいぜい》と舞台はがらっと変わるもんだぜ」

「いや、それがあんまり変わりまへんのや」

と即座に返されて言葉に詰まり、訝しげな表情をしている。それでなぜ役者としての人気があるのか、恵以もふしぎに思えた。

「舞台で何をなされてもふだん通りに見えますのや。たとえば若旦那の役で、落ちぶれて汚い装《なり》になっても、どことなく品があってちゃんと若旦那に見えるんがその良い証拠やと思います。手負いの人を介抱する役では手馴れた医者のような手つきやし、盲目《めしい》の役になられたらほんまに何も見えてへんようでして。とにかくどんな役をしても皆ふだん通りに見えるところが恐ろしい名人やという評判で」

ほうっと、恵以はわれしらず感嘆の吐息を洩らした。話を聞いて、まるで夫の対極にいる役者のように思えた。片や絵空事で舞台に夢の花を咲かせ、片やふだん通りを写して舞台に現《うつつ》を実らせる。いずれにせよ舞台は夢と現の狭間に成り立つものであろう。

「そこまでいわれたら俺もその舞台が見たくなったが、此度の在京中に舞台は無理だとしても、せめてご当人の素顔を拝みたいもんだ」

と夫が頗る相手に興味を示したので、左次兵衛は対面をわりあいあっさりと請け負った。

にもかかわらず花が散り失せても一向に音沙汰がないのは、口上手に体《てい》よくあしらわれたものとおぼしい。そもそも左次兵衛は当地でどれだけ顔が利くのかも知れず、そうあてにする話でもなかったのだろう。それでもいったん相手に興味を覚えた夫は「太夫元にもちょいと訊いてみてくれねえか」と恵以に頼んだが、

「あの方はちょっと変わってて、難しいお方で……」

と太夫元の村山平右衛門もお茶を濁したくらいなので、これはもう諦めるしかなさそうだった。

早くも京の都は初夏を迎えており、新緑がしっとりと目を潤すも、畳や蒲団までじめつくようで不快に感じられたこの日の朝、恵以は目覚めて立ち上がった途端に急な目まいに襲われて、すぐにその場で座り込んでしまった。

「どうした、具合でも悪いのか？」

と夫に声をかけられた時はもう何事もなく、また立ち上がったら今度は急に激しい嘔吐《えずき》に襲われた。

慌てた夫に呼ばれて離れから駆けつけた姑は、またしても笑ってこういったものだ。

「ああ、お前さんらは本当に夫婦仲がいいこった。旅先でも、おめでたとはねえ」

恵以は呑気に笑ってなぞいられなかった。旅先で懐妊したとなれば無事に帰ることか

らして容易ではない。夫を始め身内にどれだけ迷惑をかけるかと思えば憂鬱にもなる。

何しろ一緒に連れて来た九蔵はようやく七歳で、千弥はまだ五つである。祖父母や夫の弟子もよく面倒を見てくれているからいいようなものの、これから出産でまた一から の子育てが始まるとなれば周りに今以上の負担をかけてしまうだろう。

ただ子煩悩な夫は新たな誕生を意外なほど歓迎し、姑の明るい励ましもあって、恵以はそれに甘えながら旅先での日々を何とか無事に過ごすよう努めるしかなかった。

川に近い住まいでも江戸のような涼風はさっぱり期待できず、ただ蒸し暑さが募るばかりの京の夏に、恵以は不快な顔を見せないようにするだけでも辛い日々が続いた。それでも七月に入れば凄まじい雷轟《らいごう》を合図とする夕立で朝晩が救われる日も増えて、やっとひと息つけたという気がした。

お盆の供養を旅先でもすることにしたら、お経をあげてもらうにしても、お供えの品を揃えるにしても、江戸よりはるかに整いやすいのがさすがに京の都といえそうだ。盆の送り火も東山の如意《によい》ヶ嶽《だけ》では大の字に組み積んだ薪《まき》を燃やすのだといい、

「四条河原にいても、大の字の形がはっきり見えます」

何人からもそう聞いて、恵以はその送り火の巨大さを想って驚嘆し、都人のすることはやはり豪勢なものだと感じ入った。

当日は例の左次兵衛が久々にうちを訪れて河原へそれを見に誘ったが、

「ようやっと少しは涼しうなりましたし、そろそろ訪ねてみはりますか？」

といわれても恵以は何の話だかさっぱりわからなかったし、夫もしばし首をかしげていたが、ようやく坂田藤十郎と対面する段取りがついたと知って破顔した。

さっきまであれほど囂《かまびす》しかった蟬の声も途絶えがちになり、縁先の向こうに広がる鬱《うっ》蒼《そう》とした木立が黒い影に変わってゆく。座敷に居ながら山の尾根をこんなに間近で拝することはかつてなかったから、刻々と色を変える眺めは面白かったがそれもさすがに見飽きたというべきか。

この俺様をいつまで待たせておくつもりかと憤慨しても、ここで帰ったらこっちの負けだという気がした。ただこういうことになるのなら、誰かお供を連れてくればよかったのに、一人のほうがいいと勧めたのは紹介人の左次兵衛で、自らも枝折《しお》り門の前まで案内したら、「わては、ここで……」と余りにもあっさり引き揚げて呆れさせたのである。

それにしてもここは一体どういう場所なのだろうか。祇園社《ぎおんしゃ》のあたりから坂道をかなり登って山中に分け入ったのは確かだが、以前に村山座の太夫元から坂田藤十郎の自宅はたしか四条河原町の通り沿いだと聞いた覚えがあるので、こちらは東山《ひがしやま》の別荘といったところか。

外観も室内も瀟洒《しょうしゃ》な数寄屋造りで広さもそこそこあるようだから、それなりの家人がいておかしくないのに玄関で出迎えたのは前髪の童僕一人で、整った顔立ちをして所作もきびきびした身ぎれいな少年だから、役者に仕込むつもりで置いていそうだった。

通されたここは障子を開け放した夏座敷だったが、出迎えた童僕が再び現れて明かり障子を閉じ、代わって奥の襖を開けると燭台に火を点じて「もそっとお待ち下さいますように」との口上で立ち去った。

間仕切りの襖が開くと結構な広間となり、敷居の向こう側の畳にも燭台の灯りが届いてゆらゆらと影絵を描きだす。それも風趣ある眺めといえなくはなかったが、これでまた延々と待たされたのでは我慢もしかねる。みやびな蒔絵《まきえ》をほどこした煙草盆も今や灰吹きからこぼれた白い粉で汚れるほどに苛立ちが何服も嗜ませていた。

ふいに音もなく向こうの間の奥にある襖が開いて、黒い人影が立ったので少しほっとし、少なからず緊張もした。先ほどの童僕より上背があって身幅もある人影だから、ようやくご本人の登場かと思いきや、人影はその場で黙って座ると何やらごそごそしだした。

暗がりに目を凝らして見れば、丈一尺ほどの花瓶に枝をまっすぐ差し入れており、どうやら花を活けるつもりのようだ。が、寝巻のままとしか見えないぞろっとした姿で、頭は髷も結わないざんばら髪である。患って舞台を休んでいると聞いてはいても、役者たるものあんなぶざまな恰好で人前に出てくるとは信じがたく、無礼というより奇っ怪だし、不気味ですらあった。こちらに全く挨拶がないのもおかしく、こうなるともう聞きしに勝る変わり者としかいいようがない。

その人影はしばらくするとまたすうっと音もなく奥の襖に消えたが、立ち去る前に向こう側の燭台に火を点じたらしい。今そこに照らしだされた立花は翡翠《ひすい》色をした松葉の枝が心《しん》となり、鶏頭《けいとう》の真紅、女郎花《おみなえし》の鬱金《うこん》、竜胆《りんどう》の瑠璃色がみごとに配されて形も色も間然するところなく、もうこれ以上は望めぬ調和が取れていることに驚嘆する。

だから何だってんだ、と憤慨は少しも治まらないどころか募る一方だ。立花を見せられてからも時がだいぶ経過しており、昔なら花瓶をひっくり返すどころか襖も障子もズタズタにしそうな憤りを感じながら、もはや我慢できぬと腰をあげかけたところで童僕が再び顔を出し、目の前に杯台を置いた。銚子《さすなべ》でそっと酌をしながら、

「さぞご退屈でござりましたでしょう。主《あるじ》が只今お目にかかると申しております」

そういわれたらさっきまでの苛立ちが急に薄れ、何やら有り難いような気分にまでなるのがふしぎだ。お待ちかねの役者が登場を焦《じ》らせば焦らすほど、見物人はこんな気分になるのかもしれないと思えば、早速この手を舞台の上で使ってみたくなる。

ここに登場した役者はしかも期待通りの風姿であった。剃り立ての青々した月額で、髪はざんばらどころか毛筋の一本一本を伽羅《きゃら》の油で光沢《つや》よく梳《す》き込んで平元結《ひらもとゆい》にまとめてある。浅紫《うすいろ》の袷帷子を濃い唐茶《からちゃ》の帯でぴしっと締めた装いはけばけばしからず洒落気に富んでおり、下は必ずや絹の褌《ふんどし》を締めているに違いないと睨んだ。

都人らしい面長で中高《なかだか》な風貌ながら、決してのっぺりとはせず、むしろ眼窩が深くて切れ長の二皮眼《ふたかわめ》がくっきりしている。燭光でその眼が異様なほどの燦《きら》めきを帯び、瞬き

もしないでじっとこちらを向いているのが不躾《ぶしつけ》というより、またもや不気味に感じられた。

舞台ではぺらぺらと長ゼリフを得意にするらしい相手がこうしてだんまりを決め込んでいるのは、こちらから先に挨拶せよということなのだろうか。いくらひとまわりも年上の役者とはいえ、さんざん待たせたあげくのこれだから、ちと勿体をつけ過ぎじゃねえかと憤慨がまた強まる。こうなればもう意地でも先に口を開くもんか、と黙って大きく眼を見開いて睨みっくらしたら、先に相手がくすりと笑った。

「遠路はるばるようこそお越しなされた」

という余裕の笑い声で独り相撲の恥ずかしさが込みあげる。

「はるばる京に上りながら、あなたの舞台を拝見できぬのが何より残念でございます」

まんざら世辞でもなく本心からいったが、相手はまたいなすように笑った。

「巷では今お江戸市川團十郎を見さいな、ますます評判高櫓《たかやぐら》……という童歌《わらべうた》まで流行るそうで、結構なことでござりまする」

これは相手のお世辞でも、都一の役者に持ちあげられて悪い気はしなかった。ところが、

「わたしも拝見しました。正月は千秋楽に。三月は三日に」

と聞いて自ずと顔がこわばってしまう。

何て野郎だ、勝手に人の舞台を覗いて楽屋に挨拶もしねえような役者は江戸にゃいね

えぞ、という文句が京では通用しない。相手はあくまで斯道《このみち》の先輩だから、ここは嘘でも畏れながらと尋ねるしかなかった。

「いかがご覧なされました？　若輩者にどうぞ厳しい意見をしてやって下さりませ」

相手は再び笑ってかわしたばかりか、傍に控えた童僕がそっと酌をして性急さをたしなめた恰好である。

「粗酒ではござれど、まずは一献お傾けあれ。あり合わせの肴も用意させましたゆえ」

この言葉を合図に食膳が運び込まれ、しばし結構な饗応《もてなし》に与る仕儀となった。酒は本場の上方だけに江戸より若い味がする。肴は香りの強い川魚が並んで、こちらに来てからずっと海魚を口にしていないことが想い出された。鶉《うずら》の味噌仕立てという吸物は江戸で口にしたことのない格別な珍味だが、所変われば品変わるというように、食べ物ひとつでもこれだけ違った土地で己れの舞台が人気を呼んだのはちょっとふしぎなくらいである。この相手は本当のところどう思ったのか聞きたいけれど、それにはなかなか触れずに杯を重ねて、

「島原《しまばら》の女郎はいかがでござる？　やはり江戸の吉原とはだいぶ違いまするか」

だしぬけに妙なことを訊くから返事に詰まる。相手は遊女との濡れ事や痴話《ちわ》喧嘩のやりとりに定評がある役者だけに、ここでうっかり下手なことはいえなかった。

「さあ、吉原と比べるほどには島原を存じませんで……」

「ああ、島原は四条から遠いゆえ、そうたびたび足も延ばし難いはず。島原の太夫より

も祇園の茶屋女と遊ぶほうが気が楽やし、ハハハ、安うついて良いという評判ですが、祇園町は四条河原に近いゆえ毎晩でもお通いになれましょう。もう馴染みの女子《おなご》は出来《でけ》ましたか？」

これにも返答に詰まると相手が今度はひどくおかしそうに笑いだした。

「左次兵衛から聞いた話はやっぱり本真《ほんま》やったんですなあ」

いわれた意味がさっぱりわからなかった。

「お内儀とは京へ上るにもご同行されたほどお仲がよろしいとか。こちらでお子まで授かられたという話を聞いて、いやはや畏れ入りました。わたしにはとても真似が出来ませぬ」

余計なお世話だといいたい気持ちをぐっと堪えて杯を干し、

「話を蒸し返すようだが、わっちの舞台はどうでした？」

ぴしりといって眼を見据えると相手も真顔になって杯を置き、

「はてさて、どう申したらよいか……人は一度は驚いても、同じことで二度は驚いてくれませぬゆえ、ああした芝居を長《なご》う打ち続けるのは難しうございましょうなあ」

ずばり痛いところを突いて来た。都人はふだん曖昧《あいまい》ないい方でのらりくらりとごまかしていても、ここぞの時にはこうして寸鉄人を刺すように話すらしい。こうなればこちらも言葉を改めなくてはならない。

「たしかに驚きは一瞬のことで長続きは致しませせぬ。それゆえわたくしは舞台の工夫をさまざまに重ねております」

「自ら台本もお書きになるとか」

「はあ、まあ、憚りながら己れの見る夢は己れが描くよりほかないと存じまして」

「わたしも昔は台本を書きましたが、今はもうすっかり人任せで。わたしよりは若《わこ》うても、みごとな台本の書き手が見つかりましたんでなあ」

と相手はにんまり目を細めた。

「ほう。何という作者で？」

「本名は杉森《すぎもりの》某と申しまするが、今は近松門左衛門《ちかまつもんざえもん》と名乗ります」

「その作者の台本で演《や》れば、見物人が驚いて歓びますか？」

自分が披露した舞台のように、といわんばかりに相手を見たら、

「なるほど、江戸は諸国から人が集まり散じるゆえ、人目を驚かす仕掛けをすれば話が伝わって次から次へと絶えず新たな見物人が押し寄せるのでしょうなあ。それに引きかえ京の町ではこの町に長らく住み続けた人を相手にせねばならん。されば皆だんだんと見巧者になって、毎度よほど変わったことをせねば驚いてはくれず、それをやりはじめたら限りが無うなって、するほうが保《も》ちませせぬ」

相手は存外まじめに話しだしたので、ここは意見の聞きどころだった。

「見巧者を相手にする芸とは一体どういうもので？　わたくしの芸では通用せぬのかどうか、正直におっしゃって下さいまし」

そういいながら相手の眼をじっと見たら、ふしぎなくらい濁りがなく透徹している。

「左様なら申し上げる。まず所作がいちいち大仰《おおぎょう》で、表情《かお》にもこうした思い入れをしようという気持ちが表れすぎて鼻につきます。どうしても素直には受け取れませなんだ」

ずっけりいい切って、眉をそっと持ちあげた。

「先ほど話した作者は実にみごとなセリフを書きますが、あなたがいえばあの男は承知しますまい。セリフが聞きづらいのは早口で江戸訛りのせいもあれど、息継ぎが悪うてだんだん苦しそうになるのは戴けませぬ」

初対面でここまでいうものかと呆れてしまい、却って怒る気になれなかった。ただ同業にいわれっぱなしで相手の舞台が見られないのは残念の極みだし、これだけ聞いて帰るのは引き合わない気がした。

「されば京で名人といわれるあなたのお心がけを承りたい。芝居の上で一番大切《だいじ》なことは何だとお思いか？」

「それは常にあること、でしょうなあ」

と即答した。

「常にあること……」

「左様。常に世の中であるようなことを演れば、ご見物衆が素直に役の気持ちに寄り添えます。そうするには正真《しょうじん》を写すより他にござらぬ」

と自信たっぷりにいい切った。

「正真を写すとはこれいかに？」

「この世で真実《ほんとう》にすることをそっくり舞台に写しますのじゃ。それが真実に見えてこそ、ご見物衆は素直に泣けも笑えも致しまする」

たしかにそうではあろうが、一方で見物人は憂さ晴らしで芝居に足を運ぶのだから、そこでは真実よりも現実を忘れそうなほど途方もない夢を見たいのではなかろうか、と思う。

「あなたの舞台は常にはないことばかりが起きますゆえ、ご見物衆は皆たいそう驚きましょうなあ。それが次から次へと伝わって大勢のお客が押し寄せたから、村山の太夫元《でけ》は大儲けしてお幸せ。決して悪いことではござりませぬが、わたしには真似が出来ませぬ」

相手はまたしても薄く笑って、それは余裕の笑いとも見えた。

「今年は思わぬ病み患いで舞台に出られなんだが、代わりにあなたがお越しになって、ご見物衆はご満足をなされた。京の町に時ならぬ江戸の大風が吹いて、ぱあっと土ぼこりが舞いあがるような騒ぎでございました」

相手は傍らの銚子を取って自らの杯に最後の一滴を注ぎ切ると、それを飲み干して、

「ああ、はらわたに浸み通りまするなあ」

燗冷ましの酒をことさらな賞めようで杯を置いた。

「こうしてはらわたにじわじわ浸み通るような芸がわたしの望みじゃ。一陣の風で土ぼ

こりが舞いあがるのは一瞬のこと。じわじわ浸み通った京の水は土の底にしっかりと溜まって、どこの町にも負けぬ美味しい井戸水となりますのや」

恐ろしいほどの自負を覗かせて坂田藤十郎は市川團十郎に目を剝かせた。さすがに都一といわれる役者でも、己れとは何やら根本から相容れないのがわかって、團十郎はそれが知れただけでもここを訪ねた甲斐があったように思えた。

身替わりの子

「そろそろ九蔵を舞台に出さねえとなあ」

ふいにそういわれて恵以は夫の顔をまじまじと見た。

「あの子は今年やっと九つで……」

「それがどうした。俺の初舞台は十四だが、修業を始めるのも遅かったんだ。あいつはもうひと通りの習い事はしたし、今から仕込めば来年には立派に舞台が務まるさ」

「あなたはそりゃ……」

好きで始めた道かもしれないが、といいたい気持ちを堪えた。好きで始めた道を俺はここまで歩いて来たんだと夫はいうだろう。恵以はその道をここまで付き合うとは想ってもみなかったし、今頃はてっきり新和泉町の地子総代人の女房か何かに納まっているつもりだったのだ。

かぶき芝居では中村勘三郎のような太夫元こそ子々孫々に受け継がれているが、ただ

の役者は自身が年を取って続けた例すらまだ乏しい。にもかかわらず夫は自ら拓いた道
をわが子にも歩ませる気でいて「また俺に絶入《ぜつじ》が起きたら事だ。早く跡継ぎを仕込むに
越したことはねえ」というのだった。
この六月には夫が舞台で気絶して倒れ、楽屋に運ばれてからもなかなか目覚めないと
いう報せを受け、恵以は取るものも取り敢えず女人禁制の掟《おきて》を破って楽屋に駆けつけた。
むろん小屋は大騒ぎで、それが外に洩れて巷に團十郎死亡説がささやかれたほどだ。確
たる病因は不明でも、暑さ続きの寝不足が祟ったのに加えて、以前からの辛労が重なっ
ているのは傍目《はため》にも明らかだった。何せ京から戻ると長旅の疲れも癒えないまま山村座
の顔見世に出て、以来、ほぼ舞台に出ずっぱりなのだから当然だが、江戸随市川と称さ
れる役者が一年も江戸を離れておればそうなるのもまた当然だった。

山村座とは年に五百両もの給金で契約を結んだのが却って仇になったのかもしれない。
四年前に給金がいっきに三百両に跳ね上がった際も、夫はそれに負い目を感じたかのよ
うに大変な不調に見舞われたのが想い出された。

それにしても、わずか四年で給金がいっきに五百両にまで跳ね上がったことには恵以
もいささか驚いたのだが、

「元《げん》ノ字金なら当たり前でしょうよ。昔なら三百五十両の値打ちもあるかどうかだ」

と話すのは和泉屋勘十郎《かんじゅうろう》という芝居茶屋の亭主である。

恵以は幼い頃にこの男の亡母と会っていて、母親似の円顔に親しみを覚えたし、葺屋

町河岸の自宅から歩いてすぐのところにある店なので、毎日のように訪れては世間話をしている。相手は夫よりもやや年かさで恰幅がよく、商売がら芝居に通暁《つうぎょう》しているので何かとその手の話もしやすかった。

今日は夫が突然いいだした九蔵の初舞台についての意見を求めたら、するなら中村座に限るといわれて、破格の給金で契約した山村座に義理を欠きはしないかと心配したところ、こうきっぱりといい切られたのである。

「今の才牛さんにならゝ、中村座でもそれくらいは出しますさ」

才牛は夫が京で椎本才麿に付けてもらった俳号で、芝居内でも世間の流行りに倣って俳号で通るようになった。

片や流行りというわけではないが、去年から使われだした輝きの鈍い元ノ字小判は金の量を減じたのが一目瞭然の改鋳なので、給金が上がっても諸式が高騰して暮らし向きは楽になったといい難い。今は景気がいいといわれるわりに、どこの家も内証《ないしょう》は案外と苦しいのではないかと思わせた。その一方で、

「吉原じゃ五百両をたった三日三晩で使い切ったお大尽《だいじん》がいたそうだ」

と夫がいつぞや目を剝いて話したこともある。中にはかつての大名のように役者を座敷に召《よ》んで祝儀を取らせるお大尽もいるが、夫にはふしぎとお召びがかからないので、どうやら松平大和守邸での武勇伝が今も鳴り響いて「へたに召んだら何をされるかわからねえからだろうよ」と当人はおかしそうに笑っていた。

今や吉原のお大尽はたいがい材木商で、中でも伸《の》しているのは奈良茂《ならも》大尽こと霊岸島の奈良屋茂左衛門《ならやもざえもん》と紀文《きぶん》大尽こと北八丁堀三丁目の紀伊国屋文左衛門《きのくにやぶんざえもん》というのが世間のもっぱらの噂であった。何しろ近頃はやたらと普請があって、どこの町でも木槌や金鎚の音が絶えず響いているから材木商が儲かるのは当然だろう。

昨日もさるお大尽から新築のお披露目に招かれた夫は「あの水晶の障子ってやつにはたまげたぜ」と話して聞かせ、紙の代わりに水晶を薄く貼り付けて向こう側が透き通って見えるその障子を「舞台にも使ってみてえが、とても無理だ」と残念がっていた。

近年はまたご公儀による寺社の大普請もあちこちであり、それらは材木商の競《せ》り合いで入札されるため、多額の賄賂《まいない》が飛び交っているという噂もよく聞かれた。去年は竹橋辺に建った寺院が護持院《ごじいん》と名づけられ、恵以はたまたま近所に行く用事があったので門前まで見に行ったところ、壮大な伽藍《がらん》に圧倒されて金色《こんじき》に輝く棟飾りに目が眩んだ。あそこだけでもどれだけ多くの金銀と人手が費やされたかは恵以にもすぐわかることだった。

寺院の普請が相次ぐのは将軍家にいまだお世継ぎの誕生がないせいだといわれ、生類憐れみの猛威もいまだ止《とど》まるところを知らない。去年は大久保と四谷と中野の広大な土地に野良犬をまとめて放し飼いする御犬囲《おいぬがこい》が建てられることになって、日々何千何万もの人夫が駆り出されているという噂だ。こうして日雇い人夫の懐まで潤うせいか、今や寺社の普請に当たる大工らは越後縮《えちごちぢみ》の浴衣から緋縮緬《ひぢりめん》の褌をちらつかせるほどだそうで、世間で華美な装いが当たり前になると勢い舞台衣裳も豪華な金襴《きんらん》や錦紗《きんしゃ》、緞子《どんす》、天鵞絨《びろうど》の類が使われるようになっている。

むろん呉服屋は大繁盛だし、ご公儀の金銀が各所でばら撒かれて江戸中が潤うせいか、芝居の見物人もひと頃よりぐんと数を増やしていた。おかげで山村座はこの間に舞台の奥行きを十間まで広げ、片側の桟敷を新たに架け直す大作事を行っている。

「それもこれも江戸随市川團十郎こと才牛さんのお手柄なんだから、お内儀は大きな顔をしてらっしゃいよ」

といって勘十郎は先ほどの話を続けた。九蔵の初舞台は山村座に遠慮せず中村座でするように強く勧めるのは、むろん和泉屋の立地や初代勘三郎との縁から来るところが大きいにしても、「才牛さんの時も、初舞台は中村座だったのをご存じでしょうが」

といわれたら素直に肯くしかなかった。

江戸四座のうちでも中村座はやはり別格なのであろう。そもそもかぶき芝居を江戸にもたらした初代勘三郎が東下した際に同行したのは和泉屋勘十郎の初代のみならず、勘三郎の実弟で杵屋《きねや》勘五郎《かんごろう》という唄と三味線の名手がいたのを見過ごすわけにはいかない。團十郎は幼い頃に舞いや踊りを二代目勘三郎に、唄と三味線を二代目勘五郎に手ほどきされて初舞台に臨んだ。九蔵もそれに準じて二代目勘五郎の弟子に唄の手ほどきを受け、踊りは元祖勘三郎の孫に当たる伝九郎に習っている。

日頃から團十郎を兄貴分と立てる伝九郎は九蔵のことを叔父貴のように可愛がって、

先日うちに来た時にこういったものだ。

「九坊は踊りの筋がいい。唄のほうも調子っぱずれな兄貴よりずっと上手だよ。とにかく何を習っても覚えがいいから、すぐにでも子役に出せるさ」

子方の役者を縮めて近頃は子役と呼ぶようになったが、思えば團十郎は子役の走りだったといえる。

伝九郎が賞めたのは九蔵の初舞台を早まらせるきっかけとなったようにも思えた。そのこともあって初舞台を中村座でするとしたら、今やそこの桟敷席を一手に商う和泉屋の力添えも要るからして、

「いずれ九蔵のことでは何かとお世話になりましょうが、その節はどうぞよろしうに」

と恵以が別れ際の挨拶をしたら、

「九坊のことも何だが、末っ子の美与《みよ》坊も今年はたしかもう三つになんなさる。いずれはあの子をうちの倅に下さらねえか」

相手は実に気の早い話をして、それが自分でもおかしそうに笑っている。

「何せ胎《はら》ん中で京の水をたっぷり飲んだ子だから、将来《さきざき》はきっと大変な美人になるだろうと、近所じゃもっぱらの評判でねえ」

胎内で東海道中をさせられた美与はまだ襁褓《おむつ》も取れない幼児だが、将来もしこの和泉屋に嫁いでくれたらと、恵以までがつい気の早い思いにかられた。そうなれば、あの子はずっと目の届くところにいて、自分を看取ってもくれるだろう。ああ、娘は母親をこ

うした気持ちにさせるのかとしみじみ思えるのだった。

恵以は既に四人の子を産んだが、九蔵の後に生まれた長女は水子も同然の早死にだったし、結句、男子は二人とも父親に取られてしまいそうだ。七つの千弥も遠からず舞台に立つ日が来るのだとしても、あの子の時はたぶん九蔵ほどの心配をしなくて済むように思えた。今でこそ躰つきもよほどしっかりしてきた九蔵だが、小柄で虚弱に生まれついたのを忘れるわけにはいかなかった。

赤子のうちは乳母頼みだったわりに今でもまだ母親に甘えたがるのは、病がちでよく付きっきりの看病をしたせいだろう。千弥はその割を喰った祖母《ばば》育ちで、多少わがままになったきらいがあるけれど、思えば舅夫婦が元気でいてくれたからこそ何とか成り立ったこの間の子育てといえる。

京から戻ると留守を預かっていた実父の間宮十兵衛は、枯れ木がぽきりと折れたように張りを喪って病臥し、最期を看取るまでの哀しみも共に分かち合ってくれたのは舅夫婦であった。

晩年の父は婿の相談に与り、外孫に手習いをさせるのが生き甲斐だったのだろう。牢人の身で流れ着いたこの町に馴染んだことは父を失意から救って、渾名通り遅蒔きながらの半生をそこそこ豊かなものとしたように思えた。芝居も晩年までよく見ていたから、初孫の初舞台が見られなかったのだけは心残りだったに違いない。

それにしても九蔵が初舞台を踏むには相応の稽古が要るだろうし、夫は時に自宅でも弟子に稽古を付けているから、恵以もその厳しさをよく承知していた。

弟子は昔から沢山いて、古株の團四郎《だんしろう》と團之丞《だんのじょう》は既に夫の下を離れて一本立ちの役者で活躍している。近年は松本四郎《まつもとしろ》三郎《さぶろう》という達者な脇役の子を手元で預かって團之助《だんのすけ》とし、その子がまた素質《すじ》もあって修業熱心だったので、今や評判の若衆方になれた。しかし彼らの場合は稀な例ともいえて、大概の子は夫の厳しい鍛錬《しこみ》に音を上げて半年も保《も》てばいいほうだったし、素質のない子は遠慮なく引導を渡されていた。

夫は舞台で息もつかせぬ早わざを繰りだすかと見れば、石像と見まごうほどじっと微動だにせずにいて、そうした緩急自在の変幻極まりない動きをするには「俺はこのまま舞台でおっ死《ち》んじゃうんじゃねえかと思ったぜ」と後で話しもし、現に気絶したような苦艱《くげん》の刹那があるらしく、それに耐え得る身体を培う修業はむろん生半可なものではなかった。

死ぬか生きるかの瀬戸際を自らに課す夫は、わが子をどんなふうに仕込むのだろうかと想っただけでも恵以は空恐ろしくなって、初舞台を来年と定めたことの焦りがわが子をさらに追い詰めないかと心配で堪らなかった。

ところが案に相違して、それはとても穏便なかたちで始まったのである。

夫はまず自分の目つきや口の形を大げさに変えて見せて、

「さあ、九坊、こういう顔をしてみな。ようし、そうだ、それでいい」

あっけに取られるほど悠長な調子で、九蔵がその通りにしたらまた大げさに賞めちぎると言った塩梅《あんばい》である。動きも同様に真似させて、時にこうしたやりとりを弟子にも見せると一同がこぞって「九坊様、でかされた」「親父様そっくりじゃ」と賞めそやすので、当人すっかりその気になって独りでもそれを繰り返し稽古している。あんなお遊びのようなことで本当にいいのだろうかと恵以はまたぞろ心配になるが、

「始めはあれでいいんだ。大切な跡継ぎだから初手に厳しくして舞台が嫌いになられちゃ困る」

と夫は案外まともなことをいうようだった。

「この道ばかりは好きじゃねえと長続きがしねえ。喰うに困って始めた子でないなら、まずは賞められて嬉しいのが一番なのさ」

さすがに幼い頃から舞台に立った男は子心をよく承知していた。しかしわが子に求めるものはだんだんと大きくなり、表情や姿勢や大まかな所作やちょっとしたしぐさのみならず、声を出す稽古にはことのほか熱心だった。

「さあ、こういってみろ。源平互いに入り乱れて争えば、頤《おとがい》を切られる者あり、踵《かかと》を切られる者あり、踵を取って頤に付け、頤を取って踵に付けて逃ぐれば、踵に髭がむくりむくりと生え、頤に皹《あかがり》がほかりほかりと切れたるなり」

などと早口言葉を繰り返させて、それをどんどん早めるように求めた。途中で息切れしたり舌がもつれると最初からやり直させるため、九蔵は腹が減ってもなかなか飯を喰わせてもらえずにベソをかくようなこともしばしば起きる。それでも何とかできたら賞

められるから、子は親に賞められたい一心で続けるのだった。

元禄十年（一六九七）正月。

市川團十郎は中村座の初春狂言『参会名《さんかいな》護屋《ごや》』四番続《つづき》でお馴染みの不破伴左衛門に扮していた。不破と聞けば誰もが「鞘当」の場を思うが、この狂言では全く違う場面が小屋を大いに沸かせたのである。

背景に北野神社の絵馬堂が描かれた舞台には「大福帳」の絵馬が飾ってあるから、見物人はこれまたてっきり例の字義問答が始まるのかと思い込んでいた。ところが肝腎の團十郎が一向に姿を現さず、舞台にまず現れたのは京の公家に扮した凶悪なくらいに怖面の人相をした敵役で、この悪公家が家来に命じて「大福帳」の絵馬を取り下ろそうとした途端に、

「しばーらくー」

橋懸かりの向こうから大きな声が響いてそれを止めた。大福帳の絵馬を下ろすのは暫《しばら》く待てと制するその声はあきらかに團十郎の声でも、当人がなかなか姿を現さず「しばーらくー」の声がただ繰り返されるばかりなので、舞台の敵役と同様に見物人も次第にざわざわしだした。ざわめきが大きく広がって小屋中を呑み込んだところで、橋懸かりにやっと登場した素襖《すおう》姿の不破伴左衛門こと市川團十郎は当然のごとく「待ってました」の大歓声を浴びたのである。

不破はそこから「大福帳」の字義問答を始め、三番目にはお定まりの「鞘当」も演《や》り、名護屋山三郎に草履で顔を打たれるという大変な恥辱を受けて憤死。四番目に蘇ったのがなんと鍾馗の姿だったから、恵以はゆくりなくも大昔に見た目黒原の光景がまた想い出されたのであった。

ともあれ「大福帳」があって、「鞘当」があって、「草履打ち」があって、果ては「鍾馗」になる実に盛り沢山なこの狂言で、

「俺は結句『しばらく』を聞いてから團十郎の出て来るまでが一番ぞくぞくしたぜ」

といった見物人の声を耳にして、恵以は何だか拍子抜けした一方でなるほどという気もした。たわいがないとはいえ、あの場は見物人が一丸となって声の主を待ち侘びる熱気が小屋に充満して、その登場をいやが上にも引き立てた。かぶき芝居は主役の登場を出端《では》と称して見せ場の一つとし、夫が昔からそれにこだわるのは恵以もとくより承知だけれど、見物人を待たすだけ待たして焦らした登場の仕方を一体どこでどうして思いついたのかは訊いても笑って答えなかった。ただみごとにそれが当たったのは確かで、「待ってました」のかけ声が連日小屋を揺るがす大盛況に、「こうなったら年に一度は『しばらく』といって出てみるか」と夫は悦に入った笑い声を聞かせたものだ。

こうして『参会名護屋』の大当たりは團十郎がその登場を常に待たれる掛け値なしの江戸随一と証拠立てたので、跡継ぎのお披露目も周囲から望まれるかたちでいよいよ太夫元らとの談合が始まった。

「倅の初舞台なんだから、どうせなら端午《たんご》の節句にあやかりなせえな」

と口を出した伝九郎は現太夫元の養父で中村座の隠居格だから、速やかにその案は受け容れられて、初舞台は五月と定まったところで、

「知っての通り五月二十八日は曽我兄弟が仇討ちをした日だ。去年の秋は兄貴が木挽町で演った曽我五郎の十番斬りが大評判だったから、中村座《うち》でも曽我を演ってくんさらねえか」

と柳の下に二匹目の泥鰌《どじょう》を狙う興行師らしい注文をつけた。

曽我十郎《じゅうろう》、五郎の兄弟が富士の裾野《すその》で父の敵工藤祐経《くどうすけつね》を討った『曽我物語』は古くから人口に膾炙《かいしゃ》して能や幸若舞や人形浄瑠璃に使われている。かぶき芝居も早くにこれを取りあげ、團十郎は若い頃に曽我五郎を当たり役とした。以来、何度となく演じて手の内に入っているが、九蔵に五郎の幼い頃を演らせるのは常套《じょうとう》でつまらないとしたのか、思案投げ首が続いたあげく、

「思えばあいつは成田山のお不動様に授かったような子だからなあ……」

と妻に呟いて、ようやく筆を執りだしたのである。

かくして端午の節句に中村座で初日を開けた皐月《さつき》狂言はその名も『兵根元曽我《つわものこんげんそが》』四番続で、蒸し暑い最中《さなか》でも小屋が大入りになったのは團十郎が久々に演る曽我五郎ばかりでなく、初舞台の九蔵がお目当ての客も少なくない、と恵以に話すのは桟敷席を一手に商う和泉屋勘十郎だ。

「もちろん、こっちも随分と売り込んだがね」

といわれて恵以が恐縮したら、

「いやいや、お礼を申すのはこっちのほうさ。正直、九坊の初舞台がこれほど効くとは思わなかった。日本橋界隈の江戸店《だな》も今や当主が二代目、三代目だからねえ。此度は江戸随市川家の二代目が初舞台を踏むといって売り込んだら、覿面でしたよ」

と繁盛の手の内を明かしたものだ。

恵以はその話を聞いて江戸の町がいつしか様変わりしたことに改めて気づき、亡父に連れられてこの町に来た当時の風景が懐かしく想い出された。

当時はまだこの通りに莚《むしろ》掛けの見世物小屋が所狭しと並んでいた。背丈より長い朱鞘の太刀を腰に差す侍や、腕より長いキセルで煙草を吹かす者など今やどこにも見あたらず、髭を生やした侍すら見かけなくなった。思えば今やそうした無頼の風体は、かぶき芝居の舞台で見るしかないのである。

夫の扮する不破伴左衛門が六法を振って舞台に登場すると、その姿に郷愁を覚える人も今はまだあるかもしれない。けれどそうした人びとも年々数を減らして、当時の風景をまるで知らずに育った二代目、三代目が九蔵のひいきになってくれるのだ。きっとそれが世の移り変わりというものなのだろうと、恵以なりに深く感ずるところがあった。

『兵根元曽我』で曽我五郎に扮した團十郎が初めて登場するのは二番目の「対面」の場だ。箱根《はこね》権現《ごんげん》で父の敵工藤祐経と対面した曽我五郎はすぐにも相手を討ち取りたいところだが、兄の十郎が居合わせないため逸《はや》る気持ちをぐっと抑えて無事に帰らせてしまう。その無念が高じて顔はみるみる真っ赤になった。

真っ赤な顔で髷が解《ほど》けて髪が大童《おおわらわ》となった五郎は鍬を七挺次々にへし折るかと見れば、五輪の石塔を砕き割り、果ては太い竹を根元から引っこ抜いて大暴れするという昔ながらの荒事に土間の見物人は皆やんやの大喝采だ。

五郎が引っこ抜いた大竹を両手で高く持ちあげて姿態を決めたところで、橋懸かりから登場したのは鈴懸《すずかけ》を着て首に結袈裟《ゆいげさ》をかけた山伏だが、山伏といっても余りに小さなその姿を見て場内はざわざわした。小さな山伏は手にした檜扇《ひおうぎ》を大きく翻し、足を高く持ちあげて潑剌と本舞台まで出て来たら、息を少し弾ませながらも朗々とした声を出す。

「われは回国修行の山伏、通力坊《つうりきぼう》なり。されば衆生の生飯《さんぱん》を所望致す」

このセリフで場内はどおっと沸いて新たな主役の登場を歓迎した。いつものように桟敷の裏からそっと舞台を見守る恵以は自然に目頭が熱くなるのをどうしようもなかった。回らぬ舌で「おっか、おっか」と自分の後を追い回した子。高熱を出して一晩中添い臥しをさせた子。舞台に今いるのはその子であって、もうその子ではなかった。わが子であってもわが子とはもはやいえない凛々しい子役の誕生を、恵以も母親ではなく一見物人、否、最初のごひいきとして寿《ことほ》いでいる。

ここで曽我兄弟の家来團三郎《どうざぶろう》に扮した弟子の團之丞が舞台前方に出て来ておもむろに座り直すと、

「これは皆様お馴染みの市川團十郎倅、九蔵と申しまする。近年いささかの修業を積みまして、今般初舞台を踏みますれば、親に勝りてのごひいきお引き立てのほどを御願い申し奉りまする」

狂言なかばの口上が済み、真っ赤な顔をした五郎役の團十郎が、

「やれ、生意気な小僧め、つかみ殺してくりょうぞ」

大声で睨みつけると小さな山伏は舞台の下へすっと姿を消してしまい、これで九蔵の初舞台はあっけなく済んだかに見えた。

そこから今度は伝九郎の扮する朝比奈が登場し、團十郎の五郎と激しく争うかたちの大立ち回りが始まった。刃を交えても素手で組んでも両者拮抗して互いに譲らずにいたら、

「いかに両人、構えて争うことなかれ」

高らかな声が場内に響き渡って、舞台の下から再び九蔵が登場する。五郎の闘志は朝比奈にではなく敵の工藤に向けるべしと諭して喝采を浴びれば、

「われこそは不動明王なり。真《まこと》の形これ見よ」

そう叫んでまた舞台の下に消えるや否や、大太鼓がドロドロと鳴り、鉦が早間でカンカン打ち鳴らされるなか、突如パッと赤いかたまりが下から飛びだした。刹那、恵以はふしぎな幻覚に囚われた。そこに出現したのはまぎれもなく幼い頃に見た、あの子だった。

全身を丹塗りして白い条帛《じょうはく》と短裳《たんしょう》を身に着け、右手に剣、左手に羂索《けんじゃく》を握った九蔵はまさしく小さな不動明王だ。團十郎も今は同じ扮装で、

「われこそが真の不動明王なり。いで、ちっぽけなそのほうを一口に呑んでみしょうぞ」

と小さな九蔵に覆いかぶさるような姿勢でくわっと大口を開ける。九蔵も負けてはおらず同じ姿勢を取って互いに睨み合い、力んで共に大口を開けブウォォーッと凄まじい雄叫《おたけ》びをあげた。これには土間の見物人が一斉に立ち上がって喝采し、「ご両人、大当たり」と快哉を叫んだ。

舞台であの子がふたり並んでいるのを恵以は見た。大きいほうも、小さいほうも、幼い頃に見たあの子に間違いなかった。あれから二十余年、舞台にまたあの子を見た嬉しさで感極まって、「よくやった、よくできた」と今にも嗚咽《おえつ》に変わりそうなかけ声を胸のうちに反芻する。

九蔵の初舞台が無事に済んでもふしぎな感覚はまだ続いていた。和泉屋の二階座敷は欄間《らんま》も襖障子も、床の間の花がまさか二十余年前と同じなわけはないのに、昔とちっとも変わらないように見えるのだった。

変わったのはあきらかに自分であろう。あの日、手を引いてここに連れて来てくれたお時を、今日は自分のほうが手を引っ張って誘ったのだ。還暦に近づいた姑は今もしっかりしているが孫にはてんで目がなくて、

「本当にあの子の初舞台とは大違いさ。さすがに遅蒔き十兵衛さんの血を引くせいか、

わが孫ながらあんまり賢いんでびっくりしたよ。難しいセリフをただ口写しにいうんじゃなくて、ちゃんと意味《わけ》をわかっていうのがわかるんだものねえ。そりゃ聞いてたら誰でもわかりますよ」

と滅多無性に持ちあげる。すると舅が、

「それもこれも俺の倅があいつを仕込んだからじゃねえか。難しいセリフを書いたんだって誰でもねえ、俺の倅だぜ」

妙な張り合いようで息子の肩を持つのはおかしかった。

この二人の間に挟まれて座った次男坊の千弥がこちらを見て、

「おっかちゃん、おいらの初舞台は？」

とせがんだら、

「おう、早くするがいい。八つにもなりゃもう立派に一人前の子役だ。千坊が舞台に出りゃお父つぁんは千人力だぞ」

この舅の言葉が終わらぬうちにタッタッタッと軽い足音が段梯子でした。さっと襖障子が開いたら、案の定そこに立っているのは九蔵である。化粧を落としたばかりのつやつやしい顔で脇目も振らずまっすぐにこちらを向いて、

「おっかさん、おいらちゃんとできただろ」

賞めてもらいたくてしょうがないその声を聞くと、恵以はさっき自分が涙ぐんだのも忘れたように、ついたしなめてしまう。

「何ですねえ、いきなり。先に祖父《じじ》様と祖母《ばば》様にちゃんとご挨拶をなさいな」

九蔵はたちまちしゅんとなり、

「あれまあ一軒の家《うち》にいて、そう改まることはないじゃないか」

と姑がなだめるように笑った。

「ふだんこんなにおとなしい子なのにねえ。舞台ではあの子と立派に張り合って見せたんだから、本当にたいしたもんだよ」

「そりゃ俺の血を引く孫だもの、倅なんぞに負けてたまるかってんだ」

と舅はまたしても混ぜっ返して皆の笑いを誘った。

恵以は賞めてやりたい気持ちでいっぱいだったが、先に二人が手放しで賞めたから増長させてはまずいという考えが働いて、冷静な声で足りない点をいちいち挙げる。山伏姿で登場して最初のセリフをいうまでは割合きちんとしていたのに、その後は少し気が弛《ゆる》んだせいか所作が散漫に見えたこと。セリフも出だしがはっきりしてよく通るわりに、尻つぼみでだんだん不明瞭になることなどを細々と指摘し、わが子がすっかり悄気《しょげ》返ってしまったところで、

「まあまあ、初舞台の初日なんだから、そこまで求めるのは酷というもんだよ。本当にお前さんは……」

と姑が呑み込んだ言葉の続きも恵以はよく承知している。

これまでも姑には「ああ、何もそんなに難しいことをいわなくたって」とか「お武家

じゃそうなのかもしれないけどさあ」と呆れられているのだ。

武家の出だからというよりも、恵以は自身が母親を知らずに育ったことのほうが大きいのではないかと思えた。ついつい父が自分をたしなめた時のように、理屈が先に立ってしまうのだろう。お時がそうしていたように、母親の感情《おもい》をまっすぐ倅にぶつけることが自分にはできにくいのを胸のうちで九蔵に詫びつつ、

「それでも不動は立派でしたよ。小さくても、あれはお父つぁんに負けてなかった」

最後にこうしっかり賞めてやると、わが子が飛びかかるようにして抱きついたから、恵以は危うくひっくり返ってしまうところだ。こうした十歳とは思えぬ幼さを一方に残している倅のことが、またぞろ心配になる。

「兄《あん》ちゃはずるいや《や》。おっかちゃんを取ってばっかり」

と弟が妬きもちを起こすのにも手を焼いて、

「なら千坊も早く舞台に立つこった。そしたら兄貴に負けずに可愛がってもらえるさ」

と変に焚きつけようとする舅をたしなめるわけにもいかなかった。

それにしても昔のあの子は舞台を滅茶苦茶にして母親を嘆かせながら、ここへは大勢の男たちを引き連れて現れ、堂々と床の間を背に座ったのを想い出す。傲然と周囲を睥睨するような目つきで座っていた姿を恵以は瞼に蘇らせて、血のつながる親子でも随分と違うものだという気がしている。

世の中もまた当時とは随分と違っていて、あの日ここに現れた男たちの中で今も健在

なのは舅ひとりだ。舅の兄弟分で四角い眼をした唐犬十右衛門は今やこの世に亡き人でもふしぎはない年齢だったが、手下の熊次や虎三が出牢して江戸払いになったあと案外早々と世を去ったのが風の便りで知れた時は、何ともいえず不憫《ふびん》で堪らなかった。

思えば夫という男は彼ら無頼の徒に守られて、彼らの息吹を浴びて独自の芸を培ったからこそ今日に江戸随一の役者と謳われるのを忘れてはならなかった。当時まだかすかに残っていた戦乱の世の荒々しい気風にも肌で触れた夫と、それをまるで知らない倅との懸隔《けんかく》は甚だ大きいこともまた恵以は思わないわけにはいかない。

九蔵は今日たしかに父親よりも幼くして無難という以上の出来の初舞台を披露し、芸達者な子役として世間に認められただろう。だがそれは父親の初舞台とはまるで違った。偉大な父親の跡継ぎとしては歓迎されても、世間に度肝を抜かさせはしなかったのである。

父と同じ道を歩めば、いずれは当人もそうした器の違いに気づくかもしれない。それを想うと恵以は初舞台の成功を手放しで歓べない気もした。

再び段梯子のほうに今度はドスドスと大きな足音が響いて、慌ただしく座敷に入って来たのはこの家の亭主和泉屋勘十郎で、敷居の前に立ったままやや昂ぶった声を聞かせた。

「町は九坊の噂で持ちきりですよ。可愛い、可愛いという評判でねえ。これでもう梅雨空も何のその、今月の中村座は大入り間違いなし。和泉屋《うち》も大助かりで、いやはや、九坊さまさまですよ」

わが子を増長させそうないい方に、恵以は露骨に眉をひそめたが、それが相手に通じた様子はなく、

「おっかちゃん、おいらも早く舞台に出てえよお」

と下の子が唇を尖らせればすぐにまた、

「ああ、千坊も早く出るがいい。兄さんに負けずにしっかり稽古をなせえよ」

と焚きつけるのには困ってしまう。

女親は所詮いずこでも男子が五歳を過ぎたらだんだん手が出せなくなるというが、この町にいれば姑がかってそうであったのと同様に、否応なくわが子を芝居に取られてしまうのだった。今となっては夫が拓いた道を引き返せないまま、一家を挙げてどんどん先へ進むしかなさそうだ。

階下《した》が急に凱旋のような騒ぎとなり、待つ間ほどなく夫と弟子がどやどやと入って来て、

「九坊様でかされた」「これでわれらが一門は安泰じゃ」「わっちらも鼻が高うござんすよ」

と口々に賞めそやすのも恵以は止められず、わが子が舞いあがるのは避け難かった。そのわりに九蔵はまだ神妙におとなしくしているほうだろうが、却って気持ちが治まらないのは下の子のようである。

「お父つぁん、おいらも早く舞台に出しておくれよお」

と訴えられた夫は満面の笑みで、

「おお、来年にも舞台を踏ませてやるからしっかり稽古すんだぞ」

次男坊の初舞台もこれで定《き》まり、恵以はとうとう二人の倅を取られた淋しさが隠せない。

こうして二人の顔を見比べたら、共に父親に似てくっきりとした目鼻立ちだが、弟のほうに夫の面影が濃く出ており、兄のほうは額や眉のあたりが父の間宮十兵衛を想い出させて子供ながらに思慮深さのようなものが窺えた。性格も弟のほうがきかん気で、負けん気も強そうだから兄と結構やり合うのではないか、とついつい余計な心配までしてしまう。共に腹を痛めたわが子が変に張り合って仲が悪くなるようなことは避けたいという気持ちも強い。こうした母の心をよそに父は早くも和泉屋と相談を始め、

「千坊の初舞台も早《はえ》えに越したことはねえ。九坊のほとぼりが冷めねえうちに舞台へ出せば、それがまた評判になってお客が集まるって寸法ですよ。親子が揃って舞台を踏むと聞いたら、お客も親子連れで桟敷を埋めてくれますから、ハハハ、和泉屋と《う》し《ち》ても万々歳で」

と芝居茶屋の亭主は早くも算盤《そろばん》をはじきだしている。

元禄十一年（一六九八）九月。中村座の『源平雷伝記《げんぺいなるかみでんき》』で團十郎はこれもお馴染み

の鳴神上人に扮していた。この狂言では上人を誑かして憤死させた絶世の美女が渡辺綱の妻だったため、上人の霊が綱の息子国綱《くにつな》に取り憑くという筋立てで、国綱に扮した九蔵が父の付け声で父そっくりの身ぶりをした。これで場内は大いにどよめき、「成田屋っ」のかけ声が乱れ飛んで「成田屋親子大当たり」の声も聞かれた。

「成田屋」のかけ声が聞かれるようになったのは去年の秋からで、夏に上演した『兵根元曽我』が大当たりしたおかげといえる。團十郎と九蔵の親子が二番目の幕切れで揃って不動明王に扮した際に余りにも本物らしく見えたせいか、見物席から舞台にお賽銭《さいせん》が投げられた。一人が投げたら次々と争うように投げだして、当初は恵以も面喰らったが、かつて目黒原で即身成仏を遂げた修行僧に憧れた夫は、まさしく生き仏とされてさぞかし本望ではないかと思えた。

舞台の不動に賽銭を投げるという噂は江戸近在にまで広がり、團十郎が成田山詣をして待望の一子を授かった話も伝わると、下総のご当地から続々と人が押し寄せて舞台に賽銭の雨を降らせた。日に十貫文目も降れば千秋楽には相当な金額が集まったので、夫は九蔵を連れて成田山へお礼詣りをし、賽銭を寄進して神鏡を奉納した。江戸随一の人気役者がわざわざ来てくれたというので地元はこれを大歓迎し、帰りは百人ばかりも集って佐倉まで見送ってくれたという。

「有り難《がて》えじゃねえか。これはもう成田山とは切っても切れねえ大切なご縁としなくちゃならねえ」と夫は周りに吹聴し、その話がまた江戸市中に広まって「成田屋」のかけ声が流行りだしたらしい。商家はたいがい先祖の出身などから越後屋、伊勢屋といった屋号を称しているので、見物人は面白がってそれになぞらえたのだろうが、いつしか芝居内でもそれが通り名となったようで、この日もまた、
「これはこれは、成田屋のお内儀《ないぎ》が自らお出ましとは」
と嫌みなくらい大げさないい方で恵以を出迎えるのは山中平九郎《やまなかへいくろう》であった。

平九郎は夫より二十くらい年上だというからそろそろ還暦を迎える年輩で、近頃は歯が欠けてセリフが聞きづらくなったといわれても現役でまだまだ立派に舞台を務めている。

こうして岩代町《いわしろちょう》裏の住まいを訪ね素顔をまともに拝見したら、この役者はやはり根っからの怖い人相なのだと知れた。長身の痩せぎすで細面とはいえ口が大きく裂け、眉尻が吊り上がって眼窩の落ちくぼんだ、能面の癋見《べしみ》さながらの悪相である。これに化粧した顔をたまたま楽屋の暗がりで見た弟子が卒倒した、というのもまんざら作り話ではなさそうだ。

こんな顔でよくぞ役者になろうと思ったものだが、この顔だからこそ天下無双の敵役とされている。夫が「しばらく」といって登場した舞台ではそれを受けて立つ悪人の公家に扮して評判になり、今や夫の舞台には欠かせない役者といってもいいくらいだった。『源平雷伝記』では憤死した鳴神上人を供養するための卒塔婆を持参して、その卒塔婆を上人の悪霊と引っ張り合う坂田金時の役に扮しており、荒事にはよくこうした綱引き

の神事のように両雄が互いに何かを引っ張り合って力比べをする見せ場があった。
悪霊が取り憑いた国綱役の九蔵も舞台で平九郎と卒塔婆引きの真似事をして見せるので、

「ご迷惑でもござりましょうが、うちの子が至らぬところはどうぞ厳しう叱ってやってくださりませ」

と恵以が型通りの挨拶をしたら、意外にも相手は露骨に渋い顔を見せた。

「十日目でやっと何とか形がついて来たが、まだきちんと形が整わぬ子をいきなり舞台に出すのは厚かましいにも程がある。子煩悩も度が過ぎるのは傍《はた》迷惑だと亭主にお伝えなされ」

さんざんないわれようで、恵以もさすがに憮然として返す言葉がなかった。この男は顔ばかりか性根も悪いので敵役をするのだろうといいたくもなる。

もっとも夫にいわせたら「平九郎は大《てえ》した役者だよ」となるのだった。

「やつは楽屋でもわざと憎まれ口をきいて敵役を買って出るんだ。そうすると却って皆が仲良くなれる。嫌な野郎が中に一人混じったほうがふしぎと人はまとまるのさ。おまけに舞台でもやつとはつい真剣にやり合っちまうから、ご見物衆に受けがいいんだ。俺の舞台は存外あいつのおかげで保ってるようなもんかもしれん」

平九郎は何もそこまで深く考えているのではなく、誰にでも向きになって嚙みつく性分のような気もしたが、ああまで悪しざまにいわれたら、もしかすると本当にわが子が一座で迷惑をかけているように案じられてならない。

一座の主役に欠かせないのは敵役と相手役だが、夫が近年とても大切にしている相手役は荻野沢之丞《おぎのさわのじょう》であった。京の都でぞっこん惚れ込んで連れ帰ったともいわれる女方で、容姿が美しいばかりか声もきれいに澄んで通りがいい。物事の道理を諄々と説く賢女のような役を得意にする一方で、表情やちょっとしたしぐさに得もいわれぬ色気と愛嬌を漂わせる妖艶な美女にもなった。

今度の舞台では鳴神上人を誑かして破滅させる雲《くも》の絶間《たえま》の役に扮したが、その色っぽい濃厚な戯れぶりは恵以が見ても恥ずかしく、妬《ねた》ましくさえなるほどだ。懐に上人の手を入れられて乳房を揉まれたように身悶《みもだ》えるそぶりには、思わず顔が赤らんでしまう。

この女方が実は夫より四つも年上の男だとは、とても信じ難いのである。

今日は自宅を訪ねて茶の湯を振る舞われても、袱紗《ふくさ》の捌きようや柄杓《ひしやく》の返しようが女人と見まごうほどに滑らかで、且つ形もぴしっと決まって付け入る隙がなかった。

茶碗をこちらへ静かに差し出しながら、

「成田屋のお内儀はどれほど怖いお方かと案じておりましたが、フフフ、意外に優しいお顔をしてらっしゃる」

という挨拶にはしかし恵以も一瞬あっけに取られ、

「……何故《なにゆえ》に左様なことを？」

「芝居内で評判にござりまするぞ。成田屋はお内儀が怖さに他の女子《おなご》を寄せつけぬのじや、というてなあ」

「なんと、まあ……」

恵以は心外の極みだった。九蔵の誕生で夫は信心が高じたようにわが家で水垢離を始めたし、不犯不婬戒を堅く守ると誓ったのはたしかに憶えがあるが、その後も付き合いでよく吉原に出かけたから、まさかそんなおかしな噂が立つとは夢にも想わなかったのだ。

「人の口に戸は閉《た》てられぬと申しますから余りお気になされまするな。ホホホ、話は何事も半分に聞いたほうがよろしうございますなあ」

と軽くいなした上で、

「それより常々わたしはお内儀のお気遣いに感心を致しておりました。折に触れて楽屋に届け物を頂戴しながら、ご本人は姿をお見せにならないから、ここで改めて御礼を申し上げます」

相手から丁寧に頭を下げられて恐縮し、いよいよ本題を切りだす時分かと思い、茶碗をいっきに啜りあげたら、

「今日わざわざうちに姿をお見せになったのは、ご子息のことをお訊きになりたいからでござんしょう」

先に見抜いた相手がにんまりと微笑《ほほえ》んだ。

「真《ほん》に大人顔負けの芸達者で器用なお子でござんすなあ。此度の大役もしっかりお務め

ゆえ、楽屋中で舌を巻いております。鳴神の霊が取り憑いて表情が恐ろしいように変わる件はもう、親父様はだしじゃという評判でして」

　思いがけないくらいの褒詞《ほうし》に自ずと恵以の頬がゆるんだ。

「忝《かたじけの》う存じまする。荻野の太夫にそうおっしゃって戴いて正直ほっと致しました。先日は平九郎様にきついお叱言《こごと》を頂戴し、皆様にご迷惑をかけておるのではないかと案じておりましたゆえ」

「あんな意地悪爺さんには何をいわれても、聞き流しになさいませ」

　ころころと笑って相手はこちらの顔をまじまじと見た。

「九蔵殿は父御《てて ご》よりもお袋様似なのかもしれませぬのう。ホホホ、気性も父御よりおとなしうてお利口そうじゃが……」

　といいさして茶碗をそっと引き取る。恵以はその続きがどうしても聞きたかった。

　昔から人気が出た子役はいくらもいて、恵以が夢中になった市村竹之丞や、それこそ夫のような成功例もあるにせよ、大半は案外さっさと消えてしまったような気がした。果たして九蔵の行く末はどうなるのか占いたいような心境で、恵以は次の言葉を待っている。

「父御は今や江戸の芝居になくてはならないご本尊だけに、その姿を雛形のように実のお子が真似したらもうそれだけでごひいきは大満足。したがそれだけではいずれ飽きられて、ご当人も物足りなくなりましょう。いっそ親の姿を写すので精一杯の子ならともかく、なまじ利口に生まれた子は親父様を何とか乗り越えたくなるでしょうし、そしたら余計な苦労をするはめにもなりましょうなあ」

静謐《せいひつ》なその声は恵以のはらわた深くに浸み通った。

天与の才は人それぞれで、血のつながった親子といえど必ずしも同様の恵みを与えられたとは限らない。夫には夫の、倅には倅の才が備わっていて、いずれは自ずと別々の道を進むのが本当かもしれなかった。だが偉大な親を持つ子は周りがよってたかって親の雛形にしたがるのだとしたら、その子は出だしでいくら恵まれても、たしかに後で余計な苦労を背負い込む分かえって不憫なようだった。

「舞台に立つとおかしな話で、役者は皆どうしても互いに張り合いたくなって修羅を燃やしまする。ふだんいくら仲良しでも同じこと。実の親子兄弟といえども、いや実の親子兄弟なればこそ負けたくないという気持ちがさらに強くなるかもしれませぬのう」

沢之丞がそういうのはごもっともと恵以には肯けるところがあった。夫は中村伝九郎と仲良しだが、それでも夫の前で伝九郎の芸を賞めたら余りいい顔はしなかった。役者は一つの舞台で力を合わせても、互いに人気を張り合って修羅を燃やすらしいのは妻として否応なく承知させられている。ただ血のつながった親子兄弟でもそれは同じだといわれたら母としては辛いところだ。

『源平雷伝記』の舞台には九蔵ばかりでなく次男坊の千弥も出ていた。セリフらしいセリフとてない役でも舞台に出ると決まった日は大いに張り切って、今は先輩の兄貴に手をつながれて仲良く楽屋入りをしていたが、二つ年下の弟が兄に修羅を燃やすような日は来てほしくなかった。

「ああ、わたしはようやく修羅の世界を脱けだして、向後は心穏やかに暮らせるかと思えば、もう嬉しうてなりませぬ」

相手の妙に晴れ晴れとした声で恵以は不審そうな顔をしている。

「どうして左様なことを……」

「この千秋楽が舞納めで、舞台を退くつもりでしてなあ」

「それは、まあ……」

咄嗟に言葉が出ないほど驚いたが、考えてみれば相手はもう四十を超えていて、女方だからとっくに引退していてもおかしくなかったのである。

「飯田町で香具屋を店開きしようと思い立ちました。去年の冬に起きた火事で、あそこは町並みがころっと生まれ変わったと聞きましたから、周りにも気兼ねをせずに暮らせそうで」

せいせいした調子でも幾分かは淋しさが混じる声を聞いて、相手には何もいわなかった恵以も、帰宅して夫にその話をせずにはいられなかった。

「ああ、もちろん知ってるさ」

夫はこともなげにいって、

「千秋楽には俺が引退の口上《ひっこみ》をすることになったんだ。やつは男に生まれ変わったつもりで、六法を振りながら舞台に出て来て挨拶するそうだぜ」

と、おかしそうに笑っている。

「近頃はすっかりくたびれただの、躰の調子がいけないだのと楽屋でしょっちゅうこぼしてたから、まあ、しばらくは引っ込んで休むがいいさ。見ててみな、いずれすぐにまた舞台に戻ってくるぜ」

そう断言したのが意外なほどあっさり的中するとはさすがに恵以も読めなかったが、江戸で当代一と謳われた女方に九蔵が「利口な子」と折り紙を付けられたのは間違いない。だがいかに利口な子でも舞台で喝采を浴び続け、楽屋でちやほやされ通しだったら増長慢心するのはやむを得ないから、母としては警戒しないわけにいかなかった。それに気づいたらその場ですぐに叱るのが一番なのだが、楽屋は女人禁制だし、座頭《ざがしら》の夫も身内にかまけてばかりはいられないはずだから、恵以は團之助から團蔵《だんぞう》に改名したばかりの若い門弟に何かといい含めておいた。

團蔵は幼い頃に夫が手元に預かって鍛えあげ、今は新進の若衆方として評判の役者だ。九蔵とは四つ違いでいい兄貴分だし、芸の道をしっかり歩む上でも見習わせたい先輩だった。

苦み走った人相で気丈に見える團蔵だが、幼い頃に世話してもらった恵以にはよく懐いており、今もときどき遊びに来るのでさっそく話してみたら、

「九坊はお利口だし、根がおとなしいから滅多なことはござんすまい。そこへ行くと千

坊はしょっちゅう無茶をするんで面白えや。顔立ちも千坊のほうが親方似ですかねえ」

と、いささか次男坊をひいきするようないい方をしたのは意外だった。

無茶をするとは一体どんなことかと訊いたら、芝居小屋を遊び場とでも心得ているのか、他の子役と隠れん坊をして舞台の床下に潜ったりするのだとか。それはまだしも、いつの間に上がったのか天井の梁《はり》に腰かけているのを見た時は肝が冷えたという。

「結構な高さなんだが、千坊は存外平気な様子でしてねえ。幕を吊る時に使う梯子を伝ってひょいひょいと上ったんでしょうなあ。身の軽さといい、度胸といい、まさに親方譲りだ」

と妙な感心をされて恵以は嬉しいどころか寿命が縮んだ。これぞ知らぬが仏というしかなかった。

それにしても一番無茶なのはまだまだ世話の焼ける倅を二人も舞台に立たせた夫ではないかと思う。独自に生んだ芸で今や「荒事の開山」と称えられる夫は自分が拓いた道に続いてくれる多くの弟子にも恵まれながら、それではまだ己れの欲が満たされず、わが子を巻き添えにするのか、と恵以はなじりたいくらいだった。ただ幼子は巻き添えにされたつもりは毛頭なく、舞台で喝采を浴びて得意満面なのだろう。ああして二人とも父と同じく一生舞台から離れられなくなるのだと、母親はもう諦めるしかなさそうだった。

この日もまた和泉屋を訪ねたら、主はあいにく留守だがすぐに戻りそうだといわれて、恵以は表通りから目立たない場所の床几に腰かけて待つことしばし。ここは芝居の中入りに訪れる客も多く、軒先の床几には入れ替わり立ち替わり誰かが座って茶飲み話をしている。

聞くともなしに耳に入るのは当然ながら芝居話で、今年は人気役者の中村七三郎が京へ上って江戸を留守にするのは残念だというような声がよくあがった。

「男の俺が見ても惚れ惚れするような美丈夫《びじょうふ》だし、セリフも達者で胸がすくようだし、やっぱりお江戸は成田屋の武骨な芸だけじゃ淋しい限りさ」

というような声は仕方がないにしても、

「成田屋は同じ芸を繰り返すし、何を演っても成田屋なんで、どうしても飽きが来《く》らあな」

これは聞き捨てならぬ、と恵以より先に思ったらしい男が横合いから口を挟んだ。

「俺は成田屋がただ舞台に出てくれりゃ文句はねえんだ。同じ芸で何が悪い。成田屋はどんな芸をしても成田屋に見えるところがいいんじゃねえか」

と聞けば、なるほど、ごひいきとはつくづく有り難いもんだと思う。

「そうはいっても成田屋は近頃とんと目新しい芸がねえぜ。声もひと頃ほどの張りがねえのは、まあ、年を喰ったんだろうなあ。己れだけじゃ舞台がもう保たねえのを承知で、倅を出してお茶を濁すんだろうよ」

「お茶を濁すとは何ていいぐさだ。上の子はもう親父と一緒に立派な芸を見せてるじゃねえか」

　ひいきはますます向きになり、相手もそれで却って意地悪く応じたようだ。

「へん、わが子を見世物にして稼ぐとは、役者もよくよく因果な商売だねえ」

　その言葉は鋭利な刃物のごとくぐっさりと恵以の胸を刺し貫いて、容易に癒えない傷を後に残していた。

　もっとも親子の共演は概ね好評に迎えられて、九蔵と千弥はとうとう舞台の上でも兄弟の役を演るようになった。十一月の顔見世狂言『吉野静碁盤忠信《よしのしずかごばんただのぶ》』では團十郎が佐藤忠信役で、その倅の兄弟に九蔵と千弥が扮して大詰には親子三人が大勢の僧兵を相手に荒事の立ち回りを披露。これを太夫元の目で見ていた中村伝九郎は、

「千坊も随分と頼もしくなったもんだ。親父に似てきたじゃねえか」

　と下の子に注目し、次いで意外な提案をした。

「九坊は顔立ちが優しいから、これから少し女方を修業させてみたらいいかもしれん。女方を一度でも演っておくと、相手役の気持ちがわかって将来《さきざき》に何かと役立つもんさ」

　というわけで元禄十二年三月の『根元信田和合玉《こんげんしのだわごうのたま》』では九蔵が敵役の養女小《こ》松姫《まつひめ》に、千弥はその弟の役に扮していた。小松姫が敵方の身の上を恥じて柳の樹の下で首を縊《くく》ろうとし、幼い弟がそれとも知らずに手を貸してしまう場面は満場のすすり泣きに報われて、今年の弥生《やよい》狂言は子役の二人でもっているようなものだといわれた。

　この評判に気をよくして翌年は森田座の弥生狂言『和《わ》国御《こくご》翠殿《すいでん》』でも二人は姉弟の役

に扮した。御翠殿は仏教説話に登場する王女の宮殿を指し、その王女の運命を『源氏物語』の女三宮《おんなさんのみや》になぞらえた筋立てで、自作自演の團十郎は女三宮の恋人柏木《かしわぎ》の家老で粂《くめ》寺弾正《でらだんじょう》という役である。九蔵は弾正の娘の小松姫に扮し、千弥はその弟役で、人質になった小松姫を助けようとして、弟のほうが主君の若君の身替わりで殺されるという筋立てだから、すすり泣きが倍に増すのもふしぎはなかった。

若君の身替わりにわが子を殺すという筋立ては以前に『関東小《かんとうこ》六《ろく》』という弥生狂言でも見た覚えのある恵以が、その時は余り気にならなかったのに、今度は見ていて妙にひっかかってしまうのは、やはり身替わりに殺される役が実子の千弥だからなのだろう。

母親役を演るのは一度引退して再び舞台に復帰した荻野沢之丞で、わが子を身替わりにする苦衷《くちゅう》や悲嘆が手に取るようにわかる名演にもかかわらず、どうにも話について行けないのである。そもそもわが子が他人の犠牲になるというのは子を持つ親に耐え難い話であるはずなのに、近年は意外とこうした筋立てが見物人に受けるのもふしぎといえばふしぎだった。

初日の舞台を桟敷で見ていた舅夫婦もご多分に洩れずすすり泣きと洟《はな》かむ音を交互に聞かせて、帰宅後もずっとその話ばかりしている。

「千坊がお袋さんから若殿の身替わりになってくれるかといわれて『心得申《こころえもう》し候《そうろう》』と答えた時は、その声があんまりけなげなもんで、わたしゃもう涙に眼が霞んで舞台が見えなくなっちまったんだよ」

「お袋がためらうと、自分を縛るようにと腕を後ろに回して『早う敵に渡されよ』と千坊がいいやがるんだ。俺ゃそれでもう涙に咽《む》せ返っちまって咳のし通しさ」

可愛い孫の舞台は格別だとしても、芝居を見馴れた二人がここまで夢中になるのだから、子役で泣かせる芝居は年寄りを惹きつけるということらしい。つまりは夫のひいきも、それなりに年を取った証拠かもしれなかった。

しかしわが子が舞台で毎日死ぬ場面を見せるのは、母親として余りいい気持ちのものではないし、それは小松姫の見せ場でも同様だった。ところが今年はその身替わりの場が大いに受けたせいか、当初は兄の添え物で承知をしていたはずの千弥が、だんだん兄と張り合うような気分でいるのが母親には見て取れた。

これまでも千弥は家で九蔵に何かと張り合っていた。遊びではもちろん、飯の喰いっぷりや身支度の速さといったようなことにまでいちいち張り合うのがおかしくて、これが兄弟というものなのかと一人娘だった恵以は妙に感心もしたし、思えば夫も一人子だったことに改めて気づくようなところがあった。

舞台の曽我兄弟は兄の十郎がおとなしくて分別があり、弟の五郎はきかん気でやんちゃ坊主だが、團十郎がもっぱら五郎役なので、周りはつい千弥のほうが父親似と思うのかもしれなかった。周囲の見方は幼心に伝わるし、子供はおだてるとその気になりやすいので、「お父つぁんの役はきっと兄《あん》ちゃよりおいらのほうが上手だよ」と千弥は得意げにいって、周囲がまたそれを面白がるのだ。

しかし九蔵は長男であり、まして待望の初子だったから父親の思い入れは格別だった。初舞台からして二人の扱いはまるで違ったし、夫はまさか次男坊がそれに不服とは夢にも想わないようで、次は九蔵にどんな役をさせるかばかり考えている。

「前は二人で不動になったが、今度は二人で五郎になるのはどうだ」

と九蔵にわが家で話しかけた時も、千弥が淋しそうにそっぽを向いたのに恵以は気づいたけれど、夫がそれを気にすることはなさそうだった。

九蔵はそろそろ元服が見えて来た年頃だけに、楽屋では一門外の役者からも何かと話を聞こうとするようだったが、千弥はまだ小屋を遊び場にして所狭しと飛びまわっているらしい。その身軽さには裏方のみならず小屋勤めの座方《ざかた》や半畳売り、火縄売りの連中も注目し、喝采を浴びることもしばしばあるのだという。たまたまその様子を目撃した夫は帰って来て恵以にこういったものだ。

「千弥はいずれ宙乗《ちゅうの》りをしそうだぜ。昔の吉三郎《きちさぶろう》のようになあ」

恵以が昔見た玉澤《たまざわ》吉三郎という役者は舞台の天井から逆さまにぶら下がったり、宙乗りと称して空中にふわふわと浮揚する芸を得意としていた。そうした芸をする者が今やいなくなったのは「折角きつい思いをして演っても、所詮は軽業でまともな役者が演るこっちゃねえと見られたからさ」と夫は話し、「したが、誰も演らなくなったのは淋しいもんだ」とつけ加えた。

ともかく千弥の身軽な動きを見て玉澤吉三郎の芸を想い出したのは確かなようで、

「子役なら躰が軽いから宙乗りもしやすかろう。次の曽我狂言では九蔵にさせてみるか」

といいだしたのは三月も半ばを過ぎて千秋楽が迫りつつある頃だった。

「俺が聞いた話だと躰を縄帯《なわおび》で十文字に縛りつけて天井から吊すんだそうだが、股の間をくぐらせた帯で締めつけられて急所《あそこ》がてえそう痛《いて》えらしいぜ」

と笑いながら九蔵に話して聞かせ、次の日はさっそく家から軽業芸人の元へ使いを走らせた。

「おっかさん、聞いとくれよ」九蔵が訴えたのは千秋楽の前日で、

「昨日はいっぺん試しに舞台で吊されたんだが、本当にあそこが痛くて痛くて、けさになってもまだ痛えんだよ」

その情けない声《こえ》の中にはやや自慢そうな響きも混じっていたし、

「兄ちゃは高いとこが怖えから、あそこが縮みあがって痛くなるのさ。おいらはきっと平気だよ」

といくらえらそうにいっても、千弥の声には妬ましさが滲んでいた。

その子が次の日にはもう、小屋から冷たい躰で帰ってくるなんて恵以はまさか夢にも想わなかったのである。

小屋を遊び場にしていた子はさまざまな舞台用具も遊び道具にしていたのだという。『和国御翠殿』で小松姫が首を縊るのに用いた一幅の扱帯《しごきおび》がその日の遊び道具であった。

千弥はそれを持って梯子を上り、天井の梁に引っかけて堅く輪っかに結ぶと、

「ほら、おいらも宙乗りができるよ」

と、いきなり叫んで帯の輪に身を預けた。それは見ていた誰もが止められない早業だったという。

「帯を胴に当てたつもりがすぐに滑って首を吊る恰好になったらしい。俺が駆けつけた時はもう下に寝かされて、息はなかった」

夫は再び噴きだす涙を拭おうともせずに、小さな亡骸《なきがら》を撫でさすっている。

恵以は悪い夢を見ているようなぼうっとした気分でしばらく涙も出なかった。

突如、吐き気がしたように喉の奥が燃えて、口から噴きだしたのは獣じみた呻き声である。

なぜ止めてくれなかったのか。小屋にいた誰も彼もなじり倒してやりたい気持ちは何とか抑えられても、夫にむしゃぶりついて喚きだす声はどうしようもなかった。

決して情の薄い夫《ひと》ではないだけに、十年手塩にかけて育てた子を喪った哀しみは妻に勝るとも劣らないはずだ。それでも恵以は分別もまだつかないわが子を舞台に立たせた夫の罪を責めずにはいられなかった。

通夜に訪れてくれた荻野沢之丞の顔を見ればつい「修羅を燃やす」という言葉が想い出された。千弥は幼心にも兄に修羅を燃やして宙にぶら下がろうとしたのではないか。そうだとしたらそれは舞台という修羅場に幼子を追い込んだ親の報いだといわれても仕方がなかったし、その子が持って生まれた運だといわれてしまえばそれまでだ。

ただ恵以には強い自責の念もあった。遅くに生まれた虚弱な初子を構い続けて、次子は祖父母に任せっきりだった過去を顧みずにはいられなかった。長男の陰に隠れた次男坊が自分に目を向けさせたい一心でしていた数々のやんちゃにも、きちんと取り合っておればという強い後悔がわが胸を苛《さいな》んでいた。

そして産みの親よりもっと悲嘆にくれる育ての親を、自分が慰めなくてどうするという思いもあった。

「わたしらのことは本当にいいんだよ。母親のお前さんが一番辛いんだから」

と姑は逆に気遣ってくれたが、眼は涙で潰れて開けづらそうだ。

矍鑠としていた舅もいっきに年を取ったようで世間並みの老爺と見えたが、それでも声はあくまで気丈にいい放った。

「あいつは兄貴の身替わりで逝ったんだ」

その力強い断言に恵以は胸を衝かれた。

千弥は小松姫が首を縊る帯に身を預けたと聞くせいか、たしかに舞台さながら身替わりで死んだようにも思えた。

「決して無駄死になんかじゃねえ。兄貴の身替わりで立派にお役に立ったんだ。そう思ってやるのがせめてもの供養じゃねえか」

声を震わせて舅は懸命に自分をなだめようとしていた。

世間には幼子を亡くした親がざらにあるのを、恵以は長女を亡くした時の慰めを聞いて知った。子を亡くした親は誰しもその子がただ虚しく死んだのではないと思いたいのだ。

決して無駄死にではない、身替わりで死んだのだという言葉が今こんなにも大きな救いになるのを、恵以は身につまされて知ったのである。

夫は九蔵の宙乗りを取り止めはしなかった。『大日本鉄界仙人《だいにほんてつかいせんにん》』と題した皐月狂言で自ら曽我五郎に扮し、九蔵は五郎の口から吹きだした一念の分身として登場し、舞台の天井からぶら下がった宙づりで父親と同じ身ぶりをして見物人の大喝采を浴びた。

九蔵もまた父が出来ない宙乗りをさせられる身替わりのように、恵以は見えた。けれど宙ぶらりんで時にハッとするような激しい動きをしても、ふしぎに気持ちは落ち着いて見ていられた。それは何度となく入念な稽古が繰り返されたことを知るからではなかった。身替わり芝居の約束通り、弟を先に逝かせた兄は必ず無事だと信ずる心が大きな支えとなっていたのである。

天譴の証

元禄十五年（一七〇二）二月。中村座で上演する『星合十二段《ほしあいじゆうにだん》』には連日押すな押すなの大行列ができて、「こりゃ星合ならぬ、押し合い十二段だぜ」と文句が出る始末だ。

「星合」は七夕の意味で、恋物語を匂わせながら源義経《よしつね》の奥州落ちを描いたこの狂言に、團十郎は武蔵坊弁慶《むさしぼうべんけい》と奥州で義経に味方する和泉三郎《いずみのさぶろう》の二役が求められ、中でも弁慶が勧進帳《かんじんちよう》を携えた山伏と偽って安宅《あたか》の関所を越える件は大絶賛を博していた。

三月を過ぎ四月になってもまだ大入りが続いており、満杯の小屋は相当な蒸し暑さだが、中入りで楽屋に戻ると細い連子格子《れんじごうし》から吹き込む薫風《くんぷう》が肌を心地よく冷ましてくれる。まずは弁慶の衣裳を脱いで襦袢《じゆばん》一つで汗を拭っていたら、

「親方、お客人が」

と弟子が案内するのは、剃り立ての頭もつやつやしい昔馴染みの御仁であった。

「おお、其角師匠ようこそお越し」

俳諧の手ほどきを受けたこの相手は、禿頭に十徳《じっとく》姿のいかにも隠居じみた恰好で、への字に結んだ唇がさらに人相を老けこませていた。團十郎とは同年輩なのにとてもそうは見えない。

傍に若い男が一緒にいて、

「こちらは春帆《しゅんぱん》殿と申して、俳諧のお仲間だ」

「師匠のお弟子さんで？」

「いや、水間沾徳《みずませんとく》殿の門下でついこないだ一座したばかりだが、初対面でも心安う話した覚えがあってのう。今日たまたま小屋で見かけて声をかけたら、才牛殿がいたくお気に召したようだから、こうして楽屋にお連れ申したというわけだ」

「おお、それは、それは。取っ散らかってはおりますが、どうぞ腰を下ろしなすって」

改めて見れば精悍《せいかん》かつ利発そうな顔立ちの男で、

「平間村《ひらまむら》の長左衛門《ちょうざえもん》と申しまする」

自ら名乗ってにっこりとした。

「平間村……」

「武州川崎のあたりで」

身なりは質実だが機敏な応じ方はただの百姓とは思わせない。むろん俳諧を嗜むのはゆとりのある本百姓《ほんびゃくしょう》に違いなく、紀文の取り巻きで知られた宝井其角《たからい》が楽屋へ案内するところをみれば、きっと一廉《ひとかど》の分限者《ぶげんしゃ》なのであろう。遠方からわざわざ足を運んだくらいだからきっと芝居も好きなのだろうと思って訊いたら、照れくさそうに笑って、正直に答えた。

「滅多に見ませんが、此度は噂を聞いて話の種にと駆けつけました」

江戸近在にまで評判が広がるのは有り難い話だし、

「お気に召されたのは何よりで。わっちの弁慶はいかがでした?」

と話を振れば、すぐに振って返した。

「あれはお能を手本にされたのか?」

「肝腎の舞台を拝見しておりませんので、本行《ほんぎょう》に比べたら何かとお粗末ではござんしょうが、『正尊《しょうぞん》』や『安宅《あたか》』の謡本にはひと通り目を通して拵えました」

「拵えた……」

「はい。筋を拵えて、台本《ほん》も一通り書き上げました」

「ほう。それは何とも、才人だなあ……」

微塵の嫌みもない素直に感心した声である。

「筋も面白いが、お手前の弁慶は長刀捌《なぎなた》きが実にみごとで感服いたしました。本当に人が斬れそうな太刀筋と見受けました」

昔から太刀打ち事の得意な團十郎はそれを賞められるのも飽き飽きしていたのに、この初対面の相手からはなぜかふしぎと素直に聞けた。それは声に真実味がこもって響いたせいかもしれず、妙に嬉しくなって、

「稽古ではなるべく真剣を用いております」

と手の内まで明かしたものだ。

「真剣の重みに馴れると、舞台の竹光《たけみつ》が素早く振れるようになります。ただ余り楽々と振ったら贋物《にせもの》とすぐにばれて興が冷めちまいますんで、そこらの塩梅が難しうございます」

「なるほど、刀が軽く見え過ぎてもまずいというわけか。先ほどのお手前は巧く騙せておりましたぞ」

「ハハハ、役者は人を騙す商売でして。舞台で何をしようが皆ご見物衆を巧く騙しております」

初対面の相手にこんな話までするのもわれながらふしぎだが、相手がまたふしぎなほど屈託のない表情をしていた。

「役者は人を騙す商売とは、なかなか面白い言い条でござるなあ。世間で人を騙すのは悪事であろうに」

「左様、芝居は人を騙す悪党の溜まり場でござりまする。されば世間から疎《うと》ましがられも致しまするが、痛快となさる方もまたござります」

相手は一つ大きく肯くと、

「痛快、痛快。芝居は痛快でござるのう」

爽やかにいいきって、実にいい笑顔を見せた。

「芝居をお気に召しましたようで重畳至極《ちょうじょうしごく》、向後はちょくちょく覗いて下され。楽屋にも足をお運びなされませ。またお目にかかる日を楽しみに待っております」

別れの言葉はまんざら世辞でもなかった。其角がいった通りの初対面でも心安い相手とは思いがけず正直な話ができたし、お互い妙に馬が合ったような気もしたのだが、所詮それは勝手な思い込みに過ぎなかったようである。

『星合十二段』は江戸かぶき始まって以来という未曽有《みぞう》の大入り続きで六月の末まで延々と興行が持ちこたえ、お盆からは続編の『新板高館弁慶状《しんぱんたかだち》』が開幕し、これがまた大評判で江戸中から大勢の見物人を引き寄せたが、平間村の長左衛門が再び楽屋を訪れることはなかった。

ともあれ弁慶役の大当たりは江戸の團十郎人気をさらに高めた恰好で、十一月の顔見世からは年に七百両の契約で森田座の舞台に立つことが決まった。京の坂田藤十郎でさえ年に五百両止まりという話だから、團十郎は今や天下一の高給を取る役者となったのである。

森田座の顔見世狂言『天地人《てんちじん》筒守《つつまもり》』で扮した家老役の評判も上々で、月をまたいだ十三日の煤掃《すすは》きを前に無事千秋楽を迎えていた。

その日は初春狂言の口上書きを太夫元の手代が自宅に取りに来るはずだったが、一向に現れないので使いを出すと、その使いが慌ただしく駆け戻って昂奮ぎみの声を聞かせた。

「親方、町の様子がちょいと妙だもんで木戸番に尋ねたら、何でも本所で大変《てえへん》な騒ぎがあったんだそうで」

かくして夜には播州赤穂浅野《ばんしゅうあこうあさの》家の牢人が本所の吉良上野介《きらこうずけのすけ》邸に討ち入りした変事の噂もあらかた耳に入ったのである。

團十郎が変事の発端を耳にしたのは去年、中村座の弥生狂言『出世隅田川《しゅっせすみだがわ》』の中入りに楽屋へ戻った時のことで、城中の刃傷《にんじょう》騒ぎを当時はただ面白がって聞くばかりだった。

去年はそれよりもっと楽屋を沸かせた話がある。伊勢の亀山《かめやま》で石井《いしい》兄弟が父と兄の敵討ちをした噂はちょうど曽我兄弟が敵討ちをしたのと同じ日に楽屋へ飛び込んで来たから「そりゃまるで元禄曽我じゃねえか」という話になったのである。

石井源蔵《げんぞう》、半蔵《はんぞう》兄弟は江戸詰の亀山藩士の下で中間奉公をしていた折に北町奉行所へひそかに敵討ちの願書を提出し、本望を達したあかつきも届け出をしたため江戸市中にその話が広まって、虚実取り混ぜた美談が世間を賑わした。それだけに團十郎は却って「今は曽我狂言を演《や》ったら本物に負けちまうぜ」と太夫元側を説得し、敢えて『星合十二段』の弁慶役に挑んだのが幸い大当たりしたのであった。

兄弟の敵討ちは似通いすぎているので避けたものの、この年の瀬に四十余人が揃った大がかりな敵討ちは前代未聞の椿事だけに、少しでも芝居に取り込まない手はないから、「初春狂言は曽我の敵討ちにして、赤穂牢人の話をそれらしく匂わせてみよう」

と遅くなって現れた太夫元の手代に話したら、相手もひどく歓んで礼をいう間も惜しむようにすっ飛んで帰って行った。

ところが三日も経たないうちにまたやって来て、

「申し訳ねえこってでござんすが、あの話はどうぞなかったことにしておくんなさい」

と平身低頭である。

「お上《かみ》がこれを」と見せられた達書《たっしがき》には「近き異事を擬する事なすべからず」との文言がはっきりと記されていた。

ちょっとでも赤穂牢人の件を匂わせたらたちまち禁を破った罪人とされて、一家が路頭に迷うはめにもなるかと思えば腰が引けた。さりとて「近き異事」がなかなか胸を去らないために筆が進まず、初春狂言はとうとう投げ出した恰好で、團十郎は自身の出勤も見合わせるはめになった。

同様の愚痴をいいにわが家を訪れたのは中村伝九郎で、

「中村座《うち》も曽我狂言に仕組もうとしたんだが、お達書を見てはそうもならず、わっちも舞台を休んじまった」

と、まん丸い躰を揺すって憤慨を表明した。

「父の敵討ちどころじゃねえ。亡き殿様に忠義を尽くしての敵討ちなんだ。それをお上が真っ先に賞めなくてどうするもんかと、俺は御白州に訴えてやりてえよ」

とはいいながら、とてもそんな恐ろしい真似はできず忸怩《じくじ》として休座したのは同様の身に察しがついた。

「まあ、お裁きはこれからだが、あの石井兄弟は亀山の敵討ちを類稀《たぐいまれ》なる手柄と賞められて、旧主の青山下野守《あおやましもつけのかみ》様に二百五十石と百五十石で召し抱えられたというから、赤穂のご牢人衆もこの春にはお旗本になったっておかしかねえのさ。なあ、兄貴、そうだろ」

と伝九郎はずいぶん明るい見通しを立てたものだが、如何《いかん》せん、二月四日には総勢に切腹の沙汰が下っている。

江戸はこれで石井兄弟はおろか旧冬の討ち入りを上まわる噂のるつぼと化し、お膝元を騒がせた罪は免れなかったかという冷静な見方もある反面、團十郎や伝九郎と同じく義憤を募らせる者も多くいて不穏な空気が漂った。その余波を受けたように春の芝居小屋はどこも鶯ならぬ閑古鳥が鳴く始末だし、役者も舞台より楽屋で噂話の花を咲かせるのに夢中だ。

「お上も日ごろ忠義、忠義とおっしゃるくせに、あれほど忠義な侍をむざむざ殺してしまいになるとは全体どういう料簡《りょうけん》だっ」と悲憤慷慨《ひふんこうがい》する者あれば、「生類あわれみの志といいながら、鳥を撃っても死罪になさるお上のことだ。人様は生類に非《あら》ず、赤穂のご牢人衆も武士に非ずってわけさ」と皮肉な合いの手を入れる者もある。

「吉良は浅野が賄賂《まいない》を渋ったせいで意地悪したって話じゃねえか」と誰かがまことしやかにいうと、「寺の普請があるたんびに作事《さくじ》奉行は賄賂の取り放題だ。今は袖の下を使わねえと何事も済まねえ世の中なのさ」と話が広がって非難の鉾先《ほこさき》はお上に向かう。

そして最後は「こんな道理に合わねえ世の中には、そのうち天罰が下るぜ」「いや、不徳なお上に罰が当たろうよ」というふうな文句で締められるのだった。

團十郎はむしゃくしゃした。江戸の誰もが知ってこれほど噂をする「近き異事」を芝居に取り込めないことが苛立ちを募らせた。

こういう時はあそこに行って気を鎮めるに限ると思い、陽春の三月には久々に成田山を訪れ、新勝寺の新たな住職となった照範《しょうはん》上人と面談もした。

「どうも近頃は江戸の人気《じんき》が腐っちまったようでして。こちらの有り難い霊気を頂戴して悪気《あっき》を払いたいもんでござりまする」

と上人に話したのが瓢箪から駒となって同寺院の出開帳《でがいちょう》につながった。

成田山の不動尊像を江戸深川永代寺《ふかがわえいたいじ》内の富岡八幡宮《とみおかはちまんぐう》で出開帳する運びとなったからには、親代々の氏子でとりわけ信心の厚い團十郎が手を拱《こまぬ》いてはいられなかった。

かくして四月はその名も『成田山分身《ふんじん》不動』が木挽町の森田座で幕を開けた。荻野沢之丞が小野小町《おののこまち》に扮し、團十郎は小町に誘惑されて鳴神上人と同様に憤死する大伴黒主《おおとものくろぬし》の役である。大詰の幕切れで黒主の霊が実は理《ことわり》を司る胎蔵界《たいぞうかい》の不動という正体を顕現《けんげん》し、煩悩をうちやぶる金剛界の不動として九蔵が登場。初舞台以来の久々となる親子不動で、十六歳になった九蔵は團十郎に負けない堂々たる体躯《たいく》で裸形の不動尊像を象って見せた。二人の不動が並んだ舞台には初日からまたも賽銭が雨あられと降り注ぎ、その額は深川の出開帳にも勝ると噂された。

噂はさらなる見物人を呼び寄せて、中入りに楽屋を訪ねる馴染み客も後を絶たない。

この日、久しぶりに訪れた相手に、

「おお、其角師匠もご覧でしたか」

と團十郎は愛想よく挨拶した。

「もうかれこれ一年になりますかねえ。去年はたしか師匠が珍しく初めての客人をお連れになって」

「ほう、そうでしたかなあ」

其角はもうすっかり忘れているようだが、團十郎は妙にその男のことをよく憶えていて、

「ほら、俳諧のお仲間の、たしかシュン……」

といいかけたところで相手が急に顔を曇らせた。

「想い出した……去年たしかに春帆殿を楽屋にお連れして、才牛殿に引き合わせたことがありましたのう」

声がやけに暗い調子だから、

「あの方は、どうかなさいましたか？」

「ふた月前に身罷られた」

「それは、それは……急な患いか何かで？」

「ご切腹をなされたのじゃ」

そう聞いてさすがに気がついたが、

「春帆殿は赤穂浅野家のご牢人で、富森助右衛門《とみのもりすけえもん》と申したお方じゃ」

改めていわれると、身の毛がよだつようにぞくりとした。

「……師匠は、ご存じだったんで？」

おずおず問えば、相手は静かに頭《かぶり》を振った。

「水間門下で俳諧をたしなまれた浅野ご家中では子葉《しよう》を号した大高源吾《おおたかげんご》殿、涓泉《けんせん》の萱野《かやの》三平《さんぺい》殿、竹平《ちくへい》の神崎与五郎《かんざきよごろう》殿もよく聞こえておったが、いずれも事は堅く秘しておられたのであろう。

春帆殿とは座を一度ご一緒したくらいで、ただ何かと話しやすかったせいか、あの日たまたま小屋で見かけて思わず声をかけ申した。浅野家ではお使番《つかいばん》のお役目だったと聞くから、如才なくお話しなされたのも道理じゃ。ただ才牛殿にまでお引き合わせ申したのは、ああ、今から思えばふしぎなご縁としかいいようがない……」

感慨深げな其角の声が、懐旧の情というほどのことでもない、ほんの一年前のささやかな想い出に浸らせた。たしかに初対面でもそれなりに話が弾んで、こっちもわりあい正直に話せた覚えがある。

弁慶の長刀捌きを賞めてくれたから、腕を鍛えるために稽古では真剣を用いるのだと打ち割ったところ、話はそこから変なふうに転がった。

役者は人を騙す商売だと話したら、意外にも相手はそれを痛快だとはっきりいいきった。その颯々《さつさつ》たる声が今も耳に鮮やかだった。

思えばあの日の相手は身分も何もかも隠して、こちらを騙したことになるのがおかしかった。してやられてちょっと悔しいが、実におみごとでしたと賞めて差しあげたいような気持ちもあって、團十郎はあの日のことを想い出すと久々に腹の底から笑える気がした。それなのに鏡に映る顔は難しい役の工夫でもするような、泣き笑いが入り組んだ複雑な表情だ。

ああ、やっぱり本物には勝てねえなあ、という気分にさせられたのも久々で、あの日楽屋を訪れた相手が実は赤穂の牢人だったと知らされた衝撃には、どんなかぶき芝居も勝てないように思えた。

そんな弱気でどうする。現実《ほんもの》に負けない夢を見せるのが俺の役目ではないか、と團十郎は己れを強く叱咤《しった》した。そうでもしなければ、中入り後の舞台に立つことはとてもできない気がしたのである。


四月半ばに初日を開けた『成田山分身不動』はなんと七月のお盆まで興行が持ち堪えた。この大当たりは小野小町に扮した荻野沢之丞の年齢を感じさせない美貌と色気、大伴黒主に扮した團十郎の怪異な変身ぶりもさることながら、何よりも大詰の不動明王顕現の場が成田山新勝寺の出開帳と相俟《あいま》って江戸中の注目を浴びたからであった。

舞台には雨あられと賽銭が降り注ぎ、楽屋口には連日大勢が押し寄せて團十郎の出入りを待ち構え、少しでもその躰に触れようとして大混乱に陥った。

「お賓頭盧《びんずる》様じゃあんめえし、俺を撫でたら病が治るとでもいうのかねえ」

と本人は照れくさそうにいいつつも、内心こうした生き仏扱いが本望なのかもしれなかった。

この芝居一本で森田座は一年の稼ぎをしたともいわれ、團十郎には当然のごとく重年出勤が求められたが、それを袖にして翌年は市村座と新たな縁を結んでいる。同座の太夫元四代目竹之丞はまだわずか六歳だから実父の菊屋《きくや》善兵衛《ぜんべえ》が後見人として差配し、菊屋の本業は和泉屋と肩を並べる葺屋町の芝居茶屋で、やり手の当主善兵衛が團十郎の出勤を強く乞うて口説き落とした恰好だ。

ところが芝居はやはり水物で、十一月の顔見世狂言『源氏六十帖《げんじろくじゆうじよう》』は意外なほどの不当たりに泣いた。市村座に見物人が入らなかった一番の理由は、團十郎と江戸の人気を二分する美男役者の中村七三郎が久々に古巣の中村座に戻ったため、勢い客がお隣りへ流れてしまったという話なのだが、菊屋善兵衛は顎の張った四角い顔を渋面に作り変えて演目《だしもの》に渋い口を出して来た。

「そもそも光源氏の話に獣の虎が出て来て成田屋さん親子がその虎を引っ張り合うというような筋立ては無理がありましょう。いっそ演目を丸ごと取っ替えてみたらいかがで？」

と開幕三日目にしていわれた作者兼座頭役者は意気阻喪《そそう》するしかない。以来ずっと鬱々たる気分で舞台を務めている。

楽屋もすっかり沈み込んでいて、ことに光源氏に扮した生島新五郎《いくしましんごろう》は随分と気落ちして見えたので毎日ねぎらいの言葉が欠かせなかった。

新五郎はもともと大坂出身の役者だが、早くに江戸へ下って人気を得て今や生島一門を率いる恰好だし、近頃は市村座の舞台にずっと出ずっぱりで今年から江戸随市川の團十郎と共演する運びになったわけだから、この不当たりは双方にとって実に手痛い門出であった。

市川一門の役者もひと頃よりぐんと人数を増やしており、夜は夜で一門の若手を女房がわが家の振る舞い酒でねぎらっている。この顔見世から加わったのも一人いて、以前は生島善次郎《ぜんじろう》を名乗る若衆方だったが、これを機に武道事にもっと磨きをかけたいと自ら望んで、市川に入門し直したのである。

善次郎の養父は半六《はんろく》といい、以前は上方で杉山《すぎやま》半六といったようだが、今は生島半六を名乗って脇役《ワキ》に徹している。生島一門の頭分である新五郎が市村座に居続けだから、半六は市村座の頭取という楽屋の世話役も引き受けていた。

市村座には二十年ぶりの出勤となる團十郎に半六は何くれとなく親切に世話を焼いてくれたので、團十郎も善次郎をそこそこ大きな役に抜擢《ばってき》して市川一門の新人として売りだそうとしたのだが、如何せん小屋自体が不入りだと、折角のそれも巧く実を結びそうになかった。

役者は芸の腕もさることながら、もっとものをいうのは持って生まれた時の運である。見物人が千人いる小屋に出れば千人に顔が売れるわけだし、かりに主役を張っても客が少なければ知られずに終わってしまう。善次郎は出だしでつまずいて運をつかみ損ねた恰好で、初手から運に見離された役者は、可哀想だが養父と同様に余り大成するまいと見ていた。

それやこれやで気が滅入ってしまい、床に就いても足が冷えたままでは寝つけなかった。蒲団の中で何かと思案をめぐらすも、霜月の夜は長くて清新な朝の光がなかなか拝めそうにない。例年なら冬至を境に気分も切り替わって少しは明るくなるはずが、今年はどういうわけだか近頃よく頭痛がするし、時にゴーッと耳鳴りのようなものに襲われて眠れぬ夜が多い。妙な胸騒ぎを覚えるとまたぞろ気病《きや》みがぶり返したかと案じられて、この日は宵の口に大きな耳鳴りがしたので寝酒の加勢を借りて早めに床に就いた。

酔い醒めでパチリと目が開いたらまだ真夜中である。寝間の隅に置いた短檠《たんけい》が微かな有明《ありあけ》の灯《ひ》で照らす天井や柱が薄ぼんやりと見える。刹那それがゆらあっとしたのは寝ぼけ眼のせいだろうかと思いきや、急にミシッと軋《きし》んだ物音で襖障子ががたついた。

突如ドーンと畳の下から突き上げを喰らって蒲団の外に放りだされ、這いつくばったまま躰が激しく上下する。悪夢にひとしい気分は生々しい妻と娘の悲鳴で破られた。

短檠が倒れ灯が消えたからあたりは真の闇、互いの無事を確かめ合うのは手探りと声のみだ。次の間で寝ていた妻と娘の躰を抱き寄せ、「九蔵、表へ出ろっ」と別間に向かって叫ぶなり自分も二人を小脇に抱えて縁側から外に飛びだした。裸足で踏んだ庭土は冷え冷えとして、何事もなかったような静けさにひとまずほっとしたのも束の間、にわかに地面がのたうつようにうねりだす。

さっきよりも躰が激しく上下左右に揺さぶられ、思わずしゃがみ込んで庭の飛び石にしがみついたが、その飛び石までグラグラして地面に亀裂が入ると、これはもう裂けた大地に呑み込まれた提婆達多のように地獄の劫火《ごうか》を覚悟しなくてはならない。提婆は一族もろとも地獄に堕ちたが、ここで墜ちるのは己れ一人で沢山だった。

ゴーッという地響きが絶え間なく聞こえ、雷鳴のようにバリバリと潰れ、ドンと倒れる物音、土砂降りのようにザーッと崩れ落ちる響きのなかで阿鼻叫喚《あびきようかん》そのものの悲鳴を聞いて、團十郎はひたすら不動の真言を唱えながら皆の無事を念じた。

最初の大揺れが鎮まったところで家人ひとり残らず無事だったのを声で確かめて歓び合うが、赤黒く濁った夜空に星一つ見えない闇の中で「親方、水だっ」の声が無情に響いた。途端に裸足が冷たい水に触れ、慌てて娘の躰を抱きあげる。いっきに腰のあたりまで膨れあがった水面《みなも》に圧《お》され、どっと流れ寄る戸板や畳、箪笥とおぼしきものが腰にぶつかって身がのけぞるも、鍛えた喉で「上がれっ」「つかまれっ」と声をかけつつ自分も何とか縁側の柱とおぼしきものに取りついた。

既に天井は落ち、柱が歪んで板葺きの屋根もだいぶ傾いていそうだが、手探りで割れ目を探して大きな穴をぶち抜いた。そこから先に娘を屋根の上にあげ、妻の腕を引っ張って何とかそこへ辿り着く。屋根の上から皆に呼びかけて、後は運を天に任せるのみだ。霜月下旬の深夜に濡れそぼった躰でも寒さは感じないほど切迫し、気が動転していた。

水の流れに柱がたわんでギーギーと軋み、あわやへし折れるかの様子に娘がとうとう声をあげて泣きだした。この泣き声が打ち破るまで、あたりはふしぎなほど沈黙の闇が支配していたのである。

水が引いても大きな揺り返しが何度となく続いて、そのつどこれが最期と観念する。東の空より先に赤みを帯びた夜空を見れば火の手と知れて、まさしく水火に攻め立てられた江戸の二河白道は何処《いずこ》に在りやと念じつつ、今は濡れた身に染む寒さに凍えてひたすら夜明けを待つしかなかった。

しだいに明るくなって塵埃に黄ばんだ空が見えだすと、無惨なわが家の残骸が目の当たりとなって気持ちを逆に暗くさせたが、

「まあ、まるでお前様が荒事をなさった後の舞台ですねえ」

妻のわざとおどけたふうな声が皆の空笑いを誘っていた。

相変わらず肝の据わった女だと思えば、己れもここで何とか気を取り直さないわけにはいかなかった。

元禄十六年十一月二十三日（一七〇三年十二月三十一日）の丑刻（午前二時頃）に起きた大地震は江戸のみならず武蔵、相模《さがみ》、安房《あわ》、上総の関東一円を激しく揺さぶって、小田原、鎌倉、安房、上総の沿岸に押し寄せた津波の暴威も甚大であったと記録されて

いる。

恵以は本当に天の荒事だと観念していた。天の荒事で自宅は破損し水浸しとなったから、まずは近くの無事な場所で震える肩を寄せ合って寒さを凌ぐしか手だてがなかった。

「随分と傾いてはいるが、うちはこの二階が助かっただけでもまだましとしなくちゃならねえ。こういう時は相身互《あいみたが》いだから、お恵以さんも今は辛抱して、どうぞこの中の古着を好きにお使いくださいな」

と倒れた衣裳簞笥を丸ごと示した和泉屋勘十郎の親切には、いくら礼を申しても足りないくらいであった。

だが和泉屋とて階下《した》は水に浸かっているし、根太《ねだ》ごと傾いた家を建て直すにも、商売を再開するめどが立たないのでは困るであろう。夫が九蔵と弟子を引き連れて避難している市村座の二階でも、同様に芝居を再開するめどの立たない不安が囁かれていそうに思えた。

取り敢えず今は寝る場所と食べ物さえあれば御《おん》の字で、和泉屋はこちらにひもじい思いをさせるのが恥だとでもいうように、水が引いた階下で早くも煮炊きを始めていた。水に浸からなかった米が少しは残っていたのか、あるいはどこかで新たに調達したのか、次の日に娘や舅夫婦ともども粥《かゆ》を啜れたのは望外で、市村座にもそれを届けたといわれた時は心底から頭が下がった。ただし火を熾《おこ》しても揺り返しが来たらすぐに灰をかけて消さなくてはならないため、次に粥が炊けるのはいつになることやらともいわれている。強い揺り返しが何度も来て、雨漏りのする傾いた二階屋で怯える毎日にも、自分たちはまだましだと思えるような噂が絶えず飛び込んで来た。付き合いのある役者や世話になった裏方で行方《ゆきがた》知れずが多いし、森田座に出ていた荻野沢之丞の消息がまだつかめないのは実に気がかりだった。

命拾いした者も寒空の下、着の身着のままで通りに集い、夜は凍え死にをしないよう薦をかぶって重なり合うように寝て、朝は近くの寺院が催す施餓鬼《せがき》に蜿々と行列し、何とか一杯の粥にありつくのがせいぜいなのだとか。

「その寺の屋根も瓦は大方落ちてるそうでねえ。逆に瓦の重みで潰れたお堂も沢山あるそうだし。まあ寺が普請のやり直しをすりゃ、それでまた儲ける人も出るんでしょうが」

と和泉屋は皮肉な声も聞かせつつ、町の様子をつぶさに物語った。

「潰れたお武家の屋敷も多くて、瓦屋根の下敷きになって死んだ中間は数知れずと聞きますよ。物見高い近所の連中が御城のほうを見に行ったら、常盤橋御門《ときわばしごもん》や呉服橋御門《ごふくばし》が無惨なありさまで、お濠の石垣はどこもかしこも崩れて水がえらく濁ってたらしい。土井周防《どいすおう》様や酒井靭負《さかいゆきえ》様のお屋敷を見に行った連中は、長屋の腰板が皆はがれて、まるで通りに反物を転がしたようだと話してくれました。橋が落ちて渡れぬ先もあったが、往きと帰りで道を違《たが》えてなるべくほうぼうを見て回ったという男の話だと、水に浸かったのは川に近い町だけのようだし、屋根に瓦をのっけない家は潰れても建て直しが早いから、まあ、ひと月もすりゃ、すっかり元通りになりますよ」

和泉屋は随分と明るい見通しを立てたものだと思いながら、恵以はなるべくそれを信じようとした。

天の荒事に幕が引かれた今、夫が荒らした舞台を裏方が手早く片づけたように、江戸の町が速やかに元の姿へ復《もど》るのを願っている。


楽屋の二階に腰を落ち着けて早や三日が過ぎた。この間ほうぼうの届け物で何とか凌ぎはしたが、難破船の板きれにしがみついているような毎日はさすがに先行きが案じられて、夜の眠りも浅いというのに、

「成田屋の旦那は大船に乗った気でござりましょうなあ。こんな時でもこうしたもんが届くんですから」

と追従《ついしょう》がましくいうのは生島半六だった。今日はごひいきからのお見舞いで、たしかによくぞこうしたもんが無事だったと思うような貴重な下り酒の樽が届いたから、團十郎は他の者にも相伴《しょうばん》してもらうよう、楽屋頭取の半六に頼んだのである。

今ここには二十人ばかりが避難して、大方は市川一門で他の役者や裏方も気心の知れた連中ばかりだけれど、芝居の再開がままならない今はそれぞれの心境も測り難く、座頭としてはなるべく無用の軋轢《あつれき》が生じる真似は避けたかった。

それにしても「俺を旦那と呼ぶのは止《よ》してくんな」と半六にはまたしてもいわざるを

得ない。養子の善次郎を市川一門に加えてやったせいか、避難しに来たこの楽屋では下にも置かない扱いようだし、何か事あるつどに「成田屋の旦那」とこちらを呼んではお伺いを立てる。そもそも「旦那」は仏門で施しを意味し、芝居町では役者に給金を施す太夫元の呼称だから、自分を呼ぶなら「成田屋の親方」にしてくれといくら頼んでも、相手はすぐころっと忘れてしまったように「旦那」を繰り返すのだった。

さりとて別に愚かしい男ではない。額が広く鼻筋が通った顔立ちはむしろ利口な人柄を窺わせる。多少斜視《やぶにらみ》のきらいがあるとはいえ、若い頃はそこそこ美男だったようにも見えるから、上方でひと頃は一廉の人気役者だったのかもしれない。今はもっぱら脇役《ワキ》を務めているが、セリフが達者だし太刀打ちの所作にも長けて、おまけに楽屋の世話役は堂に入ったものだから何かと調法していた。

今ここには太夫元の一家も生島新五郎もいないからいいが、いたら決していい気はしないであろう露骨なすり寄りぶりには閉口しつつ、それもこれも可愛い善次郎のためかと思えば同じ子を持つ親の身には気持ちがわからないでもなかった。

わが子が大切《だいじ》なのは誰しも同様で、市村座の太夫元がまだ六歳の幼児だと実父の菊屋善兵衛も気遣いが尋常でなかろうと思われた。善兵衛は二代目太夫元の姉婿だといい、二代目の子の夭折《ようせつ》でわが子に三代目を継がせたらこれも早死にされて、今はその弟まで市村座に注ぎ込んだ恰好だから、此度の大地震でまた死なれたら堪らなかったところであろう。

もっとも生島半六は市村座の楽屋頭取を務めながらも、いつぞや極めて辛辣ないい方をしている。

「幼子が務まるようなら、太夫元は全くのお飾り同然。京では坂田藤十郎や山下半左衛門が、大坂では嵐三右衛門《あらしさんえもん》や片岡仁左衛門《かたおかにざえもん》が座本を務めまするに」

團十郎はいささか驚いて、

「ほう、あの坂田藤十郎が座本に……」

と呟いたものである。

上方では幕府から初期に興行免許を受けた都万太夫《みやこまんだゆう》や大坂太左衛門《おおざかたざえもん》らの名義人を「名代《なだい》」と呼んで、名代は一族で世襲しても、実質の経営者たる「座本」は人気と実力を兼ね備えた役者が務めることも多かった。したがって上方の目から見れば六歳児の市村竹之丞は名代のようなものであり、團十郎が座本で旦那と呼ばれてもおかしくないことになる。市村座に限らず中村座と山村座の太夫元も今は共に九蔵と同い年の十六歳で、実質の采配を揮うのは一族の年長者だから、太夫元の権威は昔と比べて何かと揺らぎやすいのだ。

ともあれ江戸の土地がこれほど激しく揺らいだのは慶安《けいあん》の頃以来か、その時以上だと町の古老は噂した。まだ時おり激しい揺り返しに見舞われて、それがいつ収まるとも知れない今日、誰しも芝居見物どころではなかろうし、こうなると江戸を離れて上方の芝居に移ろうとする役者もきっと出るはずだから、

「まあ、この小屋が助かったのは有り難《がて》え話だ。おかげで寒空の下に凍えずとも済んだんだから、どこよりも先にここの芝居を開けて、恩返しをしなくちゃならねえなあ」

と團十郎は周りに聞こえよがしの声で九蔵に話しかけていたが、しかしその有り難さはなんと七日も保たなかったのである。

地震は深夜に起きて幸い風がなかったため、当夜の火事は大火とならずに済んだ。ところが揺り返しの収まらない十一月二十九日の夜、小石川の水戸《みと》屋敷から出た火は折からの強風に煽られて江戸市中を丸ごと呑み込んだ。地震とこの大火を併せた江戸並びに近国の死者は二十六万三千七百余人に及んだという風聞を含めた記録が残されており、当時の人口に比した犠牲者の割合は今日の想像を絶するところであった。

遠ざかろうとしていたはずの火の手が、急に風向きが変わってこちらへ向かって来たのは恐ろしかったが、それでようやく恵以の決心はついたのだった。

すぐさま市村座に使いを走らせ、取り敢えず目黒村へ避難することを夫に伝えた。あそこならすぐに道もわかるし、昔からの知り合いで今もまめに往き来している家があるので何とか助けてもらえそうな気がした。

和泉屋にも火の粉をかぶらないうちの避難を強く勧めた上で、明け方のまだ暗いうちにそこを出たのは老いた舅夫婦とまだ十歳の幼い娘を抱えるせいだった。

目黒村にも倒潰《とうかい》した家があちこちで見受けられたものの、幸い昔の知り合いは無事だったし、他の村人も皆こちらを見知って親切なのはお不動様のご縁でもあろう。地震で多少傾いているとはいえ大きな藁葺《わらぶ》きの一軒家を丸ごと地主に借りられたので当分は何とか暮らせそうだが、夫は二晩死んだように眠ったあと火事が収まった報せを受けたら、もうそこに安住なぞしていなかった。さっそく村の地主連を口説いて勧進し、大八車で米俵を江戸に運ぶ際は恵以も幼い娘を舅夫婦に託して付き従ったのである。

　師走の寒空に無惨な焼け野原で放り出された人びとが一杯の粥に慰められる笑顔を見たら、恵以は夫が舞台の外でも立派な大役を果たしているようで嬉しく誇らしかった。

　和泉屋に借りた大釜から一杯ずつ掬うのも、目黒から一緒に来た仲間と交代で務めており、たまたまその番に当たった者が、

「江戸随市川の團十郎に粥を注《つ》いでもらえるとはまるで夢みたようじゃねえか。俺ゃまた火事に遭ったっていいくらいさね」

　と周りに吹聴すれば、また長蛇の列に並び直す者が出てくる始末だ。

　足もとも覚束《おぼつか》ない老女が團十郎の番に当たると、

「ああ、お前様は、あの時のお不動様でござりまするなあ……」

　感に堪えない面もちでその場に跪《ひざまず》いたあげく、

「どうぞ、孫の命をお助け下さいまし」

　といいだしたのには恵以もさすがに唖然としたが、

「舞台に掌を合わせておりましたら、次の日はちゃんと熱が下がりました。此度はお賽銭を差しあげることが叶いませんが、何とぞ祖母《ばば》の願いをお聞き届け下さいますように」

　再び合掌された夫は照れくさそうな顔をしながらも、無言のうちに老女の両手を包むようにして堅く握りしめたのだった。

これが騒ぎの序幕で、早くも翌日には同じ老女が再登場して二幕目を開けた。「誠に有り難うございました。本当に何とお礼を申してよいやら」との言上は孫の快復を意味し、それを単なる偶然と片づけたくない心境は汲み取れたにしても、その後やたらと吹聴したらしいのはただの迷惑でしかない。

以来、噂が広がってますます人が押し寄せて来た。堺葺屋の二丁町に配るつもりだった米がすっかり底をついても、ほうぼうから集まった群衆は焼跡の團十郎を幾重にも取り巻いた。夫が歩けばその後に従う人で砂埃《すなぼこり》が舞いあがって文字通り雲霞《うんか》のように立ちこめる。躰をあちこち触ったり、着物の袖を引きちぎって去る者もいれば、お供え物と称して何かを差しだす者もいた。

夫は何をされても存外平気なふうで、陽が落ちる前には目黒に戻ったが、毎朝早くに家を出て焼跡に立ち、見ず知らずの人びとに取り囲まれるのが本当に嬉しい様子なのは、これぞ役者の性《さが》というべきかもしれない。

恵以は当初それに呆れるばかりだったが、しだいに不安を覚えて来た。またしても想い出されるのは子供の頃に見たあの目黒原の光景だ。群衆がよってたかって土砂を放り込んで木食の修行僧を生き埋めにしたように、夫もいつか崇め殺しに遭うのではないか、という空恐ろしさが込みあげる。

もっとも現に起きたのは全く違うが、これもまた恐ろしい出来事には違いなかった。その日、二丁町の町役人《ちょうやくにん》ともども奉行所に召ばれた夫は「此度の施粥《せがゆ》で、きっとご褒

美を頂戴するんだろうよ」と意気揚々として出かけたのに、

「人心を惑わす僭上者《せんしょうもの》と決めつけられて、きついお叱りをこうむりましてのう」

と町役人に聞かされた恵以は驚きの余り言葉がなかった。

役者の分際で人に施しをするとは僭越《せんえつ》の極みとされた夫は「こんな引き合わねえ話はねえぞっ」と帰宅後に大荒れしたが、奉行所では荒事を見せず神妙にしていたからこそ譴責《けんせき》だけで済んだのだろう。

「今はお上も気がのぼせてらっしゃるもんで、成田屋さんに辛く当たられたんだよ」

と相変わらず慰めてくれたのは和泉屋勘十郎で、焼跡に早くも葦簀掛けの茶店を出して、こちらを床几に座らせるあたりはさすがというべきかもしれない。

「まあ、気がのぼせちまうのも無理はないやね。此度の大揺れと大火事はお上のご政道が招いたという、町じゃもっぱらの噂だからねえ」

「なるほど、俺が喰らう前に、天から譴責を喰らったというわけか」

と夫が今お上に非難がましい言い方をするのは無理もなかったが、声を遮るものがない焦土では自ずとその声が多くの耳に入るのを避け難かった。

町の不穏な空気は恵以にも肌で感じられる。鳶の重蔵という渾名で知られた舅や、あの四角い眼をした唐犬十右衛門が明暦の大火後に頭角を現したように、無頼の輩が徒党を組んで焼跡をわがもの顔に闊歩し、新たに生まれ変わる町を取り仕切ろうとする姿は想像に難くなかった。恵以は幼い頃にその残照を浴びて育ち、同じく幼い夫が彼らに文字通り担がれていたのを目にしている。夫がまた良からぬ輩に担がれてしまうのを、妻は警戒しなくてはならない。

ただし江戸も四、五十年前とはすっかり様変わりしており、今の夫に群がるのはかつての虎や熊のような力自慢の無頼漢とはひと味違った堅気の職人や商人連中が多いが、それでさえ「もういっそ世直しするしかねえぞ」と口にするほど町は破潰《はかい》されて、お上の権威は失墜していた。

「揺り返しでとうとう犬小屋の垣が崩れて、何千匹もの野良犬がどっと町に繰りだしたから大変な騒ぎだぜ」とやら「護持院じゃ御堂を建て直すってんで霊岸島に残った材木を根こそぎかっさらってったそうだ」とやら、あることないこと大げさに騒ぎ立てて幕府《おかみ》の非を鳴らす連中が夫の周りにひしめいている。

何しろ地震が起きた時期も悪くて「折角ご主君の無念を晴らしながら、この春に無念なご最期を遂げた方々の祟りに違《ちげ》えねえや」「江戸の大揺れは赤穂の忠義を疎《おろそ》かにしたせいだぞ」と罰当たりな幕府が怨嗟《えんさ》の的になるのもまたやむなしだった。

「成田屋が世直しをすりゃ、きっとお不動様が味方をなさるだろうぜ」などといわれて悦に入った夫を恵以はひどく危ぶんでいる。

何しろ子供の頃は舞台でただ暴れても喝采された男で、周りに人が群がれば群がるほど輝きが増す、夫は根っからの人気役者なのだ。江戸の町が救いの光明を求める今、夫の人気が変なふうに転がるのは怖かった。

群がる人の中にはむろん所詮は役者の人気取りだと冷ややかに見る目もあるが、この日たまたま夫に付き添う恵以がハッとしたのは、こちらに注がれる異様なまでに鋭い視線だ。人相の悪い男が後方から胡乱《うろん》な目つきで夫の様子を窺っている。

ふと想い出されたのは遠い過去に虎と熊がわが家に駆け込んで来た日のことで、あの時の追っ手と同様の気配が感じられて、ひょっとしたら夫はお上に目をつけられたのではないかという疑念がむらむらと湧いて来た。しかしながら、

「なるほどねえ……そりゃちと思い過ごしかもしれんが、たしかに成田屋さんは今や上様に妬《や》っかまれてもふしぎはねえお人だからなあ」

と和泉屋にいわれたらあっけに取られるしかない。

「上様がうちの夫《ひと》を妬っかむだなんて、いくら何でも……」

そんな馬鹿らしい話はない気がするが、施粥をしても褒美どころか譴責を喰らわせた町奉行所には不信の念が拭い難い。

「上様も人の子だから決して嫉妬《やっかみ》がないとは申せまい。こうも上様の評判が悪いと、片や江戸の人気を一身に背負って立つご亭主がさぞかし羨ましいだろうと思ってね」

民心を掌握したがる為政者が役者と人気を張り合うかどうかはともかく、思えば人気があるというのも良し悪しであろう。ちょっと前までは楽屋の到来物に礼状をしたためるだけで日が暮れる毎日に、恵以は正直参っていた。だが地震火事のあと一家が救われたのもそうした人気のおかげである。同じ人気によって、今度はまた余計な心配をさせ

られるのだ。

「今は人の心もだいぶ荒《すさ》んでるから、町でどんな騒ぎが起きたってふしぎはねえ。まあ変に巻き込まれたら事だから、用心したがようござんすよ」

恵以もそう思うからこそ、こう問わざるを得なかった。

「ならば、うちの夫はどうしておればよいとお思いで？」

「そら早く舞台に立って皆の荒んだ心を慰めるこってすよ」

と相手は当然のようにいうが、

「舞台に立とうにも肝腎の小屋がなくては……」

「そりゃ成田屋さん次第じゃないのかねえ」

あっさりといわれて、恵以はふしぎそうな顔をした。

「小屋は太夫元がご用意をなさるんじゃ……」

「太夫元は興行御免のお墨付きをお上から頂戴しても、こうした乱世じゃお上のお墨付きなんぞ頼りにはならん。力は必ず力のある者に寄って来る。市村座は太夫元がまだ幼いから、菊屋の親父さんがいくら踏ん張ったところで力を貸す者は少なかろう。ここはやっぱり成田屋さんが頭《かしら》立って募るしかねえように存じまする」

「募るって何を……小屋を建てる資金《もとで》とか？」

「左様。目黒で募ったお米をここに運んで皆を助けた成田屋さんなんだから、市村座を建て直すのも成田屋さんでしょうが」

そう決めつけられて恵以は茫然とした。あきらかに夫はここでも担がれようとしているのだが、

「とにかく面倒は万事わっちに任しておくんなさい。成田屋さんには世話をかけずに済ませますよ」

と和泉屋が肉づきのいい胸をぽんと叩いたら、恵以もそれ以上は訊けなかったのである。


「小屋の建て直しも結構だが、わが家の建て直しも急ぎたいもんだ。目黒の片田舎から芝居に通うのはごめんだぜ」

團十郎がつい強い口調になったせいか、珍しく和泉屋がちょっと慌てた表情で、

「そりゃごもっともだが、成田屋の家を建てたい大工はごまんといても、肝腎の材《き》がなくてはねえ……」

大地震に大火と来れば材木が払底し高騰するのもやむなしで、師走の寒空に誰しも望むのは屋根の下でぬくぬくと眠ることだろう。天災に遭った当座は誰もが無一物で一からやり直しという覚悟になったが、日を追うにつれてわが身を先んじたくなるのが人情というものだ。

両親《ふたおや》と妻子がひと間に暮らす目黒の借家では、囲炉裏を切った板の間に雇い人と一門の弟子が溢れ返っていた。皆やっと何とか横になって寝られるくらいのぎゅうぎゅう詰

めだが、それでも今はまだ屋根があるだけましというべきだろうか。おまけに近隣から米や蔬菜《そさい》を毎日のように貢がれて、それも芝居で顔や名を知られたおかげだと思えば、やはり小屋の再建が先決なのかもしれなかった。

「年内の返り初日は無理としても、年明けには何とか小屋を開けたいとお望みなら、わっちが成田屋さんに代わって、ごひいきの旦那衆を口説いてみますが、それをご承知願えますか」

と和泉屋のほうからいいだしてくれたのはもっけの幸いで、

「そいつは有り難《がて》え、恩に着ますよ」

「恩に着せる気は毛頭ござんせん。和泉屋《うち》も芝居あってこその商売なんでねえ。今は同じ船で時化《しけ》に遭ったようなもんだから、お前様という船頭がしっかりして下されば、われら水夫《かこ》は張り切って櫓櫂《ろかい》を漕ぐまでですよ」

和泉屋は実にさっぱりとしたいい方で、それがどういうことを指すのか考える暇も与えないほど速やかに立ち去った。團十郎はただただ素直に年明けの芝居再開を信じて待つばかりである。

再開した当座は十一月末に中断した顔見世狂言の返り初日として再演するとしたから、それに出ていた役者に声だけでもかけておきたいところだ。いろいろ問い合わせてあらかた行方が知れたが、生島から鞍替えして新入門したばかりの市川善次郎と養父の生島半六がいまだ顔を見せないのは気がかりで、もし見つけたら必ず報せてくれるよう周囲に頼んでおいたのだった。

　幸い年もだいぶ押し詰まってから両人は揃って目黒に訪ねて来たが、着物が薄汚れて月額も髭も満足に剃らない顔はとても役者とは見えない。こちらも雨漏りがする藁葺き家の六畳ひと間に一家六人がひしめくありさまながら、それを見た半六が、

「ああ、成田屋の旦那は相変わらずいいお暮らしぶりですなあ」

　というのはさすがに悪い冗談か皮肉としか聞こえなかった。

「お前さんらは一体どんなとこでお暮らしだね？」

　と訊いたら焼跡に設けた普請場の小屋を転々と寝泊まりしているのだという。

「普請場の荒くれ者がこの子に色目を使いますから、手込《てご》めに遭うのが心配で、夜もおちおち寝ておられませぬ」

　とはまるで若い娘を持つ親のようないい分だが、

「何とぞこの子だけでもここでご厄介になれませぬか」

　斜視《やぶにらみ》気味の眼でじっとこちらの顔色を窺う半六に、團十郎は弟子と家人が共にひしめき合う板の間のほうを顎でしゃくって、

「見ての通りのありさまだが、こんなんでいいのかい」

　と強く念を押した。

　ここにいるのは修業中の身で震災前から家人も同然に暮らす内弟子だが、善次郎は既に若衆方として一本立ちしている役者だから、同様の扱いには出来ないところだ。さり

とて別格にする余裕はないのを示して暗に断ったつもりだったのに、半六は全く意に介した様子もなく可愛い養子を独り残して立ち去ったのである。

　ただでさえ手狭な目黒の借家に新たな参入者が現れたのを恵以は当初頗る迷惑に思ったことで、自分はやはり料簡が狭い女子なのだと悔やんでいた。幸い善次郎は修業中の内弟子同然の扱いを受け容れたばかりか、今では家の力仕事を率先して引き受けてくれるので何かと助かっている。見た目も心も清々《すがすが》しい若者で、話をしても利口なのがすぐにわかるから、養父が大切にしたがるのも無理はないと思えた。

　折に触れて話を聞けば元は指物師《さしものし》の子で、幼い頃に土間で見物した芝居が好きになり、ちょくちょく潜り込んでは楽屋も覗いていたらしい。顔立ちのいい少年は、そこで半六から声をかけられたのだという。えらく親切にされて、いつしか半六宅で寝泊まりするようにもなり、実の親とは縁を切って養子縁組をしたらしい。堅気の家の子がこうした経緯《ゆくたて》で役者になるのは決して稀な例でもなかったし、役者が老後を案じて養子を取りたがるのも別に珍しい話ではなかったが、

「親子になったからには一つの蒲団で抱いて寝てやろうといわれた時に、俺はもう十五でしたから、役者の修業は遅かったほうでございます」

　と聞かされた時は恵以もさすがにぎょっとした。後でそれを夫に話すと、

「この道ではよくあることじゃねえか」

さらりとかわされて、考えてみれば昔は男色を販ぐ子供屋が表通りにずらっと並んでいたのを、お互い当たり前のように見て育った口ではないかと想い出された。それなのに今さら気にするのはおかしな話だが、以来、善次郎を見る目が少し変わったのは確かで、別に疎ましくなったわけではなくむしろ気の毒に思えて来たのだ。

九蔵が團十郎の実子として早くから世間で持てはやされたほど、善次郎は生島半六の養子になって何か大きな得をしたわけではなかろう。しかし脇役の子に生まれた市川團蔵が親勝りの出世を遂げたように今後もし善次郎がそうなると、芝居の世界に導いた養父との絆は断じて切れなくなりそうだ。将来にわたってあの養父の面倒を見続けるのは、随分と気骨が折れることのように思えた。

夫がどう見ているのかは知らず、目黒での初対面から恵以は半六がちょっと苦手で、何だか恨みがましいような目つきと上方訛りの残るねちくさいしゃべり方が気になった。

「いっそわし共々こちらにご同門を願いましょうかなあ」

と案外な真顔でいったりもして、

「冗談じゃねえ。そんなことをしたら俺が新五郎に顔向けできねえよ」

と夫は笑って退けたが、後で「何せ杉山から生島に乗り替えた役者だから本気でああいったのかもしれんが、こっちはいい迷惑さ」と、うんざりした調子なので同類かもしれない。養父のせいで善次郎まで疎まれたら気の毒だが、むろん夫はさほど料簡が狭くはない男のはずだった。

焼跡の残骸をきれいさっぱり取り除いて赤土が剝き出しになった更地《さらち》に大きな縄張りがなされている。縄の内側は意外なほど手狭で、そこに千人もが押し込められるようにはとても見えない。思えばわが家の跡を見た時も、そこにどうやって十数人が暮らしていたのかふしぎでならなかった。

縄張りの周辺は既に普請中の家々がひしめき合い、とうとうここでも普請が始まるのだ。

「芝居小屋はいくら大きくとも柱の数が知れてますから、建てだしたらあっという間だ。来月の初めには幕が開けられますよ」

と和泉屋が明言するからもう大丈夫だろう。さすがに年明け早々の再開にはならなかったが、

「よくぞ資金《もとで》が募れたもんだ。今はどこもかしこも物入りで、芝居小屋の普請に金を出すどころではなかろうに」

と團十郎は感心しきりである。

「何とか手付けだけは打ちました。大工の棟梁も成田屋のためならといって、半年は手間賃を待ってくれそうだし、後金《あとがね》は芝居の幕を開けてからしっかりと稼げばようござんす」

こうして万事を呑み込んで芝居小屋の普請に奔走してくれた和泉屋が肝腎の地鎮祭《とこしずめ》に

姿を見せないのは多少ひっかかったものの、今の團十郎は芝居が再開できる歓びと今後のことを何かと案じる気持ちで胸がふさがれて、余事に気を回すゆとりはなかった。

地鎮祭で玉串《たまぐし》を最初に奉奠《ほうてん》したのは太夫元の市村竹之丞、明けて七つの少年だった。そのあとは実父の菊屋善兵衛で、次いで團十郎さらに生島新五郎と大吉《だいきち》の兄弟が続いた。大吉は新五郎の実弟ながら女方として相手役も務めており、市村座では團十郎親子の荒事ばかりでなく、この兄弟の色模様をお目当てにする見物人も大勢いた。

儀式が済んだあとの直会《なおらい》は近所の茶屋で酒を酌み交わすのが通例ながら、菊屋がまだ普請中だったので團十郎は前日から善兵衛に「直会はうちでなさらねえか」と声をかけたものだ。住まいのほうも普請を急かした甲斐があって、年明け早々に目黒から元の場所に家移りをし、ひとまず家財道具も揃ったところでこの際に新築のお披露目をしておきたかった。

善兵衛は太夫元が幼少のため直会を遠慮するといい、わが家に集ったのは生島兄弟と楽屋頭取の生島半六で、それにむろん市川一門が顔を揃えた。この諸式高騰の折に妻が用意した酒肴は十分過ぎるものだったので生島兄弟が口々に賞めそやし、生島半六は上機嫌でこちらに酌をしに現れた。

「大したお住まいでござりますなあ。柱も、天井も、当節これほど節のない材《き》をお使いになるとは……」

と大工任せにした普請を賞められても返事のしようがなく、

「ああ、同じ役者でも、違うもんですなあ……」

この妙な溜息交じりの文句は聞きづらかった。半六は自分と比べたにしろ、生島兄弟も「同じ役者」なのだから、変に受け取られてはまずいという気がする。

「小屋が早く建つのも成田屋の旦那のおかげだと聞きましたんで、もう旦那には足を向けて寝られませんよ」

新五郎の前で半六が相変わらずこちらを「旦那」と呼ぶのも参ったが、ここでへたに咎めて話がこじれたら却って厄介である。

「市村の太夫元は何せお小さいから、いつ小屋が建つことやらと案じておりましたがねえ」

と生島大吉が割り込んで来たら、半六がすかさずまた、

「成田屋の旦那がいらっしゃれば一座は安泰でござりまする」

歯の浮くようなこの世辞は聞き流すしかなかったが、團十郎の名で小屋の再建が早まったのは確かなのだから、こうなればもう旦那と呼ばれて当然のようにも思えた。それが大変まずかったことに気づいたのは、地鎮祭から十日ほどした頃である。

「兄貴はご在宅か」

と丸まる肥った躰を揺すっていうのは中村伝九郎で、愛嬌のある顔立ちは舞台と変わらないが、今日はやけに不機嫌な表情で足を引きずるようにして戸口の敷居をまたいだ

から、

「また足がお痛みで？」

と恵以が訊いてもうわの空だった。

客間に通すと少しは堅さが取れたようだが、眼がいつもと違ってちっとも笑っていないから、つい話しかけるのを遠慮してしまう。幸い夫がすぐに出て来たら、相手はその顔を喰い入るように見つめて開口一番、

「兄イ、あの噂は本当かい？」

詰問するようないい方に、夫は面喰らった表情だ。

「一体、何のことだ……」

憮然とした声に今度は相手がむっとした顔つきで、

「この俺に白《しら》を切る気か」

さらに強く責め立てられて、

「何が何だかわかりもしねえで、白を切るもねえもんだっ」

と夫は嚙みつくような返事をした。

「まあ、まあ、お二人でゆるりとお話しなさいまし」

恵以が恐る恐る腰を持ちあげかけたら、

「姐《あね》さんもここにいて一緒に話を聞いてくんな」

と伝九郎が風貌に相違した深刻な声を放つ。

「亭主が太夫元になろうかという、大事な話なんだ」

恵以はあっけに取られて夫の顔を見た。夫も口があんぐりとしている。

「この町じゃとかくあることないこと噂になるが、種がなくて花は咲かねえように、噂が立ったからにはそれが嘘であれ真実《まこと》であれ、俺は兄イを諌《いさ》めなくちゃならねえと思ってやって来たんだ」

伝九郎はせっかちな口調でいいたいことをいった。

「ああ、つまり俺が太夫元になるとかいう根も葉もねえ噂を聞いて駆けつけたというんだな。ハハハ、ばかばかしいにもほどがあるぜ」

夫が磊落《らいらく》に笑い飛ばすと相手はちょっと拍子抜けしたような顔つきで、やっと腰をおろした。

その昔、滝井山三郎という役者が自ら太夫元になろうとして中村勘三郎の一族と揉めた件を、恵以は父から聞かされずにいたので、太夫元は幕府から興行免許を得た一族が代々世襲し、他の役者がなろうとするものではないと思い込んでいた。それだけに伝九郎が聞いた噂というのは謎でしかなかったが、

「葺屋町に今度建つ小屋は、市村と一字違いの市川座だという噂なんだぜ」

これには夫も心底驚いた表情である。

「俺も当初はおかしな噂と思って取り合わなかったんだが、聞いたのが一人からじゃねえもんで、気になって根っこを探ってみたら、成田屋が小屋の建て直しを急ぐと聞いて

金を出したという、ごひいきの話を掘り当てたんだよ」

恵以もうすうす察したところで、

「ああ、そりゃ和泉屋が俺の名を出して口説いて回るというのを、承知しただけの話さ」

夫はこともなげにいい切って、恵以もまた和泉屋が「面倒は万事わっちに……」と胸を叩いたのが想い出されるのみだった。

「なるほど、そういうことか……」

伝九郎は妙にわかったような顔つきで、

「和泉屋は根が親切な男だから見返りなしにしたとしても、何せ相手が悪い。俺も相手の身になれば、どうにも承知ができねえこった」

と声をさらに大きくした。

「……相手とは誰のこった？」

「菊屋善兵衛だよ。和泉屋とは商売敵《がたき》の」

恵以はようやく何がまずいのか思い当たって、夫も自分もこの件にあまりにも無頓着過ぎたのを後悔しなくてはならなかった。

菊屋は和泉屋ほどではないが古くから葺屋町にある芝居茶屋で、当主の善兵衛は市村座太夫元の姉を妻にした縁続きにより、今は幼いわが子を当代の太夫元にして同座の後見人に納まっている。したがって中村座と縁の深い同業の和泉屋が市村座再建の資金集めにしゃしゃり出たら、変な誤解をしても無理はないのだ。

「そればかりじゃねえ。兄イはもう独りで一座を組むつもりだという噂もあるんだぜ」

「何だ、そりゃ」

と夫は舞台でするように大きく眼を見開いた。

「それが証拠に、近頃は女方まで幾人《いくたり》か一門にしてるじゃねえか」

「ああ、そりゃ……」

上方でよく知られる女方の名門が輩出した上村竹之助《うえむらたけのすけ》が市川竹之助に、上村才三郎《さいざぶろう》は市川大次郎《だいじろう》を名乗って、他にも一門に加わった女方が何人かある。それはあの地震と大火で荻野沢之丞が一時行方不明だったため、夫が新たな相手役を育てるつもりのようにも見えたが、

「江戸は今このざまだから、上方へ逃げられちまわないようにつなぎ止めたのさ」

ちっとも悪びれない弁明に、伝九郎はまたちょっと気をそがれた表情だが、それでもまだ目角《めかど》は鋭いままで、

「つなぎ止めるために一体いくら渡した？　給金だけじゃ喰ってけねえ役者に、兄イは小遣い銭どころか足し前を出すという評判だからなあ」

と皮肉な口調だが、夫も負けてはいなかった。

「全体それのどこがいけねえんだ」

不動尊信仰が高じて役者に似合わぬ謹厳さを備えた夫は、将来の見込みがある若い役者に自分が給金を補ってでも、舞台だけで食べて行けるようにしてやりたいと話してい

た。給金が少ない役者は昔ながらにお座敷や売色を宛てにする稼業だからだ。ことに地震火事後はますます喰えなくなるのを案じてもいたが、

「兄イはそうやって見込みのある役者を手元に置き、自前の小屋まで建てて、つまりは太夫元になる魂胆だからこそ、自分のことを旦那と呼ばせるんだろう」

と聞いて夫の顔色が変わった。

「この俺でさえ、今は己れを旦那と呼ばせちゃいねえぜ。一介の役者の分際で旦那と呼ばせたら、僭上者のそしりは免れんからなあ」

と、たしなめるのはさすがに中村伝九郎であった。

この男は元祖勘三郎の孫に当たり、かつては自ら中村座の太夫元を務めただけに、いくら江戸随市川の團十郎でも「旦那」と呼ばせるのは僭越だと苦言して憚らないのである。これには夫もいささか怯んだ様子で、

「そんなこたァいわれなくともわかってらあな。一人や二人の心得違いがいてそう呼んでも、いちいち気にしちゃおれんさ」

「いや、一人でも誰かが呼び始めたら、下の者《もん》はそれに追従するのが怖《こえ》えんだよ。兄イは土台ずっと高みにいて、下にいる者の気持ちはわからんだろうがなあ」

伝九郎はまるまる肥った躰や円顔に釣り合わない、切れ長で眦《まなじり》がきっと吊りあがったきつい眼をしていることに、恵以はうかつにも今日初めて気づいたように思えた。それは改めてこの人物の怖さを知ったという思いでもあった。だが夫は存外素直に長年の友

人の親身な意見と受け取ったのか、

「なるほど、俺も用心が足りなかった。これからは何事も気をつけなくちゃいけねえなあ」

と伝九郎の手を堅く握りしめている。

「兄イは芝居の世界で一番の高みに立つ役者だというだけじゃねえ。今やお江戸を背負って立つ男なんだから、何をいおうが、何をしようが、噂の的になるのは覚悟しなせえよ。何事も用心するに越したことはねえんだ」

伝九郎は調子を強めて團十郎にとどめを刺すと、今度は急に恵以のほうを振り向いた。

「姐さんも気をつけておくんなさいよ。知っての通り、芝居町はとかく無頼の輩を手なずけて調法に使うようなところがある。おかしな噂が立てば、その手の連中がここへ嫌がらせに押しかけねえとも限らねえ。まあ、そうなっても遅蒔きの十兵衛さんの娘御は、ハハハ、滅多に動ずることもあるめえがなあ」

懐かしい父の渾名まで持ちだして脅したあげくに、伝九郎はこの男らしい豪放な笑い声で締めくくったのである。

以来、恵以は心配の種がまた一つ増えた恰好だ。夜更けに何やら怪しい物音が聞こえて飛び起きたり、朝っぱらから戸口に鼠の死骸があったと聞いては終日気に病んだり、黄昏《たそがれ》時に家の前をうろつく人影に怖《お》じて早々に戸締まりしたりという、われながら嫌になるような毎日だった。うちにはまだ明けて十一歳の稚《いとけな》き小娘もいるから気が気でない。

新築の住まいには昔からの家人や内弟子のほか地震火事で家を失くした知り合いも寝泊まりしており、夫を訪《おとな》う客人の数も格段に増えて用心するのも大変だ。そもそも夫に人気があること自体が、他人の余計な妬っかみや不審を買う厄介の種ともいえた。何しろ地震火事後の乱世も同然の昨今は、お上の権威が失墜し、その分だけ夫の人気が太夫元からも無用の警戒をされるのではないか。あの気のいい伝九郎があんな怖い顔を見せるくらいに心の余裕をなくした今の世の中が、恵以はただただ恨めしかった。

この日の夕方、恵以は出先からの帰りに、わが家の塀の前で佇む一人の男に目が行った。睦月《むつき》の冷え込みにもめげずじっと立ち尽くした姿が気になって、素早く顔を窺っている。

見ず知らずの顔だが、片頬に古い刀疵《かたなきず》の痕とおぼしき縦長の凹みがあって、目つきの鋭さが尋常ではない。一度見たら忘れられない悪人面というべきか。

どうやらうちが何者かに見張られているのは確かだとしても、相手と理由はさまざまに考えられることがまた実に厄介だった。

「それで劇場《こや》はいつ建ちますね？」

と訊いたら相手はすました顔で、

「さあ、それはこっちが成田屋さんに伺いたいくらいですよ」

こんな皮肉をいうのだから、やはり例の噂は想ったより深刻に響いているらしい。

菊屋善兵衛は顎の張った四角い顔だが躰つきは貧相な男で、懐が深い人物のようにはとても見えない。今日はせっかくお見舞いに来たのに門口で不審そうな仏頂面を見せられて、團十郎は心底がっかりしたのである。

ここは細い路地の突き当たりで、いくら新築でも陽当たりの悪い手狭な借家だ。何しろ間に合わせの住まいだから家財道具もほとんどなくてがらんとしているが、小さな重《かさね》簞笥《だんす》の上に麗々しく飾ってある黒漆《ぬ》りの文箱の中身は恐らく幕府《おかみ》から下された興行御免状の類だろう。

中村座はかつて明暦の大火の折に三代将軍から賜った金箔の采配を真っ先に持ちだしたというから、どこの太夫元も所詮はお上との結びつきを権威の拠り所としているに相違なかった。

それにしても、小屋の裏手に立派な住まいを構えて家人が大勢いてこそ有り難そうに見えた太夫元も、焼けだされてここにいたら貧相な親父の隣に座った頑是《がんぜ》ない童《わらべ》でしかない。この姿を見て小屋の再建に出資する者はたしかに少なかろうと思う。土台いくら血筋でも太夫元の座にこうした幼子を据えるのは無理がありそうで、金が集まる人気と実力を備えた役者が座本になる上方式のほうがよほど理に合《かな》っているように思えた。

もっとも幼い太夫元にこんな不自由な暮らしを長引かせても気の毒なので、

「わっちから棟梁を急かしてみましょうか」

と親切にいっても、返ってくるのは突っけんどんな親父の声だ。

「そりゃこっちが急かすよりも、成田屋さんのほうが効き目はござんしょうからねえ」

こうした皮肉を聞かされてばかりいるのは堪ったものではなく、ほうほうの態で引き揚げて、その足で普請場を訪れた。

小屋は建てだしたらあっという間だと聞かされたわりにはどうも進捗が鈍い様子で、まだ根太組も剝き出しのところがある。棟梁に訊けば、肝腎の舞台に使う檜《ひのき》材が揃わないので先に楽屋のほうから建てだしており、舞台の屋根を葺き終わるのは早くとも月末か二月の初め。そのあと周りに塀を巡らして見物の桟敷を拵え、土間席の天井に葦簀を張るのは二月半ばになりそうだという。それでも二月中には幕が開けられそうなので役者のほうもそろそろ支度をしておきたいし、こうなれば楽屋が建つまでの間わが家の離れを一座の稽古場に充てるという手もあった。

九蔵や内弟子はその離れの板の間を使ってよく太刀打ちの稽古などをしているが、一座の役者をそこに呼びつけるかたちになるのはいささか躊躇《ちゅうちょ》された。とはいえ不時の際は皆それなりに気を利かせるようで、思いのほか早々と顔を見せた人気役者の生島新五郎、大吉の兄弟も「成田屋さんのおかげで早く稽古ができて何よりでございます」「それもこれも立派なこのおうちがあればこそですよ」と共に屈託のない声を聞かせてくれた。

むろん楽屋で稽古するのとは勝手が違って何かと戸惑いも出そうだが、去年まで生島門下だった市川善次郎がそこにいい橋渡し役をしている。風貌も人柄も至って爽やかなこの若者は今や市川一門にすっかり溶け込んでいたし、それでいて生島兄弟にも世話になった恩誼《おんぎ》を忘れぬ姿勢で接していた。その姿を稽古場の隅から窺うのは養父の生島半六で、執拗《しつよう》なまでにじいっと注がれる眼が歪《いびつ》に光って見える。

思えば伝九郎に痛くもない腹を探られたのはあの男のせいなのだろうが、幼児に務まる太夫元は所詮お飾りだと気づかせたのもまた、あの男であった。

焼け野原にいち早く小屋が建ち、今こうして新たな芝居の稽古が始められるのも太夫元ではなく偏《ひとえ》に自分のおかげではないか、といいたい気持ちは團十郎のほうにも正直あって、それを他人に突かれるのは怖いせいか、

「成田屋の旦那、今日の稽古は何時までになされますするか？」

と訊かれて咄嗟に自分でも驚くほどの大声が出た。

「馬鹿っ、旦那は止せとあれほどいったじゃねえかっ」

楽屋頭取として当然のことを訊いた相手は血の気が引いた顔をしている。周りも一斉にこっちを振り向いて凍りついた。

生島新五郎の唖然とした表情や大吉の非難がましい目つきは無理もない。いくら座頭でも、生島一門の番頭格にすれば人前で怒鳴りつけられるいわれはなかった。旦那の件で伝九郎から僭上者と罵られたのを想い出して團十郎は一瞬くわっと頭に血が上ったのだが、これはますますそのことを裏付けることになりそうだった。

不審の輪

「お袋様」と呼ばれて恵以は面映ゆそうな笑顔を向けた。その昔、唐犬組の若い者に「ご新造」と呼びかけられて狼狽えた女も、今は市川一門のお袋様である。

もっとも九蔵は元服を済ませてもまだ「おっかさん」で通しており、今呼んだのは九蔵より少し年上の市川善次郎だ。入門時から既に一本立ちの役者だったが、内弟子同然にまだこの家にいて、ふだんは恵以に気さくな口をきいているが、今は涼しげな目もとをちょっと熱くしたような顔で、

「折り入ってお話が。これは親方にもまだ」

と妙に改まった口調でいう。

「ああ、内緒にしときたい話なんだね。承知しましたよ」

これで相手はほっとしたように表情をゆるめ、

「実は内々で祝言を挙げたい娘がございまして」

今度は恵以のほうがほっとした顔になる。

「……なんだねえ、おめでたい話じゃないか」

夫が先日この男の養父を人前で怒鳴りつけたという話を耳にして、それでてっきり家に居づらくなって出て行く気なのかと思いきや、案に相違で幸いこの上もない話であった。

ただし「うちの親父には話せませんで」といわれたらつい心配で訊いてしまう。

「どこぞの遊び女《め》なのかい？」

出世前の身でたちの悪い女にひっかかっていてはまずいと思ったが、相手は心外の表情できっぱりといった。

「堅気の娘でござんす」

それなら何も養父に隠すことはなさそうだが、むしろ先方が隠しておきたいのかもしれない。役者の婿を歓迎する堅気の家はまずないとみてよさそうだし、そもそもどんな具合に縁が生じたのか気になるくらいだけれど、

「幼馴染みでして」

あっさりと打ち明けられて、恵以は善次郎がもともと堅気の職人の子だったのを改めて想い出した。

聞けば横山町《よこやまちょう》で親が隣同士の指物師だったが、善次郎が家を離れたことで縁はいったん切れていた。皮肉にもそれを再びつないだのは先年の大地震で、実の親を案じた善次

郎は横山町の様子を見に行って、娘の父親が右腕に負傷したのを知ったのだという。

「焼けだされて道具一切をなくした上に、源小父《げんおじ》の腕は元通りにならなくて、仕事も昔通りに行かず、もうお仙《せん》が身売りするしかないような話を聞かされたらとても放ってはおけませんで」

という気になったのは、もちろん久々に再会した相手に心惹かれたからでもあろう。ただ幼馴染みをそうして真面目に思いやる気持ちが、とかく浮ついた役者稼業でも喪われずに済んだ善次郎だけに、恵以はますますこの縁談を伏せておくわけにはいかないような気がした。

「そんなわけで、ここのお家《うち》は出ても、一門の弟子に変わりはございませんので、どうか親方へよしなにお伝え下さいますように」

と相手がふかぶか頭を下げたところで、

「うちの夫《ひと》に話したらきっと歓んで、きちんとした祝言の支度を調《ととの》えて下さるんじゃないのかねえ」

恵以はそれが当たり前のように思えたが、相手はえらく狼狽えた表情で、

「とんでもねえ、どうかこの話はご内聞に。うちの親父に知れたら大変なことになりますんで」

その声には切迫した響きがあり、恵以も以前に聞かされた二人のただならぬ間柄を想い出して、

「当分は黙っていましょうが……いずれわかることじゃないのかねえ」

「親父には、折を見て、話しますんで……」

この力のない言い訳を黙って認めるはめになったのである。

「おっかさん、善次郎はどうして家を出たんだい？」

と、ふいに訊かれてどぎまぎした。恵以は九蔵にときどきこうして驚かされるのだった。

「わたしに訊いたってわかるもんかね」

「おっかさんなら、知ってそうな気がしたんだがなあ」

九蔵はまっすぐな眼でこちらを見ており、恵以はそれにもちょっとたじろいでいた。眼光炯々《けいけい》というのではなく、むしろ吸い込まれそうな黒眸《ひとみ》の輝きは、やはり父親譲りなのだろう。が、月額を剃った顔は眉間《みけん》のあたりが夫とは全く違って、死んだ自分の父親とよく似ている。こうしてじっと見つめられると、何か咎められるような気分になるのはそのせいかもしれない。

ひ弱で無事育つかどうか危ぶまれた子も、今は小兵ながら均整の取れた体軀に恵まれて、十七歳の若さが匂い立つようだった。が、年齢のわりに落ち着いた雰囲気なのも外祖父似なのかして、いまだ身も心も閃くような果断な動きを見せる父親とはまた違った性分であろう。歳が近い善次郎とは親しく話をしていたようだから、気にするのもふし

ぎはないが、

「何故わたしが知ってると思ったんだい？」

と訊いたら、

「先《せん》だっておっかさんと話すのをたまたま見たからさ。やつに限らず一門の連中は親父にいい難《にく》いことを皆お袋様に話すようだからね」

なるほど、日頃から人の動静をよく見ているのは、若くても役者らしいところであった。

「お前はどう思うんだい？」

「そりゃやっぱり、あんなことがあって居づらくなったんだろうなあ。おっかさんの耳にも入ってるだろ？」

「半六さんの話かい」

「ああ、あの時の親父は凄まじい剣幕だったからなあ。あとですぐに『済まん』と詫びはしたが、頭取の顔は真っ青だったし、生島の一門が面目を喪ったようで、新五郎の小父さんも気の毒だったよ」

「一体どういうことがあったんだい？」

「さあねえ……旦那と呼ばれたのが気に障ったようだが、そんなつまらねえことで怒るのは親父もどうかしてるよ」

それが決してつまらないことではなかった理由を、九蔵に説明するのはまだ早いような気がした。

「たぶん、それだけのことじゃねえんだろうなあ」

と九蔵も自分なりに首を捻ったようだ。

「あの頭取は芸も達者だし、楽屋の取り仕切りもそつがねえから、親父も当初は調法してたようなんだが、どうも話すのは苦手だとこぼしたことがあった。昔は上方で一廉の役者だったようだから、こっちもそれなりに気を遣わなくちゃいけねえし、向こうに無用のへつらいをされると、それが嫌みに聞こえて迷惑なんだとさ。結句もともと相性が良くない上に、色んなことが積もり積もって、あの日はとうとう堪忍庫《かんにんぐら》の戸が開いたってとこなんだろうなあ……」

歳のわりに穿った見方にも肯けるところがあった。生島半六は恵以も初対面から苦手な気がして、余り話すことはなかった。夫とよく一座する役者でも、身内ぐるみ親しくなる相手があれば、すれ違って会釈さえしない相手もいるが、恵以はそうしたことをいちいち夫に告げ口しないよう心がけて来たつもりだ。

役者の一生は実にさまざまで、一世を風靡する人気を得ながら晩年はひっそりと暮らす者もいれば、行方知れずになる例も多々あって、将来の安泰が決して約束された稼業ではないのを恵以は幼い頃から百も承知だ。若い頃から持てはやされて、それがずっと今日まで続いた夫のように好運な役者はほんのひと握りに過ぎず、生島半六のように過去の矜持《きょうじ》とそれが満たされない現在との屈折を抱え込んだ役者のほうが断然多いのである。

伝九郎がいったように「ずっと高みにいる」夫は、不本意な下り坂を余儀なくされた役者の気持ちが汲み取れなくて当然なのかもしれない。しかしただ舞台で無稽《むけい》な荒事を見せるばかりか三升屋《みますや》兵庫《ひょうご》の筆名で作者も兼ねる夫は、人の心模様にも決して疎くはないはずで、何かと相手に気兼ねしたのが却って鬱憤を募らせてしまったのかもしれない。

しかし他人との付き合いなしでは成り立たない芝居の世界で夫が傍若無人な振る舞いをしたのは間違いなく、こんなことで生島一門と疎遠になるのはまずいと思い、恵以はこの日たまたま離れで稽古の合間に所在なさそうにしている新五郎を見て、そっと声をかけてしまった。

「今こちらで粗茶を一服なさるお暇はござりませぬか」

「ああ、それは忝う存じまする」

と振り向いた笑顔には一瞬にして心を奪われてしまいそうな輝きがあった。

夫より十歳ほど下だから肌つやがいいのは当然としても、何かそれだけではない光彩に包まれているように見えるのは、脂が乗りきってまだ登り坂にある役者の証拠だろう。

かつては夫も傍に寄ると妻でさえ目が眩むほどの輝きに包まれていた。今も舞台では、まさに火焔をまとった不動明王のごとく全身が発光して見える刹那がある。自ら光り輝いて、その躰は何層倍にも大きく膨れあがって見えるのだった。

新五郎は素顔でも白磁のごとき肌をして、そこに穿たれた漆黒の眼は眦までくっきりと切れた瞼に縁取られ、霊鳥の上嘴《うわばし》のごとく聳《そび》えた鼻梁がほどよい厚みの唇に受け止められた様は、これほどの美男がこの世に滅多にいないことを知らしめた。恵以は娘の頃に夢中だった初代竹之丞を彷彿《ほうふつ》とさせられたが、世間は当代の中村七三郎に次ぐ優形《やさがた》の役者と持てはやしており、ことに女客はこの役者の流し目にうっとりさせられない者がいないという。

「したが、ああ見えて、あいつは存外に堅いやつなんだぜ」

と夫がいつぞや話したこともある。

「弟は兄貴よりうんと若いからまだ色恋に目がねえだろうが、兄貴のほうは前の女房と子ができなくて別れたあと、今の女房とは子ができたと聞いて歓んで一緒になったらしい。もうすっかり落ち着いて、わが子を産んでくれた女が一番大切《だいじ》になるのは俺と同じだよ」

恵以はそう聞いても別に新五郎が夫と似たところがあるようにはつゆほども思えなかったが、それは芸風の違いが甚だしいせいだろう。去年の顔見世では光源氏に扮して七三郎に惨敗した恰好ながら、まばゆいほどの美男にしておどけたセリフやしぐさで笑わせるのはいかにも上方出の役者らしいし、ことに明石《あかし》へ流された光源氏が貧乏な煙草屋に落ちぶれて家賃が払えずに大屋から追い立てを喰う場面はえらく面白かった。

「大屋の半六さんとのやりとりは思わず笑ってしまいました」

と素直に賞めたら嬉しそうな顔をしたので、

「半六さんとは長年舞台を共にされて、息もぴったりと合うのでござんしょうなあ」

と重ねたら、相手は素早く頭《かぶり》を振った。

「あの男《ひと》との付き合いは近年のことで、ただ何事も達者なだけに至って調法を致しまする。上方ではわれらの先達に当たり、昔はかの竹島幸左衛門の愛弟子で跡継ぎと目されたほどだったが、師匠と仲違いか何かして杉山に鞍替えしたとかいう話を聞きました。それだけに諸芸をよく存じてコツを呑み込んでおりますので、こちらが何かと教わることも沢山ございましてなあ」

「それほどの方を、先だってはうちの夫《ひと》が……」

といい澱《よど》めば、

「ああ、そのことはもうお気になされますな。当人も別に気にしてはおりますまい」

咄嗟にいい返したあたりが、むしろまだこだわりがあるようにも感じさせた。

「それより九蔵殿が、近頃わたしに何かとお尋ねくださるのは嬉しう存じまする」

と相手は自ら気を変えるようにしていった。

「九蔵が……あなたの芸を見習いますのか？」

「見習うというわけでもないが、父御《ててご》がお演《や》りになりそうにない役を致しますんで、物珍しさが手伝って何かと聞きたいのでしょう。お若いのに芸の習得にはことのほか熱心で恐れ入ります」

恵以は意外の面もちながら、それはそれで歓ばしいことのような気がした。子役で名声を得た九蔵も親父そっくりの雛形として売るには、もう薹が立ち過ぎてしまった。当人もそれを自覚して、父より小柄で華奢な分ひと味違った役どころを模索し、新五郎に親炙《しんしゃ》する気なのかもしれない。

「さすがに子役で鳴らしただけあって、何を話しても呑み込みが早いし、またご自分のほうからも何かと新たな役の工夫を聞かせてくださるのが面白うございましてなあ」

それはまた随分と生意気な話だと思う反面、恵以は妙に誇らしくもあった。八歳で諸芸を習得し、十歳で初舞台を踏んだわが子も早や十七歳の春を迎えて、自ら役の工夫まですするようになった成長ぶりが産みの母親としては素直に嬉しかったのである。

市村座の小屋は二月半ばまでに落成すると棟梁から今日聞かされて、團十郎はいよいよ気忙《きぜわ》しさが増してきた。新普請の小屋は顔見世狂言の焼き直しでなく、やはり新作で開けたい気がして来て、今までの稽古は取り止めたが、新たな台本がなかなかまとまらず、こんなことではまたぞろ不入りに泣くのが心配される。

そもそも江戸の市川と上方出の生島は芸が水と油というべきで、双方の見せ場を盛り込んで一本の狂言に仕組むのが実に難しいのだが、曽我十郎と五郎のように見かけも気性もあべこべの兄弟を登場させればそれなりの話ができそうだった。

今宵やっと『平家物語』に登場する奥州の佐藤継信《つぐのぶ》、忠信兄弟の話に仕立てる決心がついて、墨を磨《す》り始めた矢先の来客だったが、

「生島半六さんが、何だか血相を変えて……」

という妻の深刻な声に執筆の気が挫《くじ》かれて、仕方なく客間に通させている。

「夜分に押しかけまして申し訳ござりませぬ」

と型通りの挨拶をした相手はどうやら乗り込んで来た当初よりだいぶ落ち着いたらしい様子だが、顔はまだ堅いというよりひどく思いつめた表情である。

「善次郎を、うちに返してくださりませ」

藪《やぶ》から棒な訴えに、團十郎は二の句が継げなかった。

「あの子はたしかにあなたの弟子には致しましたが、あなたに差しあげたつもりはございません」

暗い調子でいって、半六はこちらをじっと睨みつけていた。斜視《やぶにらみ》の眼に蠟燭の揺れる火影《ほかげ》が映ってぶきみな輝きを発している。

「何のことだかさっぱりわからねえ。一から順を追って話してくんな」

と冷ややかに告げれば、相手はみるみる顔を赤くして熱い声を迸らせた。

「されば申し上げる。ここでの稽古がなくなれば、親子が顔を合わせる機会《おり》もなきゆえ、一度うちへ戻るよう申しておいたに、いまだに戻らぬのは何故《なにゆえ》でござりまする」

半六は今宵とうとう堪りかねて乗り込んで来たのだろうが、こっちは善次郎の行方なぞ本当に全く知らないのに、

「ご自分が慕われるのをいいことに、あなたはあの子を手元に留め置かれるご所存でご

ざりましょうが……」

と相手はあっけに取られるようなことをいいだした。その尋常でない心模様は目つきに表れている。稽古場でも善次郎の姿を追う半六の眼は異様だったが、ここまで来たらまるで桜姫を追いまわす清玄法師のような恐ろしい執着を感じさせた。團十郎はひとまず相手の気を鎮めるべく、ここは穏やかに話すしかない。

「善次郎はもうとっくにうちを出てったぜ。幾日《いくんち》前だったかなあ」

これに相手はますますいきり立った調子で、

「何故にお隠しなさるのじゃ。容貌《きりよう》も気立てもいいあの子を、ただでさえ恵まれたあなたが取りあげておしまいになるのは胴欲《どうよく》と申すものじゃ」

と決めつけられて、團十郎はまたくわっと頭に血が上った。

「知らねえものは知らねえ。立派に血筋の子を持つ身が、何だって他人《ひと》の子を奪らなくちゃいけねえんだっ」

舞台並みの大音声で妻が慌てたように襖を開けると、半六に面と向かって、

「善次郎さんは、まだ何もお話しには……」

と、これまたわけのわからないことをいいだしている。

半六は今やうるうると濡れ光りした歪な眼でじいっとこちらを見据えながら、哀れな震え声でこう訴えるのだった。

「あなた様はこうして立派な妻子をお持ちの身の上。わしにはもう、あの子しかござり

ませぬ。何とぞ速やかにお返し下さいますように」

頼りないわが子でも親はいつか頼りにする日が来るとはいえ、恵以はまさかこんなかたちで九蔵を頼るはめになるとは想ってもみなかった。が、善次郎の行方を隠密に捜してくれそうな相手は九蔵しか身辺に見当たらなかったのである。

当人が口にした手がかりは「横山町の指物師」で、まずはそこを軒並み当たろうにも、灰燼《かいじん》に帰して目下再建中の町は何かと物騒だから女が一人で捜しまわるわけにもいかず、一門の弟子に頼めばきっと善次郎が迷惑するに違いなかった。

「源六《げんろく》と手分けして捜すさ」

と九蔵はいかにも安請け合いだったから、まず源六とは何者なのかを尋ねたら、本小田原町《ほんおだわらちょう》の魚屋《うおや》だという。

さっそくうちに連れて来たのを見れば、大きな口から嗄《しゃが》れ声を出す剽悍《ひょうかん》な若者で、いかにも振り売りをしていそうだったが、実は三島屋《みしまや》という本小田原町でも五指に入る大きな魚店の跡取りらしく、

「親父は昔から大の成田屋びいきで、わっちゃ九蔵と大《でえ》の仲良しでえす」

と、これまた屈託のない調子だった。

どこで知り合った仲良しなのかを訊いたら、九蔵はいとも易々と答えた。

「浮世小路《うきよこうじ》で相物《あいもの》売りの真似をしてたら、こいつが寄って来やがったのさ」

相物売りとは塩魚や干物を商う振り売りで、その売り声の物真似が本職はだしに巧かったから、

「おりゃいっぺんで九蔵のひいきになっちまったんでさ」

というのだから芸は何が受けるかわかったものではないが、

「吉原で披露したら、これが女郎衆《じょろしゅ》にえらく受けましてね。九蔵ばかりが惚れられて、こっちゃ悔しいのなんの」

ともあれ気の好《よ》さそうなこの若者はさっそく九蔵と手分けして横山町で善次郎の行方を訊き回ってくれた。子役として市中に顔が売れた九蔵も急に大人びた今は素顔だと気づかれずに済んだようだし、震災火事で行方知れずの人捜しがまだまだ多い今はさほど怪しまれることもなく、その日のうちに在処《ざいしょ》が知れたのは願ってもない幸いだった。

次の日に九蔵の案内でそこを訪ねたら、如何せん当人は逃げ隠れしたつもりが全くなかった様子で、

「月明けには新たに建った楽屋で稽古が始まると聞きましたから、てっきりそこへ顔を出せばいいように思い……」

頗るあっけらかんとした返事に、恵以は拍子抜けもいいところだった。

「親父殿に何故そう申されなんだ？」

いささか厳しい調子で詰問すれば、さすがにばつが悪そうな面もちで、

「話せば何かと引き止められて、ここに来るのが延び延びになってしまいそうで……こ

のお仙が」

　と横に座った女を顧みた。

「強い揺り返しが起きるたびに、またあの大地震が来たかと肝を冷やすので、早く一緒になりたいと申しまして、先に所帯するのがよかろうと存じました」

　お仙と呼ばれた女は勝ち気そうな顔をしているわりに、さっきから伏し目がちでただじっと座って、膝の上の手ばかりが忙しなく動いていた。果たしてこんな素人の娘に役者の女房が務まるのかどうかはともかく、手狭でも白木が香る住まいを立派に構えたからには、

「まだ親父殿にお話しせぬのは何故じゃ」

　と恵以はさらに詰め寄ることになり、善次郎は無言のうちに顔を伏せてしまう。横の女も目を伏せたまま、いいわけをしそうな気配が一向にないからか、

「善ちゃんも、あの頭取には話しにくいんだろうよ」

　と九蔵が横合いからそっと助け船を出したら、善次郎はやっと腹を据えたように顔を起こしている。

「わたくしが女子《おなご》と所帯するのを、とてもあの親父が許すとは思えませぬ。それで内緒にしておりました」

　その気持ちもわからなくはないが、恵以はやはり渋い声にならざるを得ない。

「ずっと内緒にしておくわけにも参りますまい」

生島半六に告げ口する気は毛頭なかったが、さりとて黙って放置しておくわけにもいかなかった。

「また稽古が始まって直に顔を合わせたら、親父殿に詫び言をいってひとまず元の家に戻ったがよい。祝言の話がしづらいようなら、折を見てうちの夫から話してもらいましょう」

この言葉で善次郎は目立って表情を明るくし、横の女も少しほっとしたように首を持ちあげたものである。

白木の香りはつくづくいいもんだと思い、團十郎は真新しい板の間に並んだ面々を見渡した。舞台より先に仕上がった楽屋でこうして稽古ができるのは有り難く、稽古始めの今日は震災以前と変わらぬ折り目正しい羽織姿も目につき、いずれも気を引き締めた表情に見える。

新普請の市村座で披露する最初の演目《だしもの》は狂言名題を『移徙十二段《わたましじゅうにだん》』とした。移徙とは神輿《みこし》の渡御《とぎょ》から貴人の転居までを指すから、平家が安徳帝《あんとくてい》の御所を西海《さいかい》に移したことに因《ちな》んだ上で、震災後は漂流したも同然だった一座の役者たちが無事にここへ戻って来られたという意味も込めてあった。

浄瑠璃の始まりは浄瑠璃《じょうるり》姫《ひめ》と牛若丸《うしわかまる》の恋物語『十二段草子《ぞうし》』だというので「十二段」と銘打てば必ず牛若丸か後の源義経が登場するが、團十郎は一番目で牛若丸に剣術を教える鞍馬山《くらまやま》の僧正坊《そうじようぼう》こと大天狗《おおてんぐ》の役だ。牛若丸は九蔵に演らせたかったものの、九蔵は去年の顔見世でいい役につけたから身内びいきになるのを避けて、人気の若衆方中川半三郎《なかがわはんざぶろう》を起用した。半三郎は風姿がいいし唄や三味線も上手にこなす芸達者ながら、若衆方としては一番肝腎の武道事がさっぱりだという評判だから、今度の役で鍛え直してやりたかった。

九蔵は今度の舞台を休ませて、裏で何かと手伝うようにいいつけてある。若いうちは自分の出番ばかり気にして周りを見ないため、舞台に出ない時こそが舞台のさまざまなことにも気づいて役者のいい修業になるはずだった。

主役は生島新五郎と分け合うかたちで佐藤継信と忠信の兄弟に扮し、團十郎は一番目の僧正坊とがらっと変わって三番目に兄の佐藤継信役で登場する。継信は屋島《やしま》の合戦で主君の義経が狙われた矢を自らの胸に受け止めて最期を遂げる忠義の士だが、義経は彼を供養するために鵯越《ひよどり》えを共にした名馬まで手放したという『平家物語』の逸話にはつくづく感じ入るところがあった。

そうでなくちゃならねえ、主君のために命を捧げた家来はそこまで報われていいんだ、という気持ちがまたしても赤穂牢人の不当な裁きを想い出させた。

お上の不当な裁きはそればかりではない。生類憐れみの令では獣に代わって罪もない人の命が奪われ、焼跡で人助けをした自分は譴責を喰らうはめになった。先年の大地震はやはりお上の不当な裁きに天が憤って真っ当な裁きを下したのだとしか思えなかった。

はっきり声に出しては訴えられないそうした思いも過去の物語に仮託すれば、通じる人には通じるのではないか。それもまた現《うつつ》では果たせない、芝居が見せられる夢なのではなかろうか。

「近き異事を擬する事なすべからず」のお達しで生じた憤懣《ふんまん》は、今なお團十郎の胸に燻っていた。

もっとも胸に燻る思いは誰しも何かあるはずで、楽屋頭取らしく裃姿でここに座った生島半六の表情にもはっきりとそれが読み取れた。伏し目がちにこちらを見ている顔には夜分に押しかけて取り乱した慚愧やら、その後も善次郎とは余りしっくりいかないらしい焦燥のようなものが窺える。

大切な稽古始めに頭取が気を腐らせていてはまずかろうと思うが、役者としての半六には義経の家来で継信の最期に立ち会う熊井太郎《くまいのたろう》という立派な役を与えてあるから、稽古に入ったらつまらぬ私情を引きずりはすまいと思いたかった。

それよりも厄介なのは菊屋善兵衛である。今日はここに幼い太夫元の後見人として姿を見せているが、小屋の建て直しの件でまだ不審を抱くのか、こちらを見る目つきにも何やら険があるような気がした。それでも怯まずに堂々と近づいて挨拶をしたら、

「お前様の楽屋がかくも立派にできまして重畳でござります」

と、あからさまに嫌みないい方をする。ここは市村座でなく市川座の楽屋だといわんばかりだが、勝手な不審に取り合っても仕方がないから、

「来年はまた別の方の楽屋となるにもせよ、手垢《てあか》のつかぬ楽屋を使い初《ぞ》めするのは役者の一得でございますよ」

と團十郎はすました顔で応じて、この市村座の舞台に立つのも今年限りを強く匂わせたのである。

恵以はためらいがちに和泉屋の暖簾を潜っていた。ひと頃は毎日のように訪れた店が家の近所からここ堺町に移ったこともあるが、隣町とはいえひと続きの二丁町なのに、随分とご無沙汰してしまったのはやはり亭主の勘十郎に会いづらくなったせいだろう。久々に目にした相手も心なしかふくよかな円顔が角めいて見え、いささかくたびれた様子でもある。

前は通りがけに表の床几に腰かけての茶飲み話も、今日は奥の一間に通されていた。口切りがとっくに済んで苦みを増した茶の湯を一服頂戴したら、今度は恵以が口を切る番でいたのだが、

「わっちもつくづくバカなことを致しましたよ……」

と先に和泉屋のほうが自嘲《じちょう》めく笑い声を聞かせた。

「小屋の普請金を募った先から、此度のお披露目狂言を是非とも桟敷のいい席で見たいといわれましてねえ。そりゃ向こうがおっしゃるのは当然なんだが、市村座の桟敷は菊屋の縄張りで和泉屋はとんと手が出せねえ。仕方なく断ったら一体どういうつもりで金

を募ったんだと怒鳴られまして、そいつが自分でもわからんのだから始末に悪い」

相手は心底おかしそうにげらげら笑いだすと、

「今日こうしてお恵以さんの顔を見たら、ああ、俺はただ早く成田屋の舞台が見たかっただけなんだと妙に納得しましたよ」

恵以は申し訳なさで顔があげられなかった。和泉屋がただの親切心で動いたあげくあらぬ誤解を呼んで、しかも自分まで何だか余計なことをしてくれたような気がして、この間つい疎遠にしてしまったことが悔やまれた。今日はもう肚を割って何もかも正直に打ち明けようと思い、

「実は伝九郎さんが、この前うちに現れて……」

と話しだしたら、最初は意外そうな面もちだった相手がしだいに深刻な表情を浮かべており、

「なるほど、あの人までがそんな噂を信じるとはねえ。成田屋さんには本当にすまねえことを致しました」

と頭を下げられ、恵以は恐縮せざるを得なかった。

「うちの人の噂はそればかりではござんせぬ」

伝九郎に聞かされたもう一つの話を始めると、相手はますます難しい顔になり、

「成田屋はいずれ一門だけで一座を組む気だろうという噂はわっちもほうぼうで聞きましたが、あの人がそこまで気にするとはねえ……ただ太夫元の座を脅かす者が現れたら、

あの人も黙っちゃおれんでしょうからなあ。成田屋さんがもし市村座を乗っ取るように疑われたら、それこそ江戸四座の太夫元を敵に回すことにもなりかねない。日頃いくら競い合っても太夫元同士はお互いに気脈が通じ合って、いったん何かあれば一味結束して事に当たるといいますしねえ」

「うちの夫《ひと》は何も……」

そんなつもりは毛頭ない、と恵以はきっぱり断言しようとして、しきれなかった。自分は欲が深いと認めた夫に対して、妻には一抹《いちまつ》の不審も芽吹いていた。

「先年の大揺れ以来《このかた》お江戸は乱世も同然で、お飾りの太夫元じゃ芝居が保つまいよ」

と夫はいつぞやはっきりと口にした。

「勘三郎の元祖は人寄せの名人だったからこそ江戸一番の太夫元になれたのさ。そりゃ戦に一番勝った東照大権現《とうしょうだいごんげん》様が征夷大将軍《せいいたいしょうぐん》になられたのと同じ理屈だ。今は俺が芝居に一番人を寄せるんだから、俺が太夫元でもふしぎはねえのさ」

と恐ろしいことまでいいだしたのが耳に残っている。

市村座の太夫元はたしかに幼いとはいえ、あそこはもともと子役人気で当てた芝居だったのではないか、と自身が昔ひいきしていた初代竹之丞のことも想い出す。初代の竹之丞が幼くして太夫元を務めていたように、当代の竹之丞もあと何年かすれば押しも押されもせぬ太夫元と認められるのではなかろうか。

「これはうちの親父から聞いた話なんだが、当時のちょいと怪しい噂話でしてねえ」

と和泉屋は急に気を変えた調子で前置きしている。

「滝井山三郎という人気役者が太夫元になろうとして勘三郎の二代目に毒を盛り、それを恨んだ勘三郎の一家が逆に毒を盛り返して滝井を始末したという噂もあったそうなんですよ」

と聞かされて恵以は絶句し、相手が今なぜそんな話をするのかと考えたら恐ろしくなった。

役者が決して侵してはならない太夫元の領分に、夫は今うっかり足を踏み入れようとしているのではないか。いや、踏み込むのではないかと警戒されていて、それで伝九郎も釘を刺しに来たのだろう。役者としては兄貴分と立ててくれても、父祖代々伝わる領分を侵すのは断じて許し難いという強い意志が、あの切れ長のきつい眼に映しだされていたように思えた。和泉屋が昔の与太話《よたばなし》を今に聞かせたのも、初代から中村座と近しい店だけに、その怖さをよく知っているせいなのかもしれなかった。

「とにかく成田屋さんの下で修業を積みたい若い役者は数知れず、台本《ほん》をお書きになるから一座したい役者もごまんとおりましょう。太夫元が怖がるのは無理もねえんで」

ならばうちの夫は一体どうしておればよいのかと、恵以は再びこの相手に詰問したくなる気持ちを抑えかねた。

元禄十七年（一七〇四）春、二月十一日に市村座の小屋はめでたく落成し、足場が外れてすっきりと姿を現した板葺き屋根には新築ならではの光沢《つや》があった。『移徙十二段』が幕を開けたのは翌々日の十三日で、旧冬に起きた震災火事で壊滅しかけた江戸には不自由な暮らしを託《かこ》つ者がまだまだ沢山あるだろうに、初日は思いがけないほどの賑わいを見せた。それは人が苦しい時ほど現世《うつしよ》を離れて夢に憩う証拠なのかもしれない。

ともあれ材木商を始め復興景気で儲けた人びとは一家で来て桟敷の席をほぼ埋め尽くし、同様に懐を温めた職人連中や復興の担い手として新たに江戸へ参入した男たちで土間は溢れかえっている。

桟敷に並んだ女たちは生島新五郎びいきでも、土間を占める男たちが求めるのはいうまでもなく江戸随市川の團十郎で、一番目は鞍馬山の大天狗に扮しての太刀打ち事と荒事が場内を大いに沸かせた。二番目は生島兄弟の色模様が見せ場で、三番目がいよいよ眼目となる屋島の合戦、佐藤継信最期の場であった。

「弓矢取る身が、お主《しゆう》のために命を捨つるは、今生《こんじょう》の面目これに過ぎず。されば末代の世まで忠臣の手本となし給え」

と継信役の團十郎は甲冑の胸に突き刺さった矢の根を引っこ抜いて、その矢で見物席を指しながら、

「わが身は屋島の海に沈んでも、魂魄はこの瀬戸の潮に乗り、赤穂の浜へ流れ着かん」

最期のセリフを大きく張りあげた声でたちまち土間全体がどよめくと、新普請の小屋に熱気が充満して桟敷の裏に佇む恵以の躰まで熱くしていた。

だが一瞬にして恵以の腋の下には冷や汗が伝った。夫はこれでまた世間の注目を浴びるばかりか、お上に目をつけられるのではないか、との恐れで胸がふさがれた。

初舞台以来、人の意表を衝いた振る舞いで小屋をどっと沸かせるのは夫の天性ともいうべきか。身内はひやひやしても、見物人は歓んで吹聴するからいい客寄せになった。案のじょう翌日は小屋が初日に勝る大盛況を呈し、恵以は満杯の見物席を眺めて、そこにお上の手先が潜り込んでいないかと案じるはめになったのである。

中村座は座頭の伝九郎が痛風なのか足の痛みが高じて休座したといい、勢い客足は市村座に傾く恰好とはいえ、『移徙十二段』に早くも大当たりの兆しがあるのはやはり継信最期のセリフが効いているに違いなかった。

「わが身は屋島の海に沈んでも……と親方がおっしゃったあたりで土間がしいんと鎮まるともう、ぞくっと肌が粟立《あわだ》つようでして」

「赤穂の浜へ……でまたワアッと来る騒ぎには毎度ながらに目頭が熱くなります」

などと弟子が楽屋で追従するのも早や三日目にして聞き飽きたが、鏡に映った團十郎の顔はまんざらでもない表情を浮かべている。ただし化粧を落としたばかりの顔はいくらつや光りしていても、決してもう若くは見えない自分がそこにいた。

既に大勢の弟子がいるが、これからはたった一人の倅にもっとしっかりと芸を仕込んでやりたい気がした。にもかかわらず近頃の九蔵はちっとも落ち着いていた例《ため》しがなく、今月は舞台の出番がないのをいいことに小屋もしょっちゅう抜けだしているようで、一門の古い弟子で脇役を務める年寄りが心配してこっそり後をつけたところ、

「九坊は雛の節句を目当てにはやばやと出て来た白酒売りにくっついて、しばらくただ歩いてなすったんだがね。『この酒八杯飲めば八千歳《やちとせ》、三杯飲んで三千歳《みちとせ》』とかいう言い立てを後で上手に物真似して聞かせなすった。それがめっぽう面白えのは、さすがに親方の子ですよ」

と妙に感心したように話していたが、團十郎は一体それのどこが面白いのかと怪しむばかりだ。物真似といえば子役の頃は父親の物真似にあれだけ熱中してくれた倅が、今は自分からだんだん離れていきそうで、

「九蔵にも困ったもんだ……」

今宵は寝間でついぼやきが出てしまった。

「何せ遊びたい盛りですからねえ。お前様は親御をもっと困らせたでしょうに」

と寝床の仕上げに蒲団を軽くぽんぽんと叩いて、振り向いた妻の顔が今宵はまたふしぎと若く見えた。

閨《ねや》を別にしてもう十年。寝物語は絶えて久しい。気性の強い女があられもない姿にされて、羞《は》じらいに噎《むせ》び泣く声や甘くも切ない喘《あえ》ぎを洩らすのがこの上ない愉悦に感じられた夜は、はるか遠い昔に過ぎ去っていた。

近頃は夫婦の語らいさえ目立って少なくなった。家人が大勢いる中では用件を手っと

り早く伝えるのみで、夫婦にしろ親子にしろ肚のうちをさらけ出して話す機会は自ずと喪われてしまう。

「親子でも肚の底まではなかなか見えねえもんだが……まして他人の気持ちはさっぱり知れやしねえ」

ついまた愚痴のようなものが出たのは、市村座の芝居がこれだけ当たっても、あらぬ不審を抱いたらしい菊屋善兵衛が相変わらずこっちに仏頂面しか見せないせいだが、

「わたしだって、あなたの気が知れませんよ」

ずっけりと妻にそういわれて、あっけに取られた。ただの軽口のようでもあるが、

「何のことだ。俺のどこがどう知れねえってんだ?」

と笑って問えば、

「何もかもですよ。嫁いでこの方あなたのすることなすこと、わかった例しがござんせん」

これはまた恐ろしく昔に遡《さかのぼ》って文句をいうのだった。

「今だって毎日どんなにひやひやすることか。九蔵はともかく、うちにはまだ肩上げをした幼い娘もいるんですから、どうか危ない真似はお止《よ》しになってくださいまし」

面と向かってきつい調子で意見をするのはこの女らしいところだが、

「危ない真似?……俺がこの歳で宙乗りをするとでもいうのか」

「お上に睨まれたら、宙乗りよりもっと恐ろしい目に遭いかねませぬ」

と聞いてようやく妻の懸念に思い至った。

「それに……太夫元になろうというような大それたお望みは……まさか、ござんすまいなあ」

妻らしくもないおずおずした物言いで、今度はこっちがきつい調子になる。

「俺の望みはそんなちっぽけなもんじゃねえんだっ」

即座に妻は呆れるような吐息を洩らした。

「ただ太夫元が羨《うらや》ましいのは、興行御免のお墨付きを子々孫々に受け継がせることさ。人の一生は余りにも短くて、己れ一代では所詮てえしたことはできねえ。おまけに年を取ると舞台でも昔ほどの動きをして見せられねえのが口惜しいぜ」

「それで倅に跡を継がせようとなさるのか……」

という声には心なしか女の非難めいた口調が混じる。

「俺が死ねば、俺の芸も共に消えちまう。弟子がいくら真似して残ったにしても、俺を知らねえ後の世の連中は、俺がそれをするのにどれだけ命を張って、骨身を削ったかも知らずに見るのかと思えば何だかばかばかしいやね」

妻は唇を半開きにしてまじまじとこちらを見ていた。

「俺が死んでも、九蔵が跡を継いでくれたら、俺がこの世に生きた証となる。俺は九蔵の躰を借りて、この世に蘇るんだ。それが俺の望みさ」

妻はとうとう感に堪えないような声を発した。

「ああ、なんと欲の深い……本当にあなたらしいおっしゃりようじゃなあ……」

と疲れきったような声でいい足した。

「わたしは死んだら後生《ごしょう》が良いようにと願うばかりで、もう今生のことなぞどうでもよろしうござんすに」

なるほど女は自分の腹で子を作るという大業を果たせた分、案外と潔《いさぎよ》いところがあるらしい。男は今生に未練があるというよりも、死んだら苦労も栄華もすべてこの世の泡《うた》沫《かた》と消えて、誰もが凡百《ぼんぴゃく》と等し並みになることの諦めをつけられないのだろうか。それを愚かしいと思いつつも、自らの足跡をわが子に辿らせたい気持ちがどうしても捨てきれないのである。

「ああ、つるかめ、つるかめ、死んだ後の話なぞ縁起でもない。今生が何とぞ無事でありますように、しばらくはどうぞ諸事を控え目にお振る舞いくださりませ」

妻は先ほどの忠言を繰り返した上で、

「それより今宵は善次郎のことで、ちょっと聞いて戴きたいお話が」

と、この間の経緯《ゆくたて》をつぶさに物語って、夫はいささか意外な顔でそれを聞きながらも甚だ明るい声で応じた。

「いい話じゃねえか。すぐにもちゃんとした祝言を挙げさせてやろう」

「それが……なかなか難しいようでして」

妻がいいにくそうに養父の話を持ちだすと、夫もしばし黙り込んで腕組みをするしかない。善次郎が養父の生島半六とわりない仲であるのは、この道では別に珍しい話でもなかった。

「俺もまんざら身に覚えがないわけでもねえがなあ……」

といったら妻が啞然とした表情なのはおかしいが、芝居はとかく人の熱情をかき立てるような場所であり、しかも男ばかりなのだから、若いうちは誰しも麻疹《はしか》に罹《かか》ったように衆道に染まる。ただし年を取ったらふつうは自ずと縁が切れてしまうように思うので、

「半六は悪い執着をするのだろうよ」

「そうはいっても、善次郎のほうから縁を切るのは難しうござんしょう」

と妻がいうのはもっともで、ここは野暮《やぼ》を承知で座頭の自分が口出しするしかないのかもしれなかった。

男色女色を問わず、團十郎は人が愛欲に執着する恐ろしさを舞台で見せつけ、それを戒めて来たつもりもあるだけに、半六が余計に疎ましく感じられた。芸は達者でも老けて廃《すた》れた役者の「わしにはもう、あの子しかございませぬ」という哀れな震え声と異様に光った歪な眼が想い出されて、憂鬱の種がまた一つ増えた恰好である。

魘《えん》夢《む》

「お恵以さん、今日も小屋にお通いですかい。ご精が出ますねえ」

と後ろから呼び止めるのは和泉屋勘十郎の声だった。

振り返って見れば梅の枝を手にしており、まだほころびもせぬ花が凜《りん》と芳しい匂いを漂わせている。

「まあ、風流だこと」

「ああ、これは土井様のお屋敷で土塀の崩れからみごとに咲くのが見えたんで、何とぞ頂戴したいとお願いを申し上げましてね。ただ梅はもう散り際で時季外れだから店に飾るというわけにもいかねえんだが」

堺町一の芝居茶屋を営む亭主がこうして暇を持てあまして見えるのは、座頭の伝九郎が休座した中村座の客入りが思わしくないためだろうか。片や市村座の盛況は相変わらずで、恵以が珍しく小屋に日参し、

「今日はもう七日目で、舞台は見ることもありませんがねえ……」

気になるのは見物席のほうで、いつ小屋にお上の手先が潜り込んで注進されないものでもないと案じていたのは結句、余計な取り越し苦労だったのかもしれない。それよりもここで呼び止められたのが幸い、昨晩話していた件の妙案が浮かんだものだ。

昨日やっと夫は善次郎の縁組みを生島半六に告げたようで、「あいつは不服そうな面《つら》だったが、可愛い養子のためだと思って潔く許してやれといったんだ」と話してくれた。その上で、きちんとした祝言を挙げれば諦めもつくだろうから、早速うちでといいだしたが、他の門弟まで次々とうちをあてにされても困るので、恵以は返事を渋ったのである。もし和泉屋が引き受けてくれるようなら、それに越したことはない気がした。

先ほど聞いた本石町《ほんごくちょう》の時鐘からすると市村座はまだ二番目の真っ最中だろう。幕が閉じれば中入りの休憩となるから、今ここ《こ》でその話をしても三番目には十分間に合うはずだ。

「お呼び止めを戴いて、お話をするのも何でござんすが……」

と恵以は手近な茶店の床几を指して自ら先に腰を下ろした。和泉屋を別の茶屋に招き寄せるのもおかしな話だが、震災火事のあと店をこの葺屋町から堺町に移転したのだから仕方がない。当時わずか三ヶ月前まではここ一面が焼け野が原で、黒焦げの骸《むくろ》がそこら中にころがっていたのはまるで嘘のようである。

今や表通りはすっかり昔の賑わいを取り戻し、けたたましい呼び声や小屋の鳴物に煽られて浮かれ立ったように騒《ぞめ》き歩く人の流れも昔通りだ。さすがに恵以が子供の頃に見かけたような奇抜で華々しい恰好はないが、いずれも芝居町を訪れるにふさわしいこざっぱりした装いで、惨禍《さんか》の爪痕をほとんど見せない。

むろん無頼な風体の一団が闊歩する姿も昔から珍しくはなかった界隈で、ただ地震火事のあとはその顔ぶれもがらっと変わったようだし、今や遅蒔き十兵衛の娘といっても全く通用しない連中だから恵以は何だか心もとないような気もしている。町の再興は捗《はかど》っていても、新たに普請場へなだれ込んだ流れ者が江戸の空気を粗暴にし、殺伐と感じさせるのは確かだった。

今パッと目に飛び込んだのも昔はなかった顔だが、ついこないだ見た覚えのある男で、右頰に深く刻まれた古い刀疵の痕がその記憶を確かなものとしている。

いつぞやわが家を見張っていた男が仲間連れで目の前を通り過ぎ、今は市村座脇の細い路地に入ってゆく。あの男が何者かの手先で、今度は小屋の夫を見張るつもりかと思えばたいそう気がかりだが、

「それでお話というのは、何でござんしょう?」

と相手のほうから催促されたら、恵以は用件を切りださないわけにいかなかった。

「お父つぁん、そろそろ荒事の極意を教えてくんなせえよ」

と昨晩は珍しく九蔵のほうからいいだしたのに、團十郎はすぐに答えられなかったせ

いか、今日は一番目の舞台でも時折そのことが胸をよぎった。

そもそも「荒事」とは他人がつけた呼び名であるのに、今や父親が「荒事の開山」と奉《たてまつ》られるのを倅は素直に信じて疑いもしないらしい。そのくせ「俺の真似をしてりゃ、そのうちわかるさ」といっても承知をせず、「開山に極意を伝授されなくちゃ一子相伝《いっしそうでん》ができねえじゃねえか」とむずかるのだった。

荒事に限らず、芸の極意は言葉に尽くせないものばかりだ。ただ脇目も振らずに真似をしていれば自ずとその骨法《こつ》がつかめることもある、としかいいようがないのだが、なまじ開山の跡継ぎに生まれたから何かそれなりの近道でもあるような気がするのだろうか。

思えば自分の若い頃は人から極意を教われるなどとは考えもしないで、ただ寝ても覚めても人が演《や》らない芸を工夫しようとし、咄嗟の思いつきを舞台で見せても喝采を浴びたことが、今の若い者には得がたい歓びだったのかもしれない。

道具を片っ端からぶち壊し、滅多無性に暴れまくって見物人を仰天させた初舞台。あれは身内にふつふつと滾《たぎ》った荒ぶる魂が、刹那、表へ飛び出したということなのだろう。それそうした時に人は途方もない力が全身に漲《みなぎ》って、当人もそれを制御できなくなる。それを自らの躰で味わってこそ荒事ができるのだ。残念ながら今はもう自分が若い頃の動きを見せて、それを倅に納得させられないが、何とか形だけでもできるうちは荒事を続けたかった。

九蔵が初めて宙乗りを披露した際は親子で曽我五郎に扮し、当時十三の倅は四十一の親父の鬉《あたま》を見て「お父つぁんが前髪にするのはおかしいや」と笑ったが、年を取っても前髪の若者に扮する心意気が荒事の極意の一つとはいえるかもしれない。年々躰にきつくなる動きを無理してでも演れば、自身ふしぎなくらい身心が蘇るので、それを見るほうもきっと若返るような心地がするのではなかろうか。

武芸には勿論さまざまな極意があるだろうが、團十郎は幼い頃に岳父の間宮十兵衛から教わった太刀打ちの足捌きで、親指の付け根に力を込めると総身に力がこもって動きやすいと知り、以来舞台でもそれを心がけ倅や弟子にも伝えている。そうしたほんのちょっとした心がけが芸の身体を培い、そこに修練という堆肥《こやし》を撒いて沃野《よくや》に変え、また新たな工夫の種を蒔くことで芸は誰にも及ばない大輪の花を咲かせるのだ。

誰もができそうなことを見ても人は感心しない。とても真似できないようなことをして見せてこその芸であって、それには命を削るのも厭《いと》えなかった。

右の手は須弥山《しゅみせん》の頂に届くほど高く振り上げ、左の手は四海の外へ出るほど遠くに伸ばし、足は地獄の底まで貫く勢いで踏み下ろす。両手足が引きちぎれるくらいに激しく振って、胸の早鐘が打ち割れんばかりに息を弾ませ、目の前が真っ暗になるまで息を止めるのも芸のうちだ。もし一子相伝できる教えがあるとしたら、芸は何であれ容易く通れる近道なぞないということだけだろう。

今日は間宮十兵衛の教えを久々に想い出して、ふしぎと昔が懐かしく偲ばれた。深見十左衛門というおかしな髭面をした侍と間宮の立ち合いを初めて見た時の手に汗握る気の昂ぶりよう。当時の町をわが物顔に闊歩していた町奴連中の荒々しさ。微塵もそれを知らない九蔵には荒事の真意もつかむのが難しかろう。ただ父の舞台をひたすらなぞっておれば、当時の気風を偲ぶよすがとはなろうし、九蔵がなぞれば俺が拓いた道も後に続くと信じたかった。

荒事の真意を一口でいえば常人を超えることではないか。常人が持てない力、人智を超えた知恵を備えた男が常人の何層倍にも膨らんで見え、天地の間すなわち宇宙に立ち尽くすのだ。神仏の前で人がひれ伏すように、舞台に宇宙の広がりを見せつけて皆にひれ伏されてこその荒事だ。團十郎は胸中にそういい放って、ああ、俺はやはり神仏をも恐れぬ罰当たりな僭上者だと思う。

一番目の出番を終えて楽屋に戻り、周りを見れば壁際に積んだ武具の山が目についた。三番目で使用する甲冑や具足だが、それらもかつては武家の拝領物だったので、京の舞台にそっくり持ち込んだら噂の的で、いい客寄せになったのを想い出す。そのほとんどが地震火事で消失し、今度の舞台で使うのは新たな贋作《がんさく》ばかりだから、合戦の場も想ったほどの迫力が出ない。事ほど左様に倅の代になれば芸もまた迫力を喪うのはやむなしでも、まるでなくなってしまうよりはましだと思えた。

僧正坊の衣裳を脱いで化粧を落とし、楽屋着でしばしくつろぐ間にも、舞台では生島新五郎と大吉の色模様が始まって、艶めいた唄三味線の曲が楽屋にまでしっとりと響いて来た。思えば倅もそろそろ連れ合いを見つけていい年頃だが、吉原通いの仲間は大勢いても、果たしてそこでこれぞという相手が見つかるのかどうか。自分があの子の歳にはもう妻とする女を定めていたことが、今日はまた妙に懐かしく想い出された。

母と慕う女を超える女に巡り逢うのが男にとっては実に難しいのだ。俺は八つの歳にもう巡り逢っていたと話したら、倅は腹を抱えて笑いだすだろうか。

だが俺はあそこであの娘を見た時に、己れの一生をかける望みがはっきりとした形になって現れたように思えたのだ。あれこそがまさに宿世《すくせ》の縁とでもいうべき出会いだったのではなかろうか。

果たして妻はそのことを知るや知らずや九蔵という立派な跡継ぎを産んでくれた。芸に心身を削る俺がたとえ早く逝っても、あの肝が据わった女なら倅を立派な役者に育てるだろう。後は倅がまた母親を超える女と巡り逢って、親父を超える芸を見せたらやっと欲深い己れの心も満たされよう。今そんなふうに思える俺は、やはり大変な果報者であるに違いなかった。

だが大地震と大火を乗り切った江戸でまずは芝居の再興をしなくてはならないし、新普請の小屋を賑わす『移徙十二段』がさらなる大当たりを遂げるよう、そろそろ三番目の支度を始めなくてはならない。

鏡台に向かってまずは顔を白く塗り、黛《まゆずみ》で眉を太くし眼や唇を縁取るのは同じでも、役の性根によって形を微妙に変えなくてはならない。真っ直ぐな一本眉を引いたところから、佐藤継信という役の性根がじわじわと躰に浸み通ってくる。

土台になるのはむろん地顔で、客は化粧を透かして地顔を見るから、團十郎を見に来る客に断じてくたびれた顔は見せられない。ところが今日はどうも顔色が冴えなかった。というよりどうやら鏡の映りが悪いようだ。研師《とぎし》へ出したばかりなのに曇るのはおかしいので、とにかく手当たり次第につかんだ布で拭いてみる。

さっきから周りはがらんとしていて楽屋に人が妙に少なく感じられるのも気になっており、中入りの休憩で小屋から出払った連中がまだ帰って来ないのだとしたら、支度が早過ぎたかもしれないと思い、慌てずに念入りに拭いてもう一度しっかりと覗き込んでも、そこに映るのは薄くぼやけた顔だ。が、急に鮮明な人影が背後に映しだされて、ぎくっとした。

振り返って見れば生島半六で、まだ熊井太郎の化粧はしていない素顔のままだが、なぜか手には刀の道具をつかんでいた。相変わらずどこを見ているのかわからない歪な眼を陰気に光らせて、挨拶もなしに近づいてくる、ずんずん、ずんずんと。

「何か用かい……」

と尋ねた自分の声が妙に遠くのほうに聞こえるのはまるで夢の中のようだった。

「何もかも無くした身は、何事も恐れは致さぬぞ」

急に音程《おん》の狂った声が耳もとで大きく響いた。刹那、ぐいと火熨斗《ひのし》を押しつけられたような痛みが脇腹を襲う。

「何をしやがるっ」

と叫んで身を転がせば、今度は肩口に鋭い痛みが走る。腹ばいで前に進むもまた火の棒が背中を貫いた。

匍匐《ほふく》し、輾転《てんてん》し、團十郎はひたすら舞台を目指した。舞台に行けば、必ず助けはあると信じて。だがとても一人のしわざとは思えぬ素早さで次々と襲いかかる刃が全身を熾った火だるまにしていた。

急にあたりが明るくなってヒャアという悲鳴が聞こえる。ああ、何とか舞台に辿り着いて、もうひと安心だとしたら、たちまち気が遠のいてゆく。

遠くのほうに人びとの悲鳴がまるで読経のように響いていた。團十郎は独り暗い穴に落ち込んで、大勢の顔が自分を覗き込んでいるのが見える。何が起きたのかさっぱりわからず、尋ねたくても声が出ない。皆は泣きながら、よってたかって自分に土砂を浴びせ始めた。止めろ、止めてくれと叫ぶ声も虚空に吸い取られてしまう。

いつか見た光景、ああ、これが俺の望んだ最期かと思いながらも、まだ死にたくはなかった。が、しだいに読経が遠のいて聞こえなくなり、人びとの顔もだんだんと見えなくなって五倶《ごぐ》の意識が薄れ、ついには独頭《どくず》の意識も消えて、あとはただ中有《ちゅうう》の闇に包まれるのみだった。

鼠木戸からまた一人転がり出て来て、口をあぶあぶさせている。続々と出てくる人びとがいずれもひきつった表情で身を震わせ、腰を抜かしたような姿に恵以は当初あっけに取られた。「何事でござんす？　何があったのじゃ」と訊いても聞く耳は持たぬとばかり皆あたふたと大急ぎで小屋を離れていく。

ついさっき和泉屋と別れた恵以は市村座の前でこの騒ぎに出くわして、とんでもない事が起きたらしいとは察しがついた。何しろ見物人が一斉に外へ出る際は取っ払われるはずの鼠木戸をそのままにしてあるくらい、小屋の者は泡を喰っている様子なのだから。

いつも通り桟敷の裏手へ回れば中の喧騒が生々しく響いて来た。狭い隙間から躰をねじ込んで中を見れば、既に幕は引かれて大勢が文字通り右往左往している。木戸口に急ぐ客があれば、逆に舞台へ駆けあがる小屋の者がいた。

小屋の者が前を横切るたびに呼びかけてみるが、誰も耳に届かず目にも入らぬように通り過ぎて埒が明かない。とうとう思いきって恵以が袖を捉《とら》えたのは日頃よく話をする木戸番の小頭《こがしら》で、

「太七《たしち》殿、何があったのじゃ」

強い調子で詰め寄ると、相手は青い顔でわなわな震えだした。

「ああ、成田屋のお内儀……何と申してよいやら」

今にも泣きだしそうな声で、腰が砕けたようにその場でへたり込んでしまう。

気がつけば皆がこちらを遠巻きにして、まるで怖いものを見るような目を向けている。

それでも誰かが報せたらしく「お袋様」と駆け寄る弟子が何人かいた。いずれも悲愴な

面持ちで口を閉じ、眼を潤ませて嗚咽を洩らすのみで事の深刻さを訴えるばかりだ。

「おっかさん」といきなり抱きついた倅も眼を赤くしており、それでも手をしっかりと握って舞台のほうへ導いた。

「おっかさんは如何なる時も気を確かに持つ女《ひと》だと信じて、今からこの幕の内に入《へえ》ってもらう。ただ覚悟してくれ。お父つぁんはもう虫の息だ。俺もさっき楽屋に戻ったばかりで、何も話しちゃいねえどころか……姿もまともに見られねえんだ」

とまでいうのが精いっぱいのように、九蔵は声を詰まらせて号泣した。恵以は黙ってそれを聞いて、いつぞや夫が山村座の舞台で絶入《ぜつじ》した時のことを想い出した。あの時は上京の旅疲れが祟ったように、今度もまた大地震以来のさまざまな辛労が響いているのだろう。あの時は三日三晩ぐっすり眠ったらみごとに快復したではないか。それに九蔵が初舞台を踏むきっかけにもなったわけだし……と何事もいいふうにしか考えないようにしている自分が却って恐ろしい。

身を横たえた夫の姿が目に入ったのは舞台の袖で、そこは裏の楽屋に通じる場所だった。地味な裲襠《うちかけ》の衣裳が上にかけられた躰は意外なほど小さく見えて、舞台とはまるで別人のようである。化粧した顔もぶきみに蒼白くて精気に充ちた舞台の面影は微塵もないし、吸い寄せられるような黒眸《ひとみ》の輝きを持つ眼も今は堅く閉じられていた。

出番前にここまで来て倒れたようだが、口元から喉のあたりにかけて赤黒いしみがべったり見えるのは血を吐いた証拠で、以前の絶入の時のようなわけにいかないことを今

は恵以も承知し、静かに腰を下ろして夫の躰を揺さぶりつつ、

「お前様、しっかりなされませ」

と顔を近づけた。忙しない喘ぎに混じって微かな呻きが聞こえるも声にはならず、瞼も開かなかった。こんな場所で寝かされたままなのはやはり九蔵が話したように、もはや知死期《ちしご》を待つのみなのだろうか。それでも「医者は只今呼びに」の声を聞いて恵以は、夫の躰にかぶせた衣をさっと剝ぎ取った。

途端に全身血まみれの姿が現れて思わずギャッと悲鳴をあげる。金縛りに遭ったように身動き一つできない、これはまさに恐ろしい魘夢《えんむ》であった。

しかしここは舞台なのだから、血紅に染まった夫はすぐにも起きあがってまた次の幕の支度を始めるのではないか。一方でそんなふうにもぼんやりと思える恵以は、躰中が乾涸《ひか》らびたように喉が嗄《か》れ、涙も湧いて来ないのだった。

傍に来た生島新五郎がいきなり両手をついて何かいいながらしきりに頭を下げているが、耳がぼうっとして声は少しも聞こえない。ただ新五郎が座ったあたりの床も赤黒いしみで埋まっているのが見えるばかりだ。

どやどやとこちらにやって来る人びとの誰もが言葉を喪ったように立ち尽くしていた。永遠に続くかと思われた静寂《しじま》を破ったのは医者の到着だが、それは無情な臨終《いまわ》の告知をされることでもあった。

夫の喘ぎはしだいに弱まってゆき、静かに息を吸い込んだのが最期のようだった。が、

恵以はそれもがまるで舞台の一場面のように映る自分の目に戸惑っていた。

「止《とど》めを刺さずにおいたのが却って酷《むご》いのう」

という医者の言葉はしかし耳を鋭く刺して、夫が殺された事実をとうとう認めないわけにはいかなかった。いったん認めればそれが余り意外なことにも思えないのは、いつかこうした日を迎えるのではないかという恐れが、ずっと心の片隅にあったせいなのかもしれない。

夫を殺した下手人はもう捕まったのだろうか、と首をゆっくり横に回せば舞台の上に鉄棒《かなぼう》を携えた月行事《がちぎょうじ》の町役人も見えるので、ほどなく町奉行所の役人が駆けつけるに違いなかった。

それにしても率先して役人に応対するはずの楽屋頭取が姿を見せないのはどうしたわけかと思っていたら、

「女、そこを退《ど》け」

背後の急な怒鳴り声で、慌てて検使《けんし》の役人にその場を譲らなくてはならない。恵以は男たちの輪の後ろに引っ込んでも、人垣の隙間から入念な検屍の様子をそっと窺ってい た。検使役が疵口をいくつも数えるのを聞いて、止めを刺さずにおいたのが酷いという医者の言葉が改めて胸を鋭く突き刺した。

「生島半六は楽屋の柱に縛りつけて、見張りを付けております」

と舞台番の男が検使役に話すのを聞いて、さすがに下手人が誰だかはっきりとした。

舞台番はまず夫が血みどろの姿でここへ這って来たのに驚倒し、引き幕の陰で血まみれの小刀を手にした半六の姿に恐慌を来《きた》して周囲の道具方に声をかけた。そこから皆で取り押さえるまでの経緯《ゆくたて》を検使役にたどたどしく話している。舞台番や道具方はみな屈強な男たち揃いだから、刃物を手にした者でも難なく取り押さえられたのは合点がいく。が、体格で劣る半六が夫を一人で刺し殺したというのはどうも腑に落ちない。

二人はもともと相性が悪かったようだし、夫が人前で半六を怒鳴りつけた話も聞いてはいるが、果たしてそれしきのことで斯様《かよう》に惨たらしい凶行に走れるものだろうか……。何より大勢がいる芝居小屋で、人が殺されるのをなぜ誰も止められなかったのだろうか。誰も止めないうちに夫は躰をあちこち斬られ、刺されたのだ。それはもう半六一人が手にした刃だったのかどうかも怪しい気がしている。

恵以の胸には次男の千弥が死んだ時にも増した小屋への不審と激しい憤りが湧きあがる。例の頬疵の男の一団が市村座脇の路地にぞろぞろ入っていく姿も瞼に残り、胸に強くひっかかるのだ。が、今ここでは決して口にできない。あの男が誰の手先とも知れないいまま、役人の前でそれを話すわけにはいかなかった。

恵以はこの間あらゆる疑念に苦しめられ、さまざまな妄念《もうねん》の渦に囚われて、

「成田屋のお内儀は気丈なお方だと聞いてはいたが、亭主が死んでも涙一滴こぼされなんだはもうご立派すぎて、ちと恐ろしいくらいさねえ」

と後で周りに陰口を叩かれたものだ。

最初は恐怖の余り、次は何が起きたのかを察するのに精一杯で涙を流すきっかけが喪われていた。帰宅をしても悲嘆にくれてはおれず、喜寿を目前にした舅と姑に事を打ち明けるという辛い務めが待ち受けていた。

二人は当初その話がたちの悪い冗談でもあるかのように聞き入れず、お時はそれに対抗して倅を送り出した時の元気な様子をつぶさに語った。重蔵は太刀打ちに長けた倅が半六ごときに殺《や》られるわけがないといい張った。それでも事態は変わらぬと知って「あいつがなんで俺より先に」と重蔵は吠え、お時は泣き叫んで突っ伏した、「ああ、長生きなんてするもんじゃないねえ」と喚きながら。

千弥の時は「決して無駄死になんかじゃねえ」と慰めてくれた気丈な舅も、倅の早過ぎる死にはただおろおろと泣き崩れて洟を啜っている。お時は手に持つ針さえ見づらくなった眼で倅の亡骸を見るよりは、いっそ泣き潰したほうがましだといわんばかりにぐずぐずと涙を流し続けた。

いつまでも鳴り止まぬ二人のすすり泣きを聞きながら、恵以はお時に連れられて見た夫の初舞台から今日までが回《まわ》り灯籠《どうろう》のように想い出された。あの二度と戻らぬ日々と同じくもう二度と帰らぬ人になったことが、夫の無惨な亡骸を目の当たりにしてさえ、まだどうにも受け容れがたい自分の心に戸惑っている。受け容れられないからこそ、素直に涙も出て来ないのだった。

後から戻って来た倅にはついついい、

「ああ、お前は何だって小屋にいなかったんだい」

と詮《せん》ない愚痴まで聞かせてしまうが、

「俺も今それを思うと悔しくって堪らねえんだ」

倅は存外素直に母親の相手をしてくれた。

「俺も弟子の連中も楽屋を出払ってたのは、外の喧嘩騒ぎを聞いたせいなんだ」

「喧嘩騒ぎ……」

と恵以は思わずおうむ返しする。

「ただの口喧嘩なんだが、悪態のつきようがめっぽう気が利いてて面白えもんで、皆それにつられて外に出たんだよ。ちょうど楽屋の前で始まって、当初は四、五人だったのが見物人も寄って来て騒ぎが大きくなり、堺町のほうへ流れてったもんで、こっちも引きずられた恰好で市村座を離れちまったのさ」

「その中にひょっとして、右頰に疵痕のある男はいなかったかい？」

まだ気になっていることが口《へえ》を突いて、倅におかしな顔をされた。

「……さあ、疵までは目に入らなかったが、地廻りの連中でも俺の知らねえ顔ばっかりだった。喧嘩といってもちょっと揉み合うくらいで、堺町までのこのこついてったら雲霧のごとくにさっと消えちまったさ。今となってはあんな騒ぎに気を取られ、親父の大事の場に居合わせなかった自分が情けなくて本当に嫌になる。親父にはこれから教わりてえことが山ほどあったのに……」

九蔵が再び声を詰まらせて母親の前で泣きだすと、今度は恵以がその喧嘩騒ぎに気を取られる番だった。それは楽屋の前で偶然に起きた騒ぎだったのだろうか。そもそも流れ者が多い今どきの地廻りに、果たして役者を感心させるほど気の利いた悪態がつけるものだろうか。頬疵の男の一団はもっと大人数だったように思うが、楽屋の前で四、五人を残して他はどこかに消えたのだろうか。もしかしたら九蔵たちと入れ替わりに、市村座の楽屋へ闖入《ちんにゅう》したのではないか……。

本当に夫は生島半六一人に殺られたのかという疑念が、恵以の中でずっと消えずにわだかまったままだ。

半六は自身番からすぐに小伝馬町《こでんまちょう》の牢屋敷に送られたという話だが、御白州で一体どのような申し開きをするのだろうか。もし許されるなら恵以はあの男を直に尋問したいくらいである。

夫を殺すほどの意趣遺恨とは何なのか、何が彼をそこまで追い詰めたのかを。

それにしても夫は舞台であれだけ多くの人の心をつかみながら、たった一人の心が読めなかった、ということになるのだろうか……。

今は何とぞ真相が明かされるよう町奉行所に願うしかないが、施粥の件で僭上者と決めつけられた夫は、半六に何かよほど高慢に接して恨まれたように思われかねないのが悔しかった。

ともあれ野辺《のべ》の送りを済ませるまでは一つも気の抜けないやりとりが矢継ぎ早に押し

寄せて、恵以は途方や涙に暮れる暇とてなかったのである。

翌日は和泉屋の二階で各座の太夫元らと葬儀の打ち合わせをすることになり、恵以が段梯子を上がりしなにアッと目を留めたのは水桶に浸かった梅の枝。それは昨日とちっとも変わらぬ芳しい花を凛と咲かせていた。

思えばあれからまだ一日しか経っていないのがふしぎでならない。和泉屋もまさか次の日にこんな形で恵以を迎えるとは想いも寄らなかったであろう。あの時あそこで呼び止められなかったら、恵以はもっと早く小屋に行ってその場に居合わせられたのだ。そうしたら惨事が喰い止められたとまでは思わないが、小屋入りが遅れたのはどうしても悔やまれる。遅れた理由はそもそも善次郎の祝言を和泉屋に頼んだことで、彼の養父の手で夫は殺されたのだから、余りの皮肉な成りゆきに胸が潰れそうである。

夫はたしか一昨日その話を半六にしたのだといった。そして次の日に殺されたのだから、その話が半六を凶行に追いやったことになるのだろうか……。

「わしにはもう、あの子しかございませぬ」と夫に切々と訴えていた男の震え声や、ぞっとするくらい異様な目つきが今にはっきりと想い出された。

そもそもは善次郎の縁組みを……ああ、自分が夫に余計な話をしたせいなのだ……という自責の念がにわかに猛然と込みあげて、恵以はみるみる顔が青ざめてゆく。

「姐《あね》さん、気をしっかり持たっせい」

と部屋に入るなり活を入れたのは中村伝九郎だ。膝が痛むせいか、お付きに持って来させた床几に腰かけて、こちらをじっと見おろしている。

「兄イが亡くなったとは俺もまだ信じたかねえが、遺された者《もん》はみな先のことを考えるしかねえんだ。今は姐さんが市川一門の要《かなめ》にならなくてどうする」

　強い調子の励ましは実にこの男らしかったが、ふくぶくしい円顔には似合わぬきつい眼で見据えられると、恵以はいつぞやこの男からあきらかに脅されたと感じたのを想い出さずにはいられなかった。無頼漢の嫌がらせまでほのめかされただけに、またしても良からぬ疑念がむくむくと頭をもたげて来る。

ああ、夫は本当に生島半六たった一人の手で殺されたのだろうか。果たして自分がそれを疑うのは、ただ自分のせいにしたくないからなのか……。

恵以の心は妄執《もうしゅう》のごとき疑念に覆われ、猜疑《さいぎ》と自責の念に引き裂かれて、魘夢の覚めやらぬまま、おとなしく御白州の裁きを待つしかなかった。

　葬儀の当日は家人と弟子の身内だけでも野辺の供は数十人。これに四座の太夫元や主立った役者や裏方、座方が付き添うと二丁町の表通り一杯に広がる大行列となった。さらにまた無常の春風に誘われて江戸中のひいきがあちこちから押し寄せ、蜿々と列に連なって菩提所の芝増上寺《ぞうじょうじ》内常照院《じょうしょういん》へと向かうのだった。

　かくして出立《でたち》の酒や飯も半端なことでは済まなかったが、鳥目《ちょうもく》百匹と記された香奠《こうでん》の数がまたそれをはるかに上まわる集まりようで、死してなお夫の人気は江戸随市川の名に恥じないのを、白無垢に身を固めた恵以はしみじみと嚙みしめている。

読経の最中にも、棺桶に蹲《うずくま》った夫は突如むっくりと起きあがって、会葬者が腰を抜かすのではないか。と、恵以はわれながら子供じみた夢を見たが、市川團十郎の舞台とは違い、門誉入室覚栄の法名に替わった夫がむろん蘇るわけはなかった。

人に蘇りがないのは、母を亡くした幼い頃から重々知っているはずなのに、恵以は夫のそれがなかったことで深く傷ついたように、葬儀を済ませたら胸が急にきりきりと痛みだした。不死身と信じた夫がかくもあっけない最期を遂げて、もう二度と姿を現さないのがどうにも理不尽で納得できないという、強い心の痛みであった。

ひどく疲れてもいたから夜は早くに独りで寝間を取らせてもらい、蒲団の横へ腰を下ろした途端に、眼の縁から初めて噴きこぼれるものがあった。

この間に張りつめていた気持ちの糸がぷつんと切れた証のように、恵以は涙を垂れ流した。狂おしいまでの悲憤は激しい嗚咽に変わることもなく、ぐずぐずとだらしなく泣いていた。こんなふうに泣くのは今宵が最後と覚悟して、涙を拭いもせずに、ただゆるゆるとか細い声で泣き続けた。

巣立ち

團十郎の葬儀から間もない元禄十七年二月二十五日。北町奉行所は江戸四座の太夫元と町名主《まちなぬし》らを召喚して、芝居の新たなる禁令を通達した。この後しばらく舞台で用いる刀の道具が銀箔から黒漆塗《くろうるし》りに代えられたのは、小屋の中で生島半六が本身の刀を抜いても見とがめられなかったせいかと思われる。その半六が御白州の裁きを待たずに早々と獄死した報せを恵以にもたらしたのは、市村座の木戸番小頭、太七であった。

「どうも気が咎めて自害したというわけじゃなさそうでして。何しろ江戸随市川の親方が死んだ噂は牢屋にもすぐ伝わったでしょうから、そりゃもう嬲《なぶ》り殺しに遭ったたっておかしかねえんで」

という憶測には肯けなくもなかったが、もしかしたら半六が罪を素直に認めず、厳しい責め問いに遭って命を落としたのかもしれない。これで本当に彼が一人で殺ったのかどうかますます怪しくなった、と恵以には思えた。

半六の死は真相を闇に葬ろうとする何らかの大きな力が働いたせいではないか。その力はまたさまざまに考えられるため、恵以は周囲の誰にも話せず、口ばかりか心まで堅く鎖すしかなかった。

今は世間も半六の所行を大いに非難して、夫に対する嫉《そね》みが高じたのだと噂しているようだった。が、半六が死んだとなれば今度は彼に同情が湧いて、また違った憶測が飛び交うのではないか。夫が人前で半六を怒鳴りつけた話も蒸し返されて、日ごろ傲慢に振る舞った報いだといわれるのかもしれない。あるいは弟子の善次郎に悪い扱いをしたせいで養父に恨まれたのだ、ともいわれかねない。つまりは夫に殺されるだけの非があったと噂されても、半六が亡くなってしまえばそれを打ち消すこともできないのである。

翌二十六日は初七日に当たり、彼岸が過ぎても風はまだ冷たい早朝に恵以は再び白無垢の小袖に白紗綾《しろさや》の帯を締めて芝の増上寺へ向かった。山内常照院のあかん堂前は誰が報せたのか既に夥しい人数の老若男女が群れ集って、喪服に三升《みます》の定紋をつけた一行の到着を待ち構えていた。

三升の定紋は夫が生涯の当たり役とした不破の衣裳に使う雷紋の渦巻きを大小升の三つ重ねにしたのだと恵以は以前に聞かされて、なるほど芝居を「見ます」のもじりかと思ったが、ここでは人びとがその紋を指さして口々にまことしやかな珍説を囁いている。

「何でも團十郎のお袋は、懐に升が三つ飛び込んだ夢を見てやつを孕《はら》んだそうだぜ」と誰かが話せば、「升が産ませた子なら、この先ますます立派な役者になったろうに、四十五で逝くとは何とも口惜しいやね」と誰かが嘆いた。

恵以はこの手の戯れ口めいた追悼を聞かされても、ここに集ってくれた大勢のごひいきがつくづく有り難かった。一方で死して尚これだけ多くの人が集まる男を夫に持った身の重圧に打ち拉《ひし》がれて、さらにまたその男を父に持つ倅の苦労が思いやられた。

初七日のお斎《とき》とは別に夜は和泉屋で芝居の主立った人びとと再び会合が持たれ、そこに顔を出そうとした恵以は店の暖簾を潜るなり亭主の勘十郎から、

「お恵以さん、随分とお痩せになりましたなあ。くれぐれも御身《おんみ》を大切になさいましよ」

しみじみいわれたのがちょっと胸に応えた。もともと肥れない質《たち》とはいえ、ここに来て食も進まず眠りも浅いのは当然かもしれない。ふと子供の頃にここで会った先代内儀の姿が想い出されて、自分もあのようだったらもっと動じていないふうに見えただろうにと残念だった。だが痩せても枯れても江戸随市川團十郎の後家としては、せいぜい気を張ってこの場を乗り切るしかないのである。

各座の太夫元や後見人、座頭役者の一同が口を揃えて故人を悔やみ、生前の功績を讃《たた》えたのは型通りでも、

「江戸随市川の役者を欠いたら芝居はどこも立ちゆかねえ。だから何としても早く跡継ぎのお披露目をするのがここにいる姐さんと、われらの務めでござんしょう」

と伝九郎がきっぱりいい切るのを恵以は空々しく聞かざるを得なかった。夫の死の疑念はともかくも、既に九蔵という遺児がしっかり舞台に出ているのに、今さら跡継ぎの

お披露目もないもんだと思う。ところが相手はさらに語調を強め、

「すぐにも九蔵に團十郎を名乗らせなくちゃならねえ」

恵以は一瞬ぽかんとして、ざわつく座敷を見まわした。一様に驚きの表情なので、伝九郎はやはり相当に思いきった発言をしたらしい。

夫が亡くなったからといって、すぐに別の者が團十郎を名乗るなんて恵以は今の今まで想ってもみなかったのだ。たしかに九蔵は幼名だから、いずれは夫が海老蔵から段十郎となったごとく成人にふさわしい役者名が考案されるのだろうと思っていた。しかし興行御免状と共に先祖の名跡を代々に伝える太夫元の一族はさすがに考え方が違って、伝九郎は九蔵の改名を強く求め、他の太夫元らもそれに追随する構えをみせたところで、恵以は自分の一存では決められないからと口を濁して、ひとまずこの場はかわしたのであった。

かくして初七日が過ぎ、二《に》七日《しちにち》には自宅に門弟を招いてささやかな宴を催した。何しろ生前この世を大いに賑わし騒がした故人なのだから、中陰《ちゅういん》の間も遺族がことさらしめやかに過ごすのは却って妙な気がしたのだ。葬儀以来久々に集った門弟も、皆それぞれ親方にこっぴどく叱られた想い出や何かを面白おかしい笑い話にして、故人を慕い懐かしんでいた。

ただしこの場に善次郎の姿はさすがになかった。せっかく慣れ親しんだ市川一門を離れて再び生島門下に帰ったのはやむを得ない仕儀だし、ここで彼の名を誰も口にしない

のは当然だろう。別れの挨拶も夜にこっそり来て、ほとんど口もきけずにただひたすら頭を下げる相手を見た恵以は、前途ある若い役者が所帯を持って間《ま》なしで不時の禍《わざわ》いに見舞われた不幸を思わないわけにはいかなかった。それを思うと役者の一生は当人の人柄や精進と関わりなく、いかに運というものに左右されるかが知れた。父を喪った九蔵は善次郎よりもまだ役者としては運がいいほうなのかもしれない。

その九蔵当人がまだ知らない改名話を、恵以はここで持ちだすかどうかも大いに迷うところであった。だが古株の門弟まで含めて一堂に会する機会はこの先めったにあるまいと判断し、思いきって口にした。すると案のじょう座敷はざわついて、初七日で和泉屋に集った人びとに増して驚きの表情が強いのは、故人とより近しい間柄だったせいでもあろうか。

役者としての年功は故人に負けず、いささか小兵ながら故人の生前中にも代わりが十分務まると見られた團四郎にまず水を向けたら、

「いずれ親方が隠居をなされば、九坊が親父様の名を譲り受けなさるに違《ちげ》えねえと踏んでましたが、結句それが早まったというわけですなあ」

存外すんなり認めた様子で、恵以もそれがさほど筋の通らない話ではないらしいと思えた。團四郎がこういえば、一門で異を唱える者はいないだろう。が、独り狼狽えているのは当の九蔵で、

「まあ、待っとくれよ。そんな勝手に決められても困る。俺はまだまだとてもお父つぁ

んの代わりは務まらねえよ」

と泣き言を洩らしたところ、間髪を入れずに冷ややかな笑い声を浴びせるのは團蔵であった。

「へへへ、わっちも九蔵さんをとても親方とは呼べねえやな」

九蔵より四つ年上の市川團蔵は若衆方で人気があり、芸も達者で九蔵はまだその足下にも及ばない。ただ年齢がさほど変わらず今後は互いに人気を競い合う仲だけに、團四郎と違って大目に見る気がないのは致し方あるまい。團蔵が九蔵を一門の総帥と認めたがらないのは、皮肉にも夫が市村座の幼い太夫元を軽んじたのと同じ理屈であろう。皆に可愛がられた子役も早や十七ともなれば、こうして一門の中でさえ厳しい見方をされてしまう。いや、われこそが親方と縁あって結ばれた弟子だと自負する者ほど、血縁を疎ましく思うのではないか。江戸随市川の大きな後ろ盾を喪った今、九蔵は亡き團十郎の代わりが務まるどころか、偉大な父親に代わる後ろ盾を探すほうが先決だと思えた。

むろん惨劇の舞台となった市村座で見つけるのは難しかろう。九蔵がいくら親炙するつもりでいたにしても、父を殺した半六と同門の生島新五郎に身柄を託すわけにはいかなかった。

三七日、四七日と過ぎ、ひと月たっても弔問客は絶えない。弔問にかこつけて、こちらの身の振り方を尋ねる声もあがる一方だ。

市村座の菊屋善兵衛は自ら訪れることはないものの、法事と忌日には立派な供養の品を届けて来た。伝九郎はちょっとでも法事に顔を出しては、「兄貴の追善は是非とも中村座《うち》でやらせてくんなせいよ」と盛んに口説いた。その熱意にはほだされもしたが、恵以は頑《かたく》なに返事を避けている。

ああ、あんな脅しを受けさえしなければ、真っ先に頼ったであろう伝九郎と、今は正直な話もできずにいるのが情けなくて辛かった。あの脅しさえなければ、市村座にも今ほどおかしな疑念は持たずに済んだのだろう。が、それでも夫が殺されるのを黙って見過ごしたという遺恨は捨てきれなかっただろうか……。

とにかくこの堺葺屋の二丁町に留まる限り、夫の死の影から逃れられない。疑心暗鬼という化け物が棲み着いた自分はいまだにずっとその影を引きずっている。だからいつ何時《なんどき》あらぬ猜疑心やおかしな恨み言が口から噴きださないとも限らないのだ。うっかりそれが九蔵の耳にでも入って、同じ影を引きずらせるようなことにしたくはなかった。恨みは人を腐らせるばかりで、ついには人を滅ぼしてしまう。若い者が恨みで身を滅ぼすようなことだけは断じて避けなくてはならない。

考えてみれば江戸の芝居町は何もここだけではなかった。夫も若い頃は木挽町の芝居に出ていたように、九蔵も当分は親元を離れた舞台で修業を積んで、再びこの町に戻って来た時は夫と同じく、見ちがえるように立派な役者となっていてほしいものだ。

木挽町の二座のうち恵以が当初あてにした森田座は團四郎が立役の筆頭で、あの荻野沢之丞が座頭格の立女方であった。地震火事で一時は身の上が案じられた沢之丞も幸い無事だったし、九蔵が子役の頃に舞台でさんざん世話になった相手だから、今後も何かと世話を焼いて引き立ててくれそうに思えた。ところが、

「森田座《うち》は今あいにく跡目《あとめ》相続の争いが起きて、芝居がいつなくなるやもしれず、わっちも荻野の太夫もひやひやもんなんでさあ」

と團四郎が真顔で話すのを聞いて、とても頼るわけにはいかなくなった。

もう一方の山村座は太夫元が九蔵と同い年だが、夫が若い頃に世話になった先代の太夫元が隠居をして友碩《ゆうせき》を名乗るも、いまだ健在で興行に采配を揮っているというから、九蔵の身柄をまるまる預けられる気がした。おまけに座頭の宮崎伝吉がまた頗る頼り甲斐がありそうな役者だった。

夫が「荒事の開山」であるように、宮崎伝吉は「実事の開山」と呼ばれている。元は上方出身の役者だが芸風は堅いほうで、恵以は四年前に夫がこの役者と組んで大当たりした『景政雷問答《かげまさいかずちもんどう》』の舞台を懐かしく想い出す。夫は主役の権五郎《ごんごろう》景政、伝吉は景政の友人役で、景政がわが妻に恋するのを知って憤りを抑えながら諫めるセリフにも誠意がこもって聞こえ、これぞまさしく「実事」の芸を見せつけられた気がしたものだ。台本《ほん》を書いたのは夫でも、伝吉のセリフは当人任せのところが大きいと話していた。

伝吉は夫と同じく台本が書ける数少ない役者の一人で、夫が書くのは自ら主役をする台本に限られたが、伝吉は作者だけを務めることもあるから、今の九蔵にふさわしい役

を書き与えてくれるかもしれない、という淡い期待もあった。また子役の頃の九蔵ばかりか亡き千弥とも共演して、沢之丞と一緒に弔問してくれた相手でもあったから、恵以は素直に頼れそうな気がしたのである。そこで四十九日が済むとさっそく書状で申し越して、自ら木挽町宅を訪《おとの》うたのだった。

森田と山村の両座からほど近い路地に面したその家は板塀の木戸を潜るとすぐに広い庭先へ出た。まず目に留まったのは姿よく剪定《せんてい》された枝振りのいい梅の古木だが、むろん花は既にすっかり散り失せて今は瑞々しい青葉に包まれている。

庭に面した庇《ひさし》の下は広縁になっており、真ん中に黒塗りの文机が、左右に小さな書棚らしきものが置かれていた。陽が燦々《さんさん》と降り注ぐのはともかく三方から風が吹き込む場所を書斎とするのは珍しく、温暖なこの時期ならではの間取りともいえそうだ。

戸口を入れば家人が現れて、名乗るとすぐ奥の座敷に案内した。襖障子の柄も床の間飾りも役者の家にしては地味なほうだろう。家の主も決して派手な顔立ちではなく、舞台には貫禄のある家老役でのっしりと出てくるが、ここでこうした素の姿を見れば意外なほど小柄で、舞台姿が大きいのは芸の力を窺わせ、九蔵にもぜひ見習わせたいように思えた。

見物席が常にしんと静まって耳を傾けるといわれる渋い声で、葬儀や初七日とはまた違った哀悼の辞を沁み入るように聞かせた上で、相手は急にがらっと調子を変えた。

「さあ、これからは九蔵殿に早く改名を願《ねご》うて、新たな團十郎を迎えるばかりでござり

「ますなあ」

本題が早くも向こうから降りかかって、恵以ははかばかしい返事ができないでいる。

「いえ、まだ、とてもあの子には……」

「近年の舞台はよう知らんが、当時は随分と達者な子役にお見受けしましたぞ」

「はい、それゆえに」

と、ここで正直に訴えてみた。

「当時をよくご存じのあなた様に、何とぞ九蔵のお引き回しを願いたく」

「なるほど……されば、初盆の追善興行に改名をなさるがよろしかろう」

相手はそれが至極当然のことのように淡々と告げた。

「改名の口上は、お任せあれ。江戸随市川を惜しむ者が数多《あまた》ある中で、後家御《ごけご》に望まれたのは身の果報と存じ、心を込めて相務めまする」

思いがけないほどの快諾で、恵以は今さらに亡き夫の余光を知らされる思いであった。その余光が消えないうちに、何としても跡継ぎを世に送り出したい気持ちは、恵以よりむしろ周囲のほうがもっと強いのかもしれなかった。

初盆までにはあと三月《みつき》ほどしかなく、その間にさまざまな支度をしなくてはならない。まず市村座の中途退座は仕方がないと思われても、堺葺屋の二丁町を離れての追善興行となれば到底収まらない相手があった。

「冗談じゃねえ、兄貴の追善を中村座《うち》にさせねえたァ一体どういう料簡だっ。姐さんは何かうちに含むとこでもあんのかい」

と家に怒鳴り込んで来た伝九郎に、恵以はひたすら身を屈《かが》めて応じた。

九蔵は亡父の若い頃を見習って、しばらく親元から離れた町で修業させたい旨を綿々と訴えても、しかし相手はきつい眼で睨みつけるばかりである。こうなると持ち前の負けん気が出て、いくら後家の身でも、いや寡婦《やもめ》となったからこそ江戸随市川の看板は下ろせぬ意地で、じいっと目をそらさず説得に努めた。するとついには相手も根負けし、

「さすがに遅蒔き十兵衛さんの娘御は並の女子《おなご》とは違ってらあな。俺もいいだしたからにはあとに退《ひ》かぬたちだが、姐さんにゃ負けた。もう二度と来ねえぜ」

と捨てゼリフを残して立ち去ったのである。

「やっぱり追善はこの町でなさるのが筋なんじゃござんせんかねえ。この町ならわっちも堂々とお手伝いできるんですが……」

と和泉屋勘十郎もしつこく引き止めにかかったが、恵以の心が動くことはなかった。

この相手の親切心を疑う気持ちはつゆほどもないけれど、今はまだここに来れば夫が最期を迎えた日のことを必ず想い出してしまうのは辛かった。

こうして袖にされた二丁町とは裏腹に、片や沸き返ったのは木挽町で、九蔵と同い年の若き太夫元五代目山村長太夫は頰を紅くして江戸随市川の追善興行を歓迎した。急逝した團十郎を惜しむ声が高い今、その名を遺児が受け継いで初盆の供養とする舞台に人が集まらないわけはなく、山村座はこの上もない当たり籤《くじ》を引いた恰好なのである。

ただし、その当たりは手を拱いて待てるわけではなかった。改名披露で九蔵が何とぞ大勢のごひいきを得られるように、恵以はまず亡き夫のごひいきに自ら挨拶に出向き、書状で報せたりもしている。世間広く報せるには初盆の回向《えこう》をなるだけ盛大にする費用も厭えなかった。

一方で、夫の生前はちっとも苦にならなかった多額の借金が、今は大きな重石となって身にのしかかる。地震火事で何もかも喪ったあと、家を建てるにも、家財道具を揃えるにも、夫の稼ぎをあてにしたのがすべて目算違いになったのは致し方なく、地主に追い立てを喰らわないだけでもまだましとするしかない。

夫の立派な跡継ぎとして九蔵が世に認められるまではと、恵以はまさに後家の踏ん張りで毎日のように出歩いているし、毎晩せっせと書状をしたためて、算盤を弾いては頭を抱えた。息苦しいほど気が張りつめているが、却ってそれが幸いなのかもしれなかった。

今は少しでも気が弛んだら、人と何げない話をしていても急に泣き声に変わったり、道を歩いていてもふいに涙が噴きこぼれそうになる。恵以はそのつど湿りがちな心を厳しく叱咤し、夫の初盆を滞《とどこお》りなく迎える支度に勤しんだ。九蔵もまた立派な改名披露ができるよう、宮崎伝吉の下で厳しく仕込まれているはずだと思いながら。

元禄十七年（一七〇四）は三月十三日をもって宝永《ほうえい》と改元し、宝永元年七月十五日にはいよいよ山村座の盆狂言『平安城都定《へいあんじようみやこさだめ》』が幕を開けた。

まだ残暑が厳しい折だけに盆狂言は例年あまり大物の役者が出なくても済む軽い筋立てになるが、今年は故人の追善と新たな團十郎の披露を兼ねた大がかりな五番仕立てである。桓武《かんむ》天皇の即位に始まって平安京の遷都までが大筋で、宮崎伝吉は天皇の危機を救う伝教大師《でんぎようだいし》の役に扮し、九蔵は天皇に敵対する悪人を父の仇とつけ狙う龍虎之助《りゆうこのすけ》という大役が与えられた。

夫の生前は初日の舞台を物陰から見た恵以も、この日ばかりは身内と共に堂々と桟敷の一角を占めてわが子の出番を待っている。だが同じくそれを待つ大勢の見物人を焦らすかのように新團十郎はなかなか姿を現さず、大詰に近い四番目でようやく「成田屋、待ってましたっ」の声がかかった。

幕開きは龍虎之助が父の仇討ちを果たせるよう滝に打たれて祈禱《きとう》をする場面で恵以はそれを見て亡夫と共に初めて成田山へ参詣した日の情景が鮮やかに蘇った。思えばあの参詣で授かったわが子が父の名を受け継ぐまでに成長したのはしみじみ有り難く感じられる。

亡夫はあれからも参詣すれば滝に打たれて、わが家では水垢離を欠かさなかった。その姿を舞台に重ねると、しかしながら恵以はわが子の至らないところばかりが目につくのだ。

「今《いま》團十郎、大当たり」「親父そっくり」のかけ声が乱れ飛ぶなかで、恵以は腹を痛めたわが子が夫と同じ名乗りにふさわしいのかどうか、母よりもまだ妻の目で見ている自分に気づいて内心愕然としていた。

「どこといって悪かねえ。そいつが困ったもんだ」

という声に飛び起きて、恵以はびっしょりかいた寝汗を拭う。あきらかに死んだ夫の声で、これぞまさしく夢枕に立つということなのだろう。昼からずっと気になっていたことが夢に現れて、この世に遺された妻はいみじくも亡夫がいい当ててくれたように思えた。

清浄な白衣で滝に打たれる九蔵の姿は凜々しくて、たしかに亡夫の若い頃を彷彿とさせた。セリフも明瞭だったし、若いだけに太刀捌きの動きや何かも潑剌としていた。しかしどうも何か物足りない。九蔵を名乗る分にはあれでもいいのだろうが、という気がしてならなかったのだ。

もっとも始めから多くを望むのは禁物で、初役の初日としては上々の滑りだしだったし、宮崎伝吉がした改名披露の口上も切々と胸を打ち、二代目團十郎の誕生は見物人を十分納得させたように見えた。それなのに「おっかさん、どうだった?」と訊かれて恵以はつい煮え切らない返事をしてしまい、倅にちゃんとした自信を持たせられなかったのが後悔された。

壮年の働き盛りに逝った父親とまだ二十歳にもならない倅をまともに比べたらもちろ

ん可哀想だし、九蔵には今までにない精進ぶりも窺えたのだけれど、團十郎の二代目を名乗るからには見方が厳しくなるのは当然だし、それは身内よりも他人のほうが勝るはずだから、恵以は木挽町の芝居茶屋でもよく耳をそばだてていた。

「やっぱり親父そっくりで懐かしいねえ」という声は多いが「似てはいても、ちと小兵だなあ」という声もあがる。「何せ若いから敏捷《はしこく》ていいやね」と賞める者もあるが「いや、どうも軽く見えていけねえ」と腐《くさ》す者もいた。あげくに「ありゃ親父ほどの大器じゃねえなあ。若いうちはいいが、年を喰ったらちっぽけでつまらねえ役者だぜ」と駄目を押された。

心ないというより忌憚《きたん》のない世間の見方を聞いても、恵以は九蔵の早過ぎる改名披露を後悔しなくてはならない。九蔵のままでいれば聞かされることもなかったであろう厳しい評判が、今後はきっと当人を腐らせるであろうと思えば不憫だった。

軽く見えるのは小柄なせいだけでなく、まだ芸が至らない証拠だろうが、九蔵は子役の頃のほうが舞台でもっと伸び伸びして見えたのに、今は妙に蹙《しじか》まっているから小さくも見えるのだ。それは父親の無惨な死に遭遇したこととつながるのだろうし、偉大な父の芸を引き継いでそれを守らなくてはならないという使命に心が竦《すく》んでいるのかもしれなかった。

恵以は二代目團十郎の舞台の何が不満かといって、それはいかにも親父をなぞった芸で、そこに少しも驚きがなかったことである。

幼い頃に見た綱渡りや籠脱けの軽業から、唄に三味線に舞い踊り、続き狂言の哀れな筋立てや深刻なセリフのやりとりに至るまで、あらゆる芸に恵以が魅せられたのはハッと息を呑む一瞬であった。人が平気であんな危い真似をできるのか。人にはあんなきれいな声が出るのか、あんな美しい動きができるのか。この世にこれほどの哀しみがあるのか、とまず驚くことが芸の醍醐味なのではなかろうか。

亡夫が若い頃はそれこそ次から次へと新たな芸を繰りだして驚かせてくれた。が、晩年の舞台でも同じ筋立て、同じセリフ、同じ動きの中にそのつど何かしら新たな工夫を取り入れてハッとさせられた。同じセリフでもいい方一つで解釈はがらっと変わり、自らの心が赴くままに変えられた亡夫の芸は毎日でも見飽きることがなかった。

芸とは本来そうした新鮮な驚きに支えられたものだと思い込んでいた恵以は、ただ人をなぞった芸の先が読めてしまうつまらなさに愕然とさせられたのである。ハッとさせられる一瞬がない芸は少しも心を揺さぶりはしないのだった。

九蔵が子役の時分は、親父の芸をただきちんとなぞって見せるだけでも皆から感心された。しかし團十郎を名乗ったらそれでは不十分だし、むろん成長して自身がもっと心を使えるようになれば芸の深みは増すにしても、幼い頃から人を驚かせてばかりいた亡夫と今の九蔵を比べてみたら、実の父子といえど持って生まれた資質の違いを認めないわけにはいかなかった。

ここに来てよく想い出すのは昔あの荻野沢之丞にいわれたことである。実の子が父の姿を雛形のようにそっくり真似たらごひいきは満足しても、いずれは飽きられるだろうし、何より当人が物足りなくなるだろうと沢之丞はいったのだった。

九蔵は團十郎の倅に違いないが、恵以が腹を痛めて産んだ子でもあった。だから全くの父の雛形であるはずがないと恵以は信じていたし、そうでなくなって初めて九蔵は偉大な父の子に生まれたことを後悔しなくて済むようにも思えるのだ。

ともあれ、團十郎の追善と改名披露を兼ねた山村座の盆興行は概ね好評のうちに幕を閉じた。その千秋楽から間なしの八月十九日に、なんと沢之丞が五十の齢《よわい》を待たずに他界して、恵以のみならず芝居町の大勢を驚かせ、嘆かせたのである。

故團十郎の相手役として名を馳せた名女方は、團四郎を新たな相手役として今年の正月までは森田座の舞台に出ていただけに、この急逝は故人の後を追った女房役の旅立ちかと見えた。

先に舞台の連れ合いを引っ張って逝かせた亡夫が恵以はつくづく恨めしかったが、自分を後まわしにしたのは跡継ぎを託する遺志の表れだという気もした。親の財《たから》を元手に店を広げる商家の跡継ぎと同様に、九蔵も親に仕込まれた芸を元手にいずれきっと新たな道を拓いて芝居の世界を広げるであろう。それまではただじっと見守るのが、後に遺された連れ合いの務めだと思われた。

「親父は親父、俺は俺だ」というのが今や九蔵の口癖である。

「そうだ、九蔵は九蔵でいいのさ」

と嗄れ声でこちらも口癖のようにいうのは三島屋源六だ。魚河岸の跡取り息子で、今や九蔵にとっては無二の友といえるのかもしれない。

今宵も共に木挽町の崩橋《くずればし》から舟に乗って目指した先は浅草の山谷堀《さんやぼり》。日本堤で舟を下りたら五十間のだらだら坂を下って新吉原の大門《おおもん》を潜り、仲之町《なかのちょう》をまっすぐに突っ切って京町の三浦屋《みうらや》に登楼している。

三浦屋は吉原に二軒あって、ここは大三浦と名高い四郎左衛門《しろうざえもん》の妓楼ではなく、斜向《はす》かいに建つ小さめのほうだ。大三浦には大名のお相手ができるほどの上品《じょうぼん》の太夫もいるが、こちらはせいぜい格子女郎止まり。それでも九蔵はここで初めて会った敵娼《あいかた》の初瀬《はつせ》がえらく気に入って通うことにした。

初瀬は一目で美人とわかる派手さはないさっぱりとした顔立ちながら、切れ長の眼に得もいわれぬ艶《えん》があった。太夫のように琴ではなくとも三味線がそこそこ上手に弾けるし、歌は詠めなくても気の利いた話をする。抱いた、というよりは抱かれたに近い初の床入りが心地が良かったばかりか、寝物語をしても結構面白かったのだ。

「どうも誰かの顔に似てると思ったが、へへへ、おめえのお袋さんじゃねえかなあ」

と要らぬ戯れ口を叩いて怒らせた源六も、自分と似てくりっとした眼の、口が大きい剽軽《ひょうきん》な顔の敵娼にぞっこんなのは知れていた。

火鉢を囲んで酒を酌み交わし、初瀬の三味線で唄を次々と歌えば冷えた躰も温まったどころか蒸し暑いくらいで、雨戸を細めに開けている。

死んだ親父がよく「俺は三代目の高尾《たかお》を見た」と自慢したが、大三浦にはまだ何代目かの高尾を称する太夫がいて、今ちょうど見世《みせ》から出て来た姿が雨戸と格子の隙間から見えた。黒繻子に銀糸でちらし書きの文字を刺繍《ぬいとり》した小袖に目の覚めるような蘇芳《すおう》色の帯と緋色の間着《あいぎ》。色遣いが際立ったその道中姿は人目を惹いても、箱提灯《はこぢょうちん》で照らされた顔にこうごうしいまでの輝きはなかった。

「初代の高尾は自分が産んだ子を乳母に抱かせて道中した、なんぞという話が伝わるくらいだからなあ。その話を聞いただけでも、当時いかに人気があったかわかる……」

九蔵がそう何げなく呟いたら、源六はちょっと咎めるような目つきで睨んだ。

「俺も三島屋の三代目だが、初代の祖父《じい》さんに負ける気はしねえぜ。土台この世に生まれた時を違えたら、競えもしねえんだから、勝ち負けのつくはずがねえんだ」

と、こちらの心を見透かしたように再び口癖を繰り返した。

「九蔵は九蔵でいいのさ」

そうだ、親父は親父、俺は俺だと、こっちもしっかり心にいい聞かせる。いくら俺が気張ったところで、死んじまった相手とは競いようがねえじゃねえかと思う。それに親父のようにいくら江戸随一の人気者になったところで、他人から妬まれたあげくに殺されたのでは堪らない。俺はほどほどの人気者でいいし、だから役もそこそこでいいのだと納得しても、気分は一向に晴れなかった。

追善興行の際は格別の扱いで、今度の顔見世ではさほどいい役はつくまいと覚悟していたが、本当にそうなったら気は腐る一方だった。頼りにしていた宮崎伝吉は跡目相続でごたつく森田座からも頼りにされて向こうに移籍してしまい、代わって山村座へ新たに加わったのは生島新五郎と市川一門の團四郎だから、共に馴染みのある二人がひょっとしたらいい役を回してくれるかもしれない、という淡い期待もみごとに裏切られた恰好だ。

『頼政御前能《よりまさごぜんのう》』という顔見世狂言で新五郎は源三位《げんさんみ》頼政に、團四郎は頼政の家来で鵺《ぬえ》退治を手伝った猪早太《いのはやた》に扮しているのに、九蔵に与えられたのはその弟の猪小早太《こはやた》という、役名からして付けたりの端役でしかなかった。つまり一座にいてもいなくてもいいような扱いだから、舞台でも楽屋でも居場所というものがないのである。

「團十郎、邪魔だ、ちょっとそこ退いてくんな」「おい、團十郎、そこをちゃんと片づけてくれよ」などと先輩役者がこっちの名を聞こえよがしにいうのも、生前おっかなくて傍にも寄れなかった親父の名を呼び捨てにしたいせいかと思われて、まさに親の名を汚すも同然の身の上を恥じるばかりだ。

自分よりもっと気落ちしたであろう母親のことを、九蔵は気にしてもいた。初日は木挽町の芝居茶屋で待たずにさっさと引き揚げてしまったし、その前にまず給金の話を聞いて顔がこわばっていたのは、それだと二十年働いても親父の一年の稼ぎに追っつかない額だったせいだろう。お袋のことは必ず俺が守ると棺中の親父に誓いを立てたのも今や全く虚しいありさまには、われながら情けなくて嫌になる。
今宵は葺屋町河岸の実家に戻って千秋楽の祝いを共にするはずが、とてもお袋には合わせる顔がないと自らにいいわけして、舟を吉原の方角に向けた。木挽町からここに来る舟賃だけでも銀二匁五分、登楼までしたら一体いくらかかるかは余り考えないようにして。

「九蔵は舞台のことだけ考えてりゃいいんだ」

と常にこちらの懐具合を気遣ってくれる友に今宵もまた甘えることになるのだろう。どこかできちんと気持ちを立て直さなくてはと思いながら、ともすれば味気ない現世《うつしょ》から逃げだしたくなる心は捕まえておきようがないのである。

幸いここは格子越しに覗く景色も浮世離れしていた。すました顔で勿体をつけてしずしずと道中の歩みを続ける太夫が誰を想って胸を焦がすのか、深編笠で足早やに通《とお》り過ぎる侍がどれほどにやけた顔かはわからなくても、まさしく一場《いちじょう》の夢ともいえる廓の景色は決して見飽きることがなかった。

「深山幽谷の滝なんかよりも、ここを舞台にしたほうがずっと……」

九蔵はまた何げなく呟いた独り言で今度は自身ハッとしている。

「なあ、源や」

「何でえ、九蔵」

「こないだ楽屋で小耳に挟んだんだが、上方では廓《くるわ》の女郎と心中する芝居が当節の流行りなんだとよ」

「シンジュウ……てのは何だ？」

「この世で結ばれぬ男女が一緒に死んで、あの世で結ばれようとすることさ」

「へええ。まあ、上方に限らずどこでもありそうな話だが……江戸でも名高い、かの坂田藤十郎とやらがまた流行らせたのか？」

「いや、去年まず操り浄瑠璃で『曽根崎心中《そねざきしんじゅう》』というのが大当たりして、かぶき芝居でもそれを演《や》るようになってから大流行りなんだとさ」

「それが一体どうしたってんだ？」

「ここ吉原でも心中ができねえかと思ってね」

「……九蔵、おめえ変に思いつめちゃいけねえよ。あと何年か修業を積んだら、もうちっといい役がつくようにもなるさ」

と源六は口早に慰め、初瀬は怯えたような眼でじっとこちらを見つめ、どうやらすっかり誤解されたらしいのがおかしくて、九蔵はぷっと噴きだしている。

それにしても心中のように現に起きた出来事を舞台に仕組んで見せられるのはさすがに上方で、お膝元の江戸はお上の目がうるさくて無理だろうし、芝居の見物人もまた舞台には世間でよくあるような作り話よりも、滅多に起こりそうもない奇譚を求めるのではなかろうか。ただ吉原《ここ》の眺めはまるで舞台さながら作り事の粋《すい》ともいえそうなので、九蔵はこの景色をそっくり芝居小屋に移したらどれだけ面白かろうと思ったりもする。

「なあ、九蔵、せっかく気晴らしにここへ来たんじゃねえか。芝居のことなんざ忘れちまえよ」

　と源六に文句をいわれ、

「ハハハ、ごもっとも。それじゃまた白酒売りの言い立てでもして聞かせようか。それとも新たに種を仕込んだ油売りの口上はいかがかな」

　九蔵は如才なく牽頭《たいこもち》にでもなったように得意の物真似をしかけたところで、ふと目についたのは部屋の隅に飾られた絵だ。この部屋には小さいながらも床の間が設けてあり、そこに掛けられた絵軸が今宵は何だか妙に目を惹いた。

　馬を曳《ひ》いて橋を渡る童の絵で、その影を川面に映しだした描き方がとても新鮮で情趣に溢れている。思わず床の間に近づいたら「朝湖《ちょうこ》」の落款《らっかん》が見え、

「ああ、こりゃお父つぁんの俳諧仲間だった暁雲《ぎょううん》先生の絵だ。きっとこの見世にも上がりなすったんだねえ。お気の毒に生類憐れみの網にかかって、たしか三宅島へ流されなすったと聞いたが、今頃はどうなさってるか……」

「へええ。九蔵は絵にも詳しいじゃねえか」

「ガキの時分から何でもひと通りは習い事をさせられたからなあ。役者は吉原の太夫と同じかもしれねえよ。芸は身を助くるといってねえ」

「なら今度ここで絵を描いて女郎衆に見せてやったがいい。上手な絵は平べったい紙の中でも立ちあがって見えるからふしぎなもんさ」

「ああ、そりゃ筋を一本くっきりと引いたら、横に淡墨《うすずみ》をぼかし入れて、この絵のような影をつければいいのさ。それを隈取《くまど》りとかいってねえ」

と九蔵は自分がここでまさか大和絵《やまとえ》の蘊蓄《うんちく》を傾けることになるとは思わなかったし、源六のほうも意外の面もちで呆れたようにいう。

「ああ、九蔵は役者を廃《や》めても、何だってやってけそうだぜ」

そうかもしれない、と九蔵は自分でも思う。一方でそれは断じて許されないことだと賢《さか》しらに分別《ふんべつ》している自分が情けなかった。躰ばかりかこんなに気が小さくては、とてもあの親父の跡は継げねえ。ああ、俺は何だってあんな親父の倅に生まれたんだろう、と声に出してはさすがにいえず、手酌した杯を黙って呷《あお》った。

米櫃《こめびつ》の心配までする日が来るとは夢にも想わなかっただけに、恵以はこの窮状を誰にも訴えられず独りで頭を抱えていた。地震火事で何もかも喪って夫まで亡くしてしまい、貯えが底を突いたどころか借金の山を抱えている。夥しい香奠やごひいきの供養の金品に救われたのもほんの束の間で、そもそも夫の生前は家人が多すぎたのを今にして気づく始末だった。

まずは内弟子や付き人は早々に引き取らせたものの、地震火事の避難先としている食《しょっ》客《かく》はすぐに立ち退いてもらうわけにいかなかったし、昔からの雇い人にも暇《かね》は出しづらかった。何しろわが家には喜寿を迎えそうな舅夫婦と鉄漿付けも済まさぬ娘がいて手がかかるし、九蔵が木挽町に移ったら女所帯も同然だから用心のための男手も要るのだ。まだ二十歳にもならない倅の給金をむろんあてにはできなかったが、いつになったらできるのだろうとは、つい考えてしまう。

去年の追善興行では九蔵も沢山の見物人を集めたが、故人の七光りが届くのは結句そこまでと見切られたようだった。九蔵には子役の頃のひいきもあれば、亡父のひいきも後押しをしてくれるけれど、父親の雛形で売れるのは一時に過ぎず、役者寿命を延ばすには今後しばらく地道な修業を積ませなくてはならない。

しかしながら地道な修業をいくら積み重ねても、それがすぐに役者の人気と結びつくわけではなかった。この町に長年住み馴れた恵以は、役者の人気ほどあてにならないものはないし、また理屈に合わないものはないこともよく承知している。

わが子が父と同様の人気役者になるのはいつの日か、果たしてその日が来るのかどうかも知れない今、三升屋敷といわれるほどの大きな住まいは分不相応であろう。広い家だからこそ家人も増えるので、恵以はこの際に手放すことを本気で考えた。

昔から何かと相談に乗ってくれるのはやはり和泉屋勘十郎で、店が堺町に移ってから少し遠くはなったけれど、足を延ばすというほどのことでもない。ただ相手を見ればどうしても夫が死んだあの日のことが想い出されて胸が痛むので、ついつい疎遠になってしまい、この日久しぶりに暖簾を潜ったら和泉屋の内儀がびっくりしたような顔でこちらを見た。

以前は何かとおしゃべりして引き止めにかかった内儀が今日は妙によそよそしい表情ですぐ奥の間へ通してくれたのは、自分がよほど思いつめた顔をしているせいか、と恵以には思えた。

「何でも伺いましょう。ご用立てでも遠慮なくおっしゃいましょ」

と勘十郎は相変わらず親身な声で、こちらの窮状を察した言葉も素直に受け取れるのだった。

「実はそろそろ家移りを致そうかと存じまして。あの家はもう嵩《かさ》ばるばっかりで」

「ああ、それについてはこちらも話がござります。たしかお宅には離れが二棟あって、母屋も今は空いた座敷があろうから貸屋になすったらどうかと存じましてね」

「貸屋に？……」

恵以はきょとんとした顔だ。

「はい。お恵以さんと舅御夫婦は母屋で同居をなさり、空いた離れや座敷を他人に貸すんですよ。そしたら少しは暮らしが立ちやすくなるんじゃねえかと……いえね、これは既に今お宅でご厄介になってる御仁が、家賃を払いたくとも今さら失礼なんじゃねえかといいだしかねて、わっちに相談なすったところから思いついたんですがね。

借り手はわっちがこの目でしっかり選んで、滅多なことがないように致しますし、いっそ和泉屋《うち》の寮に使わせてもらってもいい。亡きご亭主が数寄《すき》を凝らして普請なすったばかりの家を、お恵以さんがむざむざ人手に渡すのは惜しいと思うから、ご無礼を承知の上でこんなことを申しあげるんですが」

相手は意外な提案をして、恵以の胸に微かな明りを灯した。相手がいう通り、ここは九蔵の出世を待って何とか持ち堪えてみようかと思う反面、そんなあてにならないことに望みを託してどうするという気持ちも強く、

「あれは先代に見合っても、当代の團十郎には不釣り合いな家かと。やっぱり手放したほうがいいように存じますので、どなたか買主のお世話をして戴けませぬか」

といえば即座に相手は頭《かぶり》を振った。

「いや、そう急いて事を決めつけるもんじゃねえ。たしかに今の二代目には不釣り合いかもしれんが、わっちだって親父が死んでこの店を継いだ時はとても回して行けねえと思ったもんですよ。お袋がいてくれたから何とかなりましたがね」

恵以はまたしても先代内儀のふくぶくしい笑顔を想い出したが、当時ここにいた勘十郎の顔はまるで浮かんでこないから、和泉屋を切り盛りしていたのは結句あの母親だったのだろう。ただ店は母親が手助けできても、舞台の手伝いは何もしてやれないのが残念だった。

「二代目團十郎といってもあんな付けたりの端役をしているようでは、あの家と釣り合いが取れる日はいつのことやらで」

「ハハハ、お恵以さん、しばらくは九坊の舞台を見ないようになさったほうがいい。そりゃ千両近い給金を取ったご亭主と比べちゃ可哀想だよ。役者もせめて百両くらい取る

ようになるまでは何をいっても始まらねえ。あの子は子役の時分にお父つぁんがみっちり仕込んだんだから、あと二、三年も辛抱すれば必ずや一廉《ひとかど》の役者になりますよ」

まんざら気安めとも聞こえない真摯な口調で慰めた勘十郎が、

「九坊の話はともかく、妹のお美与坊もこないだ見かけたら急に顔が大人びたようで、案のじょう美人におなりだねえ。どうです、そろそろ本気でうちの倅と許婚《いいなずけ》を致しませぬか」

今度は唐突な申し出で恵以を唖然とさせた。その話はたしか前も冗談でいったような憶えがあるが、

「あの子はまだ十二のねんねでして。それこそ急いて決めつけるような話でもないかと……」

さらりとかわしたが、相手は真面目な表情を崩さなかった。

「お美与坊と倅が許婚すれば、成田屋さんと和泉屋《うち》は晴れて縁者となり、わっちが何かとお手助けしても世間にとやかくいわれるこっちゃござりませぬ」

恵以はぎくっとした。世間にとやかくとはどういう意味なのか。あの夫が亡くなれば世間はもはや成田屋に味方をせず、余り関わらないほうがいいと思われていたりするのだろうか……。

「ご亭主のご存命中はいざ知らず、お恵以さんが寡婦《やもめ》となられては、ハハハ、わっちが何か下心でもあるようにいわれたら事ですからねえ」

「まあ、よくもそんなバカバカしい……」

と恵以は笑い飛ばすつもりが、相手の目は少しも笑っていなかった。

「うちの女房は左様な邪推をするほど愚かではござらねど、口さがない世間の目はいささか気にしておりまして」

ああ、そういうことだったのかと気づいたら、恵以はこれまで勘十郎の類稀なともいえる親切を当然のごとく受け取っていた自分の浅はかさが恥じられて、しばし顔をあげられなかった。

「……和泉屋さんには、本当に何とお詫びをすればよいか」

「お詫びとは滅相もねえ。何かお役に立ちたい一心で、皆わっちが好きでしたことでござんすよ。それも成田屋びいきだからこそなんだが……ご本尊が亡くなればこうして痛くもない腹を探られるのがちっとでも気になるのは、ハハハ、実は痛い証拠なのかもしれませんねえ」

おかしそうに笑った相手の顔が妙に若返って見え、恵以は長年この男をいかに頼りにして来たかを想い出している。夫に話せないような相談にも乗ってもらったことがあるのだった。

「下心なんざ微塵もなかったが、わっちは何せ昔お恵以さんに惚れてましたからねえ」

と大らかにいって勘十郎は豪気に笑った。

「ハハハ、それこそ大昔の話ですよ。この近所のガキどもは、皆われこそがお恵以さんの婿になるものと決め込んでたんだから。海老蔵にかっさらわれて、そりゃ悔しかったのなんの」

四十半ばになった恵以もまた幼い頃の話を聞けば心底から笑えた。

「ホホホ、男の子が奪《と》り合いをするほど可愛らしい娘でもなかったでしょうに」

「いや、お恵以さんは何しろ遅蒔き十兵衛の旦那こと、間宮十兵衛様のご息女にあられた」

父の名を仰々しく聞かされて、面映ゆくも一段と懐かしさが込みあげてくる。

「あの頃は間宮様のみごとな立ち合いに見惚れて、颯爽とした太刀捌きに胸の空《す》く思いが致しました。ああ、あの立派なお侍を義父上《ちちうえ》と呼んでみたいという気持ちが、当時のガキには皆あったんですよ」

髭の十と呼ばれていたおかしな侍との立ち合いが恵以の瞼に蘇って、あれはもう三十年以上も前の出来事なのが信じ難い気持ちだった。そして和泉屋のみならず亡夫こそが父のたぐり寄せた縁なのだと思えば、この町に来て出会った多くの人びと、今は亡き四角い眼をした唐犬十右衛門や厳つい熊や虎の顔まで鮮明に蘇って、歳月の流れがしみじみと偲ばれたのである。

初代市川團十郎が亡くなって丸三年後の宝永四年（一七〇七）正月。山村座の初春狂言『頼政五葉松《ごようのまつ》』では二代目團十郎もさすがに猪小早太などという付けたりの端役では

なく、れっきとした猪早太に扮している。しかし楽屋では、

「おい、九蔵、ちと腰を揉んでくれんか。寄る年波には勝てんでのう」

わざと昔の名を呼ぶのは山中平九郎だ。親父も一目置いていたくらいの役者だから、倅の若僧なぞまだとても團十郎とは認めてやらんといいたいのだろう。

子役の頃はさんざん叱言をいわれ世話にもなった相手だからして「はいよ、小父さん」と素直に返事はしても、腹立ちまぎれに思いきり強く揉んでやったが、相手は一向に応えていない顔で「もっとしっかり揉めんのか」と横柄にいうのが実に意地悪爺さんらしいところである。

親父が存命中に一座で一番の年寄りと見られていた役者がいまだ健在どころか、とうに還暦《ほんけがえり》を過ぎて近頃は芸にますます磨きがかかったとさえいわれている。今や主役をひと噛みに喰うほどの敵役として人気沸騰で「実悪《じつあく》の開山」と持てはやされるのだから、役者はまったくいつ開花するかわからない見本のようであった。

『頼政五葉松』では平清盛《たいらのきよもり》に扮して暴虐非道の末に高倉宮《たかくらのみや》を弑《しい》する場面が圧巻と評され、同じ舞台に出ていながらその凄まじい形相に毎度ぞくっとするのだから、やはり名優中の名優というべきなのだろう。そんな相手にいつかはきっと自分を認めさせてやると思いつつ、相手がそれまで生きていてくれるかどうかも怪しい。九蔵は今年ちょうど二十歳を迎えて、役者としてはいよいよこれからだというのに、既に子役で人気を得ていたせいか、早くも妙な焦りを覚えた。

正月の猪早太も、去年の顔見世で扮した坂田金時でも「親父そっくり」のかけ声は聞けたが、果たしてそれで満足していいのかどうか……。しばらく舞台を見てもくれなかったお袋が去年の顔見世からやっとまた見始めて、別に賞めてくれないのはいいけれど、何も注文をつけないのが気になって、

「なあ、おっかさん、俺の金時はお父つぁんのとどこが違うんだい？」

としつこく訊いたら、お袋は淡々とした口調の渋い声でこう答えたのだった。

「形はよく写していたが、お父つぁんには金時の魂が宿って見えた。お前にはそれが見えなかったね」

それで今度の猪早太については怖いから訊くのを止めた。ひょっとしたらお袋はもうどこかで自分に見限りをつけているのではないか、という気すらするのだ。

たしかに曽我五郎の分身や金剛界の不動に扮した子役時代のように、親父の姿をそっくり真似したからといって皆に賞めそやされ、喝采されるわけでないのはよくわかっていた。親父の雛形はいずれ飽きられ、親父を知らない世代の見物人には通用しないことも承知している。

だが一門の古株である團四郎や若手で人気の團蔵も荒事をすれば所詮、親父の物真似にしか見えないし、こちらが何か教わろうとしても「九坊はもう親父さんにしっかり習ってるじゃねえか」と断られてしまう。だから子役の頃に教わった通り、顔を赤く塗って、くわっと大口を開けて睨んだり、仏像を模して手足を動かすと「親父そっくり」の

声をかけられ、親父の面影を偲びたい見物人にだけは満足されるのだった。

今はそこそこいい役も演らせてもらえるようになったし、子役の頃からこの世界にいるだけに九蔵は舞台でも楽屋でもそつなく振る舞って、先輩役者のお覚えもめでたい。なかでも座頭の生島新五郎が何かと引き立ててくれるのは、同門の半六が親父を手にかけたことの負い目があるせいかもしれない。九蔵のほうも以前からこの役者の上方出身らしい軽妙洒脱な芸風に心惹かれて、本気で教わりたいつもりなのに、

「團十郎になられたからは左様な脇目を振らずに、精を出して荒事の修業をなさるがよい」

と、にべもない言われようだった。

今度の顔見世狂言『行平尾花狐《ゆきひらおばなぎつね》』では座頭の新五郎が松風村雨《まつかぜむらさめ》という海女《あま》の姉妹に恋慕われる在原行平《ありわらの》を演ることになり、「お前さんは紀名虎《きのなとら》という大役だよ」といわれた時はがぜん張り切った九蔵だが、紀名虎は一体どんな役かわからなかったのでまずお袋に尋ねたところ、お袋も知らなかったから二丁町きっての故実者《こじつしや》に問い合わせてくれて、

「何でも美男で知られた在原業平《なりひら》が仕えた惟喬《これたか》親王様の母方のお祖父さんだっていうんだが、その業平の兄上が行平だからねえ……」

と腑に落ちない顔で話したために、九蔵はまさか老人役を演らされるのかと一時は心配したくらいである。もっとも『行平尾花狐』に登場する紀名虎は若き北面《ほくめん》の武士で、惟喬親王と皇位を争う惟仁《これひと》親王を助けて各場の幕切れで敵役を相手に立ち回りで奮闘す

る役だから「筋立ては余り気にせず、荒事を存分に見せなされ」との言葉に従うしかない。どうやら「幕切れに荒事を見せたら、ご見物衆の気が変わってよろしかろう」というのが座頭や太夫元らの考えらしいのだ。

お袋がいうように親父の荒事には役の魂が宿っていたのだとしたら、幕切れに出て来てただ荒事を見せろといわれた自分は魂の置きどころに困ってしまう。「荒事の開山」といわれた親父が死んで三年たてば、荒事もこんなふうに安く見られるのかと思えば悔しくてならず、九蔵は自身が荒事の値打ちを下げているようで情けなかった。

幕切れに赤く塗った顔で大暴れして、見物人の気分をちょっとだけ変える役。懐かしい親父の面影を見せて昔のひいきを小屋につなぎ止める雛形役者。自分の人生に振られた役まわりはせいぜいその程度なのかと思えば、生きる張り合いも抜けた。

こうして稽古の初日を終えた夜は沈んだ気分で、三島屋源六と吉原に足を運んだ。源六は相変わらず「九蔵は九蔵でいいのさ」と慰めてくれるが、周りの多くがそうはさせてくれないのである。

「吉原《ここ》でもわかる通り九蔵は女好きのする甘い顔だから、荒事で真っ赤に塗っちまったら勿体ねえようだぜ。舞台でもっと素顔を引き立てて見せたら、女子のごひいきが生島新五郎にも負けねえくらいにくっついてくれるはずだがなあ」

と源六にいわれても、見物人の多くが求めるのはあくまで親父の雛形であって、自分という役者ではないことが気を滅入らせた。

この夜は酒を過ごしたせいか翌日は頭痛がして稽古場でもふらふらし、板の間が一瞬ぐらあっと傾いて立っていられなくなったところで足をぐっと踏ん張っている。たちまち船底で揺られるごとく躰がふわっと持ちあがって、今度は下にぐいと引きずり込まれるような奇妙な気分でいたら、周り中が騒然とし、壁際に積んであった道具の山がバラバラッと崩れ落ちて、九蔵はやっと宿酔《ふつかよい》のせいではないと気づいた。

「またきつい揺り返しだぜ」

「ここんとこしばらくは落ち着いてたのにねえ」

などという声が飛び交って、周りの者がみな身を縮めて床に這いつくばったなかで九蔵は独り腰を踏ん張って仁王立ちし、さすがに團十郎の二代目だとあとで妙な賞め方をされた。

その後も稽古場で軽い揺り返しが何度か来て、四年前のような大揺れが再び起きるのではないかと案じていたら、「先年の大揺れがどうやら西へ飛び火したようで、東海道筋から上方まできつい揺れようだったそうだぜ」との恐ろしい噂が飛び込んで来た。

噂は続々ともたらされ、西国は大津波に襲われて、東国でも四年前にやられた小田原の塩田が再び津波に浚《さら》われたという話も聞かれた。だが江戸は先年ほどの大きな被害はないようだから、山村座の顔見世も無事に幕が開けられそうである。

九蔵は稽古場でよく先年の地震の折に亡父が成し得たことの数々を想い出している。何度も死ぬかと思うような目に遭いながら、親父は一家を支えたばかりか人助けまでしたし、わが家の普請のみならず芝居小屋の再建にもひと役買った。この世で大役を果たし終えた父が今はもう江戸にいないことが、九蔵はただ淋しいというよりもひどく心もとない気がして堪らなかった。

あのような親父の代役はむろん務まらないし、自分は所詮あれだけの器ではないのだと諦めている。ただ親父の物真似をしておればこの先も何とか細々とは通用するだろうし、親父のような大所帯は無理でも贅沢をしなければ一家を養うことができそうだ。それでもう十分ではないか。いっそ自分もこんなふうに己れに見限りをつけたほうが楽だった。

だが死ぬまで親の面影を引きずって、親の雛形で一生を終えるのだとしたら……九蔵は大声でこう叫びたくなるのだ。「この世に俺が生まれて来た甲斐はどこにあろうぞ」と。

木挽町で海老屋という芝居茶屋と恵以が懇意になったのは、先代からの成田屋びいきがここの店名を好みそうなためだ。九蔵の舞台を見てもらいたくて相変わらずごひいきに挨拶回りをしたり、せっせと手紙を書いたりする際は、自ら桟敷席の注文を取ってここに回すようにしていた。

それで暖簾を潜ると奥から必ず亭主の甚右衛門《じんえもん》が現れて、木挽町の二座の様子や噂をあれこれと聞かせてくれる。和泉屋勘十郎より年若な甚右衛門には亡き團十郎がもはや崇め奉る神仏にもひとしいせいなのか、勢いその後家にも丁重な応対をした。

「初日おめでとうございまする。此度の顔見世ではご子息がご存分のお働き、重畳に存じまする」

と今日も懇《ねんご》ろな挨拶をされて、恵以は一応にっこりとしたが、小屋を出てからの浮かない気分は晴れなかった。

「東海道筋は大揺れと津波でまだ随分と酷いありさまだそうにございますが、お江戸はびくともするこっちゃございませぬ。今年の顔見世は山村、森田の両座共に大当たりでして、ご子息のおかげもあろうかと」

それはまんざらお世辞だけでもあるまいと思えるほどに、今度の九蔵は座頭に次ぐ大役で見せ場がたっぷりとあったし、桟敷や土間の見物席では子役以来の根強い成田屋びいきが喝采していた。にもかかわらず恵以は自分がどうしてこうも浮かない気持ちなのかと訝しんだ。きびきびした太刀捌きにしろ、粒立《つぶだ》ったセリフにしろ、九蔵は別にどこといって文句のつけようはなかったのである。

しかしながら恵以はもう一度それを見たいとは思わなかった。同じ段取りで同じ芸を見せられる退屈さが厭われたのだ。毎日でもはらはらして見ていた亡夫の舞台とはまるで違うのだった。

思えば亡夫の荒事はひとりの人間の内なる善と悪、陰と陽の攻防を、時に絶入《ぜつじ》するほど肉体を酷使した凄まじい暴れようで見せる、文字通り命がけの舞台だったのだろう。

亡夫に止めさせたかったそれを、わが子に求める理屈がないのはむろん百も承知だ。役者は何も舞台に命までかけなくていいし、段取りが整った無事な動きでも見物人は十分満足してくれる。そこには亡夫の時のような熱狂がなくても、喝采はふんだんに聞こえたではないか。ただしそれだけでは母親でなく故團十郎の後家を満足させられなかったことも、当人は知っておいたほうがいいように思えた。

海老屋の二階座敷で待つことしばし、九蔵は意外に早々と姿を現して、その顔にも初日の昂揚感は少しも窺えない。「おっかさんどうだった？」と無邪気に訊かないところがもう昔とは違っている。

「わざわざ初日に来てもらって申し訳ねえなあ。つまらねえ役だったのは、おっかさんの顔に書いてあるぜ」

と不機嫌そうな声で皮肉をいうのが癪に障って、恵以もわれ知らずとげとげしい口調になった。

「役がつまらないわけではあるまい。そなたがつまらなくして見せたのじゃ」

九蔵はたちどころに顔色を変えた。

「じゃ、どうしろってんだっ。お袋が親父のお手本を何かして見せてくれるとでもいうのか」

今までになく思いがけないほどの逆らいようで、恵以はやや気持ちが怯んだが、まだそうやすやすとわが子に負けるわけにはいかなかった。

「左様に腹を立てるのは、そなたも己れの芸に満足をせぬ証拠であろう」

淡々とそう告げたら、相手は慚愧に堪えないというふうに顔を伏せた。

「すまねえ、おっかさん。俺も正直どうしたらいいかわからねえんだよ。役に不足があるというわけじゃねえ。むしろ古今東西、俺ほど出足に恵まれた役者は珍しかろうと思うくらいだ。そのくせ此度の役は自分でどうも納得が行かねえんだ。けど、そう贅沢はいえねえもんで、毎晩つい酒に逃げちまって、とうとうこの初日を迎えたってわけさ」

当人は正直に話しているつもりのようだが、恵以には随分と甘ったれたいい分に聞こえた。十五歳で男子が元服したあとは女親が余計な口を出すものではないからして、恵以は九蔵が木挽町でどんなふうに独り暮らしするのかをなるべく気にしないようにしていた。それがまずかったとは決して思いたくないけれど、舞台に響いたとなればまた話は別だ。

「そんないい加減な気持ちで舞台に立ったら、ご見物衆に申しわけがないじゃないか。お父つぁんならきっと酒断ちをして、一心不乱にお不動様を念じなすっただろうよ」

とたしなめた途端に九蔵はさっと立ちあがる。

「ああ、うんざりだ。おっかさんは俺を親父の身替わりにしてえだけなんだよ。もう何も話すこたァねえっ」

手荒に襖を開けて外に飛び出すと、段梯子を急いで駈け降りる激しい足音が続いた。それは止める隙もないアッという間の出来事で、恵以はあっけに取られながらも何か取り返しのつかないことが起きてしまったように思えた。

　倅はもう二度と母親の意見を聞こうとしないだろうと思ったら、何ともいえない淋しさが込みあげる。が、これでようやくあの子は雛の巣立ち、いや、父親の雛形から巣立とうとするのだという気がした。

　あとは当人次第、なるようにしかならない。この世で名を馳せた親の芸をなぞって後の世に伝えるだけでも一生は費やせる。役者を辞めて道を違えても、それなりの一生が終えられるのだ。

　親の財を元手に広げられる商いとは違い、所詮、芸は己れ一代限りのものではないか。幼い頃はひ弱でたいそう手のかかったあの子が、ここまで立派に育ってくれただけでも有り難く思わなくてはいけない。あの子は父親の大きな影からもう解き放たれたほうが楽になり、幸せに生きられるのであれば、母親としての恵以には一方でそう願いたい気持ちもあったのである。

　この夜はさすがに悶々として満足に眠れず朝を迎えた。恵以にとって悩み事や愚痴を少しでもこぼせる相手は今でも和泉屋勘十郎のようで、美与の嫁ぎ先と決めてからはいっそう遠慮なく出入りができたが、今日は相手のほうが待ってましたとばかり先に上方の話を聞かせてくれた。

「わっちもついさっき聞いたばかりの噂なんですがね。先月の地震と津波で大坂は四万ものお人が亡くなったという話を聞いて一体どうなることやらと案じてたが、なんと京と大坂の芝居が此月《この》中には顔見世の幕を開けるというんですよ」

「へええ、それはまあ……」

二の句が継げないくらいに恵以は驚いたものの、江戸でも先年の大地震と大火の三月《みつき》後にはもう芝居が再開していたのだから、上方でもわが亡き夫と同様に芝居の再興に尽力奔走する役者の姿があったに違いない、と想い出されてまた急に淋しさが募った。以来どうも眠りが浅く、夜中に目を覚ますと何だか妙な物音が聞こえるようで不安も募って寝つけなくなり、冬至間近の長夜はなかなか明けてくれないのが辛かった。

顔見世もそろそろ千秋楽を控えたこの夜はまた久々にやや大きな揺れを感じて不安が増した。少しも眠れないまま、翌朝はぼんやりとして何をする気も起こらない。気を取り直そうとして表に出たら、親父橋《おやじばし》の上に人が固まってがやがやしている。その先の荒布橋《めばし》や向こう側の江戸橋も朝っぱらからえらく人だかりがしているようだった。

親父橋では集まった人がみな御城の方角を望んでいる。「何事でござりまする?」と恵以が傍の人に問うたら、黙って指さす彼方が胡粉の白絵具をべったりと塗った舞台背景の板のようで、あきらかに尋常な空や雲の色ではなかった。しばし佇んで見ていると遠雷のような音が大きく響いて、白絵具に墨をぶちまけたごとくみるみる雲が鼠色に染まってゆく。表に出て来た人数が一段と多くなって、恵以はいったん家に戻ったものの気が落ち着かないため、家人と入れ替わり立ち替わり表に出て様子を窺った。

まだ真っ昼間のはずなのにあたりが急に薄暗くなって町の通りが夕景のごとくに見え

るなかで、ぐわらぐわらと冬雷が鳴って、早くも雪雲の到来を思わせた。案のじょう白いものが舞い始めたが、それは手に取っても冷たくはなかったので、天からの降灰と知れるのにわずかな時もかからなかった。

雪かと見えた白い灰はしだいに黒ずんでいった。彼方の空はおどろおどろしい黒雲にすっぽりと覆われて、不破の衣裳のごとく稲妻が縦横に閃いている。それはこの世の終わりと焦熱地獄《しょうねつじごく》の訪れを告げる悪夢のようなおぞましい光景だった。

南海トラフが震源域とされる宝永大地震の四十九日後に富士山が噴火を起こした際、京では三芝居が、大坂では四芝居が既に開幕しており、かの坂田藤十郎は亀谷《かめや》座の顔見世狂言『子福《こふく》二福神《にふくじん》』の舞台に立っていた。江戸も同様に中村座を始め四座が顔見世興行の真最中だった。

降灰は四、五日ほど続いて二、三寸も降り積もったかに見え、風塵が長らく眼や喉を襲って江戸の人びとを困らせた。それ以上に困ったのは澄んだ冬空に映える富士の霊峰が見えなくなったことで、この日《ひ》の本《もと》に二つとない不二山が焼け崩れてしまったという噂は先年の地震にまして人びとの心を大きく揺るがした。

恵以はよく咳き込みながら御城の彼方を望んで、毎度そこにあるはずの姿がどす黒い雲霧で鎖されているのに落胆した。目黒で初めて出会った折に見たあの美しい富士の風景が喪われたことは、江戸から亡夫の記憶を消し去るも同然に思えた。

かぶき芝居では常にどんな芸が当たるか知れたものではない。恵以がそう思うようになったきっかけは紛れもなく亡夫の初舞台であった。あれから三十有余年、今度は倅が同じ思いにさせたのだから、やはり血は争えないというべきだろう。

富士が噴火した翌々年の宝永六年（一七〇九）七月。江戸はようやく落ち着きを取り戻したかに見えて、二代目團十郎は相変わらず山村座の舞台に立ち、盆狂言『傾城雲雀山《けいせいひばりやま》』では中将姫《ちゅうじょうひめ》の若き家臣久米八郎《くめのはちろう》に扮している。その八郎が行商人に身をやつして膝丈の短衣に脚絆《きゃはん》を巻いた姿で、背中に大きな箱を背負って橋懸かりに登場するといきなり、

「もぐさー、もぐさー、正法《せいほう》もぐさ。大が七銭、中が五銭。ずんと小児と申すが四銭。お望みならば十丁や二十丁はただでもあぐる……」

といい始めたので、初日の恵以は一瞬あっけに取られてしまった。「成田屋っ」のかけ声で気づいて、「あれが、九坊なのかい？」とやはり不審そうに尋ねたのは姑のお時である。

ちょうど一年前に舅の重蔵が傘寿《さんじゅ》の祝いを済ませた直後に他界して、以来なぜか却って元気になったようなところがあるお時は孫の舞台を欠かさず見ているのに、それでもすぐには気づかなかったらしい。お灸《きゅう》に使う艾《もぐさ》の売り子は近頃よく町で見かけても、それをまさか團十郎が舞台で真似るとは意外に過ぎて、舅があともう少し長生きして見たら一体どう評すのか聞いてみたいくらいだった。真っ赤に塗られた金平人形が突然かぶき芝居に飛び出して来たような亡夫の初舞台とはまるで違うとはいえ、恵以はまた何か新たな変わった芸を見せられている気分になったのは確かである。

「そもそも艾の効きようといっぱ唐土高祖《もろこしこうそ》の臣下樊噲《はんかい》といっし者、鴻門《こうもん》の会に臨んで黒鉄《くろがね》の門を押し破る時、樊噲が肩癖《けんぺき》が張った解《ほど》き解き、ひねっても、つかんでも死に馬に鍼《はり》、獅子に念仏、猫に経《きょう》。ちっともやわらぐ景色なし。そのとき張良《ちょうりょう》一巻の書を開き案じたところがこの艾……」

と何やらもっともらしい艾の謂《い》われを述べる件は亡夫が得意とした大福帳の芸と似ていたが、それは厳めしい武士ではなく巷で見かける物売りの言い立てだったし、

「市川團十郎もぐさ買って下さい、召しませい。向こう三階中桟敷、下桟敷、人だまりの方々にも一土器《かわらけ》ずつ買ってもらわねばならぬ。弓矢八幡大菩薩《ゆみやはちまんだいぼさつ》、ホホ、敬《うやま》って、艾い

らしゃりませんかー」

と愛嬌たっぷりに艾ならぬ役者の自分を売りだす口上は見物人の大喝采を浴びた。

以来この艾売りのセリフが巷で変に流行し、今や近所の幼子までが口真似するのを聞いて恵以は世間というものが全くわからなくなった気がした。自分も早や五十路《いそじ》を目前にした年寄りだから世間の流行りについて行けなくなって当然とはいえ、恵以は長らく芸の目利きを自負していたし、まして出元がわが子だけに、その流行りを見抜けなかったことの落胆も甚だしい。

ともあれ、二代目團十郎は初めて自ら編みだした新たな芸でがぜん時の人となったのである。

それは並外れた人物が荒ぶる神となって見物人に渇仰《かつごう》させた亡夫の芸とは逆さまに、市井《しせい》のありふれた姿を借りて見物人に近づき親しみを湧かせる芸といえた。

倅は亡夫よりも小柄で華奢な躰つきだし、目鼻立ちは似ていても、額は涼しげで顎も先割れしていないつるりとした輪郭の優しい人相だ。自ずと芸風が異なるのは仕方ないにしても、故團十郎の後家の目にはいささか浮ついて頼りない芸だったたし、

「昔の役者も舞台に出る時は必ず名乗りの口上をして自分を売りだしたもんだが、あんな物売りの言い立てみたような軽いもんじゃなかったねえ……」

と祖母お時の口からも不満の声が洩れていた。

考えてみれば幼い頃に大名屋敷でも怖《お》めず臆せず暴れまくって殿様を仰天させたとい

う父親とはおよそ生まれた時代からして違うのだが、今どきはあんな頼りない芸が受けるのかと思えば、芝居ばかりか世の中の様変わりの激しさにも気づかざるを得なかった。

今年の正月は五代将軍綱吉公の薨去《こうきょ》が告げられて、ほぼ同時に生類憐れみの令が廃されたので江戸市中は歓呼に沸き返り、これで近くの魚河岸も息を吹き返したように活気づくのを見て、恵以は心底ほっとする思いであった。

新たな六代将軍家宣《いえのぶ》公は綱吉公の兄君のご落胤《らくいん》にも等しい数奇《すうき》なお育ちが伝わっていたせいで、早くから町方の人気があった。学問に熱心な一方で遊芸にも心を寄せられる方だと巷では噂され、私邸の御浜御殿《おはまごてん》に若女方の中村竹三郎《たけさぶろう》や若衆方の三條勘太郎《さんじょうかんたろう》がよく召ばれているという話も恵以の耳に入っている。

将軍家の代替わりに伴って江戸の景色が一変したかに見えたこの年の十一月には、京で坂田藤十郎が亡くなった報せも耳に入った。去年の二月には亡夫と江戸の人気を二分した美男役者の中村七三郎も他界していたから、恵以は芝居もまた一つの時代が終わって代替わりすることを感じないわけにはいかなかった。

翌宝永七年は故團十郎の七回忌に当たって、二代目の倅が『門松四天王』の再演で初めて鳴神上人に扮したのが大評判になった。既に艾売りの口上を流行らせた自信に溢れる二代目はかつてなく堂々と舞台に立ち、小柄な躰を親父に負けない立派な大きさに見せたので、恵以もようやくひと安心というところである。

ところが、そうなればまたそれなりの驕《おご》りが出るらしく、

「お父つぁんの荒事はもう古臭くて今のご時世にゃ合わねえから、向後はおいらがした

いように演《や》らせてもらうさ」

と実に生意気なことをいいだした。

「顔を丹塗りで真っ赤にしたらどうも舞台で浮いちまって、まともに他の役と絡めやしねえ。そりゃお父つぁんのように大詰で神仏に見顕《みあらわ》すというような役ならあれでもよかろうが、おいらはお終《しま》いまできちんと人に絡んだ役が演《しま》ってみてえんだ」

かくして宝永八年が正徳《しょうとく》元年（一七一一）と改まった卯年の顔見世狂言『信田金色《しだこんじき》の鱗《うろこ》』では、二代目團十郎が荒事を他の役者に譲って実事に転向したのが話題となり、二代目は荒事よりも実事のほうがお似合いだと評されて、以来、荒事でも先代の父のように顔全体を丹塗りで真っ赤にすることはなくなった。赤く塗り潰す代わりに、眼や唇の周りや頰骨等々に沿って紅でまず太い筋を描き入れ、筋の片側を淡くぼかすことで顔に血がのぼったように見せるのだといい、

「おっかさん、こりゃ隈取りといって大和絵で習った技法《わざ》なのさ」

と自ら種明かしをしている。

幼い頃から習った大和絵では、描線にぼかしを入れて陰翳《いんえい》や凹凸をつける「隈取り」という昔ながらの技法があり、二代目はそれを舞台に取り入れることで自らの顔立ちを活かせる荒事の化粧法をみごとに発明したのであった。

倅がどうやら父の芸を受け継ぐばかりか更新するまでに成長を遂げて、恵以はこれで

やっと胸を張って冥土《めいど》の亡夫に会える気がした。

しかしながらその日が来るのを安穏に待つには、まだもうひと山の大変な難所を越えなくてはならないことまではむろん知る由もなかったのである。


二代目團十郎こと九蔵は今度もまず津打《つうち》に話してみようと思った。津打に話せば、また何とかしてくれそうな気がした。

今や江戸の芝居は津打治兵衛《じへえ》とその一門の狂言作者に席巻された恰好である。上方出身の治兵衛は江戸と上方の狂言を搗《つ》き混ぜて、前半と後半で筋をがらっと変えるので、多少支離滅裂のきらいはあっても、役者の得意わざを随所に盛り込むその作風は大いに歓迎されているのだった。

例の大当たりした艾売りの口上も、九蔵が治兵衛門下の津打半右衛門《はんえもん》にさりげなく得意技を披露したのが功を奏したから、親父のように自分で台本《ほん》を書くことはできなくても、思いつきは何でもせっせと作者の津打に話せばいいような気がして、

「上方では廓を舞台にした心中狂言が大流行りだと聞くが、江戸でも吉原を舞台にそれができねえもんかねえ」

と今度もさりげなく水を向けたら、

「さあて、心中狂言もひと頃より数は減ったと聞きますが、先年たしか坂田藤十郎の後を行くといわれる大和山甚左衛門《やまとやまじんざえもん》の演った『助六心中《すけろくしんじゆう》』が京で大当たりして、大坂でも

それを真似したとか。何でも金持ちの放蕩《ほうとう》息子が揚巻《あげまき》という太夫にぞっこん入れあげて、紙衣《かみこ》を着るまでの貧乏に落ちぶれた心中が受けたんだそうで」

「なるほどねえ。助六と揚巻の心中か。そういえば揚巻を名乗る太夫は、たしか三浦屋にもいたような……だったらついでに助六も吉原に来てもらおうか」

それは半ば戯れ言だったが、津打は案外その話に乗ってくれたのだった。

こうして正徳三年（一七一三）春に上演された『花屋形愛護桜《はなやかたあいごのさくら》』には、京で心中した助六と揚巻がなんと江戸吉原の舞台に登場したのである。

大筋は説経節で知られた「愛護若《あいごのわか》」という左大臣の二条《にじょう》家を逐《お》われた若君が苦難の放浪をする古き物語に拠って、二代目團十郎に振られたのはまず若君を助ける大道寺《だいどうじ》田端《たばた》之助《のすけ》という役だ。その田端之助のなれの果てとして、二番目は浅草花川戸《はなかわど》の助六という男達《おとこだて》として登場する。吉原の太夫の揚巻が実は元二条家お局《つぼね》の月小夜《つきさよ》だったという筋立てで、何とか一番目と二番目の辻褄《つじつま》を合わせていた。

もっともそんな都合のいい筋立てにはこだわらず、二番目は一番目と打って変わって身近な流行りの風俗をふんだんに取り込むのが津打流の狂言だからして、二代目はここぞとばかりに日頃の吉原見聞を活かそうと試みた。舞台背景となる吉原の妓楼をなるべく忠実に再現するよう、道具方にもあれこれ口出しをしている。

肝腎の助六は上方の心中者らしく最後は紙衣姿になるとしても、その前はいかにも江戸の男達らしい寛闊《かんかつ》で颯爽とした姿にしたいところだ。しかし親父がまだガキだった時分によく見かけたと話していた男達の姿は、今やもう目にすることもできない。むろん今の吉原でも地廻り連中はごろごろいるが、それはかつての男児が憧れた男達とは全く別の代物に違いなかった。

仲之町を通りすがりに見かけた吉原の遊客で、あっと目を惹かれて、今もその姿が瞼に残る男を想い出す。黒紋付の小袖を軽く着流して、紅裏《もみうら》をちらつかせながら下駄履きで悠然と歩き、鮫鞘《さめざや》の脇差を腰にぶっ込んで帯の横に一つ印籠をぶら下げた伊達男。ちょっと見には侍とも町人ともつかなかったので、近くの茶屋の者に尋ねたら詳しくは話さなかったが、どうやら蔵前《くらまえ》辺の札差《ふださし》らしいと知れた。旗本や御家人に代わって給料の蔵米を受け取る札差は、もっぱら侍相手の商売だけにそうした勇ましい身なりもするようで、二代目はそこに自分の知らない遠い昔の男達を偲んだのである。

もう一人これもたまたま仲之町ですれ違って忘れがたいのが、遊客というよりもときどき廓を賑わしに来るおどけ者の奇人であった。白髪を後ろに撫でつけて長い白髯《はくぜん》を蓄えた見るからに高齢の老人だが、これがふしぎと廓中の人気者で、人気の理由はこの男の運の強さにあやかりたいということなのかもしれない。

深見自休《じきゆう》と称したこの老人は何しろ三十年前に遥か遠い隠岐の島へ流罪の身となったのに、命あるうちに赦免されて江戸に戻って来られたのだから、運の強さばかりでなく生き延びるしたたかさが尋常ではなかった。

まるであの意地悪爺さんのようじゃねえか、と九蔵は役者寿命が異様に長くて今なお現役で舞台に立つ山中平九郎を想い出して、癋見《べしみ》のように怖くもその滑稽な人相を、深見自休の顔に重ねて見たのだった。

春の興行は例年たいてい三月初旬に幕を開けるが、今年はどうしたわけか山村座がひと月遅れの四月五日を初日とし、桜はもうとっくに散ったのに『花屋形愛護桜』という狂言名題もないもんだと恵以は訝しんでいる。ひょっとしたら山村座は近頃の改築できれいに模様替えした費用が嵩んで、興行の資金繰りにも苦しんでいるのかと心配もしつつ、取り敢えずは恒例の初日見物で姑のお時と娘のお美与ともども桟敷に膝を並べたものだ。

先年嫁いだお美与はもう成田屋の娘ではなく和泉屋のご新造なのだから、木挽町に足を延ばす暇はないはずなのに、今日は実家《さと》の芝居見物に付き合う恰好といえる。

「何しろ兄《あに》さんがまた変わった芸を披露するらしいと噂に聞いて、うちの夫《ひと》が話の種に早く見てこいっていうもんだから」

と当人は弁明するも、本当は自分が早く見たくて近所の幼馴染みまで誘ったに違いなかった。一緒について来たのはいずれも九蔵が子役の頃からひいきにしてくれている女たちだが、中で一番のひいきは実の妹だったりするのかもしれない。團十郎の娘としてちやほやされた美与は恵以の目から見たら人一倍わがままに育ったようでも、成田屋の一家が苦しい時期をよく知っているだけに、兄の人気や出世を案じる気持ちもまた人一倍強いようである。

　倅が変わった芸を披露するというのは二番目で上方流行りの心中狂言を見せることなのだろうが、恵以はその話を倅からちょっと前に聞かされて、「やわらか事」とも「和《わ》事《ごと》」ともいわれる上方の軽妙洒脱な芸風を江戸の役者がそう容易く真似できるようにはとても思えなかったのだ。

　京で種を宿した美与が今年でもう二十歳だから、一家を挙げての上京も早や二十年前の話で、当時まだ六つか七つの倅は京の舞台を見てもさほど違いが気にならず、余り記憶にも留まらなかったのだろう。それで上方の芸を真似しようなどという、おこがましい気持ちにもなれたのではないか、と恵以には思えた。

　ここへ世話しに来る桟敷番から、

「二番目の『助六心中』は何でも、あの高名な坂田藤十郎の跡継ぎといわれる役者が向こうで当てた狂言なんだそうで」

　と耳打ちをされ、恵以は亡夫が昔話してくれた藤十郎のことを想い出して、冥土から苦笑が聞こえてきそうだった。

　いざその二番目の幕が開いて本舞台に吉原の妓楼をそっくり模した背景が現れ、橋懸かりに二代目團十郎が登場したら、隣桟敷に座った娘の幼馴染みが一斉に「まあ、きれい」とさざめき合い、場内が急にざわついたのを気にしてしまう。

「兄さんはやっぱりきれいな顔だねえ……」

と実の妹が呟くのは実にばかばかしいが、改めて白塗りした倅の顔を見ればたしかに京で見かけた公家人形のように形が整って艶《あで》やかだった。あの顔なら上方風の芸をしてもさほどおかしくは見えないのかもしれない、という気もした。

ところが京で心中した柔弱な若旦那の助六は、江戸に来たらたちまち剛気な男達に生まれ変わったようで、本舞台に出てくるとすぐに喧嘩をおっぱじめた。まずは口喧嘩で気の利いた悪態の応酬に始まって、しだいにつかみ合ったり投げ飛ばしたり蹴飛ばしたり、果ては叩きのめして転がしたりと、眼の縁に紅の隈取りをした顔で相変わらずの荒々しい芸である。土間の見物人がまたこれに相変わらずの大喝采ながら、桟敷の恵以はこれの全体どこが上方の心中狂言なのかと呆れ返るばかりだ。

上方の和事はこうしたものだと思わせるのは助六でなく、やはり生島新五郎が扮する白酒売りの新兵衛《しんべえ》だった。彼が登場した途端にさっきよりも大きな女のざわめきや嬌声《きようせい》が耳について、恵以は思わず二階を見あげたものだ。

昔と比べて近年はどの座も小屋が随分と立派な普請になって、大地震以降は桟敷席を二階三階にまで建て増しするようになり、二階桟敷の正面は今日も御簾《みす》が垂らされて中にいる人の姿を見せなかったが、恐らくどこかの屋敷に奉公する奥女中らであろう。女ばかりの御殿勤めはさぞ気疲れもし、男日照りと揶揄《やゆ》されるのだから、せめては芝居見物で美男に目を慰めたい気持ちは恵以にもわからなくはない。ただそれが悪くすると生島大吉のような悲運をもたらすのが恐ろしかった。

恵以は生島大吉のきれいな顔と、若いのに如才ない物腰が今も懐かしく想い出された。大吉は生島新五郎の弟で、亡夫が最期を遂げた舞台にも出ていた人気の若女方だったが、七年前に不慮《ふりよ》の死を遂げている。呉服屋の長持に隠れて尾州侯《びしゅうこう》のお屋敷に潜り込んで、そこの奥女中と密会を重ねたという嫌疑がかかって入牢し、放免後も気を病んで三十二年の命を絶たれたのだ。

大吉が本当にそんな大それたことをしたのかどうかはともかくも、実兄で相手役をしていた新五郎は当時気落ちが甚だしかったにもかかわらず、今はもう何事もなかったような顔で舞台に立ち、御簾越しに見物する女たちの目をなごませているのは実に皮肉な話といえた。

新五郎が扮した白酒売りより舞台でもっと目を引いたのは助六の喧嘩相手で、髭の意《い》休《きゅう》と呼ばれる敵役であろう。いくら高齢の山中平九郎が扮したにしても、遊廓の場面に白髪白髯で登場するという役作りはいささか奇異な感じだったが、倅があとでいうには、

「本当にあんな爺さんがときどき吉原《ちょう》にやって来るんだよ。本物はもっとおかしなやつなんだぜ」

とのこと。つまりは手本にした人物がいるようで、

「もしかしたら、おふくろはご存じなんじゃねえかなあ。今は深見自休と名乗ってやがるが、昔は深見十左衛門とかいって、はるか遠い隠岐へ島流しに遭い、そこで三十年も生き存《なが》えてしぶとく江戸に戻って来られた野郎だそうだ」

恵以はそれを聞いて、ゆくりなくも幼い頃に見たあの光景が瞼にくっきりと映しだされた。金の前歯を見せびらかして、遅蒔き十兵衛こと亡父の間宮十兵衛に打ちかかって来た侍。鋭い太刀をかわしてしぶとく逃げ延び、何度も何度もしつこく勝負を挑んで来たあの男。

「ああ、あの髭の十が、髭の意休になったというわけかい……」

感に堪えない声が洩れて思わず涙ぐんでしまったが、恵以はそれが一体どういう涙なのか自身でもさっぱりわからなかった。むろん髭の十を襲ったその後の過酷な運命に同情したというわけでは毛頭ない。ただ人の世の巡り合わせのふしぎさに改めて胸を打たれ、またしてもめくるめく歳月の流れにつくづく感じ入ったばかりである。

かつて子役で見物人を沸かした九坊も、今は若盛りの二代目市川團十郎として多くの見物人を集めている。助六はことに評判が評判を呼んで『花屋形愛護桜』は二番目からどっと見物人が詰めかけるため、混み合って中に入れない客が木戸口の外に溢れ返る騒ぎになった。そこでなるべく大勢の見物人が入れるよう助六が出る前の場面を引き延ばし、ふだんは日没で閉じる芝居を夜まで延長開場したのはさすがにやり過ぎだったのだろう。五月になると太夫元の長太夫がとうとう北町奉行所に召びだされ、火の用心のため今後は必ず小屋を暮れ六つ（六時）までに閉場するよう堅く申し渡されたのであった。

ともあれ二代目團十郎は今や一座の繁盛に相当な貢献をしているにもかかわらず、山村座はよほど内証が苦しいとでもいうのか、給金の支払いがかなり滞っているのを恵以は黙って見過ごすわけにいかなかった。

一年の契約を結んだ役者の給金は顔見世興行でおよそ三分の一が支払われ、残金は翌年の五節句に分割払いされるのがいつしか定例となっている。助六のように大当たりした際は引金《ひきがね》と称する歩合金が入ることもあるのに、今年はどうしたわけか七夕の節句になっても引金はおろか残金が半分も支払われていないのだ。

払いがないのはうちだけなのかも知りたくて「新五郎さんは何かおっしゃっておいでじゃないかい？」と尋ねたら、倅はぶっきらぼうに返事をした。

「生島の小父さんは山村座のお身内も同然なんだから、そんな話はしなさらねえよ」

たしかに生島新五郎は先代の太夫元と何らかの縁があって山村座の舞台に出続けているという話を聞いた覚えがあり、衣裳はおろか木挽町市兵衛店《いちべえだな》の家賃や何かもすべて座持ちのお抱え役者という噂があるくらいだから、土台うちとは一緒にならなかった。

恵以としては役者としてまだまだこれからの倅に給金で座と揉めさせたくないため、代わって長太夫にかけ合ってみたが、何やかやといい逃れをされるばかりで一向に埒の明く気配がなかった。倅と同い年の長太夫は名ばかりの太夫元で、隠居して友碩を名乗る先代が今なお実権を握るのかとも思いながら、友碩と話をするきっかけがなかなかつかめぬまま早くも盆興行の支度をする季節となり、

「こうなればいっそ休座をするさ」

と倅のほうがいいだしたのは実に意外だった。

「こうした粗略《ぞんざい》な扱いを一座でも許したら、他の役者に示しがつかねえじゃねえか。市川團十郎を名乗るおいらが太夫元に舐めた真似をされたら役者は皆お終《しめ》えだ。そしたら死んだお父つぁんにも顔向けができねえよ」

とまでいうのだから、まだまだ貫目《かんめ》が足りないと思われた倅もこの間に何かと鍛えられて随分と逞《たくま》しくなったものである。

思えば昔の役者は遊女に等しく見られたくらいに昼間の舞台よりも夜の座敷勤めや売色で稼いだのが多かったが、亡夫はそうした渡世を忌み嫌って、自身のみならず一門の有望な弟子が何とか舞台の稼ぎで凌いでいけるよう、給金に足し前をしてやる時もままあったのだ。その倅に生まれて團十郎の名を受け継ぐ者が、自分の給金すら守れないようでは困るのも確かなのである。

かくして七月は『善光難波池《ぜんこうなにわのいけ》』という善光寺縁起《えんぎ》に拠った盆狂言で本田善光《ほんだよしみつ》に扮するはずだった二代目市川團十郎が休座を決めたので、山村座は初日から極度の不入りに見舞われた。お盆が過ぎると堪りかねたように泣きついて出勤を乞い、「七月二十六日より團十郎罷出候《まかりいでそうろう》」と小屋の前に札を立てたら噂でたちまちどっと人が押し寄せたから、延々と九月まで興行が打ち続けられた。この一件は二代目團十郎が今や生島新五郎に取って代わる山村座の新たな「金箱」になったことを証明したにほかならない。

九月はまた来年度の契約に取りかかる時期でもあって恵以の元には他の座から問い合

わせや引き合いが相次いでおり、とりわけ娘の嫁ぎ先でもある和泉屋の勘十郎は中村座への帰参を強く促した。

「もうそろそろこっちへ戻って来てもよさそうなもんじゃねえかと、伝九郎さんも真面目におっしゃってましてねえ」

と聞かされたら、もう恵以の気持ちも全く揺らがないわけではなかった。

肩の肉が盛りあがって布袋《ほてい》様のように腹が突き出たまん丸い躰つきと、見るからに福々しい円顔で人好きのする男はかつて亡父が一番親しくしていた役者だったのに、追善の件を断ってから甚だ疎遠となり不義理をし続けていた。やはり長年の交情を台なしにしたのは、夫が亡くなる少し前にわが家を訪れていった「姐さんも気をつけておくんなさいよ」の脅し文句とも取れる一言だったのだ。座で手懐《てなず》けている無頼漢を使って嫌がらせしそうな気配まで漂わせたから、直後に起きた亡夫の横死にもあらぬ不審を抱くはめになったことは忘れるわけにいかなかった。

しかしもうそれもいいではないか、と恵以は思えるようになった。芸は未熟にもせよ、倅が立派な親父の跡継ぎをようやくしっかりと自覚したらしい今、過去のことは何もかも水に流してよさそうな気がした。

伝九郎と久々に肚を割って話してみたかったが、如何せん、山村座が給金の増額を示して引き止めにかかったので、倅は向こうの重年を先に決めてしまった。それゆえ伝九郎と急いて会う用もなくなり、顔見世が落ち着いてからゆっくり会えばいいように思えた。

ところが顔見世直前の十月二十四日の夜に大切な来客があって自宅で酒宴を催していたという伝九郎が、翌朝にわかに苦しみだして急死したとの報せを受けた恵以は、余りのことに茫然とせざるを得なかった。

使いの者に「まさか毒を盛られなすったんじゃ……」と思わず変なことを口走りそうになって焦ったのは、夫が亡くなる少し前に和泉屋から聞かされた滝井山三郎の昔話が蘇ったせいである。芝居内の暗い魘夢はもうすっかり醒めたつもりでいたのに、またぞろぶり返しそうな気がして恐ろしかった。

こんなことになるならなぜもっと早く会って和解しなかったのだろうかと悔やまれもするし、小屋で殺された夫といい、自宅で頓死《とんし》した伝九郎といい、人は誰しもいつ何時どのような最期を遂げるかも知れぬ儚《はかな》い身の上であることが改めて切々と胸に迫り来た。

伝九郎は亡夫と共に江戸根生《ねお》いを誇る人気役者だったし、脚をだいぶ悪くしても年齢はまだ五十そこそこだったのだから、中村座は大変な大黒柱を喪ったことになる。中村座のみならず他の太夫元や役者からも頼りにされた人物だけに、この急逝は江戸のかぶき芝居にとって亡夫の横死に次ぐ大変な痛手といえそうだった。

片や山村座は顔見世興行の幕を無事に開けはしたものの前年度の未払いが相変わらずなので、

「こうなりゃ公事《くじ》に打って出るしかねえ」

と倅が息巻いたことにも恵以は愕然とさせられた。

「公事ってお前、まさか御白州に訴え出るとでも……」

どうも魚河岸の友達あたりにけしかけられた様子だが、訴訟を起こすにはまず相手方の家主に訴えて名主に仲裁を求め、それでも片が付かない時に初めて町奉行所に持ち込むことになる。既に名主を煩わせても埒が明かないので御白州に持ち込む肚になったというが、役者が太夫元を相手取って御白州で争うとは前代未聞なだけに、恵以は慌てて止めようとした。しかし倅は頑固にこういい張るのだった。

「己れの損得だけを考えて公事をするんじゃねえ。死んだお父つぁんだってこんな目に遭ったら同じことをなさったんじゃねえのかなあ。おふくろなら、わかるだろう」

なるほど江戸随一の役者として太夫元に一歩も退かぬ構えを見せていた父に倣い、倅は己れが役者の先陣を切って太夫元との給金を巡る戦に火蓋《ひぶた》を切るつもりでいるらしい。恵以はその気概を認めはしたが、晩年の亡夫が太夫元側からひどく警戒されて、それでその死にもある種の疑いが生じたのを想い出すと、どうしても承服ができかねた。倅と別れてからもずっと気になって悶々としていたせいか、この夜は久々に亡夫が夢枕に立ったものだ。

亡くなったことを忘れるほど生々しい姿がそこにあるので、恵以は近頃の倅が生意気で困るという訴えを延々とした。夫はうっすら笑った顔で黙ってそれを最後まで聞き届けてくれた。それですっかり気が済んだようになり、目が覚めるともう倅の公事を止めるつもりはなくなっていた。

そして本当に止めなくてよかったと思えるような、江戸のかぶき芝居を根こそぎ揺るがす一大事が直後に出来《しゅったい》したのである。

正徳三年十一月二十七日に二代目團十郎は山村長太夫を相手に訴訟を起こし、北町奉行所の御白州に座っていた。むろんそれ以前から小屋への出勤は見合わせており、以後も公事が落着するまで山村座に足を踏み入れることはなかった。

正徳四年正月の初春興行も團十郎不在のままで案のじょう山村座は不入りに泣いた。が、正月下旬に公事で勝訴した二代目はすぐに山村座と手打ちを済ませ、二月二日からは『娵鏡《よめとりかがみ》 薄雪桜《うすゆきざくら》』という仮名草子の物語に拠った二の替わり狂言に出ていた。これは久々に團十郎が出るとあって初日から客入りは順調だったのに、六日目には座頭の生島新五郎が突然南町奉行所に召びだされて、即日に山村長太夫方へ御預《おあずけ》という拘留の身となった。一座が騒然とするなかで二月八日からはついに山村座の興行自体が禁じられてしまったのである。

二月七日に南町奉行所へ召びだされたのは生島新五郎のほかに、京から下って木挽町森田座の舞台に出る立役村山平右衛門と同町内の芝居茶屋海老屋、堺町中村座女方の中村源太郎《げんたろう》と同座狂言作者の中村清五郎《せいごろう》の都合五人である。源太郎は新五郎と同様に長太夫方に御預、平右衛門は森田勘弥方に御預となり、海老屋は放免されたが、作者の中村清五郎は独り奉行所に留め置かれた。

十五日には新五郎ともども山村長太夫が奉行所に召ばれて即日入牢したが、江戸かぶき芝居を見舞った奇禍《きか》はまだ止まるところを知らなかった。

二十二日は山村座の隠居友碩が詮議に遭う一方で、中村座の女方藤村半太夫《ふじむらはんだゆう》ら四人と市村座の立役滝井半四郎《はんしろう》に女方の山下茢藻《やましたかるも》といった名だたる面々が各太夫元方に御預となり、堺町の芝居茶屋橘屋《たちばなや》と葺屋町の大黒屋が町預《まちあずかり》となったばかりか、中村と市村の両座も木挽町の二座と同様に興行中止を余儀なくされた。

この日は二代目團十郎も奉行所に召びだされて町預の身となり、報せを受けた恵以は取るものも取り敢えず木挽町に駆けつけた。町預は町内の名主や五人組の監視下に置かれた拘留で、当人とすぐに対面できるかどうかも定かでないため、まずは海老屋の暖簾を潜ったのである。

海老屋の亭主甚右衛門は案のじょう憔悴《しょうすい》しきった姿を現し、

「わたくしも七日に召びだしを喰らった時は肝を冷やしましたが、仔細が知れてご放免となりましたので、ご子息もきっとご無事に済みましょう」

そう慰められても恵以は何がなんだか仔細がさっぱり知れぬため、矢継ぎ早に根ほり葉ほり尋ねなくてはならなかった。

事の起こりはどうやら今年の正月十二日に大奥の女中十二人が上野寛永寺《かんえいじ》と芝増上寺代参の帰途に寄り道でした山村座の芝居見物のようだった。

「何でも友碩様の先妻が尾州侯のお屋敷勤めをした折に、当時そこにいて懇意にしておった方が大奥に行かれて、今では江島《えじま》様という羽振りのいい御年寄《おとしより》になられたんだとか。そのご縁もあって、江島様は山村座と格別のお馴染みになられたんでしょうなあ。小屋の裏手にある太夫元のご自宅で、中入りに役者を交えて酒盛りをなさったんだそうです。海老屋《うち》にいらっしゃらなんだのが幸いでした」

と甚右衛門は正直な胸のうちを語っている。

「江島様はもともと狂言作者の中村清五郎が懇意にしておって、江島様にお仕えするお針子を女房にもらう約束だったそうで。あの男が独り奉行所に残されて、きっと手酷《てひど》い拷問に遭い、あることないこと白状させられたんでしょう。友碩様は江島様と新五郎さんの仲まで訊かれたんだそうです。新五郎さんの先妻は友碩様の先妻と姉妹の間柄で、同じ尾州侯のお屋敷勤めをしていたご縁で呼ばれて、去年の四月に江島様が初めて山村座にお越しになった折に新五郎さんも初めて江島様とお目にかかったくらいで、お上がお疑いになるような不義の儀は全くござなく候と、しっかり申し開きをなさったようでして。幸い今は太夫元も新五郎さんも牢を出て公事宿に移られたとか」

正月は舞台にも出ていない倅が町預になったのは、どうやら江島という大奥の女中が初めて山村座を訪れた去年の四月に「助六」が評判になっていたせいで、いわばとんだ火の粉をかぶるはめになったのではないかと恵以は推量した。自分が見た初日にも二階桟敷のざわめきと嬌声を耳にしたのが想い出されたが、あれが江島一行だったとは決めつけられないほど近頃は奥女中の芝居見物がざらだった。近年改築された山村座には二階桟敷から直に裏の楽屋や太夫元の自宅へ回れる通路があるのも恵以は知っていて、江島一行が中入りに長太夫宅で役者との酒宴にはしゃぐ様子も目に浮かぶくらい、近頃はその手のことが決して珍しくないのだ。にもかかわらず今度ばかりはどうして役者がお咎めをこうむるはめになったのかまるで解せなかった。

それにしても生島新五郎が大奥女中との不義を疑われたという話には唖然とした一方で、弟の生島大吉が尾州侯の奥女中と馴染んで断罪された一件も恵以は想い出さずにいられなかった。ただ同じ血を引く兄弟でも気性は自ずと異なるはずで、新五郎についてはは不義をあれほど嫌った亡夫がいつぞや「ああ見えて、あいつは存外に堅いやつなんだぜ」と買っていて、彼が妻子を大切にすることも話していたのを忘れはしなかった。

ちょっとひっかかるのは今度の一件がまたもや尾州侯のお屋敷の縁にからんで起きたということで、気の毒ながら兄は弟の不祥事によって同様の疑いをかけられやすい恐れがあった。

一昨年に六代将軍が薨去されてご当代は六歳の幼君と聞くだけに、大奥の乱れは恵以にも容易に察せられたし、どんな変事が起きてもおかしくない気がするのは、亡夫が横死した時の市村座太夫元が幼かったのを想い出すせいかもしれなかった。

「ご子息が正月の舞台にも出てらっしゃらなかったのは、公事に当たられた北町の御奉行様がよくご存じですから、すぐにご放免となりましょう。太夫元や新五郎さんもきっとご無事のはずで」

と海老屋甚右衛門が話したように、評定所《ひょうじょうしょ》の裁きは驚くほど速やかに落着して、二代目團十郎は三月五日にめでたく放免された。

しかしながら同日の申し渡しでは江島が永遠流《ながおんる》に処され、江島の兄白井《しらい》某が死罪となるなど裁きは峻烈《しゅんれつ》を極めた。芝居内では最も重罪に問われた中村清五郎が伊豆七島の神津島《こうづしま》に永遠流。生島新五郎は同じく三宅島に、山村長太夫は大島に流罪と決まった。

三月九日には堺町の中村勘三郎、葺屋町の市村竹之丞、木挽町の森田勘弥ら太夫元三人と各町名主が北町奉行所に召びだされて数々の通達を受けた。まず芝居小屋に二階三階の桟敷を設けることや桟敷を御簾で隠すことが堅く禁じられ、さらには芝居茶屋までが表から奥まで見通しのきくような建て替えを命じられて、恵以は倅ばかりか和泉屋に嫁いだ娘にまでとばっちりが及んだ愚痴を聞かされるはめになった。

三月十三日は山村座の舞台や長太夫の居宅と土蔵、建具、衣類、諸道具一式が入札で払い下げとなり、ここに一座が跡形もなく消滅して、以降、江戸で公許の櫓を掲げるかぶき芝居の小屋は中村、市村、森田の三座に限られたのである。

それは江戸のかぶき芝居におけるかつてない凄まじい粛清の嵐であった。町奉行所の同心が毎日のように訪れては小屋と茶屋の建て替え図面を検分したり、ご禁制の衣裳や道具を摘発する姿が恐ろしく眺められ、何か少しでもまずいことが見つかれば残りの三座も根絶やしにされかねないありさまに芝居町の住人はみな戦々恐々としていた。

「ああ、成田屋さんと伝九郎さんが今いらっしゃったら、どんなに頼りになることか……」と和泉屋勘十郎は嘆いたが、仮に二人が生きていても今度ばかりはなす術《すべ》がなさそうに思えた。

島送りの出船は延び延びで四月十一日の早朝と決まり、恵以はその日まだ暗いうちに家を出て永代橋《えいたいばし》の袂に佇んでいた。倅を引き立ててくれた恩人を陰ながらでも見送れるのはここしかなかったのである。

この日は十三人乗りから五人乗りまでの流人船が都合七艘も出船するため、永代橋の橋詰には囚人《めしうど》の身寄りがひしめき合って最後の別れを惜しんでいる。新五郎が大切にしていた妻子もきっとその中にいるはずだった。幼い倅の久米太郎《くめたろう》までが縁坐《えんざ》の罪に問われて十五歳になると追放に処せられるらしいと聞いたので、恵以は新五郎の内儀が気の毒で堪らない。まかり間違えばわが身も同然だっただけに、とても他人事とは思えなかった。

新五郎が本当に罰せられるようなことをしたのかどうかもわからないのに、巷ではもう江島とのまことしやかな艶聞《えんぶん》が流れていた。何せ先代團十郎と伝九郎亡きあと江戸一番の人気役者と大奥女中の艶聞は恰好の話の種だから、ここには野次馬の連中も大勢集まっている様子で、その群れの中には必ずや倅もいて、編笠に人目を忍んだ見送りをするに違いなかった。

人びとの目は今や一斉に「るにんせん」と書かれた白い幟《のぼり》をはためかせる牢屋造りの

舟に注がれていた。あれかこれかと見定めようとする声が聞こえるが、いずれも古びた木綿の着物で羽交《はが》い締《じ》めにされ、面窶《おもやつ》れた姿に変わりはなかった。恵以はかつて傍で素顔を見てさえ眩しいくらいだった男を想い出しながら、その輝きが微塵も感じられない姿はむしろ見ないほうが礼儀だとした。

「いくら生島でも、島で生き延びるやつはめったにいねえという話だからなあ」

屈託ない野次馬の声が耳をかすめると、恵以は遥か遠い隠岐の島で三十年生き延びたという髭の十が想い出されて、新五郎も何とぞ再び江戸の土が踏めるようにと願った。

「やっぱり成田屋は恐ろしいねえ」

という思いがけない声がふいに耳を襲ってどきっとさせられる。つい振り返ったら見知らぬ顔同士の立ち話で、聞き間違いかと思いつつも恵以は耳をそばだてずにいられなかった。

「たしかになあ。これで大吉に続いて新五郎も江戸からいなくなっちまうんだ。つまりは半六に殺された遺恨いまだ晴れやらず、生島姓の役者を絶やしたというわけだ」

「そうともよ。さすがに荒神様のなさることは凄まじいやね」

胸の動悸を抑え、恵以は慌ててその場を離れた。世間には左様な見方をする人もあるかと驚き、亡夫までがとんだとばっちりに遭うものだと呆れている。一方で、冥土の当人は案外まだ世間で忘れられていないことに満足かもしれないと思えた。

それにしても今さら亡夫の祟りが持ちだされるくらいに、世間も今度の出来事は奇っ怪で腑に落ちないのだろう。生島新五郎や山村長太夫が島流しに遭うような大罪を犯したとは思いにくいのだ。

恵以は亡夫が横死した件でも少し疑ったほどにお上への不審が消えないため、今度のお裁きにも自ずと疑念が持たれた。大奥の女中たちは山村座のみならず中村座や市村座にも出入りしていたのに、山村座だけが槍玉にあがって取り潰しになったのがまず謎だった。一行の中心である江島という女中と山村座の縁者が共に尾州侯の御殿勤めをしていたのが御白州でことさらに取りざたされたのは、尾張《おわり》徳川家の評判を落とすためではなかったのだろうか、というふうにも考えられた。

いずれにせよ幼い将軍の下で何やかやと揉め事があって、その巻き添えで江戸一番の人気役者が生け贄にされたということなのだろう。新五郎にはやはり弟の一件が祟ったような気もしたが、山村座だけが断絶したのは一向に合点が行かず、またしてもさまざまな疑念の黒雲が恵以の心を深く蔽《おお》った。今や江戸三座となったかぶき芝居は四月九日から興行の再開が許されたものの、芝居町はいまだ恐ろしい魘夢に鎖されて、その扉はもう誰にも開くことができないように思えた。

江戸の夢びらき

正徳四年（一七一四）十一月。

芝居町を揺るがした大奥の江島騒動から半年が経ち、江戸かぶき三座は何とか以前の活況を取り戻すべく恒例の顔見世興行に臨んでいる。

堺町中村座の顔見世狂言は名題もずばり『万民大福帳《ばんみんだいふくちょう》』で、古巣に戻った二代目團十郎が先代の得意とした「大福帳」の芸を披露するのが売り物だ。「親父と同じ役でも俺は顔を真っ赤に塗ったりはしねえよ」と常に公言する二代目が、果たして権五郎景政の役をどんな顔で演《や》るのかが注目された。

「大福帳」の謂われをとうとうと述べる件もさることながら、絵馬堂に飾った大福帳を敵役が引きずり下ろそうとしたら暫く待てとそれを止めて登場するのが権五郎景政の大きな見せ場である。『万民大福帳』の敵役はこれまた父の代からお馴染みの山中平九郎が扮していた。既に七十の齢を超えた平九郎は、髪が逆立つばかりか頬髯《ほおひげ》も天に向かって跳ね上がった見るからに怪異な容貌で出雲大社の中からのっしりと現れ、唐団扇《からうちわ》を手に眼光鋭く四方をぐるっと見まわした様子はもはや人間離れがした凄まじさであった。

その平九郎が例によって大福帳を引きずり下ろそうとした途端に「しばーらーくー」の声が響き渡ると見物席にどよめきがあがった。「しばらく」の声は橋懸かりの奥から何度も聞こえ、そのつど場内はどよめくのに、舞台の平九郎は全く耳に入らぬかのように声を無視してまだ大福帳を引きずり下ろそうとしている。しだいに見物人がやきもきしだして、どよめきはますます大きくなった。

やきもきするのは見物人ばかりか「しばらく」の声の主は動揺も甚だしい。「今しばらくと声をかけたのは何やつだ」と問われて初めて登場できる役だから、舞台に出るきっかけをなくして全くの立ち往生だ。

「いくら年寄りで耳が遠いといっても、聞こえてねえはずはねえんだっ」

と二代目はまたぞろ意地悪爺さんの嫌がらせに腹立たしさが込みあげた。久々に古巣へ戻った舞台の初日でこんな大恥をかかされちゃ堪らねえ、と怒れば怒るほどに眦は吊りあがって、顳顬《こめかみ》や額の筋が浮いてくる。くわっと血がのぼった顔面はもう丹塗りをしたように真っ赤である。

「ちくしょうっ、人を馬鹿にしやがって」

こうなればもう相手と刺し違える覚悟で橋懸かりの揚幕《あげまく》を自らの手でバッとはねのけた。足をドスンと前に踏みだし、そのままドンドンと橋懸かりを踏み鳴らして進めば小屋が破れんばかりの大歓声に包まれる。本舞台まで来れば平九郎がやっとこちらに気づいたかのように、怪異な顔で振り向いて不気味に微笑った。

この一部始終を桟敷で見ていた恵以も当初はやきもきし、気が気でなかったが、二代目が橋懸かりに現れた刹那、そこに亡夫が現れたようでどきっとした。あとはもう夢中でその姿を追いかけ、声に耳を澄ましている。大福帳の謂われを弁じるセリフは亡夫より爽やかな声で聞きやすく、小屋中がしいんと静まって聴き入るのがわかった。次いで平九郎がやおら舞台の真ん中に座ると見物席に向かって二代目の姿を指さしながら、

「彼奴《きやつ》めは昔、九蔵という、髷も結わぬ小わっぱでござったが、只今の振る舞いは実にあっぱれな荒事師の武者ぶりでござる。この狂言は彼奴の親團十郎亡き後まともな相手がござらいで、われらも久しく致さなんだが、只今の二代目の働きはまさしく親に生き写しで誠に恐れ入りました」

情感のこもった絶妙な口上で、再び弾けたような大歓声が小屋を揺さぶった。

恵以はわれ知らず嗚咽が洩れて熱涙が頬を伝うのに驚きつつも、亡夫がかつて「平九郎は大《てえ》した役者だよ」といったのを想い出している。

思えばわずか十七歳で父の無惨な最期を目の当たりにした二代目は、同じ道を辿ってその影を踏むのが恐ろしく、しらずしらずに父から遠ざかろうとしたのかもしれなかった。それは仕方がないことだとしても、恵以は亡夫が一から築きあげた荒事を、倅がその魂も知らないままに葬り去ってほしくはなかったのである。

夫の姿を通して恵以が見た荒事の魂は憤りだ。それは遺恨もあれば慚愧もある。悪辣な敵に向けられ、不甲斐ない自身にも向けられるのだ。

さらにはこの世界のあらゆる理不尽を断じて許せぬ激しい憤りが総身に充ち満ちて炎のごとくに燃えさかる様を、神仏の忿怒の相を借りて発現するのが荒事だった。

平九郎のおかげで伜は今やっと荒事の魂を、ほんの欠片《かけら》ほどはつかんだように見えた。恵以はそれでもうこの世に何も思い残すことはなくなった気がした。

折しも日の出の刻限か、急に強くなった陽射しが窓の障子を貫いて小屋の中がぱあっと明るくなり、清新な朝陽を浴びた二代目團十郎の顔はさらに赤く輝いた。

文字通り日の出の勢いを得た役者は冬至間近の長くて暗い芝居の夜を終わらせて、醒めない魘夢をみごとに開いてみせたのであった。

享保《きょうほ》十五年（一七三〇）四月。

花はとっくに散り失せたが、梅雨入《ついり》はまだ少し先で、初夏の陽に輝く新緑が目に眩しい。この日は地面の葉影が揺れるほどに薫風が吹き渡って肌に心地よいので、ついつい急な坂道を登りだしたら、

「栄光尼《えいこうに》様、お足元が危のうござりまする」

と手回りの女にいわれてようやく、もうかなりの道のりを歩いたことに気づく始末だ。思えば人の一生も似たようなものかもしれなかった。

出家得度《とくど》して栄光尼を名乗り、目黒に草庵を構えたのがちょうど五年前のこと。旧冬に姑を看取って初盆を済ませ、恵以が嫁の本分を果たし終えた年の秋であった。

晩年はもはや嫁の顔すらよくわからなくなっていた姑も、八十五歳で世を去る前日までお時らしい陽気な笑い声を聞かせてくれたのが救いだった。仲のいい夫婦だったのに、舅の重蔵が亡くなってから却って元気になったのはふしぎなくらいだったが、重蔵とて傘寿の祝いはしっかり済ませていて、共に若い頃は放浪の身で苦労したと聞いたわりには珍しいくらいの長寿といえた。

その二人の間に生まれたのだから、あんな恐ろしいことさえなければ、今頃はお互い共白髪《ともしらが》の余生を楽しんでいたのかもしれない。いや、あの亡夫のことだからどのみち共に剃髪し、道心と比丘尼《びくに》の庵住まいになったのだろうか。あるいはまた山中平九郎のように、古稀を超えてなお舞台に立って眼を光らせる口だったのか。いずれにせよ恵以は自分がこんな婆さんになっても、夫はたった一人の妻として連れ添ってくれているように思えるのが幸せだった。

心の内ではもっと早くに髪を下ろして、亡夫と夭折《ようせつ》したわが子の菩提を弔《とむら》う気でいたが、自身が古稀に近づくと、これまでいかに多くの人びとを見送って来たかが改めて偲ばれる。夫と舞台を共にした役者だけでも数限りなく、中には倍ほど長生きしたような平九郎、晩年まで相手役を務めた荻野沢之丞といった終生忘れがたい人びともいた。

忘れがたいといえば、若い頃に夢中になった市村竹之丞の美貌は今もふしぎと瞼にくっきり浮かぶし、総じて若い頃に見た舞台のほうが記憶に鮮明で、亡夫があれやこれやと無理な注文を出して裏方に苦労をさせていた日々はまるで昨日のことのように想い出せる。その裏方の多くが地震火事で命を喪い、江戸のかぶき芝居が消えてなくなるかに見えた恐ろしい日々もまた、今となっては懐かしい想い出といえるのかもしれない。

舞台に勤しむ役者に裏方、小屋で客の世話をする表方。併せたら相当な大人数だが、芝居はさらに多くの見物人を引き寄せて、小屋の周りに一つの町を作りあげた。絶え間のない喧騒と猥雑さに充ちたその町では常に人気の取り合いや競い合いが生じて、憧憬や羨望、嫉妬と悪意も渦巻くのだった。

そもそもは恵以の父親がその町の衛士とされたのが縁の始まりだ。それを想い出すと、唐犬十右衛門や虎三に熊次という獣じみた男たちのことも決して忘れるわけにはいかない。

そして今後も新たな役者がまた新たな見物人を引き寄せるのだろう。昔は男色を売る子供屋が並んだ通りに、今は鬢付《びんつけ》の油屋や白粉屋、土産屋に絵草紙屋が軒を連ねてもっぱら女客で賑わいを見せている。そうした芝居町の頂点に今わが倅が立っているのかと思えば、まさに隔世《かくせい》の感が否めなかった。

二代目市川團十郎は父の十三回忌に『式例《しきれい》和《やわらぎ》曽我《そが》』と題した狂言で曽我五郎に扮し、今度は田端之助ならぬ曽我五郎のなれの果てとして「助六」を再演した。去年の初春狂言『扇恵方曽我《すえひろえほうそが》』でも五郎に扮して「矢の根」を研ぐ荒事が見物人の心をみごとに射貫《いぬ》いて大当たりした。中村座はそれで五度も興行の日延べをして四千両を超す稼ぎがあったといわれ、太夫元が蔵まで建てたので世間はそれを「矢の根蔵」と呼んでいる。

二代目はつまり先代と同様に四十そこそこで江戸随市川の人気役者となり、押しも押されもせぬかぶき芝居の玉座に就いたので、やっと亡父のことも冷静に振り返れるようになったのだろう。今年の二十七回忌には身内と親しい芝居仲間で詠んだ追悼の句集を自ら編んで、その名も「父之恩」と題する写本を配り物にしていた。そこに寄せた恵以の句は、

成仏や友をあつむる花は梅

この句に異を唱えたのは娘の美与で、娘といっても今は町一番の芝居茶屋和泉屋の内儀に納まって市桜の俳号を得ており、こちらもそれなりの貫禄を身につけたくせに母の前では相変わらず甘えた口調でいうのだった。

「おっかさんの句はこういっちゃ何だが、いささか季違いじゃないのかしらねえ」

梅は松と竹を集めて三友とされるが、亡夫の命日は二月十九日で梅はもう散り頃、たしかにやや時季遅れではあった。

それでも恵以は夫が殺された紛れもないあの日に、和泉屋が手にしていた時季遅れの梅がどうしても忘れ難かったのである。

あの日、もし自分があそこに居合わせても、結句どうにもできなかったことをくどくどと思い返しながら、涙を堪え続けた苦しい日々もまた遠くに過ぎ去った。人の一生は

人との別れに尽きるというのを、当たり前に受け止められるようになれたのもまた歳月のおかげといえなくはなかった。

恵以が忘れられない風景はこの目黒の里にもあって、今日は晴れ渡った空の蒼さと快い涼風に誘われるまま坂道をずんずん登り、久しぶりにそれを目にしている。別れにはまず出会いが付きもので、恵以はここでの出会いが一生を決めたといっていい。ここであの少年と出会わなければ、一生引きずる哀しみとは無縁であり、一生を費やすに足る歓びもまた得られなかったのだ。

かつての浅茅が原は開墾されて菜畑に変わっていた。春は一面に黄色い花を咲かせるが、今は種莢《さや》を鈴なりに鬱蒼とした緑が広がっている。その緑の彼方には残雪を頂いた富士の高嶺がくっきりと聳え立ち、それは六十年前にここで見た風景とちっとも変わらない、とはもういえなかった。

噴煙が収まって今は落ち着きを取り戻したかに見える富士の霊峰が文字通り火を噴く荒れようで、砂と灰の雨を江戸にまで降らせた恐ろしさは忘れもしない。以来、形が少し変わって中腹に小高いもう一つの嶺が誕生し、恵以の眼にはそれがあたかも自然の荒事をなす父子のように映っている。

不二の山さえ姿を変える無常の世に、恵以はよくぞこうして生き存えたものだとしみじみ思う。そして今や仏に仕える身は彼方の無事を念ずるのが己れの務めだとした。

主要参考文献

伊原青々園『市川團十郎の代々』（一九一七年　市川宗家）
伊原敏郎著、河竹繁俊・吉田暎二編集校訂『歌舞伎年表　第一巻』（一九五六年　岩波書店）
伊原敏郎『日本演劇史』（一九二四年　早稲田大学出版部）
歌舞伎評判記研究会編『歌舞伎評判記集成』第一期全十一巻（一九七二年～七七年　岩波書店）
高野辰之・黒木勘蔵校訂『元禄歌舞伎傑作集　上巻』（一九二五年　早稲田大学出版部）
森銑三・北川博邦監修『続日本随筆大成　別巻5　近世風俗見聞集5』（一九八二年　吉川弘文館）
国立劇場芸能調査室編『日本庶民文化史料集成〈第六巻歌舞伎〉索引』（一九八六年　国立劇場）
近藤清春画『金之揮』（一七二八年　奥村源六版）
山田清作編『せりふ大全』（一九三八年　米山堂）

巻末エッセイ　團十郎と成田山

岸田照泰

成田山新勝寺は、一千余年の歴史の中で、江戸中期に於ける活発な布教活動によって今日の興隆の礎《いしずえ》を築いた。その一つが江戸出開帳《でがいちょう》の成功であり、また初代團十郎利生譚歌舞伎の興行である。

成田は江戸から十七里余の地点にある。当時の佐倉藩の寺社保護政策と相俟《あいま》って不動信仰が広がりつつある中で、農業の労働力確保に向けた幕府の「人返《ひとがえ》し」令をよそに、成田から江戸へ流入する者が絶えなかった。彼らは、江戸に不動信仰を持ち込む役割を大いに果たしたのである。その一人が初代團十郎の父堀越重蔵《ほりこしじゆうぞう》でもあった。

重蔵は、成田山に程近い下総《しもうさ》国埴生《はぶ》郡幡谷《はたや》村（現成田市幡谷）の出身で、妻お時との間にできた子どもが海老蔵であり、この物語の主人公、後の初代團十郎である。

海老蔵は、十二歳の時、父の友人で山村座四世座主山村長太夫の紹介により、歌舞伎の道に入った。初舞台は延宝元年（一六七三）、十四歳の中村座「四天王稚立《おさなだち》」である。

この時彼は海老蔵改め市川段十郎（段を團にしたのは元禄六年）を名乗り、坂田金時《さかたのきんとき》を演じた。それはただの少年の初舞台ではなく、紅と墨とで顔を隈取り、舞台狭しとばかりに大立ち回りを行い江戸の人々を驚嘆させたのである。

初舞台を順調にすべり出した初代は、延宝三年（一六七五）の山村座『勝鬨誉曾我《かちどきほまれそが》』で曾我五郎《ごろう》を演じたのを手始めに、『不破《ふわ》』『暫《しばらく》』『勧進帳《かんじんちょう》』などを演じ、瞬く間に名声を高めていったのである。貞享五年（一六八八）刊行の『野郎役者風流鏡《やろうやくしゃふうりゅうかがみ》』では、初代を「およそこの人ほど出世なさるる芸者、異国本朝に又とあるまじ（中略）お江戸において肩を並ぶる者あらじ、威勢天が下に輝き、おそらくは末代の役者の鑑ともなるべき人なり」と絶賛している。初代は二十九歳、舞台を踏んでまだ二十年に至らない時である。

しかし役者の最高位に前進する初代にも、男子に恵まれないという大きな悩みがあった。悩みぬいた初代は、父祖以来より信仰していた成田村の成田山新勝寺御本尊不動明王に祈願した。そして元禄元年十月、霊験《れいげん》あらたかに長子九蔵（後の二代目團十郎）を授かったのである。

尚、初代が子授け祈願した当時の本堂（明暦の本堂）は、今は薬師堂として成田山参道仲町坂上に移築され、文化財として保存されている。

こうして初代は、成田山不動明王のご霊験に報いるため、元禄八年（一六九五）、山村座での『一心二河白道《いっしんにがびゃくどう》』で自ら不動明王を演じた。さらに同十年（一六九七）、中村座の『兵根元曾我《つわものこんげんそが》』では、その三番目の幕切れに初舞台を踏む九蔵が山伏通力坊と不動明王、初代が竹抜き五郎（曾我五郎）に扮し、親子して成田山の仏恩に深く感謝したのである。

この芝居には、成田村から大勢の見物人が詰めかけ、舞台で演じられる不動明王に賽《さい》銭《せん》が投じられた。そして人々は成田山の霊験を受けた團十郎親子に対し、だれ言うとなく「成田屋」と掛け声をかけた。これが歌舞伎界の屋号の始まりと聞く。

元禄十六年（一七〇三）四月、江戸深川永代寺境内で初の成田山出開帳を奉修。これに合わせて森田座では「成田山分身《ふんじん》不動」が上演された。初代が成田山不動明王のご利益により子どもを授かったという体験を脚色し、胎蔵界《たいぞうかい》の不動明王を初代が、金剛界《こんごうかい》の不動明王を息子九蔵が演じたもので、すなわち九蔵こと二代目は成田山不動明王の分身であるという筋書きである。初代にあやかりたいとする歌舞伎愛好者は開帳場に群れをなし、成田不動の霊験記を見ようとする信者は芝居小屋に押し寄せ、成田山と團十郎の人気は同時に高まり、開帳は大成功を収めたのである。

後の七代目が定めた「歌舞伎十八番」の原型のほとんどは、初代の自作自演で創作したものであり、その一つに「不動」がある。市川家の荒事《あらごと》と不動信仰は、その出発点で固く結ばれている。歴代の團十郎が不動明王を演ずる時の見得《みえ》の一つに片方の黒眼を伏せる「不動の見得」という秘伝があるが、この表現法は正に初代が七日間成田山に参籠して感得したと伝えられる。

翻《ひるがえ》って二代目團十郎は、十歳で初舞台を踏み、成田山不動明王のご利益により誕生したことから「成田不動の申し子」と呼ばれていた。成田山出開帳の折には、父とともに大提灯と大鏡を奉納している。順調に舞台での経験を積み芸を磨いていたが、元禄十七年（一七〇四）、父の初代が舞台に出演中、共演者の生島半六《いくしまはんろく》に刺殺された。それは若くして人気役者と謳《うた》われ生涯を舞台に賭けた初代にとって、どこか華やかな悲劇的最後であったが、父の庇護を失った十七歳の九蔵にとっては強い衝撃であったことだろう。團十郎の名声といってもそれは親一代が築いたものであり、今後の市川家の命運は全て九蔵の肩にかかったのである。九蔵は父の中陰（四十九日）まで舞台を休み、この間成田山において二十一日間の断食修行を行い至心に祈願している。そして忌明け七月の山村座「平安城都定《へいあんじようみやこさだめ》」で二代目團十郎を襲名したのであった。

二代目は、母が病気になれば徹夜で看病し、全快祈願をするなど大変な信心家である。『花江都歌舞伎年代記』の宝永元年（一七〇四）の項には、「下総国。成田山不動明王へ祈誓を掛け、父に勝れたると願うは、不孝の至りなれど、家名相続するこそ本懐ならん。あまねく世界に名を揚げんことをと、立ち行して祈ること度々なり。さてこそ十か年ほどのうちに日本はいうにおよばず。唐・高麗まで、その名広きこと、ひとえに成田山不動明王の霊験ありがたし」と記されている。

このように元禄期を境に飛躍をとげた歌舞伎は、三代目以降の團十郎にも成田山への篤《あつ》い信仰の上に連綿と受け継がれ、観衆の大きな感動を呼びおこしたのである。

殊《こと》に七代目團十郎は、文政四年（一八二一）大金一千両をもって、額堂（絵馬堂）一棟を成田山に寄進した。俗に「三升《みます》の額堂」と呼ばれている。額堂の正面の柱には「せったい所　七代目團十郎」と書いた招牌（看板）を掲げ、自ら参詣人に湯茶の接待を行っている。この額堂が、昭和四十年に心無い者の行いによって焼失してしまったことは残念でならない。

跡継ぎに恵まれなかった七代目は、初代と同様成田山不動明王に男子出生を祈り、文政六年（一八二三）ようやく新之助が誕生した。後の八代目である。このときは、恩に報い三つ組の大盃を成田山に奉納している。

又七代目は、天保の改革の奢侈《しゃし》禁令《きんれい》に触れ江戸十里四方追放となり、成田屋七左衛門と改名して成田山に隣接する末寺延命院《えんめいいん》に蟄居《ちっきょ》し、心労不遇な境涯におかれたが、約七年余ようやく恩赦《おんしゃ》を受け、再び舞台興行することが許された。その折、「願ふなり子々孫々の末迄も　不動明王ふとうみやうわう」と御本尊に祈請したのであった。

時は移り、十一代目團十郎も熱心な成田山信仰者であった。昭和三十七年十一代目團十郎襲名奉告お練り参拝を始め、ことあるごとに登山されている。昭和三十九年には、市川家出自の幡谷にある成田山特縁寺院の東光寺《とうこうじ》に「市川團十郎先祖居住之地」と刻んだ石碑を建立《こんりゅう》し末永く祖先を顕彰したことは誠に吉祥至極である。

十二代目團十郎は、これまで築き上げられた江戸歌舞伎の美、様式を受け継ぎ、歌舞伎界のリーダーとして活躍された。成田山には、毎年の初詣、節分会をはじめ、昭和四十四年の十代目海老蔵、昭和六十年の十二代目團十郎の襲名などの大舞台には、必ず御本尊不動明王にお参りされたのであった。殊に平成二十年成田山開基一〇七〇年祭記念大開帳の折、團十郎、海老蔵親子共演の『連獅子《れんじし》』は、大開帳の初頭を飾るに相応《ふさわ》しい思い出の一つである。

当代の海老蔵丈は、七代目新之助当時から二度に亘《わた》る山岳修行大峯山入峰を勤済している。又、平成十六年の海老蔵襲名時には、成田山参籠修行を勤めると共に、伝統歌舞伎名跡の相続者として市川宗家御一門勢揃いで奉告参拝をされている。

この度十三代目團十郎白猿を襲名なされる。又ご子息が八代目新之助を名乗り万々歳である。誠に感慨深く同慶に堪えない。惟《おも》うに初代團十郎が初舞台を踏み名乗りを上げて以来、実に三四九年目の慶事である。新團十郎丈には、歴史の重みと世界に誇るべき日本の伝統文化として発展して来た梨園において、今後も市川家代々の芸を継承されるとともに、現代歌舞伎に新しい生命力を吹き込まれることを念願して止まない。

令和四年九月一日

（大本山成田山新勝寺中興第二十二世貫首）

初出
「オール讀物」二〇一九年二月号から二〇二〇年三・四月合併号
単行本　二〇二〇年四月　文藝春秋刊
DTP制作　言語社

この物語は史実に基づくフィクションです。

文春文庫

江戸《えど》の夢《ゆめ》びらき

定価はカバーに表示してあります

2022年11月10日　第1刷

著　者　松井今朝子《まついけさこ》

発行者　大沼貴之

発行所　株式会社　文藝春秋

東京都千代田区紀尾井町 3-23　〒102-8008
TEL 03・3265・1211(代)
文藝春秋ホームページ　http://www.bunshun.co.jp

落丁、乱丁本は、お手数ですが小社製作部宛お送り下さい。送料小社負担でお取替致します。

印刷製本・凸版印刷

Printed in Japan
ISBN978-4-16-791959-7

（　）内は解説者。品切の節はご容赦下さい。

坂上 泉
へぼ侍
明治維新で没落した家を再興すべく西南戦争へ参加した錬一郎。しかし、彼を待っていたのは、一癖も二癖もある厄介者ばかりの部隊だった——。松本清張賞受賞作。（末國善己）
さ-75-1

司馬遼太郎
竜馬がゆく（全八冊）
土佐の郷士の次男坊に生まれながら、ついには維新回天の立役者となった坂本竜馬の奇跡の生涯を、激動期に生きた多数の青春群像とともに大きなスケールで描く永遠の傑作青春小説。
し-1-67

司馬遼太郎
坂の上の雲（全八冊）
松山出身の歌人正岡子規と軍人の秋山好古・真之兄弟の三人を中心に、維新を経て懸命に近代国家を目指し、日露戦争の勝利に至る勃興期の明治をあざやかに描く大河小説。（島田謹二）
し-1-76

司馬遼太郎
翔ぶが如く（全十冊）
明治新政府にはその発足時からさまざまな危機が内在外在していた。征韓論から西南戦争に至るまでの日本の近代をダイナミックかつ劇的にとらえた大長篇小説。（平川祐弘・関川夏央）
し-1-94

白石一郎
海狼伝
日本の海賊の姿を詳細にかつ生き生きと描写し、海に生きる男たちの夢とロマンを描いた海洋冒険時代小説の最高傑作。第97回直木賞受賞作。（北上次郎）
し-5-29

高橋克彦
鬼九郎孤月剣　舫鬼九郎4
父との対面を果たすため、九郎は仲間たちと京に向かう。だが九郎の存在を厭う父の命を受けた風魔衆が、次々と一行に襲いかかる。鬼九郎の運命は？　シリーズ完結編。（西上心太）
た-26-22

田中芳樹
蘭陵王
あまりの美貌ゆえに仮面をつけて戦場に出た中国史上屈指の勇将、高長恭（蘭陵王）。崩れかけた国を一人で支えながら暗君にうとまれ悲劇的な死をとげた名将の鮮烈な生涯。（仁木英之）
た-83-1

（　）内は解説者。品切の節はご容赦下さい。

高殿　円
剣と紅
戦国の女領主・井伊直虎
徳川四天王・井伊直政の養母にして、遠州錯乱の時代に一命を賭して井伊家を守り抜いた傑女。二〇一七年NHK大河ドラマにもなった井伊直虎の、比類なき激動の人生！（末國善己）
た-95-1

高殿　円
主君
井伊の赤鬼・直政伝
お前の〝主君〟はだれだ？　井伊家再興の星として出世階段を駆け上る井伊直政。命知らずの直政に振り回されながら傍で見守り続けた木俣守勝の目からその生涯を描く。（小林直己）
た-95-2

田牧大和
甘いもんでもおひとつ
藍千堂菓子噺
菓子職人の兄・晴太郎と商才に長けた弟・幸次郎。次々と降りかかる難問奇問に、知恵と工夫と駆け引きで和菓子屋を切り盛りする。和菓子を通じて、江戸の四季と人情を描く。（大矢博子）
た-98-1

田牧大和
晴れの日には
藍千堂菓子噺
菓子バカの晴太郎が恋をした!?　ところが惚れた相手の元夫は、奉行所を牛耳る大悪党。前途多難な恋の行方に不穏な影が忍び寄る。著者オリジナルの和菓子にもほっこり。（姜　尚美）
た-98-2

千野隆司
出世商人《しゅっせあきんど》（一）
急逝した父が遺したのは、借財まみれの小さな艾屋《もぐさや》だった。跡を継ぎ、再建を志した文吉だったが、そこには商人としての大きな壁が待ち受けていた!?　書き下ろし新シリーズ第一弾。
ち-10-1

千野隆司
出世商人（二）
借財を遺し急逝した父の店を守る為、新薬の販売に奔走する文吉。しかし、その薬の効能の良さを知る商売敵から、悪辣な妨害が……。文吉は立派な商人になれるのか。シリーズ第二弾。
ち-10-2

津本　陽
剣豪夜話
剣道三段、抜刀道五段の著者が描く武人の魂。歴史に名を刻んだ剣豪、現代に生きる伝説的な武人。その壮絶な技と人生を通じて、日本人の武とは何かを考える、著者最後となる一冊。
つ-4-72

（　）内は解説者。品切の節はご容赦下さい。

恒川光太郎
金色機械
時は江戸。謎の存在「金色様」をめぐって禍事が連鎖する——。人間の善悪を問うた前代未聞のネオ江戸ファンタジー。第67回日本推理作家協会賞受賞作。（東　えりか）
つ-23-1

鳥羽　亮
八丁堀「鬼彦組」激闘篇　奇怪な賊
大店に賊が押し入り番頭が殺され、大金が盗まれた。中からは厳重に戸締りされていて、完全密室状態だった。そしてまた別の店が——一体どうやって忍び込んだのか！　奴らは何者か？

と-26-15

鳥羽　亮
八丁堀「鬼彦組」激闘篇　福を呼ぶ賊
福猫小僧なる独り働きの盗人が、大店に忍び込み、挨拶代わりに招き猫の絵を置いていくという事件が立て続けに起きた。被害にあった店は以前より商売繁盛となるというのだが……。

と-26-16

土橋章宏
チャップリン暗殺指令
昭和七年（一九三二年）、青年将校たちが中心となり首相暗殺などクーデターを画策。陸軍士官候補生の新吉は、来日中の喜劇王・チャップリンの殺害を命じられた——。傑作歴史長編。

と-33-1

永井路子
炎環
辺境であった東国にひとつの灯がともった。源頼朝の挙兵、それはまたたくまに関東の野をおおい、鎌倉幕府が成立した。武士たちの情熱と野望を描く、直木賞受賞の名作。（進藤純孝）
な-2-50

永井路子
北条政子
伊豆の豪族北条時政の娘・政子は流人源頼朝に恋をする。源平の合戦、鎌倉幕府成立。御台所となり実子・頼家や実朝、北条一族、有力御家人の間で乱世を生きた女を描く歴史長編。（大矢博子）
な-2-55

中村彰彦
二つの山河
大正初め、徳島のドイツ人俘虜収容所で例のない寛容な処遇がなされ、日本人市民と俘虜との交歓が実現した。所長こそサムライと称えられた会津人の生涯を描く直木賞受賞作。（山内昌之）
な-29-3

（　）内は解説者。品切の節はご容赦下さい。

中村彰彦
名君の碑
保科正之の生涯

二代将軍秀忠の庶子として非運の生を受けながら、足るを知り、傲ることなく、兄である三代将軍家光を陰に陽に支え続け、清らかにこの世に身を処した会津藩主の生涯を描く。（山内昌之）

な-29-5

新田次郎
武田信玄
（全四冊）

父・信虎を追放し、甲斐の国主となった信玄は天下統一を夢みる（風の巻）。信州に出た信玄は上杉謙信と川中島で戦う（林の巻）。長男・義信の離反（火の巻）。上洛の途上に死す（山の巻）。

に-1-30

葉室　麟
銀漢の賦

江戸中期、西国の小藩で同じ道場に通った少年二人。不名誉な死を遂げた父を持つ藩士・源五の友は、名家老に出世していた。彼の窮地を救うために源五は……。松本清張賞受賞作。（島内景二）

は-36-1

葉室　麟
山桜記

命の危険を顧みず、男は妻のため出兵先の朝鮮半島から日本へ還る（「汐の恋文」）。大名の座を捨て、男は妻と添い遂げた（「花の陰」）。戦国時代の秘められた情愛を描く珠玉の短編集。（澤田瞳子）

は-36-7

畠中《はたけなか》　恵
まんまこと

江戸は神田、玄関で揉め事の裁定をする町名主の跡取・麻之助。このお気楽ものが、支配町から上がってくる難問奇問に幼馴染の色男・清十郎、堅物・吉五郎と取り組むのだが……。（吉田伸子）

は-37-1

畠中　恵
こいしり

町名主名代ぶりは板についてきたものの、淡い想いの行方は皆目見当がつかない麻之助。両国の危ないおニイさんたちも活躍する、大好評「まんまこと」シリーズ第二弾。（細谷正充）

は-37-2

畠中　恵
こいわすれ

麻之助もついに人の親に?!　江戸町名主の跡取り息子高橋麻之助が、幼なじみの色男・清十郎、堅物・吉五郎とともに様々な謎と揉め事に立ち向かう好評シリーズ第三弾。（小谷真理）

は-37-3

文春文庫　歴史・時代小説

（　）内は解説者。品切の節はご容赦下さい。

花房観音
色仏
十一面観音像に魅せられた青年・烏。僧になるため京の町にやって来たが、ある女と出会い、仏の道を諦め……。幕末を舞台に男女の情欲と人間の業を色濃く描いた野心作。（雨宮由希夫）
は-55-2

平岩弓枝
御宿かわせみ
「初春の客」「花冷え」「卯の花匂う」「秋の蛍」「倉の中」「師走の客」「江戸は雪」「玉屋の紅」の全八篇を収録。江戸大川端の小さな旅籠「かわせみ」を舞台とした人情捕物帳シリーズ第一弾。

ひ-1-201

平岩弓枝
新・御宿かわせみ
時は移り明治の初年。幕末の混乱は「かわせみ」にも降り懸かる。次代を背負う若者たちは悲しみを胸に抱えながらも、激動の時代を確かに歩み出す。大河小説第二部、堂々のスタート。

ひ-1-235

火坂雅志
天地人（上下）
主君・上杉景勝とともに、信長、秀吉、家康の世を泳ぎ抜いた名宰相直江兼続。〝義〟を貫いた清々しく鮮烈なる生涯を活写する長篇歴史小説。NHK大河ドラマの原作。（縄田一男）
ひ-15-6

火坂雅志
真田三代（上下）
山間部の小土豪であった真田氏は幸村の代に及び「日本《ひのもと》一の兵《つわもの》」と称されるに至る。知恵と情報戦で大勢力に伍した、地方の、小さきものの誇りをかけた闘いの物語。（末國善己）
ひ-15-11

百田尚樹
幻庵《げんなん》（全三冊）
「史上最強の名人になる」囲碁に大望を抱いた服部立徹、幼名・吉之助は、後に「幻庵」と呼ばれ、囲碁史にその名を刻む風雲児だった。天才たちの熱き激闘の幕が上がる！（趙　治勲）
ひ-30-1

藤沢周平
隠し剣孤影抄
剣客小説に新境地を開いた名品集〝隠し剣〟シリーズ。剣鬼と化し破牢した夫のため捨て身の行動に出る人妻、これに翻弄される男を描く「隠し剣鬼ノ爪」など八篇を収める。（阿部達二）
ふ-1-38

（　）内は解説者。品切の節はご容赦下さい。

藤沢周平
海鳴り（上下）
心が通わない妻と放蕩息子の間で人生の空しさと焦りを感じる紙屋新兵衛は、薄幸の人妻おこうに想いを寄せ、闇に落ちていく。人生の陰影を描いた世話物の名品。（後藤正治）
ふ-1-57

藤井邦夫
恋女房　新・秋山久蔵御用控（一）
〝剃刀〟の異名を持つ南町奉行所吟味方与力・秋山久蔵が帰ってきた！　嫡男・大助が成長し、新たな手下も加わってスケールアップした、人気シリーズの第二幕が堂々スタート！
ふ-30-36

藤井邦夫
騙り屋《かたりや》　新・秋山久蔵御用控（二）
可愛がっている孫に泣きつかれた呉服屋の隠居が金を用立ててやると、実はそれは騙りだった。どうやら年寄り相手に騙りを働く一味がいるらしい。久蔵たちは悪党どもを追い詰める！
ふ-30-37

藤原緋沙子
切り絵図屋清七
ふたり静
絵双紙本屋の「紀の字屋」を主人から譲られた浪人・清七郎は、人助けのために江戸の絵地図を刊行しようと思い立つ。人情味あふれる時代小説書下ろし新シリーズ誕生！（縄田一男）
ふ-31-1

藤原緋沙子
岡っ引黒駒吉蔵《くろこまのきちぞう》
甲州出身、馬を自在に操る吉蔵が、江戸で岡っ引になり大活躍。ある日町を暴走する馬に飛び乗り、惨事を防ぐ。怪我人がいないか調べるうち、板前の仙太郎と出会うが……。新シリーズ！
ふ-31-7

藤原緋沙子
花鳥
生類憐れみの令により、傷ついた小鳥を助けられず途方に暮れていた少女を救ったのは後の六代将軍家宣だった。七代将軍家継の生母となる月光院の人生を清冽に描く長篇。（菊池　仁）
ふ-31-30

万城目　学
とっぴんぱらりの風太郎（上下）
関ヶ原から十二年。伊賀を追われ京で自堕落な日々を送る〝ニート忍者〟風太郎。行く末は、なぜか育てる羽目になった「ひょうたん」のみぞ知る。初の時代小説、万城目ワールド全開！
ま-24-5

（　）内は解説者。品切の節はご容赦下さい。

松井今朝子
老いの入舞い
麹町常楽庵　月並の記

若き定町廻り同心・間宮仁八郎は、上役の命で訪れた常楽庵で、元大奥勤め・年齢不詳の庵主と出会う。その周囲で次々と不審な事件が起こるが…。江戸の新本格派誕生！（西上心太）

ま-29-2

松井今朝子
縁は異なもの
麹町常楽庵　月並の記

町娘おきしの許婚が祝言間近に不審な死を遂げる。「私が敵を討ちます」——娘の決意に間宮仁八郎は心を揺さぶられる。大奥出身の尼僧と真相に迫る江戸の新本格第二弾。（末國善己）

ま-29-3

宮城谷昌光
楚漢名臣列伝

秦の始皇帝の死後、勃興してきた楚の項羽と漢の劉邦。覇を競う彼らに仕え、乱世で活躍した異才・俊才たち。項羽の軍師・范増、前漢の右丞相となった周勃など十人の肖像。

み-19-28

宮城谷昌光
三国志外伝

「三国志」を著したのは、諸葛孔明に罰せられた罪人の息子だった（「陳寿」）。匈奴の妾となった美女の運命は（「蔡琰」）。三国時代を生きた、梟雄、学者、女性詩人など十二人の生涯。

み-19-35

簑輪　諒
くせものの譜

武田の家臣であった御宿勘兵衛は、仕える武将が皆滅ぶ。いつしか世間は彼を「厄神」と呼ぶ。滅んだのは依田信蕃、佐々成政、北条氏政、結城秀康、そして最後に仕えしは豊臣秀頼！（縄田一男）

み-59-1

簑輪　諒
千里の向こう

龍馬とともに暗殺された中岡慎太郎。庄屋の家に生れた生真面目で理屈っぽさが取り柄のいごっそう（頑固者）は、魑魅魍魎が蠢く幕末の世で何を成し遂げたのか？　稀代の傑物の一代記。

み-59-2

諸田玲子
あくじゃれ
瓢六捕物帖

知恵と機転を買われて牢から解き放たれた粋な悪党・瓢六と、不承不承お目付役を務める堅物同心・篠崎弥左衛門の凸凹コンビが、難事件解決に活躍する痛快時代劇。（鴨下信一）

も-18-2

（　）内は解説者。品切の節はご容赦下さい。

山本一力
あかね空
京から江戸に下った豆腐職人の永吉。己の技量一筋に生きる永吉を支える妻と、彼らを引き継いだ三人の子の有為転変を、親子二代にわたって描いた直木賞受賞の傑作時代小説。（縄田一男）
や-29-2

山本一力
たまゆらに
青菜売りをする朋乃はある朝、仕入れに向かう途中で大金入りの財布を拾い、届け出るが――。若い女性の視線を通して、欲深い人間たち、正直の価値を描く傑作時代小説。（温水ゆかり）
や-29-22

山本兼一
火天《かてん》の城
天に聳える五重の天主を建てよ！　信長の夢は天下一の棟梁父子に託された。安土城築城の裏に秘められた想像を絶する創意工夫。第十一回松本清張賞受賞作。（秋山　駿）
や-38-1

山本兼一
利休にたずねよ
美の求道者ゆえ、秀吉に疎まれ切腹を命ぜられた利休。心の中には若き日に殺した女がいた。その秘めた恋と人生の謎に迫る圧巻の第140回直木賞受賞作。浅田次郎氏との対談を特別収録。
や-38-10

山本周五郎・沢木耕太郎　編
山本周五郎名品館Ⅱ
裏の木戸はあいている
今なお読み継がれる周五郎の作品群から選び抜かれた名品。「ちいさこべ」「法師川八景」「よじょう」「榎物語」「こんち午《うま》の日」「橋の下」「若き日の摂津守」等全九編。（沢木耕太郎）
や-69-2

山本周五郎・沢木耕太郎　編
山本周五郎名品館Ⅲ
寒橋（さむさばし）
周五郎短編はこれを読め！　短編傑作選の決定版。「落ち梅記」「人情裏長屋」「なんの花か薫る」「かあちゃん」「あすなろう」「落葉の隣り」「釣忍」等全九編。（沢木耕太郎）
や-69-3

谷津矢車
おもちゃ絵芳藤
歌川芳藤に月岡芳年・落合芳幾・河鍋暁斎ら個性溢れる絵師が、幕末から明治の西欧化の波に抗い苦闘する。絵師の矜持と執念に迫る、歴史時代作家クラブ賞作品賞受賞作。（岡崎琢磨）
や-72-1